第九个寡妇

The Ninth Widow

严歌苓·著

作家出版社

大历史中小人物的生命歌哭

壹

她们都是在一九四四年夏天的那个夜晚开始守寡的。从此史屯就有了九个花样年华的寡妇：最年长的也不过二十岁，最小的才十四，叫王葡萄。后来寡妇们有了称号，叫做“英雄寡妇”，只有葡萄除外。年年收麦收谷，村里人都凑出五斗十斗送给英雄寡妇们，却没有葡萄的份儿。再后来，政府做大媒给年轻寡妇们寻上了好人家，葡萄还是自己焐自己的被窝，睡自己的素净觉。

那个夏天黄昏村里人都在集上看几个闺女跟魏老婆儿赛秋千。魏老婆儿七十岁，年年摆擂台。一双小脚是站不住了，靠两个膝盖跪在踏板上，疯起来能把秋千绳悠成个圆满圈圈。就在魏老婆儿荡得石榴裙倒挂下来，遮住上身和头脸，枪声响了起来。人还噎在一声吆喝中，魏老婆儿已经砸在他们脚边，成了一泡血肉，谁也顾不上看看老婆子可还有气，一条街眨眼就空了，只有魏老婆儿的粉绿石榴裙呼扇一下，再呼扇一下。

假如那天葡萄在街上，魏老婆儿说不定会多赛几年秋千。葡萄在，葡萄常赖在秋千上，急得魏老婆儿在下面骂。葡萄听见响枪也不会头朝下栽下来，把人拍成一泡子血肉。对于葡萄，天下没什么大不了的事。听人们说：“几十万国军让十万日本鬼子打光了，洛城沦陷了！”她便说：“哦，沦陷了。”她想的是

“沦陷”这词儿像外地来的，大地方来的。

葡萄那天给她公公收账去了。她公公看中她的死心眼，人不还账她绝不饶人，往人家窑院墙上一扒，下面窑院里的人推磨、生火、做饭，她就眼巴巴看着。有时从早到晚，窑院里开过三顿饭了，她还在那儿扒着。要问她：“你不饥吗?”她说：“老饥呀。”假如人家说：“下来喝碗汤吧。”她便回答：“俺爹说，吃人嘴短，账就收不回来了。”人说：“不就欠你爹二斤‘美孚’钱吗?”她说：“一家欠二斤，俺家连汤也喝不上了。”

葡萄的公公叫孙怀清，家里排行老二，是史屯一带的大户，种五十几亩地，开一个店铺，前面卖百货，后面做糕饼，酿酱油、醋。周围五十个村子常常来孙二大的店卖芝麻、核桃仁、大豆，买回灯油、生漆、人丹、十滴水。过节和婚丧，点心、酱油都是从孙家店里订。收庄稼前，没现钱孙二大一律赊账。账是打下夏庄稼收一回，秋庄稼下来再收一回。眼看秋庄稼要黄了，还有欠账不还的，孙怀清便叫儿子去收。孙怀清嫌儿子太肉蛋，常常跑几天收不回钱。再逼他，他就装头疼脑热。葡萄这天说：“我去。”晚上就把钱装了回来。村里传闲话的人多，说孙怀清上了岁数忘了规矩，哪有一个年少媳妇敢往村外跑的。孙二大只当没听见。

走上魏坡的小山梁子，葡萄听见了枪声。魏坡和史屯就隔一道坡，坡上的土怪异，形成直上直下的土崖，没有成林的大树，一些灌木从崖壁横生出来。这些土崖和灌木便成了屏障，一个拐弯，才发现迎头走来的那个人已到了跟前。葡萄站住脚，看枪声惊起的麻雀把天都遮阴了。咋天夜里山里跑出来几个“老八”，来史屯街上找粮，到第二天下午才把粮筹齐，刚要回山，碰上两个扯电话线的鬼子，顺手就宰了。没想到电线杆顶上还有一个鬼子，把消息从电话里传回鬼子兵营去了。人们在史屯街上看秋千时，一个连的鬼子已包围过来，官道民道，羊肠小道一律封住。

葡萄落下目光，看见一个人影从土崖那一面闪出来。这是个穿黄军装的小伙子，比她男人铁脑还小，嘴唇上的黑茸茸还没挨过剃刀。这是个鬼子。仗打了七八年，她还头一次跟个鬼子脸对脸、眼瞪眼。年轻的鬼子跟她说了句什么，刺刀向外面挑了挑。她不懂，还看着他。他上前半步，刺刀尖横过来，用枪杆往外推了几下，脸上不耐烦了，牙也龇了出来。牙可是真白。葡萄往后退了一步。

他再往前一下，枪又一推挡。

葡萄明白了，他是把她往外撵，不让她回史屯。她急了，忘了鬼子不懂她的话，大声说："俺回家做饭呢！"鬼子回了她一句，恶得很。她做了个端碗喝粥的动作，嘴吸溜吸溜响。鬼子明白了，枪一撤，头一摆，她走了过去。还没下坡就见四面八方的鬼子把村里人往空场上赶。场子一头搭的小戏台还没拆，是夏庄稼收下后办社火搭的。

人群里没有闺女，都是媳妇。闺女们都藏在各家磨道下或水井里，粮食也藏在那里。

葡萄跟村里的媳妇、老婆儿们站在场子一边，男人们站在另一边。一两百鬼子浑身汗得透湿，枪都上着刺刀，围在场子四周。隔着几步，人都觉得让枪口指得后脑勺发胀。

葡萄的男人铁脑跟所有男人一样，两手捧住后脑勺，蹲在地上。男人们的脚都拴了指头粗的电缆，四五个人串成一串。集上卖烧田鸡，就这么个穿法，葡萄心想。

男人女人之间，留出二十步的距离。中间走着两个人，一个是挎长刀的，一个是挎短枪的。两个人走过去，走过来，步子不快不慢，出左腿出右腿都有商量似的。两袋烟工夫，男人女人都让他们走得心乱气短。

挎长刀的那个人一下子停住，挎短枪的人没提防，一步已经出去，赶紧又退回来，两个膝头一颠。挎长刀的人跟他说了一句话，斯文得谁也没听见声音。挎短枪的人亮开嗓子说：“大爷大娘们，大哥大嫂们！”

原来这货是个中国人。村里人不懂也有翻译这行当，只在心里叫他“通翻鬼子话的”。翻过来的鬼子话大伙渐渐明白了：场子上这几百人里有十来个八路军游击队，他们是杀皇军的凶手。人家皇军好好在那里架电话线，你就把人家给杀了。良民们能不能让凶手逃过惩办？不能够！再往下听，人们眼皮全耷拉下来，腿也发软。鬼子要媳妇们认领自己的男人。

媳妇们都一动不动，大气不出。不用看脸，光看脚也知道谁生谁熟。十来个“老八”比她们男人皮要白些，白天歇着夜里出动的缘故，也不如她们男人硬朗，吃得太赖，饥饱不均。老婆儿们把五六十岁的老汉们认了出来。

场子上还剩的就是青壮年。一个年轻媳妇站起来，头低着，木木地朝男人那边走。她叫蔡琥珀，是前年嫁过来的，怀头一胎时，摇辘轳把打井水手软了，辘轳把打回来，打掉了肚子里六个月的男孩。第二胎生的是个闺女，从此公婆就叫她拉磨，把牲口省下，天天放在野地吃草。她走了五六步，停下，把怀里抱的闺女送到她婆婆手里。这时她抬起头来。男人们从来没见过她眼睛什么样儿，她老把它们藏在羞怯、谦卑以及厚厚的肿眼泡后面。这回他们看见了她的眼睛了。她的眼睛原来也跟黑琉璃珠搁在白瓷棋子上一样，圆圆的好看。她把这双眼在他们身上走了一遍，又藏到眼皮后面去了。然后她脚步快起来，走过头一排男人，跟她男人照面也不打就错了过去。她低头埋脸，扯上那个三十来岁的“老八”就走。

翻译看出这汉子的手在年轻媳妇手里挣了一下。但翻译没说什么。这不是他的事。多一事不如少一事，事一完快回洛城去。蔡琥珀把汉子领到场子南边，眼一黑，头栽在汉子的肩上。

八个“老八”都给救下了。一个老婆儿往地下啐了口唾沫。她媳妇认回个“老八”来，把她儿子留下当替死鬼，她恨不得马上咒她死。

这时走出来的是葡萄。葡萄刚迈出一步就看见蹲在第一排末尾的铁脑。他蹲得低，上身差不多趴在了大腿上，两手再去捧后脑勺，看上去活受罪。他看了葡萄一眼，就低下头去。葡萄肯定解恨了，这么多年他不理她，作弄她，种种的恨葡萄今天都能解了。她认个“老八”，从此出了气。连两个月前圆房，他都没好气给她。对于铁脑，丢脸不叫丢脸，它就叫王葡萄。现在葡萄可要出气了。

葡萄走得很慢。兴许人们心焦，觉着她走得慢。从她背后看，葡萄还是个小闺女，个头不小罢了。圆房那天，孙家的客棚搭了十来个，棚边缘上的“胡椒眼儿”都是用阴丹士林蓝布新搭的。办喜事当天，院子里垒了三个八风灶，请了洛城的两个掌勺师傅和一个打烧饼师傅，流水席从中午吃到晚上。全村的板凳、桌子都借去，还是不够，开席前又去街上小学校借。葡萄没有娘家，是给一帮逃黄水的人带到史屯的。直到她圆房这天，村里人才想起多年前孙怀清买下个小闺女这桩事。葡萄给花轿抬着在史屯街上走了一趟，铁脑的舅舅骑大红马统帅迎亲的人马，压轿的、护轿的、担鸡的、挡毡的，都是孙姓男儿。葡萄嫁得一点不委屈不寒碜，场面毫不次于这一带任何一家大户嫁女。停了轿，打起帘子，全村人看见走下来的王葡萄没有披盖头，就是两个黑眼镜遮住眼，头发也不梳髻，齐耳打了个弯弯，脑袋顶上是一顶红绒花头冠。村里有跑过西安郑州的人，说这是上海时兴的新媳妇头饰，盖什么头？大地方成亲前脸蛋何止是看过，亲都亲过。葡萄和铁脑一锅里吃，一坑里屙都七八年了，还用掀挑盖头吗？不过人们都觉得戴一副黑眼镜，多俊气的脸蛋都能毁了。

葡萄还差两步就到男人们面前了。她不走了，对着铁脑说："还不起来！"铁脑飞快地抬头，看她一眼。想看看葡萄和谁拿这么冲的口气说话。看看她和谁这么亲近，居然拿出和他铁脑讲话的恶声气来了。他发现葡萄盯的就是他。"叫你呢，铁脑！"葡萄上前一步，扯起比她大三岁的铁脑。

铁脑等着一个鬼子上来给他解脚上拴的电缆。每回他在枣树林子里跟男娃们玩耍忘了时辰，葡萄就会远远地喊过来。她喊："看见你啦，铁脑！往哪儿藏哩？……回家吃饭了！……咱吃捞面条！……打蛋花哩！……还搁大油！你回不回？……叫你呢，铁脑！……"那时她八九岁，他十一二。从场子这头往那头走的时候，葡萄不跟铁脑拉扯着手，不像前面救下老八的那八个年轻媳妇。假如那个翻鬼子话的人懂这一带的规矩，肯定就看出蹊跷来了：此地女人无论老少，都是男人屁股后头的人；没有谁家女人和男人走一并肩，还手扯住手。葡萄和平常一样，跟铁脑错开一步，他走前，她在后。铁脑去史屯街上上学，葡萄就这样跟着，手里提着他的蒸馍、书包、砚盒。只有两回例外，那是看戏，葡萄个子矮，铁脑把她扛在脖子上。一面扛着她一面赌咒："下回再带你看戏我就属鳖。"第二次她讨好他，骑在他背上说："油馍我都省给你吃。""油馍就够啊？""那你要啥？给你做双鞋？""你会做鞋？还不把后跟当鞋脸？"葡萄却是在十二岁那年给铁脑做了第一双鞋，底子纳得比木板还硬。

葡萄没有感觉到所有人都在看她。那个挎长刀的鬼子又斯斯文文地跟翻译说了几句话。

他的斯文话到了翻译这儿就是吆喝："站住！……不许动！"全体鬼子抽风一下，鞋掌子、枪杆碰出冷硬的声响。

"你是他什么人？"翻译问葡萄。

"媳妇。"

翻译对挎长刀的鬼子介绍了这对少年男女的关系，说话、点头、屈膝盖、颠屁股，几件事一块做。鬼子手扶在刀把上，朝葡萄走过来。他近五十岁，原本是个专画地图的军官，正经军官死得差不多了，把他弄上了前线。他看看这个中国女孩，给太阳晒焦的头发扎成两个羊角，颧骨上一块灰白的蛔虫斑。媳妇是要梳髻的，这点知识他还有。他的刀慢慢地抽了出来，刀尖还留在鞘里。“有证人没有？”鬼子通过翻译问葡萄。

人们看见铁脑已是一张死人脸。他们有一点幸灾乐祸：好运还都让你老孙家摊完了？有钱没钱，在鬼子这儿全一样。

“俺村的人都能证明。”葡萄说，“你不信问他们，收下麦他们都来俺家吃了喜酒。”

人们这时发现葡萄这女子不是个正常人，她缺点什么。缺的那点东西非常非常重要，就是惧怕。这是个天生缺乏惧怕的女子。什么人缺乏惧怕呢？疯子。难怪她头一次上秋千就荡得和魏老婆儿一样疯。一个孩子的嘴没让奶头堵住，哇哇地哭起来。

“你们能不能给他俩作证？”翻译对四百来个史屯人说。

没有吭声，头全耷拉得很低。

“没人给你们作证。”

葡萄不说话了，看着翻译，意思是：“那我有啥办法。”鬼子的刀全出鞘了。翻译赶紧问：“你公、婆能给你作保不能？”葡萄说：“能呀。”翻译冲着人群喊，“谁是他俩的老人？出来出来。”

“别喊了，他们去西安了。二哥毕业呢。”

“你们这儿的保长呢？让他保你们。”

“俺爹就是保长。”

铁脑的两个小腿都化成凉水似的，也不知靠什么他还没栽倒下去。他只巴望所有的饶舌都马上结束，请他吃一颗枪子，就算饶了他。他怕那把长刀万一不快，搁脖子上还得来回拉，费事。不过枪子也有打不到地方的，让你翻眼蹬腿，也不好看。说不定还是刀利索。刀也就是上来那一下冷飕飕的不得劲，刀锋吃进皮肉时还会“哧”的一响。还是枪子吧，别把脑袋打成倒瓤西瓜就行，铁脑是个特要体面的人。

鬼子说了一句话。翻译说：“小丫头，你撒谎。”鬼子又说了一句。“撒谎是要有后果的。”葡萄问：“啥叫‘后果’？”鬼子对翻译“嗯？”了一声。翻译把葡萄的话翻成鬼子话。

“刷啦”一声，刀横在了葡萄脖子侧面。翻译说：“这就叫‘后果’。说实话吧。”

葡萄抽动一下肩膀，眼睛一挤，等刀发落她。全村人和她的动作一模一样，全是抽动肩膀，挤紧眼皮。几个老人心里悔起来，本来能做一件救命积德的事。

鬼子却突然把刀尖一提，人们看见葡萄的一只羊角儿齐根给削断了，落在地上。再看看那把长刀，已经垂下来。他同翻译说了两句话，眼睛盯着葡萄。

“假如你这样的小姑娘都能舍自己的亲人，救你们的抗日分子，那你们这个低贱、腐烂的民族还不该亡。”

没几个人听懂他咬文嚼字地在讲些什么。大家只懂得可以松口气了，葡萄总算没做刀下鬼。

八个史屯的年轻男人给拉走了。是去当伕子修工事、搬炮弹、挖煤。不累死的饿死，结实活到最后就挨刀挨枪子。他们走得你扯我拽，脚上的电缆不时把谁绊倒。女人们都哭起来，不出声，只在喉咙深处发出很低的呜呜声音。也都不擦泪，怕擦泪的动作给走去的男人们看见。场地在稍高的地势，能看见被电缆拴走的人走过窑院最集中的街，能看清他们中一个人还歪着脸看从下面窑院长上来的一棵桐树，梢子上挂了一个破风筝。

人们听见三十来岁的老八说话了。他眼睛也红红的，鼻子也齉齉的，说：“说啥也得把他们救回来。”没人吭气。黄衣裳鬼子把八个史屯男儿遮住了。老八又说：“只要咱这几个老八活一天，就记着这一天是谁给的。”还是没人吭气。鬼子也好，史屯男人也好，都要在史屯四百多人眼前走没了。

“今天鬼子来得这么准，当然是得到通风报信的。乡亲们都知道，老八最公平：有功的赏，有恩的报，有奸也要除！”

人们开始把心思转到“除奸”这桩事上来，也都不哭了。鬼子是扑得准啊，怎么一来就把史屯围上，而没去围魏坡、贺镇呢？

老八们拿上筹办好的粮就要走。大家还是说了两句留客的话：好歹吃了晚饭再走吧。老八们都说不了不了，已经是受了老乡们的大恩大德了。他们还是让老乡们懂了那层真正的意思，你们这村咱敢待？还让那奸细得一回手？

老八走后没有一座窑院起炊烟的。也都不点灯，月光青灰色，却很亮。要是一个人上到最高的坡头上，史屯上百口窑院看起来就是一口口四方的巨大井口。十几岁的男孩子们还是睡在场院上，只是这晚没人给他们讲“七侠五义”或“聊斋”。老头们睡场院是怕窑屋里闷，听不见官路上的响动，鬼子再来跑不及。几个老头脸朝星星躺在破草席上，隔老大工夫，谁说一句：“咋救呢？看看人鬼子啥武器。”“老八会飞檐走壁。”“还说老八红胡子绿眼呢！还不是跟咱一屌样。”

铁脑也在场院上睡。这季节窑屋潮得滴水，所以夏天他睡惯了场院。下露水之前，人们被两声枪响惊醒。一两百条狗扯起嗓门叫成一片。葡萄穿着裤衩背心，打一双赤脚从床上跳下来。枪声是响在场院上，她惊醒时就明白了。

村里人也都起来了，悄悄摸起衣服穿上，一边叫狗闭嘴。狗今夜把喉嗓都叫破了。等狗渐渐静下来，谁突然听见哭声。那哭声听上去半是女鬼半是幼狼，哭得人烟都绝了，五十个村镇给哭成了千古荒野。人们慢慢往场院上围拢，看见葡萄跪坐在那里，身上、臂上全是暗色的血。月光斜着照过来，人们看清她腿上是头脸不见的一具人形。那两枪把铁脑的头打崩了，成了他顶不愿意做的倒瓤西瓜。

七岁的小闺女告诉人们她叫王葡萄。她口舌伶俐，不过有问才有答。逃黄水的人在村外的河滩上搭了芦棚，编起芦席作墙。史屯的人过去给他们半袋红薯干或一碗柿糠面，问道："那小闺女卖不卖？"逃黄水的人你看看我我看看你，没人做这个主。小闺女王葡萄的全家都让黄水卷走了，卖了她谁数钱呢？

过了几天，史屯人看见河滩上芦棚边拉起绳子，绳子上挂着一串串的鱼。他们咋吃这些腥臭东西呢？村里有条狗吃鱼，让刺给卡死了。史屯人于是断定这些黄水边上的人命比他们贱。史屯连柿糠面也吃不上的人，都不会去忍受一口肉半口刺的腥臭鱼肉。

孙克贤要买小闺女王葡萄的事马上在史屯街上传开了。孙怀清正在店后面教两个徒工做酱油，听了这事把身上围裙一解，边跑边撸下两只套袖，一前一后甩在地上。他叫账房谢哲学把两袋白面装到小车上，推上车到河边来找他。还怕赶不及，他在街上叫了两个逃学的男孩，说："快给你二爷爷跑一趟——到河滩上告诉孙克贤那驴，让他等在那里，他二大有话跟他说。"说着他扔了两个铜子给男孩们。

孙克贤比孙怀清小一岁，是他本家侄儿。孙怀清知道孙克贤一半钱花在窑姐身上。他老婆比他大七岁，买下个小闺女就等送老婆走了。赶到河边，见逃黄水的人正和孙克贤在交钱交货。他牛吼一声："孙克贤！"

孙克贤一听，不动了。他明白孙二大其实是在吼：你个骚驴！他回过头，对斜身从堤坡上溜下来的孙怀清笑笑，回答道："二大来啦？"

孙怀清像看不见他。他先看一眼叫王葡萄的小闺女。能看出什么来？一个脸上就剩了一对眼。他对七八个逃黄水的人说："大伙儿合起来做的主，是吧？"那些人用外乡口音说留下她，她就活出去了。让她跟上讨乞，他们自己都保不准往哪儿走，能走多远。

孙怀清这时才跟孙克贤正式照面。他看着他，自己跟自己点点头。孙克贤马上明白，二大的意思是：好哇，连这么小个闺女你都要打了吃呢。孙克贤有些家业，也读过书，只是一见女色钱财，书理都不要了。"拾元宝啦？出手就是两袋白面？"二大问大侄儿。

孙克贤听出二大其实是说：两袋白面钱，你过几年就能受用她，拣老大个便宜。

"借的。救急救难的事，都不图啥。"孙克贤说。

孙怀清见这个大侄儿打算把无耻耍到底了。他也把脸扮出些无耻来。人们知道孙二大就好逗耍，过后人们才明白他真话都藏在逗耍里。孙克贤精，上来就能听出二大话里有话。

"你三个儿子都说了媳妇了，你买她弄啥？"

孙克贤的笑变得很丑。他脸丑了好大一阵，还是想出话来回。"就想给孩子妈添个使唤人手。"

"噢。"孙怀清点点头，笑眯眯的。

孙克贤于是听出这声"噢"底下的话是："你老婆可是见过你有多不要脸：当着儿媳就到墙根下撒尿。"

孙怀清说："小闺女我买了。"

孙克贤急得说不成话："哎，二大！……"

"我铁脑还没定亲。"孙怀清说。

孙克贤说："铁脑人家荣华富贵的命，还读书！这闺女小狗小猫都不抵，咋般配？"

孙怀清转过去问逃黄水的人："你们说成价钱没有？"

"两袋白面，"逃黄水的一个老头说，"那掌柜你给多少？"

“也是两袋白面。”孙怀清说，“面是一样的面。”

孙克贤直是颠着两只抽纸烟熏黄的手：“二大，咱也该有个先来后到……”孙怀清还是笑眯眯地说：“你不是早惦记要孝敬孝敬你二大？”孙克贤明白他话里的话是：觅壮丁的时候，你家老大可是中了签的。老八来拉人当兵，也是我帮你应付的。

葡萄跟着孙怀清回到村里。铁脑妈上来比比她的胯，捏捏她的胳肢窝，又看看她的脚丫。她说：“嗯，以后个子不小。看戏好。肩膀厚，能背犁。有八字没有？”葡萄告诉她，她娘只说她是后半夜生的，属马。第二天铁脑妈说：“八字和铁脑也合。那就留下看看吧。顶多糟蹋两袋白面。”

葡萄头一天吃罢晚饭就上了锅台。锅台齐她下巴，她两手举着刷锅笤帚“呼啦呼啦”地刷锅，刷得她一头一脸的菜叶子、油星子。葡萄刷了锅，一身刷锅水味，眉毛上沾着一片红辣椒皮。二大吸了吸鼻子，看她一眼，指指她的红辣椒眉毛笑笑。第二天晚饭后，葡萄去灶台上刷锅，发现灶前搁了把结实的木凳子。她踩上凳子，听见二大吸烟袋的声音就在厨房门口：“凳子够高不？”“够。”“别摔下来。”“嗯。”

以后葡萄和二大再没说过话。从八岁起葡萄就学会搓花絮条子。她常坐在她的屋门口，搓得头发、眉毛、眼睫毛都白了，二大从那里过，见她两只手飞快地把棉花卷到高粱秆上，搓得又快又匀，忙得顾不上抬起眼来招呼他。不久听见铁脑妈问她：“葡萄，昨一天纺了几根花絮条子？”“二十七根。”“才这点？人家一天纺三十根呢！”二大知道铁脑妈撒谎，村里最能干的大闺女一天不过也才纺二十五根。

二大第二次和葡萄说话的时候，她十一了。黄昏她在坡池边洗衣服，二大走过来饮他的牛。他说：“葡萄，十一了吧？”

“嗯。”

“虚岁十二了。”

葡萄把从坡池里舀上来的水倒进铜盆。盆里是铁脑妈的裹脚布和二大的旧长衫。

“洗衣裳洗出过啥东西没有？”二大问她。

她回过头，看着二大。二大心里一惊，这闺女怎么这样瞅人？二大回避了她直戳戳的眼睛，心里却懊恼：回避什么呢？我怕她？我心里亏？

“没洗出过啥东西来？”他看着老牛的嘴说。

“啥东西？”

“一个小钱两个小钱啊，一件不值啥的小首饰啊。”

葡萄还是看着他。他还是看着一动一动的牛嘴。葡萄猛一醒，抓了长衫就抖，真抖出两个铜板来。

“你看看。”孙怀清说，“有人在考你的德行呢。记着，以后洗衣裳洗出啥也别拿。可不敢拿，懂不懂？”

后来葡萄洗出过不少东西：一串琉璃珠子手镯、一张钞票、两团红绒线。总之都是小闺女们喜好的物件。有一次葡萄把衣服搓完才搓到一小疙瘩硬块，打开一看，是个包着玻璃纸的洋糖果，都快化没了。她赶紧端上盆就往家跑。铁脑妈正在睡午觉，葡萄就把那已经空瘪的糖果放在她躺椅的扶手上。

下一年的端阳节，铁脑妈拿出三件枣红小褂，是拆洋面口袋布染的。她说三件褂子有铁脑姐姐一件，铁脑舅家的闺女一件，还有一件是葡萄的。葡萄才十二，孙家的饭尽她吃，吃得早早抽了条，不比铁脑姐姐玛瑙矮多少，只是单薄。铁脑妈说葡萄岁数最小，头一个挑选小褂。葡萄看出三件一模一样的褂子其实是不一样的：洋面口袋上印的黑字码没给红染料遮严实，落在一件褂子后背上。谁要那件带字码的褂子，谁是吃亏的。她这时瞥见二大的眼睛一挤，促狭地一笑。她明白了，拣了那件带字码的，委屈都在鼻头上，通红的。二大怕她哭出来，使劲挤眼斜嘴，偷偷逗她。他了解葡萄，对于她什么苦都不难吃，就是亏难吃。

很快葡萄就不需要二大提醒了。有几次铁脑妈叫她给短工送茶饭到田里。摆上饭菜，倒茶时发现茶壶里“咯噔”一响，一看，壶里两个煮鸡蛋。她把两个蛋都搁在碗里，唤那伙计收晌吃午饭。晚上铁脑妈一见伙计就问他午饭吃得可顺口，也没啥好东西，可得吃饱啊。伙计回答吃得可饱哩！俩咸鸡蛋抵得上四个馍，一下午都不饥！

葡萄十三岁那年发花，高烧七天不退。铁脑妈说：“恐怕不中了，看那小脸啥色？盖张纸，敢让哭丧婆来号了。”二大却说这闺女命硬，还是到处找偏方，请郎中。第八天黄昏，来了个媒婆，掂了一包粗点心，一丈红布，说是受村西史冬喜他妈之托，来给冬喜去年害痨病死的弟弟秋喜订鬼亲。她拿出秋喜的八字，说葡萄比秋喜大三岁，女大三，抱金砖，就等葡萄一咽气，把鬼亲成了，两家也图个吉利。媒婆嘴皮翻飞，手舞足蹈，说秋喜是史家三个孩子里顶孝顺，顶厚道的，结成鬼夫妻也会听葡萄的，啥事也是葡萄做主，受不了气。二大说做主是做主，就是做了鬼葡萄也歇不成，还得天天给她男人晒尿片子，秋喜可真敢尿，一尿尿到十一岁。二大是戳穿史家撒的谎：为了能和葡萄结上鬼亲，史家把秋喜的年龄谎说一岁。媒婆也不尴尬，笑着说，人家就是看中葡萄勤快，能呗！二大又戳穿她：其实史家是图葡萄没娘家，没人跟他们多争彩礼，两丈布的彩礼就省下一丈来。媒婆把点心和一丈红布掂了回去，第二天加了一包点心，又来了。二大说她白跑腿，葡萄还没断气呢。媒婆说反正她没事，院子里坐坐，等等，说说话。二大叫她别等了，要等得等六七十年；六七十年后，葡萄还像魏老婆儿那样跪在秋千上比赛。史家等不及葡萄了，把魏坡一个死了六年的闺女说给了秋喜，成了鬼亲。史家给秋喜娶鬼媳妇那天，雇了个逃荒来的响器班子，全村孩子跟着跑。冬喜出来迎鬼新娘的空花轿，经过二大家时，看见鬼一样瘦的葡萄已经坐在院子门口纺花了。

再往后孙怀清连收账这种差事都交给葡萄。收账原先是他账房谢哲学的差事，谢哲学面子薄，谁都不得罪，有的账一拖能拖年把。铁脑也不行。孙怀清对这个小儿子不指望什么，说他是狗屎做的鞭——文（闻）不得，武（舞）不得。葡萄出去跑，村里很快就有人说，葡萄给教得没个样儿，谁家的闺女整天往村外跑？铁脑妈把话学说给孙怀清。二大说把个闺女变成媳妇还不容易？圆房呗。

孙怀清从西安回来是一个人。在车站他已听说铁脑的事。去接他的账房谢哲学等他上了骡车才说："二大，您老可得挺住了……铁脑不在了。"接下来谢哲学简略地说了那个黄昏的事件，村里一下子添出九个寡妇。他说村里人判断铁脑是给当奸细除了的。车子快进村的时候，见葡萄吆着老驴从河上孙家的水磨房回来，隔老远，她便叫着问道："俺妈呢？"

这时孙怀清才"呜呜"地哭起来。才两个月，他就没了两口人。铁脑妈在鬼子空袭铁路时给炸死了。谢哲学心想，他只顾琢磨怎么把铁脑的死讯报给孙掌柜，竟然没问一声铁脑妈没一块回来。

麦子种下之后，人们见孙怀清又在他店里张罗了。他还是老样子，手不空，腿不停，嘴也不闲。进来出去，他总是捎带个什么，捎进去需要重上漆的门板，再捎出一桶刚灌的醋，或者顺手拿起刀，裁几刀黄表纸。他做活爱聊天，跟两个伙计一个账房聊，再不就跟来买东西的主顾聊。实在没人聊，他就一个人唱戏，唱词念白加锣鼓点，生旦净末丑，统统一张嘴包圆。有时唱着唱着他会吼起来："个孬孙，你往哪儿溜？溜墙根我就看不见你啦？"

对面墙根阴影里便出来几声干笑，说哎哟二大，您老回来啦？孙怀清说他要是不回来，也让鬼子炸火车炸死了，他俩那账就烂了不是？那人便说二大说话老不好听，人还有张脸哩。二大说赊账是他二大仁义，不赊账还是他二大仁义。可不是二大仁义——二大舍不得大侄儿砸锅去，是不？二大便说砸了锅是大仁大义，不然就是妇道仁义。那就缓大侄儿三天再砸呗。一天不缓。那人一口一个好二大，亲二大，说这回是真戒了。要再不戒咋说？不戒大侄儿就是鳖日的。

孙怀清看着那人呼扇着破长衫溜了。他最小看史屯街上的几个先生，地不会种书也没读出用场，会的一样本事就是败家。五个先生里有三个抽鸦片，抽得只剩一身长衫，冬天填上絮作棉袍，夏天再把絮抽出来作单褂。鸦片都是从伙计手里赊账买走的。伙计们经不住他们死泡硬磨。中间最难缠的一个叫史修阳，十年前还教二十个私塾学生，现在谁家都不叫孩子去跟他学不长进了。史修阳一来，伙计们就到后面作坊去叫孙怀清。孙怀清若不在，他们赶紧拨算盘的拨算盘，称盐巴的称盐巴，装做忙得看不见他。

除了孙怀清，只有葡萄能对付这几位先生。一听要赊账，她马上把秤一撂说：没钱别买。若是回她：你公公都赊账。他是他，我不赊账。你当你公公的家？我谁的家也不当，买得起，买，买不起，饿着，光想肚皮不受罪，不想想脸皮多受罪。

一回来了个外乡人，穿着制服，手里拿着帽子。他要买一盒烟卷里的五支烟。葡萄说那剩的卖谁呀？外乡人笑眯眯地打量她。说爱卖谁卖谁，反正他只买五支。他说话间就把一张钞票拍在桌上。葡萄说没有钱找。外乡人还是笑眯眯的，说那我没零钱。就算你老哥揩你油吧。葡萄说等等，她把钞票拿过来，撕下一个角。外乡人不笑眯眯了，说你这臭丫头蛋子，撕了一个角，这钱不废了？葡萄眼睛直逼逼地看着他，说那正合适：你剩下一多半钱，我剩下了一多半烟卷。

外乡人一下子分了神，是葡萄的目光让他分神的。这是一双又大又黑又溜圆的眼，假如黄一些就是山猫的了。这双眼看着你，让你想到山里幼年野物，它自以为是占山为王的。它尚不知山里有虎有狮有熊，个个都比它有资格称王，它自在而威风，理直气壮，以为把世面都见了，什么都不在它话下。

两个伙计赶忙上来圆场，说葡萄才十五岁，老总别跟她一般见识。两人不露声色地把烟盒揣入老总的手里。老总也觉得有必要找回点面子，笑笑说谁家小姑娘，挺识逗哩。

老总走了以后，两个伙计对葡萄说哎呀，少奶奶，你惹谁不行去惹中央军哪？他们来洛城给鬼子受降的，个个都觉着是功臣呢！葡萄说哦。过一会儿她问：谁是中央军？就是咱中国军队呗。扒花园口的？对呀！扒了花园口，他们就抗日打仗去了。哦。葡萄点头，又想起什么：那老八呢？老八也抗日啊。都抗日，老八和中央打啥呢？伙计们想，她又死心眼上了。一个伙计说，葡萄，老八和中央军不一事儿；老八是老共的军队……他话没说完，葡萄已经走开去砸冰糖了。

从那天之后，镇上热闹起来，好几个军队进进出出，你占了镇子我撤，我打回来你再败退。店家都上了门板，只留个缝，让顾客买急用的东西。中央军、地方军、八路军游击队、民团，都要参加受降。日本军却说，他们只给一家军队投降，就是中央军。八路军游击队神出鬼没，在受降那天的清晨包围了洛城和中央军驻地，说中央军哪里打过鬼子，洛城沦陷后就溃不成军，早不知逃哪儿去了。坚持和鬼子打游击的只有八路军。中央军说八路军一半人是土匪。不错，八路军是改造了一批土匪，现在他们不再是土匪，是英勇善战的抗日勇士了。谈判没有结果，日本军指挥官说话了。他说他接到的命令是投降国军第十四军。八路军说十四军偷盗抗日志士的胜利果实。日本指挥官说抱歉，他只服从上级命令。假如八路军一定要受降，那么日本军只有打。

受降之后的中央军到史屯镇上逛悠，进馆子要馆子老板请他们吃贺功酒，进剃头店澡堂子也要求白给他们搓背、剃头、修鸡眼。史屯街上有几家打酒馆旗的娼馆，大军进去，也要窑姐儿们请他们睡几夜。正经生意都不敢大开张，全像孙怀清的店一样，留一块门板不上，货物也是些药品和盐，再就是生漆、桐油之类，都是拿去也吃不成、喝不成的东西。

白天他只留一个伙计做买卖，葡萄早就不露面。到了晚上，店里人反而多了。孙怀清知道史屯街上热闹成这样，就是劫难要来了。夜里上上铺板后，两个伙计、一个账房都住在店里。他和葡萄看守货仓，账房看守前店堂，两个伙计守着作坊。后门口放着一把铡刀，从那儿爬进来的歹人一伸头，正好一刀。

一天早上，天下小雨，葡萄听见后院有响动。后院是块铺了石板的空地，用来晒黄豆，晒糟子，做枣泥也在那里晒枣和核桃仁。葡萄掂着分量，挪步到后门，从大张嘴的铡刀看出去。门缝外满是人腿，全打着布绑腿，也有穿马靴的。她听见的话音全是外乡音。

孙怀清这时披着夹袍走来，见葡萄跪在地上，眼睛挤住门缝，便压低嗓音问她在弄啥。

“外头腿都满了！”葡萄说。

“谁的腿？”

“光见腿了！”

孙怀清不再问什么，使个眼色叫她还去守货仓。他怕她没深没浅，再得罪门外的老总们。

从此后葡萄常常在清晨听见后院有响动。后院是史屯街上最光溜最干净的一块地皮，所以常让各种军队当成宿营地。枪声也时而发生，一拨人把另一拨人打跑了，再过两天，又一拨人打回来，成了占领军。谁赢谁输，孙家店铺后的大院子总是空闲不住，总有人在那里安营扎寨，点火做饭，拉胡琴吹笙，捉虱子抖跳蚤，裹伤口换绷带。葡萄从门缝看出去，都是同样的人腿，不过是绑腿布不一样罢了。有时是灰色，有时是黄色，有时不灰不黄，和这里的泥土一个色。

孙怀清一见葡萄趴在地上，眼睛挤住门缝就“啧”一下嘴，恐吓她也是责备她。她总是一样地瞪大眼告诉他：“外头腿都满了！”

这天早上，葡萄正要趴下去往外观望，听见有人敲门。葡萄不吭气，手把铡刀把紧紧握住。门外的人说：“可能没人在。”说话的人是个女的。另一个人说：“那你去街上别人家看看，能不能借到个脸盆。”葡萄想，这些打绑腿的和前一帮子不同，不是要东西也不是抢东西，是“借”东西。门里门外互不相扰地到了上午，葡萄打开后门，走出去，手里拿着两个盛大酱的瓦盆。她把瓦盆往地上一放，看看周围的大兵们，这些人都穿着大布，补丁红红绿绿的。

大兵们说原来真是有人躲在里面呢。葡萄还是一个个地看他们，说：“你们咋穿这么赖的衣裳？”

大兵们全笑起来。这时她看见他们手里拿的菜疙瘩，麸面搁得比史屯最穷的人家还少。她又说：“吃的也恁赖。”

大兵们更是笑得快活。有个胡子拉碴的汉子说：“你看我们人赖不赖。”

葡萄没直接回答。

她说：“我当你们是老八呢。”

胡子拉碴的汉子说：“我们就是老八呀。”

大兵们笑得满嘴是绿黑的菜疙瘩。

史屯街上太平了下来，又飘起水煎包子、烙油馍的香味。孙家作坊的蜜三刀、开口笑、金丝糕的油甜香味把一个镇子的空气都弄得黏腻起来。葡萄从街上回到村里。家家都种上麦了，孙怀清的地还空着，葡萄驾牛，孙怀清扶犁，种下十多亩小麦。剩下的三十多亩地，就全赁了出去。孙怀清一直是靠自家种的麦供应自家的作坊，家里一下少两口人，就是再雇短工也照应不过来。

正卸牲口时听见前院的台阶上有脚步声。葡萄一回头，见七八个穿破旧军服的人撵着一只花兔子进到院里来。花兔子奇大奇肥，跑起来肚皮蹭地。还有几个没下来的大兵趴在墙上往下看，哇啦哇啦地叫，叫谁谁谁快开枪。所有的鸡都飞成小鹰了。七八个人把兔子撵得直打跌。其中一个问葡萄，兔子是她家的不是。

葡萄不说话。兔子是史六妗子家的。是个兔种，皮毛贵重，说是养一窝兔能换五斗麦。扒在拦马墙上的几个人叫了：都闪开点啊！下面的人也叫：甭乱开枪，打着人！不闪开晚上喝不上兔子汤咧！……

枪没响一个人就把浑身打颤的大母兔扑着了。他拎着兔耳朵站起来，黄军装前襟一大片灰绿的鸡粪，就像没看见葡萄似的，自问自答地说：厨房就是这儿吧？得找点辣子啥的。另一个人大声补充：还要口锅！看看有大号的锅没有？剩下的几个人东顾西盼地进了中院，说哎哟，还是读书的人哩，屋里有书柜子！是个财主？是也不大，这地方就没见一个大财主。

葡萄真是奇怪，他们怎么这么好意思，连晾在椿树下的红铜便桶都歪过头、偏过脸地看。有个大兵进了茅房，尿着就把脸伸在墙头上跟其他人说：这家阔着哩，屙屎都使纸擦腚。

他们在厨房里拿了一串干红椒，一辫子蒜，一大碗盐巴，一口铁锅。

葡萄不顾二大的训诫，张口便说："老八不是不抢人家东西吗？"

大兵们一愣，似乎突然发现这三进的院子不是无人之境。

他们看着葡萄，又相互看看。葡萄并不知自己十七岁的身体已长熟了，细看看脸蛋也是个标致人儿。她见这些大兵笑了，眼睛也在她身上从上往下走。他们怎么和洛城里的二流子一模一样的笑法呢？这些兵笑过了说：“你家住过老八？”葡萄说：“没住过——唉，你那脚别踩了晒的柿饼！”大兵们问她：“那你看我们咋像老八？”“穿得老赖。枪也老赖。”他们一块哈哈大笑。他们这样笑就不像二流子了，和老八笑得一样。他们笑过说：“老八早叫我们打跑了。”“谁管你们谁把谁打跑了，反正你不能揭俺家的锅。”

“揭了咋着？”说着一个兵就伸手来揭葡萄的前衣襟。

葡萄猛不丁地抓起碗口粗的抵门杠，两脚叉得开开的，挡在台阶口。“不搁下锅，我夯死他！”

大兵们可找着个跟他们要闹的人了，这个俊俏女子要“夯死”谁，真让他们肝尖儿作痒心尖儿打颤。本来是不想碰她的，这下她不是给了口实，好让他们朝她一扑腾，拧住她的嫩胳膊，撕碎那小花袄？他们一步一步往台阶上上，她一步一步退上去，每退一步她都掂掂手上的抵门杠。

这时他们发现这个女子有一点不对劲。那两只眼睛不太对劲——缺了点什么。他们互相对视一下，沉默地商量：她是个疯子不是？眼睛不会避人，没有胆怯，不知轻重。要是个疯子就没滋味了。你去扒一个女疯子的裤子，那不作贱自个？那不造几辈子孽？

“把锅放下！”葡萄说着，手上的抵门杠在两个掌间转了转。她背后就是大门，脚踏在最上一层台阶上。几个兵见趴在拦马墙上的同伙打算从葡萄背后袭击她，飞快使了个眼色，叫他们别动。葡萄一下子明白自己腹背受敌，迅速回头看一眼，一手握住杠子，另一只手把门边的铜钟打响了。那是防匪的钟，谁家都有，遭遇土匪就打。

钟声让村里冒出几百扛农具的人。原先扎下营的五十四旅也都挎上武器，拉出了队伍。长官们问警戒哨发生了什么情况，明哨暗哨都说所有的路上都空无一人一马，一切太平。很快有人向长官们报告了打钟的原因，是为一口铁锅。长官们又好气又好笑，把抓兔子揭锅的几个兵绑下，当着史屯人装样地训斥了几句，还把牛皮带丢给葡萄和史六妗子，让她们自己抽打几下出出气。

五十四旅在史屯整天就是开庆功会，也不知都去哪里打了胜仗。一庆功就雇戏班子来唱梆子，白天晚上都唱。五十个村子的人都来看戏，街上比过节还热闹，所有作坊都是大风箱拉得呼嗒呼嗒响，伙计们汗珠子落进炸货的大油锅，溅得噼里啪啦响。孙怀清是个梆子迷，却忙得离不开作坊，看戏的人都喜欢吃点心，他揉面擀面手腕子都要折了。

葡萄也好看戏，但作坊生意太红火，她得不断地磨面。一条河流过十个村子，河上有二十架水磨。在河上游看，二十架大风车一齐打转，远远近近都呀呀地响，谁都会突然在心里生出莫名的情致。葡萄蹬了一天的磨面机，两腿闪跌着走出磨坊。河水里还有阳光，天上却没了。她吐了口干掉的唾沫，就想唱一句什么。葡萄是个没什么心思的人，但在这副景色里站着，她真想有一点心思。

葡萄是立冬后的一个早晨开始有心思的。那天天还早，葡萄刚刚把灶烧起来。二大已起床了，披着棉袍在圈门口看他的牲口。这时有个人在门外叫门，声音很规矩，不像那些兵。他叫：大爷，给开开门吧。他一定从拦马墙往下看，看见了二大。孙怀清也没有问是谁，就上到台阶上面，把两扇大门打开一扇。葡萄听那个规规矩矩的嗓音说：想借大爷家的磨使使。

进来吧进来吧。孙二大把客人让了进来，叫他看着点台阶。

来的人是个十八九岁的小伙子。一张长白脸，眉毛好整齐眼睛好干净。他穿一件黑色长衫，围一条格子围巾，背有点驼。孙二大说：磨就在那棚子里，会推不会？小伙子笑笑，说推是推过，多少年不推了。一边说话，他从长衫里拿出个手巾包。葡萄在一旁看着，对二大说：爹，你跟他说，他就别沾手了。我给他推。小伙子说：那哪能呢？大爷您让妹子给指点一下就行。

葡萄走过去，从他手里拿过手巾包。她约摸有一斤麦子，磨出来再箩一箩，蒸两个馍就不错。她对二大说，爹你让他等着吧，一会就推完了。

她刚走进磨棚，孙怀清跟了进来，悄声说：他那点儿麦，溜磨缝还不够。他从墙角的一个口袋捧出一捧麦来，兑进磨眼。看着磨盘转起来，他说：唱戏的真不值啥，唱一天一宿混不上两个白馍。葡萄心想，难怪他和她见的小伙子们都不一样，是个唱戏的。后来小伙子天天来借磨，葡萄天天往他麦里添一半自家的新麦。渐渐也就了解到小伙子是开封人，自幼学琴，在剧团是头一把琴师。因为他得肺痨，老板才让他吃点偏食，每天给他额外的一斤小麦。小伙子从来不和葡萄说话，葡萄也不理他，两人却谈得颇热闹，句句话都是通过孙二大讲的。

葡萄这天说："爹，你问他有个名儿没有？"

小伙子回答："大爷，我姓朱，单名梅。"

葡萄又说："爹，他还能在咱这儿唱几天戏？"

小伙子说："大爷，我们后天一早就走了。这儿的队伍也要开拔了去打老共了。"

晚上葡萄到作坊帮忙，二大说："朱梅这孩子命苦，痨病不轻哩。"

"可是不轻，"葡萄说，"听他说话嗓子底下拉着个小风箱。"

"拽一天琴弓子，也不省力。才挣俩馍。咱村五合也比他挣得多。"孙二大又说。

葡萄认识五合。五合来给孙二大打过短工，本来想让他学徒做糕点做酱油，就是治不了他的偷嘴，拉倒了。

“孩子是个好孩子。我说朱梅。谁家闺女说给他谁倒霉，看他拿什么养活媳妇？再说寿也太浅了。”

葡萄手在油酥面上揉着，心里满是心思。

第二天村里有一家娶媳妇，趁着戏班子还没走，雇他们唱几段堂会。新郎原是抽上签去顶壮丁的，家里借了几十块大洋，找了个壮丁替身，所以娶亲就显出凑合来。也没有买白灰刷墙，只在新打的窑洞里用新麦秸加泥抹了一下。葡萄听见吹响器就呆不住了，赶忙把磨成的面装了口袋，扛上驴车，从河边赶回家，换上一身新做的棉袄。日本人投了降，日本货在史屯集上还总是俏销。孙二大店里进了日本产的假缎子，若他不先剪一块给葡萄留着，就让闺女、媳妇们抢光了。葡萄做的这件假缎子棉袄是粉底白花，颜色太娇她一直不想穿。这时把它套上，跑出门，又跑回来，照照镜子，心里没底得很。自己是个守寡女人，穿这么娇艳是要作怪去了。但葡萄怕谁呢？她胸一挺，下巴一抬，我葡萄是风流寡妇又怎样？铁脑刚死的时候，她一边头发长，一边头发短，在街上给人指戳说成是“奸细媳妇”，她当街叫板：“你不是孬货站到我面前来！敢当我面叫我奸细媳妇不敢！”

葡萄跑到娶亲的那家，见朱梅也穿了件红坎肩，坐在窑院里拉琴。他看葡萄一眼，马上把头低下来。葡萄却不饶他，眼睛等在原地，等他再一次抬头来看她。朱梅的脸也不白了，腮帮上涂了胭脂似的。虽然不敢正眼看葡萄，但葡萄知道他琴就是拉给她一人听的。琴弓上长长的白色马鬃和他油乎乎的黑色半长头发一块甩动，文文静静一个人竟也会撒人来疯。

到了闹洞房的时间，葡萄挤在大叫大笑的人群里，感觉一股文弱气息就吹在她脖梗上。葡萄不是不敢回头，是怕一回头吓住他。他吹在她脖梗上的温乎气儿带一点他的味道，是苦丝丝的药腥味道。

朱梅突然说话了。他说："你看，葡萄，往那边墙上看！"洞房里点着十几支红蜡烛，他的手扯了一下她的手，要她往右边看。

烛焰里葡萄看见墙上长出的麦苗来。那是漏在麦秸里的麦粒掺和到抹墙的泥里了。所有人都没看见这道奇观，只有朱梅和葡萄看见了。葡萄用力扯了扯朱梅的手。

两人前后隔了两百步，从河下游往上走。村里的狗都去新窑周围凑热闹了。河上的风车吱呀吱呀地响，葡萄慢下步子来，满心的心思乱得很。和铁脑入洞房她没有像这时的感觉，肠子都要化成水了。

朱梅赶了上来，嗓子底下的小风箱拉得可紧。葡萄心里疼他，后悔自己走得太快，又净是上坡坎。河上风利，可别把他病吹犯了。她虽是这么一肚子柔肠地疼他，话还是直戳戳的：

也不知叫一声！一叫我不就停下等你了？

朱梅脸是红的，嘴唇青白。他就那样青白着一张嘴笑笑，活活一个梁山伯。

葡萄的身子不舒服起来，有个地方在受熬煎。她说："咋办哩？"朱梅明白她指什么，回答道："你说咋办就咋办。"

"你能和我公公去说说不能？"

"我说啥呀？"

葡萄一看，没指望了，他已经怕成这样。她说："那我去说吧。"

"葡萄，"朱梅走近来，鼻尖对鼻尖和她站着，"你跟了我，老受罪。"

"我可爱受罪。我是受罪坯子。"

"你婆家待你好吧？"

葡萄不正面回答，说："俺爹就是那人，看着老恶。你怕他，我去和他说。”

朱梅看着这个一身胀鼓鼓的全是血性的年轻寡妇，心里忽悠一下，脑子一片昏暗。再来看看，他两个胳膊已经把她箍在怀里了。

葡萄的嘴唇也胀满了汁水似的，麻酥酥的。可朱梅的嘴唇到处地躲，只把它们对在她鬓角上，耳垂上。他把话吹进她耳朵眼儿：“我病没好哩。别把病给你了。”

葡萄一听，心里疼坏了。一下子拧过脸来，嘴挤住他的嘴，一股劲地嘬起来。

两人大喘一口气，脸贴脸地抱住对方。

再也没什么说的，他们不久发现已躺在了打散的麦秸上。磨房里一股新面的香味，风车闲悠悠吱呀一声，又吱呀一声。葡萄觉得身体下面不带劲，手摸一下，她自己的汁水滚热地打湿了厚厚的麦草。她和铁脑头一次同房怎么和这次不一样呢？铁脑妈托了铁脑的姐姐玛瑙把洞房里的事给她说过一遍。玛瑙板着脸跟个教书先生似的，让她怎样给男人行方便。她说到过这水儿，她说你要是得劲身子里就会出来水水，你要是喜欢他，他还没咋你，那水水儿就会汪出来。葡萄想，原来真是这样；她和朱梅光站着你瞅我我瞅你，棉裤就湿了。朱梅都觉出来了，完事之后他拉着小风箱问她：你吃过葡萄没？

“没。”

“知道啥样不？”

“不。”

“你就是一颗葡萄，一碰净是甜水儿。”

她知道他说的什么，一巴掌打在他手背上。那手还搁在她嘴唇上。她可想他再说几句这样的话，馊是馊了点，但听着她身上又来了那股快活的熬煎。

他们约好第二天早上在史屯街上见，由葡萄领着朱梅去和孙怀清说。葡萄话都想好了，想了一整夜的软和话。第一句是：爹，你就把葡萄当个亲闺女吧。闺女总不能留家里，总得嫁出去。嫁出去，葡萄还一样回来孝敬您，有病有灾，葡萄随叫随到。

他们约的见面地点是街外面的小学校门口。早饭做好，给二大焐在灶上，葡萄就踩着厚厚的霜出去了。她背着一把柴刀，想去砍些烧的。其实她是想躲避和二大见面。她一下一下挥着砍刀，手上年年发的冻疮让砍刀一震，就开了口。一会手背上张开几个血红的小嘴。她逼着自己想孙家对不住她的地方。铁脑妈的刻薄，玛瑙的挑剔，她狠着心地让自个儿去恼她们。过去她动不动就会恼她们，这时却怎样也恼不起来。任她猛力挥柴刀，手上裂口流出血来，她心里还是攒不起那股力来恼谁。她又去想铁脑，他为难过她多少次？连她走道他都跟玛瑙叨咕：这货吃胖了，走路都费气。可铁脑已经不在了呀。她这时一边砍杂树枝子一边恼自己，平常的气性这时都哪去了？

在小学校门口站到太阳老高了，还没等着朱梅。她走进学校，孩子们一字一顿在读课本，还有念洋文的，一群小老鸹似的“啊、哎”地叫。她走到学校旁边的洋庵堂，洋姑子们早都死光了，还有些洋姑子们教出来的中国姑子。葡萄知道姑子不叫姑子，叫嬷嬷。她找着一个中年嬷嬷，问她戏班子的人全哪里去了。戏班子昨天半夜全跑了，嬷嬷说：一个军官调戏了戏班的一个女戏子，让男戏子给揍了一顿。军官就带了一个连的人来要抓男女戏子。老板把俩人藏了，军官要他一早交人，不交戏班子全体人马都得绑走。老板带着几十口人连夜跑了。葡萄问：见那琴师没有？他们跑的时候谁都没听见，也没看见，嬷嬷回答。葡萄说：“嬷嬷知道他们去哪儿了吗？”

嬷嬷说：“那哪敢知道？”

嬷嬷见葡萄垂着两只手僵僵地站在那里，魂都散光了。嬷嬷知道葡萄是谁，打小就来学校送伞，送雨鞋，也常常来教堂看嬷嬷们做祷告。她也知道葡萄的男人铁脑怎么死的。再去想想那个白净俊俏的痨鬼子琴师，她什么全明白了。嬷嬷之所以成嬷嬷，就是太知道天下无非那么几个故事，男女们都在故事里，不知故事其实早就让古人演絮了，看絮了。

嬷嬷告诉葡萄做人都身不由己，她也该想开，别怪他。葡萄问她："他啥也没留下？"

嬷嬷说："叫我去给你问问。"

嬷嬷问了其他几个嬷嬷，最后真还问出了名堂。扫地老头从兜里摸出个洋火盒，里面有个银戒指。老头对葡萄说："孩子他叫我给你送去，叫我夜里就去。我想不就是个戒指吗？半夜去打门，还不当我是兵是匪？"

葡萄拿过戒指，一跺脚，转身飞跑。她先跑到下郑州的官路上，向一个卖洗脸水卖茶的老婆儿打听戏班子的去向。老婆儿直摇头。她又跑了十多里地，在火车站上打听，也都说没见什么剧团。

下午时，葡萄头发上挂着黄土，两只鞋也穿飞了。她又回到小学校时，正见那个中年嬷嬷和一个老嬷嬷在井上摇辘轳把。葡萄上去挤开她们，把一桶水从一百多尺深的井里一口气摇上来。

嬷嬷说："你还想问点啥？"

葡萄这才明白她回到这里确实是想再问出点什么。

"再问我就告诉你，"嬷嬷平和地看着葡萄，"他要有心，他会回来找你。"

葡萄嘴巴抖了一下，也没说声谢谢。看着两个嬷嬷把水倒进一个木桶，合拎着走去。

银脑回来是物价天天见涨的时候。银脑的学名是孙少隽，比三弟铁脑整整大一轮，比二弟铜脑大九岁。银脑十六岁出门读军校，连这回也才是第二次回家。第一次是抗日战争的第二年，他从南方回来，想开小差。孙怀清要把他揍回去，他委屈，说日本人打不赢，整天打中国人，他打烦了。最后还是拧不过他爸，回了部队。这时他已是个中校，带着六个勤务和警卫，还有一大一小两个太太，乘着两辆马车回到史屯。

银脑和两个弟弟不同。他咋唬，爱摆谱，爱显能耐，一进了史屯的街就是妗子、大娘地打招呼，其实出去这么多年，多数人都给他叫错了。他带回包着金银锡纸的烟卷，印着美女的小瓶花露水，一纸箱糖果。村里人全到了，院子站不下就扒在上面拦马墙上，等银脑的勤务兵给他们发糖果、烟卷。不少女人得了花露水，当场打开盖抹上，香得喷嚏打成一片。

到了第二天晚上，还有一群群的村邻跑到孙家大院来热闹。他们大多数是银脑从小玩尿泥的朋友，见银脑没有官架子，也都放肆起来。一个问银脑官升那么快，是打鬼子立功不是。银脑回答那可不，身上挂了四五处花。那能叫我们看看不能？银脑这时穿的是大布小衫，胸前只有三个扣子。他把衫子一扒，指着肩膀上一前一后两块枪伤：这是上海挂上的彩。又指着左臂，这是徐州，这是武汉。

一个人说："还画上地图了。"

另一个问："还有呢？"

"还有就不能看啦。"银脑指指大腿，又斜一眼坐在一边纺花的葡萄。

"都是鬼子打的？鬼子枪法够神的。"

"老共更神，这一枪差点让我断子绝孙。"银脑说，然后冲葡萄嚷一句："得罪啦，弟妹！"

"也和老共打过？"

大家让他说说故事。银脑开了几瓶高粱酒，自己拿一瓶对着酒瓶口喝，剩下的人把几瓶酒传递着，你一口我一口，一会眼全喝红了。银脑一个手酒瓶子，一个手烟袋锅，吹嘘起打仗的事，败仗也好胜仗也好，让他一说都成了书。再喝一会儿，大家对他打日本还是打老共全不计较了。

葡萄在一边把纺车摇得嗡嗡响，心里奇怪，这位大哥和铁脑、铜脑这么不像，一个恁大的窑院都盛不住他的嗓门。谁小声问一句：你咋娶了俩媳妇？他大声回答：一个会够使？

第三天银脑就到处串门，打听谁家挖窑挖出冥器的盆盆罐罐了。在街上逛，碰着古董掮客，他也连哄带吓买下几件。史屯街上隔天一个集市，隔一两个集总有人背着不知是真是假的墓葬品，等着洛城里的人来买。他们知道谁可能是顾客，见了换上便服长衫的银脑，就贼头贼脑凑上来，扯他一把，使个嘴脸，意思是想看货色跟我走。

晚上孙怀清见大儿子堆了一堆破罐烂瓶在院子里，脸便一拉老长："有钱烧，就买地置房产。"

"爹你这回可错了。眼下什么都能买，就不能买房买地。"大儿子对爹说，"我还要劝你把地把房都卖了呢。"

"卖了我啃你这些瓦罐子？"

银脑说起东北的老共分田分地的事。孙怀清说："啥稀罕事？三几年安徽那边闹得多凶？地主都斗死了，打跑了，现在不都闹完了？山里老共的队伍缺吃，就下来找个财主斗斗，把人粮分分，就这你就不种地不住房了？老八我也不是没打过交道，有时他们缺钱花，还打借条跟我借了两百块大洋。借条我都锁着呢。"

"这一回不一样。我在外头这些年，死都死过几回，啥也没长进，就是学会看气数。老蒋气数尽了。"

"他尽尽呗。我种田做生意，谁来交谁的捐税。"

"现在有点儿权势的都贪污，有点钱的都走私。蒋经国枪毙那么多走私黄金的军官，挡不挡得住？脑袋在，照样走私。都在留后手准备外逃。这我才不叫你买房置地。"

刚睡下，听见村里的狗咬起来，再过一阵，就有人来打孙家的门。警卫们一时醒不过懵来，孙怀清对他们说：“都听我的。谁也甭乱动。”他披衣趿鞋跑到前院里问是谁在打门。外面的人不应声，还是打门。打门的声音多礼得很，就是拍几下门环，停一停，又三几下。孙怀清突然想了起来，上回来和他借钱的老八也是这样打门。他身上突发一层水痘似的发了一身汗。他对门外说：“是借钱不是？”

外面的人这回有声音了：“想买点粮，老乡。”

一听河北口音，孙怀清想，就看银脑命大不大了。他对门外说：“在门外等着，我给你背上去。”然后他对中院和后院大声喊，“没事啊，不是土匪！”外面的人又说：“老乡，我们买的多，还是自己下去背吧。”

“家里没存多少粮。”孙怀清说。他悔透了，不该叫银脑到处招摇，摆阔。来他家和银脑叙旧的人里，有人吃罢糖果抽罢烟，把话传出去给老八了。

葡萄从中院跑出来，穿一身半短裤褂，问道：“爹，背啥？”

孙怀清想，这闺女倒帮忙了。他马上告诉外面的人院里有闺女媳妇，进来怕不方便。外面的人说，不会打扰女眷的。孙怀清不好硬坚持，又朝身后喊：“都回避一下，有客人来。”他把四个身轻如影的老八让进前院，指指磨棚说：“现成的面有两百斤，磨了给店里做点心的。剩的都还是麦，得现磨，赶上赶不上？”

老八们说那就先拿二百斤现成的面。

“背些麦回去不？背回去上哪借个磨推推就中。”孙二大这样说，是想探探老八一共有多少人，除了进院来的外面是不是还留了部队。

“麦子也行啊。有多少麦？”领头的老八说。

“能背动不能？还有不少路要赶吧？”他更进一步打探。

“咱外头还有人呢。”

“怎么不叫都进来呢？歇个脚，喝口水呗！”孙怀清声音很响，中院的人也听得见。恐怕银脑今天不是鱼死就是网破了。这是个三进的院落，最后一个院子是一排北房，东面西面各有两间对厦，过去是孙怀清和铁脑妈住的，现在归银脑和两个太太。中院靠山崖挖了三孔窑屋，窑洞对过盖了三间房，是葡萄和铁脑的新房。他知道银脑此刻已潜伏到了中院，警卫们已经都把枪架在了窗台上，枪口都对准中院的门，只要那门一开，银脑的双枪就会叫起来。他帮着两个老八灌面粉，另外两个老八端着枪站在磨棚门口。他只担心银脑手下哪个二蛋开火。老八人多些，堵着门慢慢打，银脑很难突围。他已观察到老八身上鼓鼓囊囊的，恐怕是装着手榴弹。不用多，两颗手榴弹往院里一扔，银脑吃亏就大了。

灌完面，又到库房去装麦子。库房上着锁，孙怀清从裤带上解钥匙，发现自己手指头乱得厉害，把一大把钥匙掉在了地上。大半辈子有小半辈子在对付兵、匪、盗、贼、刁民、悍妇，孙怀清对付得很好，游刃有余。这一回他在心里说：恐怕不中了，这回恐怕不中了。麦子也不过才百八十斤，老八的头目有点不高兴，说：“就这点？”

“不知道你们要来，不然早给预备下了。你们丁政委来借钱，都是先带条子下来，我给他筹上。”孙怀清说。

门外的人说：“哪个丁政委？”声音客气，意思是不客气的，意思说你少来攀亲近。

四个人一人扛起一袋粮，打算告辞。孙怀清心里一阵放松，身上却发虚。突然那河北老八说还没给钱呢。孙怀清赶紧笑着叫他们吃捞面条的时候念个好就中。他用手按住他在粮袋上的手，不叫他掏钱。老八说那就多谢了。孙怀清叫他们有啥事再来，不过还是先打个招呼，也能给烙几个油馍吃吃。

他刚关上门，见警卫和勤务们全都上到台阶上了，就在他身后。银脑已全副武装，端着双枪。

“弄啥?!”孙怀清问。

银脑不理他，只对手下们说：“追出去!”

孙怀清挡住门：“都回去！人家不寻你事，你们干啥?！你以为人家不知道你们在下头？人家是给我面子!”见银脑犹豫，他又说：“他们没动你们，为啥？他们弄粮弄银用得着我。就为这，今天没伤你们一根毫毛。”孙怀清把嗓音压到了底，但个个字都是从嘴唇上啐出去的。银脑站在他爹对面，他爹的话生疼地打在他脸上。

第二天银脑提前离开了史屯。

城里人跑到史屯街上说，老八这回厉害，马上要把城里的守备军打死光了。不死的也都投降的投降，起义的起义。现在的老八叫解放军。葡萄一听这名字，不知道是“解”什么“放”什么。街上也听得见炮声，夜里看看天边，这里红一片那里亮一片。她问一个作坊伙计又是打什么哩?

伙计也说不太明白。他说：“咱村村都有打孽的不是？你男人铁脑说不准就是有人趁乱世打孽给打死了。解放军和国民党，那也就像打孽，打了好几十年。这回可要打出子丑寅卯来了。”

城里人把孙家店堂挤得缝也没有，买点心、买药品、买烟酒。自然也有贼溜溜买鸦片的。大家都说：快打完了，快打完了。葡萄发现好几个人都穿错了鞋，一只鞋一个颜色，要不就是两只鞋一顺儿拐。物价一天一天不一样，孙怀清对城里主顾们说，要是猪上膘上这么快那可美。他不停地撕了刚贴的货品价格，再贴上新写的，城里人票子不够，只得拿首饰、钟表、衣服去当铺卖。卖了再来买孙家的点心充饥。

太阳一落孙怀清就马上叫伙计打烊，他和葡萄把一天的流水立刻兑成银洋。兑大洋的时候，孙怀清机警得很，看看有人跟上没有。若没人跟，他才和葡萄一前一后回店里。

贰

孙怀清的父亲在作坊的一个角落挖了个小地窖，遇上土匪能躲人也能藏东西。地窖的出口在后院门外，上面搁的都是打破的酱油缸、醋缸。孙怀清知道，他做事尽管是严丝密缝，也挡不住贼惦记他。他每天兑现洋的事虽然只有钱庄的人知道，但风声必定会漏出去。有贼心有贼胆就必有贼眼贼耳，不知在哪片黑影里猫着的人正支着一对贼耳，专门找的就是这类风声。他总是把伙计们打发得一个不剩时才和葡萄一块藏银洋。藏也不能藏太深，他马上还得把它们花出去进货。进货的价也是一会儿一个样，兑成银元，他蚀得少些罢了。价涨成这样，做了几十年生意种了几十年地的孙怀清也觉着招架不住了。

大乱的局面似乎没有终了的征候。打孽的、报仇的都趁乱来了。村里一个年轻寡妇叫槐槐，也是一九四四年那个夏天黄昏认回个老八游击队，牺牲自己男人守寡的。这天夜里她公婆在院子里大哭大喊，说有人把槐槐给杀了。村邻们打起灯笼跑到槐槐家院里，见槐槐秀秀气气的一个头和身子隔开两尺远，扔在她屋门口。大门上着锁，凶手是从她床下的洞里钻出来的。大家一个个去看床下那个洞。凶手可有耐心，从外面老远慢慢地挖，一直挖进这屋床底下。很快有人传谣，说那是她公公叫人干的。她公公没了儿子，恨这媳妇恨得钻心入骨，最近又见这媳妇天天晚上跑出去，村里秘密老八要把她说给另一个秘密老八做媳妇。她公公就找了个亡命徒，穷得把闺女都卖了。他和这亡命徒说：知道你孝。你妈要死了，你也买不起棺材，你给我把这事弄成，我自己不睡棺材了，给你妈睡。村里人知道这老汉别的不好，就好寻摸好棺材，早早给自己和孩子妈置好了两副大寿材，没事就在里头睡睡。亡命徒反正也没地可种，天黑就打洞，把半里路的洞打成了。不过村里各种邪乎故事都有，传一阵子，没说头没听头了，就又开始传别的。接下去就是传孙怀清杀匪盗的事。问他有这事没有，他嘻哈着说咋没有？匪肉他都卖给水煎包子铺了，他叫人吃水煎包子的时候看着点，别吃着匪爪匪毛。说笑着，他还是站在一局棋旁边骂这边孬骂那边笨，叫人拱卒又叫人跳马，不是怂恿这个悔棋，就是帮那个赖账。弄急了，下棋的人说：你能，你来下！孙怀清便说他后面油锅还开着哩。

知道真情的只有葡萄。这天孙怀清和葡萄准备完第二天的货，已经二更了。他怕回村路上不安全，就和葡萄在店里凑合打个盹。葡萄在店堂里睡，他睡在作坊里。下半夜，有动静了。那人把门边的几块砖挪了出去，一个洞渐渐大起来。明显不是一天工夫了，也许这几块砖让他早早就撬松了。

铡刀摆好，张开的刀口正卡在洞边上。过了一会儿，洞能钻条狗了。他蹲在旁边，心想这一定是他过去没喂熟的“狗”，现在野出去做狼做狈了。

过一会，一只胳膊伸进来了。

孙怀清正要往下捺铡刀把，马上不动了。他差点上了当。这货还真学了正经本事，懂得用计，先弄条笤帚把裹了破衣服伸进来，看看里头有刀等着没有。孙怀清简直要笑出来了。

外头的人看看笤帚没挨刀，便伸进一只真胳膊来。孙怀清在想，是条右胳膊哩。右胳膊给他去掉了，这货以后再偷不成了。不过摇辘轳把也摇不成了，抱孩子也抱不成了。渐渐的，一个脑瓜顶也进来了。孙怀清想，对不起了，断一条右臂还不如把颈子也断了，不然一个男人，留条命留条左胳膊怎么养活老的小的？

他突然发现这脑瓜眼熟。脑瓜上长秃斑留了几块不毛之地，肉铜板似的光亮。这脑瓜是史五合的。五合来作坊学徒是五年前，他过去在洛城炸过油条麻花馓子，手是巧手。来时三十岁，收下他是图他手巧。也是老规矩，新来的学徒一进作坊就吃三天糕点。最好最油腻的，尽吃，全都是刚刚从油锅捞上来，泡过蜂蜜、桂花、糖汁，撒了才炒的芝麻，一口咬下去半口蜜半口油，直拉黏扯丝。任何一个徒工都说：那香得呀，扇嘴巴子都不撒嘴！吃到下午，头都吃晕了。第二天再吃，能少吃一半，第三天一吃，胃里就堵。从那以后，徒工一闻糕点的味胃里就堵，偷嘴一劳永逸地给制住了。只有五合个别。他连吃三天点心，馋劲越吃越大，后来的一年里，他抹把汗、擦把鼻涕的工夫都能把一块蜜三刀或千层糕偷塞到嘴里。而且他练了一手好本领，嚼多大一口点心脸容丝毫不改嘴巴丝毫不动。要不是有一回药老鼠的几块点心搁错了地方，孙怀清追查不出只得毁掉全部点心。五合不会承认他偷嘴的事。他一听药老鼠的点心没了，哇地就吓哭了。招供他偷吃了至少二十块点心，不知是不是吃了老鼠那一份儿。

等五合上半身钻进来，孙怀清把铡刀搽在他背上。五合一抬头，孙怀清说：你动我就铡！五合说：别铡别铡，二大是我！铡的就是你，你路可是熟啊，来偷过几回了？这才头一回！二大饶命！五合你不说实话，刀下来啦！两回两回！都偷着啥没有？偷着了点心，还有香油！……还有呢？没敢多偷，二大饶命！哎哟！可不敢往下铡！……

葡萄这时从前面店堂过来了，手上掌着煤油灯，另一只手拢着散乱的头发，见二大骑马蹲裆，手握着铡刀柄。他叫洞里出来的脑瓜顶说实话，不然刀就下来了；刀一下来，五合就不是五合了，就成“八不合”啦。

他抬头喊：“葡萄，搬凳子，叫你爹我坐着慢慢铡。”

五合赶紧承认：“三回三回！第三回啥也没偷成！”

“那你会空着两手回去？”

“……听人说你这儿藏的有烟土，我想弄点儿卖给那时候驻咱这儿的老总！……二大可不敢铡呀！……找半天没找着烟土，我就走了……二大，铡了我也就这了。再没实话了，实话全说完了！”

孙怀清接着问他：“那你今天来干啥？”

“看能偷点儿啥偷点儿啥呗，实在没别的，凑合偷点心呗。”

“偷点心还凑合偷点儿？我和葡萄还舍不得吃呢！”

“那是二大您老想不开……”

“我想不开?!”

“哎哟得罪二大了，打嘴打嘴！”

这时二大冲葡萄喊：“葡萄愣啥呢？还不去叫他妈来！”

五合的上半身哭天抢地：“可不敢叫俺妈！”

“不叫你妈以后你还惦记着来找二大我的现大洋，是不是？你跟我扯驴蛋我就信了？你偷的就是现大洋，苦找不着，是不是？”说到这儿二大又喊，“葡萄，我刚才咋说呢？”

葡萄趿拉着鞋，装着找鞋拔子，嘴里说：“这就去！”

“葡萄大妹子，可不敢叫我妈呀！叫她来我还不如让二大给铡了呢！”

二大说：“葡萄，那咱铡吧？”

葡萄憋住笑，歪头站在一边看。五合哇的一声大叫起来：“那是肉哇！”

二大说：“铡的就是肉！”

孙怀清知道刀锋已压得够紧，他对葡萄摆一下头。葡萄打开门出去，把五合两个脚抱住，倒着往外拖。铡刀提起，五合半扇猪似的就给拖出去了。

第二天孙怀清买了几条枪，雇了两个保安守住家里的窑院，伙计们仍然守店。枪声渐渐响得近了，后来响到了史屯街上。葡萄在店堂里睡，总是在夜里惊醒，发现外面街上正过大队人马。有时队伍往东，有时往西，她扒在门缝上往外看，见沾着泥土尘沙的无数人腿“跨跨跨”地走过去，“跨跨跨”地走过来。有时一个队阵过上老半天，她觉得他们把史屯的街面都走薄了。她看见一个最长的队阵全是穿草鞋的脚，打的绑腿也又脏又旧。但那些腿都有劲得很，还要一边“跨跨跨”地走，一边吼唱着什么。

这些穿草鞋的腿脚走过，史屯街上的电线杆、墙上都会给贴上斜斜的红纸绿纸。葡萄识几个字，还是铜脑出门上学前教她的。她认得红纸绿纸上的“人民”、“土”、“中国”。

这天她又扒在门缝上看，见门外满是她熟悉的腿。那些腿给一个个灯笼照着，也吼唱着什么，跟着穿草鞋打绑腿的腿从街的一头朝另一头走，灯笼的一团团光晃来晃去，光里一大蓬一大蓬黄烟似的尘土，跟着那些腿脚飞扬过去。

不久听见这些有劲的腿回来了，不再是吼唱，是吼叫要打倒谁谁谁。葡萄看得入神，只是半心半意地想，又要打了。

孙家的百货店已经好久不开门了。孙怀清有时会和伙计们赌赌小钱，唱唱梆子，多数时间他就守在银脑带给他的收音机旁边听里头人说话。

孙怀清是什么都想好了。他先让伙计们各自回家，一人给了五块钱作为盘缠。账房说他账还有几天才交清，暂时不走。谢哲学是这一带的外姓，一直只跟孙怀清亲近。孙怀清看着他，笑笑，知道谢哲学知道他笑什么。他笑是说，你看，我不怕。

人们把他拖到大门外，孙怀清都还笑了笑。一共种五十来亩地，开一家店铺，看能给个什么高帽子戴戴？他就是笑的这。

他跟葡萄嘱咐过，谁来拿东西搬家具，让搬让拿，甭出头露面，甭说二蛋话招人生气。嘱咐完了，他就被拖了出去，头上给按上一顶尖尖的纸糊帽子，手里叫拿上一面锣。他走得好好的，后面还总有手伸上来推他，一推一个踉跄。他不叫葡萄出头露面，其实是怕她看见他给人弄成个丑角儿。第二天丑角儿就更丑，他脖上给套了条老粗的绳，让人一扯一扯地往史屯街上走。

葡萄坐在磨棚里。来人搬东西也不会来这儿搬磨盘。这儿清静。从关着的门缝里，她能看见一院子的腿。那些腿挤过去挤过来，挤成正月十五灯会了。她只抱着自己几身衣裳和孙二大两身衣裳，再咋也不能叫他们穿自身的皮肉吧？再看一会儿，见人腿里有了两头骡子一头牛的腿了。老驴没人要，在棚里扯开嗓子“啊呵啊呵”地叫。

椅子腿、桌子腿，跟着人腿也走了。连那桌腿看着都喜洋洋的，颠颠儿地从大院里走过去。要不是二大嘱咐她，葡萄这会儿是想和大家一块热闹的。和大伙一块弄个梆子唱唱，弄个社火办办，有多美。管他是热闹什么，史屯的人和周围五十个村子一样，就好热闹。一有热闹，哪怕是死人发丧的热闹，大家都美着哩。葡萄也好热闹，一热闹起来就忘了是热闹什么。她抱着两个包袱，盘腿坐在门边，从门缝跟着热闹。

太阳偏西的时候，院里满满的腿走光了，只剩下打着绑腿的腿了。那些腿可好看，穿的草鞋还缀了红绒球，一走一当啷。这时葡萄听见有人说话了，是个女人。

“这院子真大，住一个连也没问题！”

“排戏也行。要是扭秧歌，你从这头扭到那头，得好几十步呢！”

葡萄心想，第二个说话的肯定是个小闺女，嗓音小花旦似的。她站了起来。磨棚的窗上全是蜘蛛网和变黑了的各种面粉。她只能隐约看见一群穿军服的闺女们。有一个一动就甩起两条大辫子。

葡萄觉着她们个个都是妖精似的白，小花旦似的娇嫩。她从兜里摸出钥匙，把磨棚的门推开一个豁子，正好能伸出她一只手。她是自己伸手出去把自己锁进来的。她推门的声音使院子一下静了。她从门缝里开锁到底不顺手，把钥匙掉到了地上。她只好蹲下去，伸长胳膊去够。几双穿草鞋的脚挪过来，鞋上的红绒球当啷当啷蹦得美着呢。一只草鞋踏在了那把铜钥匙上，把葡萄的两个手指头一块踩住。

“什么人?!”外头的女人问道。

“葡萄。”葡萄回答。

“谁把你锁进去的?”

“俺自个儿锁的。”

外头的女人赶紧上来开锁。那是一把老式铜锁，不摸窍门打不开。葡萄把手伸出去，说：“你开不开，叫我自己开。”

外头的女人不理她，犟着在那里东捅一下西捅一下。最后急了，叫葡萄闪开点，她“通”的一下撞上来，把门栓撞开了，但她也跌进了磨棚。后头的一群闺女们哈哈哈地笑起来。葡萄一看这个女人剪着短发，挎着短枪，军服上补了两种颜色的补丁，但是干干净净平平整整。她“咦”了一声，说：“你像老八呢。”

短发女人正在拍屁股上的土，不太明白葡萄指的老八是什么。她说：“什么老八老九?”

葡萄说：“老八就是专门割电线、掀铁轨的。白天睡晚上出来，没吃的就找个财主，把他的粮分分。”她想，这些闺女兵咋看着这么顺眼呢？咋有这么讨人欢喜的闺女呢?

闺女兵还是不太明白。她们尖起声音说她们才不是白天睡晚上出来的土匪呢。

葡萄说："土匪是土匪，老八是老八。老八烧鬼子炮楼，偷鬼子的枪、炮。老八就是这！"她觉着她已经说得再清楚不过了，瞧她们还瞪着眼。

她们总算明白了："咳，老八早不叫老八了，叫解放军！老八之前呢，叫红军。"

葡萄心里却不以为然得很：叫什么无所谓，反正都是一回事。不过这些闺女兵真是妖，葡萄看看这个，又看看那个。

闺女兵很快从葡萄嘴里知道了她的身世。她们说又是一个"喜儿"，只不过没有觉悟。也有人不同意，说七岁被卖到地主家做童养媳，那比喜儿苦多了！喜儿才受几天打骂呀？她整整受了十二年呢。现在这么年轻就守寡，还给锁在磨棚里推磨，牲口也不如啊。她们说要好好找老吴写写，说不定出一个比《白毛女》更有教育性的大戏。

一个女兵说："仔细看看，葡萄长得多俊哪，就跟喜儿似的。"

葡萄见她的两根长辫子乌溜溜的，就像刚刷洗过的黑骡子皮毛。她突然发现了一件新鲜事，这个梳长辫的女子穿的衣服和别人不同，也是大布，是自染而没染匀的，但腰身包在她身上像个压腰葫芦，纽扣不是五个，是十个，一双一双排成两排，从肩下头一直排到小肚子。葡萄扑哧一下笑起来，她想起了母猪的两排奶头。

女兵们见葡萄笑得往地上蹲，奇怪了，受这么多年苦，还会笑得这样泼辣。再一想，她肯定是多少年没这么放肆地笑过，现在翻身了，才这样笑。

黄昏时女兵们留葡萄一块儿吃晚饭。然后她们就开始涂脂抹粉，换上衣服，梳起头发。葡萄想她们的衣服够赖了，还要换更赖的，这戏有什么看头呢？不过葡萄是戏迷，只要让她看戏，她什么都肯做。她马上在剧团给自己找着活儿干了：坐在留声机旁边，帮着摇那小号辘轳把，管演戏的短发女兵说：开始！她就摇。摇出来一首歌，叫“解放区的天”。一摇起来，所有女兵就在场院上围个圆圈打腰鼓。村里人听见腰鼓和葡萄摇出的歌，就慢慢带着板凳抱着孩子朝场院走来。女兵们腰鼓打得漂亮，葡萄看着看着，忘了手上摇的小辘轳把，大喇叭里的歌就老牛叫似的“哞”一声低下来，女兵们的鼓点子也变得又慢又沉。短发女兵边打腰鼓边喊：“葡萄！摇！”

场子坐满，一片漆黑。突然一个男声在喇叭筒里叫起来：“打倒封建地主！”下面漆黑的人群也跟着喊。葡萄这回看见的不是腿了，是胳膊。五十个村都有人来，场院坐不下，坐到田里去了。田里长出数不清的拳头，打向满天星星的黑夜。葡萄半张着嘴，看着满坡遍野的拳头，一下一下地往空气里打着，她心里说：这是打啥呢？

“打倒地主伪保长孙怀清！”

葡萄猛回过脸，看见二大被一根牛绳牵上了台。他使劲瞪葡萄一眼。葡萄明白他是说：谁让你跑来看你爹的戏?！五十个村个个都有封建地主、汉奸、反动道会门。牵到台上也站黑了一大片。台上台下都是穿冬衣的人，一样的大布，用橡子壳和坡池的黑泥染成黑色。只有一个人穿得鲜亮，就是葡萄。

然后开起了斗争大会。谁也不说话。带头喊口号的男兵开始沉不住气，指着史修阳说，你下头不是又会写又会说，怎么不敢敲当面锣打当面鼓呢？史修阳抓耳搔腮地站起来。多少年都是一件长袍冬天填絮夏天抽絮，这时穿了件团花马褂，看着像谁家的寿衣。镇里村里的许多标语都是史修阳帮着写的，他一笔不赖的书法可得了个机会显摆。写标语时他告诉解放军土改工作队，孙怀清如何逼债如虎，如何不讲情面。

史修阳走到孙怀清前面，小声说：“二大，得罪啦。”

孙怀清嘴角一撇。史修阳马上明白，那是他在说：孬孙，你就甭客气了！

史修阳突然感到小腹一阵坠胀。他心想，晚上也没喝多少甜汤啊。但那坠胀感让他气短，他只好说：“等着，等我解了手回来再斗争。”

下面有人笑起来。史修阳的大烟身子在团花马褂里成了根旗杆，呼扇呼扇从人群前头跑出去。

喇叭筒里的口号像是生了很大的气，喊着：“消灭封建剥削！打倒地主富农！”

喊着喊着，下头跟着喊的人也生起气来。他们不明白自己是怎么了，只是一股怒气在心里越拱越高。他们被周围人的理直气壮给震了，也都越来越理直气壮。剥削、压迫、封建不再是外地来的新字眼，它们开始有意义。几十声口号喊过，他们已经怒发冲冠，正气凛然。原来这就是血海深仇。原来他们是有仇可报，有冤可伸。他们祖祖辈辈太悲苦了，都得从一声比一声高亢，一声比一声嘶哑的口号喊出去。喊着喊着，他们的冤仇有了具体落实，就是对立在他们面前的孙怀清。

葡萄一直看得合不拢嘴，这么些胳膊拳头，她简直看迷了。

发言的人说起孙怀清一九四〇年大旱放粮，第二年收下秋庄稼他挨家催债。还有人说起孙怀清帮国民党征丁，抽上壮丁签的人家，就得付两百块大洋，让他去替你找个壮丁替身。谁知道那壮丁替身要价是多少啊？说不定只要五十块哩！那一百五全落进孙怀清腰包了。他当保长图什么？当然是图油水多嘛！

有几位老绅士心想，不对吧？孙怀清有一次拿了钱出来，说是谁愿做这个保长他就把钱给他。他说世上顶小的官是保长，顶难当顶累人的官也是保长。一回改选，孙怀清总算把官帽推到了别人头上，那人笨，国军派的粮他征不上，民团派的粮他也征不上。最后不明不白给毙在镇上茅房里。保长才又落回到孙怀清头上。

这时所有给过孙怀清钱让他买壮丁替身的人家全吼叫起来："叫他说，他贪污了俺们多少钱！"

孙怀清说："叫我说？我现在说啥都不顶你们放个屁。"

大喇叭喊道："老实点！孙怀清！"

孙怀清笑笑，那意思是：看见没有？我还没说啥呢。

坐在远处麦秸垛上的一个人这时想说话。他叫刘树根，四年前在离史屯八里地的胡坡安家的。那以前他当过几年兵，开了小差下来又干过几个月土匪，后来发现当壮丁替身挣得多，就常常顶上别人的名字去充军。他有一帮朋友都干这行当，过去全是兵油子，开小差成了精。孙怀清每次找壮丁替身都是在他这帮朋友里找。每回有谁开小差没成功，给枪毙了，他们就把壮丁替身费涨一回。从最初的一百五十块大洋涨到了两百块。刘树根是在一次开小差时被后面追来的子弹打伤了脖子，从此摇头晃脑不能瞄准，也就干不了壮丁替身那行了。他在胡坡买了二十亩地，又去城里窑子买了个女人，过得美着呢。他要是帮孙怀清证明，孙怀清撇清了，他也就给人揭了底。他这一想，又把屁股往麦秸里沉了沉。谁知共产党会不会消灭到他头上，听说连城里的窑子都要消灭。几千年来，消灭窑子还是头一回。

他看孙怀清给人指着脸骂，心想，孙二大这人就是太能。能就罢了，还要逞能，还要嫌别人都不能。他要不逞能恐怕不会有今天。每回派粮，派不着他自己往里垫，就怕人说他没能耐。人家挖个窑盖个门楼，他去指手画脚，这不中那不对，人家买个牲口置辆车，他也看看牙口拍拍木料，嫌人家买贵了，上当了。就连人家夫妻打架，他也给这个当家给那个做主。壮丁钱凑不够，他赔上老本帮人垫，因为海口夸在前头了，胸脯也当当响地拍过了，办不成他就逞不了能了。

史修阳又发言，说孙怀清放高利贷放到老八头上了。人家老八喝风屙沫打游击，叫他接济接济，他还把人的账记下，打算跟共产党要驴打滚的利呢。要不是这回土改工作队领导抄家，他柜子里还锁着老八的欠条呢。

这时人们说起了他那个当国军中校的大儿子。刘树根便更进一步证实自己的英明，这爷儿俩亏全吃在逞能逞威风上了。人都疯了似的喊：让孙怀清把他儿子交出来！孙隽文血债累累，杀了咱多少老八！看把他爷儿俩给美的，两辆吉普车俩媳妇到街上风光哩！

斗争会开了两个时辰。把地主们押下台之后就开始演戏。戏叫《白毛女》，葡萄坐在一条侧幕里，一会儿看台上，一会儿看台下。演主角儿的就是梳长辫的女兵，她哭得可真好，台下的上千人全跟她哭。葡萄也让她哭得鼻子发堵，但她有点分心，一直在想二大也让她出去收账，她究竟是这个喜儿呢，还是那个黄世仁。喜儿逃到山里，长辫女兵逃进幕后，浑身上下满头满脸地搽白粉，把好好的头发弄成了白的。

白头发闺女斗争黄世仁，就和今晚斗争孙二大一模一样。黄世仁被拉下去枪毙，下面的人也喊：枪毙孙怀清！为喜儿报仇！所有的脸都糊满鼻涕眼泪，几个年轻的英雄寡妇抱成一团，快哭瘫了。葡萄看着，半张开嘴大瞪起眼，她们男人没回来，受了公婆多少罪呀。

演喜儿的女兵这时拉了拉葡萄的袖子，说："葡萄，该是你站起来的时候了！"

葡萄心想，她说什么呢？我这不好好地站着嘛！

扑了四两粉在头发上的白毛女突然走到台上，对台下说："现在，我们请比喜儿更苦大仇深的人讲话。"

葡萄左边看看，右边看看，看她说的那人是谁。

"王葡萄同志，请上台吧。"

葡萄还在糊涂，被白毛女和短发女兵一人拽一只胳膊拽到戏台正中央。葡萄觉着自己又不会唱戏，这多为难人。

短发女兵说："老乡们，我们请王葡萄同志来倒一倒苦水。她可是一肚子的苦水呀。从七岁就被卖到了地主家，买她才花了两袋洋面。乡亲们，下面我们欢迎王葡萄同志讲一讲她的苦难身世！……"

葡萄感觉头顶上的两盏煤气灯很烤人，下面又是狮吼虎啸地喊："打倒封建地主，解放天下的喜儿！"

有人站了起来，他坐在第二排，离葡萄不远。但头顶的灯光把葡萄罩在里头，把他隔在外头，所以她看不清他的脸。"枪毙孙怀清！把封建头子孙怀清零剐！"

所有人跟着喊。但这两句韵脚不好，葡萄认为他们这种乱喊太闹人。只是从那人的喊声里，她听出他的姓名来。他是孙克贤，就是十二年前想买她没买成的人。葡萄一向烦他，每回在哪儿碰上她，他的笑老脏。

"把大恶霸老财拉出去毙了！给王葡萄报仇！"

孙克贤又领头喊。葡萄心想，越喊越闹人了。

短发女兵叫大家别闹了，但没人听她的。大喇叭也叫他们别吱声了，该王葡萄同志控诉发言了，还是没人理他。人们已经成了浇上油的火了，呼啦啦地只管烧得带劲。一个年轻寡妇跳上了台，指着葡萄说：她是啥喜儿？她是奸细的媳妇！

她这一喊人们才不闹了。

葡萄看看这寡妇。她就是领头把自己男人牺牲的那个，叫陶米儿。娘家在几十里外的陶集。她也剪成了女兵的短发，说话时也一甩一甩的。她把短到耳朵上的头发甩来甩去，说起一九四四年夏天的那个黄昏。所有的解放军土改工作队听着听着，脸阴下来。王葡萄一身粉底白花的小缎子袄真是扎眼，刚才怎么没注意到？

葡萄差不多忘了陶米儿扯直嗓子吵吵的就是骂的她。鬼子投降后，八个寡妇都受了奖，年年都吃史屯人的贡，走到哪儿都有人说：看英雄寡妇去啰。英雄寡妇中的三个离开了史屯，她们公婆只说她们回了娘家。但村里人都知道她们投老八去了。葡萄回过神来，听见下面人吵起来了。有人说铁脑就是奸细，是他给鬼子通风报信，不然鬼子咋来得那么准？有人说啥哩！那是孙二大得罪下人了，有人借老八的手杀铁脑呢！还有人说不对不对，那是红眼，看人家葡萄把自个男人救下了，这些人心想，哪能这么便宜孙家？因为铁脑大哥当国军，铁脑就被免了壮丁，这回咋着也不能省下他一条命，才趁黑夜把他当孽打了。

解放军土改工作队已凑头在一块嘀咕，一边嘀咕一边看英雄寡妇陶米儿斗争王葡萄。他们从没遇见过这么复杂的情况，史屯史屯，是非全是一团乱麻。只见王葡萄突然扯开膀子，扇了陶米儿一个大嘴巴。

人们先是一愣，然后全笑起来。

白毛女和短发女兵跑上去拉住葡萄，说："王葡萄，你敢打人哪？"

英雄寡妇们全恼起来，跳上来撕扯葡萄的棉袄、头发。女兵们怎么也拉不开她们，男兵们想拉又不知怎么下手。这时一个男兵掏出盒子炮来，对着天打了几枪，这才让七手八脚的女人停下来。

看来王葡萄很会打架，几个花容月貌的寡妇脸上都给她抓出血道道来。

葡萄喘几口大气，唾几口血唾沫，抓住那男兵的铁皮喇叭说："铁脑是我男人，我不救他救谁?!"

解放军们一看，斗争会开成这样了，就宣布散会。

葡萄回到家才发现她家已经成了解放军的兵营。各个窑洞都铺着麦秸、高粱秸，上面整整齐齐搁着棉被。她把磨棚扫扫，铺了一层绿豆秸，扎是扎了点，但还算暖和。她知道二大回不来了，和其他几十个地主、一贯道、伪甲长们关在小学校里。她想，得赶紧做出一身衣裳一双鞋，二大死了以后好穿。看着就是这几天的事了，说枪毙就枪毙，打得像铁脑那样难看，再缺身像样的衣裳。二大这辈子老累老忙，别到走时还缺这短那，到了那边让孙家先人们数落笑话。

葡萄在动布料的脑筋。街上店里存了不少直贡呢，不知能不能要求解放军分点儿给她。她就不该分点儿啥？她葡萄可不是那号孬蛋，拿着亏当油馍吃。别人分着什么，她葡萄也得分着什么。她心里这样一想，舒坦起来。她不知这个时候解放军们正在开她的会，研究要把王葡萄这个人划成人民呢，还是划成敌人。葡萄心疼的那个长辫子女兵脸蛋通红，头发刚洗过，用个手帕系在脑后。她说："同志们想一想，王葡萄七岁就进了孙家，让孙家迫害得已经麻木了。再说地主阶级就没有欺骗性了，黄世仁母亲还念佛呢！王葡萄是让欺骗了。"

一个南方女兵说："王葡萄是觉悟问题。江南也有觉悟低的农民，新四军一进村他们就跑反。粮都藏起来，不让新四军吃。让他们斗地主，他们才不斗呢，说地主家的骡子我老婆走娘家还得借。斗了地主，我们租谁的地种？觉悟低是普遍问题，不能都把他们划成敌人吧？"

男兵们认为王葡萄有历史问题，不保护八路军游击队。

长辫子女兵说："别给人乱戴帽子。"

短发女兵沉默了好大一阵，这时开了口，说王葡萄的成分的确是最低的，比一般佃户还低。"七岁当童养媳，同志们想一想，那不就是女奴隶?!"

男兵们都不吭气了。南方女兵说："队长说对了，我们不能把成分最低的人划成敌人，那可就犯大错误啦。"

最后所有人都同意短发女队长的看法，要好好启发王葡萄的觉悟，把这个落后的无产阶级转为革命先锋力量。

土改工作队让妇女会吸收了葡萄，带她每天晚上参加识字班、唱歌班、秧歌班。这很合葡萄的性子，和几十个闺女媳妇在一块唱唱说说，也比比鞋样布样。一上识字课教室里一片呼啦呼啦扯线的声音，每个女人手里都在做鞋。葡萄回回受表扬，因为她本身就认识几个字。

个把礼拜过去，解放军认为葡萄的觉悟有所提高，问她什么叫剥削，她回答：剥削就是压迫。问她压迫是什么意思，她一口气说出来：压迫就是恶霸。那你公公是不是压迫人？

她转着大眼想想，又回来瞪着问她话的人。你公公就压迫了你，剥削了你。懂不懂？好好回忆回忆，他们孙家怎么对待你的，是不是逼迫你干这干那？

葡萄打个手势叫别闹她，她正在好好地想。她想让自己恼孙家，尤其恼铁脑娘。铁脑娘打过葡萄。葡萄刚到孙家的那年夏天，拾了史六妗子几个杏，让史六妗子骂了一天街。史六妗子骂街要搬个板凳，掂一把茶壶，喝着骂着，一辈一辈往上骂。铁脑妈后来在家里发现了几颗杏核，想到因为葡萄嘴馋孙家八辈人都叫史六妗子骂了，就用棒槌把葡萄屁股打了个黑紫。可葡萄也没少挨过自己的娘打。村里谁家媳妇不恼婆子呢？树阴下乘凉，坐一块纳鞋底都搬婆子的赖，说要弄砒霜喂婆子，说等熬到婆子老了，让婆子睡绿豆秆，扎死她。葡萄也和她们说过这类话。她咬着牙齿，想记起每次铁脑妈怎样刁难她，一关一关让她过，考她的品德心性，要不是二大帮她，肯定掉她的陷阱里去了。葡萄怎么咬牙，也恼不起铁脑妈来。再去想想她的挖苦话，见葡萄穿的衫子短了，就说：哎哟葡萄，你这肚脐是双眼皮儿的不是，非想露出来给人看？不然就说：吃饭给心眼子喂点，别光长个儿不长心眼子！要不就说：搁把剪子都不会，剪子嘴张那么大，咒家里人吵嘴不和是吧？有一次见铁脑的鞋穿烂了，脚趾头顶了出来，她对葡萄说：葡萄懒得手生蛆，鞋也不给铁脑做，叫铁脑到学校两脚卖大蒜瓣儿……葡萄却越想越好玩，光想笑出声来。那时她小，听了这些话还没觉着这么逗人。

这回的斗争会要开在小学校的操场上。葡萄一夜没睡，就着油灯赶缝二大的老衣。她怕斗争会开得带劲，大家趁着劲头就把二大给打死了。女兵们叫她一定要好好记住孙家的仇恨，到时上台扇孙怀清两个嘴巴子。踢他几脚也行，给他几拳也行，那样你葡萄什么也不用说觉悟就显出来了。葡萄想，觉悟究竟是个啥呢？

这个斗争会不同上次，主要是史屯人给关押的人作个成分评定。是恶霸，那得大伙都评定了才是。小学校操场上竖起一块黑板。史修阳拿着一支粉笔站在旁边。写上某人名字，大家认为这人是恶霸的就举手，史修阳便把举手人数写成“正”字。

葡萄坐在第一排，盘着的两腿上搁着一个包袱。见孙二大给押上来，站在她对面，她赶紧说：爹，做成了。

孙二大抬起一脸胡子的头，看她腿上搁的包袱，点点头，挤一只眼笑笑。他明白她把老衣赶做出来了。

她心想，二大还是二大，啥时都和人逗。不过二大瘦了，人也老脏，比许多坐在台子下的人都脏。二大倒是想和熟人们招呼，但人人都把脸把眼藏起来。葡萄身边坐的是作坊伙计们，紧挨她左边的是账房谢哲学。

这时女队长站到黑板前，穆桂英挂帅了。她说：大会开始啦！现在，这黑板上的几个名字，老乡们认为谁是恶霸，举起你的右手。懂了没懂？老乡们七嘴八舌地大声说：懂着哩！

女队长问他们，咱从第一个名字开始。第一个是谁呀？老乡们说：二大！孙二大！女队长一皱眉：老乡们，从现在起，不能再叫他二大，叫他孙怀清。懂了没懂？老乡们说：懂着哩！

同意给孙怀清戴恶霸帽子的老乡都举手！

手都举起来了。有快有慢，有黏黏糊糊举上去，又放下来，看看周围，再黏黏糊糊举上去。

一个男兵开始点数。史修阳忙不迭地在黑板上写出一个个“正”字，边写边得意，就是简简单单五下笔画，也写得抑扬顿挫。

那个男兵从后排往前数，数到那些变卦的，手举落不定的，他就停下来说：“那几个抽烟卷的老乡，不要做墙头草，两面倒。”

这时一个很老的老乡把举的手落下去，说：“谁知你们解放军在俺们这儿住多久？

男兵说：“您老啥意思？”

叫史三爷的老老乡说：“没啥旁的意思。我死了也罢了，我有四个儿哩，万一国军打回来，收拾我儿子……”

几个男兵女兵气愤坏了，大声质问他从哪里听来的反革命谣言。

史三爷不紧不慢地说：“我活这把岁数，见得多了。不都是你来我走，我走了你再来，谁在俺们史屯也没生根。孙怀清有个儿在国军里当大官，回来还了得了？”

他这一说，所有的手全放下去了。

孙怀清这时倒嘿嘿一笑，说：“史三爷，您老该咋着我咋着我。银脑不是国军大官了，他投了诚，现在也是解放军了。乡亲父老们，银脑回来，也跟工作队一事儿。”

大家全都愣住了。葡萄回过头，看看场子怎么这么静，看见的是一片半张开的嘴，吃了烫红薯噎在那儿了。

“咱们往下进行！”女队长说，“孙怀清，你不准插嘴！”

静了之后，下面嗡嗡嗡地嘀咕起来。

史修阳只得把一大串写好的“正”字擦净，再从头来。这回是从前往后数。数到谢哲学了，谢哲学的手难受地举在耳朵附近，但他见自己马上要给数进去，忙说：“等一小会儿。先数别人，让我想想。”

孙怀清说：“举吧举吧。少你一票能咋着？多你一票少你一票我都得是恶霸。”

谢哲学明白人一个，听懂二大说的是民心大势。不随大势，他自个他家人就要吃眼前亏。他这些年也不少挣，家里也雇人种地，成分不算低，就更得见风使舵，识时务随大流。得罪孙怀清事小，大众可得罪不起。

那几个伙计却把头埋得深深的，怎么也不举手。葡萄想，二大还有点人缘。

一阵马蹄声从街上近前来，所有解放军土改工作队都侧过脸去看。十几个解放军骑马进了学校的大门，搅起浑黄一片尘烟，一时看不清他们的面容。跟在旁边的一群孩子们吼唱：“解放区的天是明朗的天……”到跟前了人们看清领头的紫红马上坐的是银脑。银脑穿着毛呢解放军军服，还是一左一右两把手枪。他黑着脸对旁边的兵说：“去，给我爹松绑！”

女队长说话嗓音亮堂，叫老乡们全不许动，再大的首长也不敢破坏土改。然后她问银脑一彪人马是哪个部队的。银脑对身后喊，叫他们上台把孙怀清好好搀下来。女队长派头不比银脑差，也是一副要耍粗的样子，手枪也出来了，说谁上打谁。银脑说他不和女人家斗，撒野的女人他更不稀罕搭理。他只对着老乡们说话：八一三和鬼子血战的时候，这些人哪儿转筋呢?！女队长呵斥，叫他把嘴闭上。银脑的兵们不愿意了，大声叫女队长闭嘴，怎么跟孙旅长说话呢?！

银脑自己跳下马，身后所有的兵一刷儿齐跳下马。他大着步子往人群里面走。人群动作快当，已为他开好一条平展展的路。女队长一阵心寒，老乡们真是薄情啊，马上就和土改工作队认起生来，让你明白什么阶级、成分都靠不住，再同甘共苦你也是外人。

银脑走到孙怀清面前，说：“爹，早该给我带个口信儿。”他虽是背对台下，人们知道他流泪了。

“你打你的仗去，回来弄啥?!”孙怀清说。

“我在前头冲锋陷阵，后头有人要杀我老子!”他朝身旁扫一眼，一个兵下了刺刀走上来。

女队长一看刺刀要去割捆绑孙怀清的绳子，便端平了手枪。

再看看银脑的十几个部下，长短枪出得好快，全对着女队长。女队长是说给台下人听的，她说她知道孙少隽的老底。她说话把头一点一点的，人就朝银脑逼过来。银脑的兵枪口毒毒地瞪着女队长，手指头把扳机弹簧压得吱吱响。女队长却像毫不察觉身处火力网。台下的史屯村邻们身子在往下塌，脖子也短了，他们想万一子弹飞起来伸头的先倒霉。女队长见的世面也不小，嘴皮子也硬，她告诉孙少隽他起义有功，不过破坏土改，照样有罪。银脑不理她，只对那个手拿刺刀的兵说话。他吼叫说他手脚粘了麦芽糖，动得那么黏糊。说着自己夺过刺刀就要动手。女队长宣布再动她要开枪了。银脑翻她一白眼，一刀断了孙怀清背后的绳子。

女队长一枪射出去。与此同时，她的手枪飞起来，她一把握住右手腕，血从她指缝里流出来。孙少隽扭头看一眼女队长打在黑板上的弹洞。

工作队的男兵们没有充分准备，枪已经都让银脑的兵缴下来。

学校院子大乱了一阵，不久就只剩下板凳和跑丢的鞋了。葡萄没跑，团起身子蹲在那里，看着一大片板凳和鞋，心想咋就又打上了呢。

银脑叫他的兵把土改工作队的全关起来。

所有工作队员连同女队长被关在了学校的一个窑洞里。那窑洞是两个先生的宿舍。

银脑找了架马车，把他爹安顿在车上，从史屯街上走过，大声训话，说他不信共产党就这么六亲不认；他革命了，他爹就是革命军人的爹。革命也得讲人伦五常，忠孝节义。

家家都不敢开门，挤在门缝上窗边上看银脑耀武扬威，喊得紫红一张脸，脖子涨成老树桩子。

他还说他今天就把他爹带到军队上，乡亲都听好，孙二大从今天起，就是革命的老太爷，看谁敢在革命老太爷头上动土！他训导完了，又骑着马，拎着两把枪进了史屯，挨着各家的窑串游，把同样的训导又来一遍。

史屯人跑出来时，银脑和他的兵以及孙二大乘的马车早跑得只剩一溜黄烟了。

银脑刚回到军营就听说要他马上把枪交出去。师里派了一个排的人来带他去师部。银脑交代给他的手下：天黑还不见孙旅长回来，马上袭击师部。

一个小时之后，孙旅长被关进审讯室，他罪过不小，组织地主恶霸暴动，企图杀害土改工作队领导。

两个小时之后，师部被再次倒戈的孙少隽部队包围了。

五小时之后，孙少隽旅长的部队大半被打散，一小部分人劫持了旅长往西逃去。孙怀清却留在了儿子的住处，和两个儿媳妇等着发落。

葡萄听说二大给城里的监狱收押了，定的罪是地主暴动首领。村里街上传的谣言可多，说银脑去了四川，在那里的山上拉起队伍，说打回来就回来。也有说银脑在上海坐上美国人的飞机跑美国去了。银脑从小就胆大神通大，豪饮豪赌，学书成学剑也成，打架不要命，杀人不眨眼，把他说成魔说成神，史屯的人都信。

土改工作队的解放军接着领导史屯农民闹土改。他们天天去附近几十个村串联，启发农民的觉悟。女兵们还忙着宣传婚姻自由，叫订了婚的闺女们自己当自己家，和相好们搞自由恋爱。她们常常和葡萄谈话，告诉她自由有多么好，看上谁就去和谁相好。她们发现葡萄虽然年轻，却受封建毒害太深，觉悟今天提高了，明天又低下去。她们想，这女子有些奇，读书认字也不笨，一到阶级呀、觉悟呀这些问题，她就成了糨糊脑子。

有一回她还跟女队长吵起来了。她说："得叫我看看我爹去。"她正帮女队长缠手上的绷带。

女队长奇怪了，说："葡萄你哪来的爹？爹妈不是死在黄水里了？"

葡萄说："孙二大也是我爹呀。"她眼瞪着女队长，心想孙二大才坐几天监，你们就忘了这人啦？

"葡萄糊涂，他怎么是你爹?！他是你仇人！"

葡萄不吭气，心里不老带劲，觉得她无亲无故，就这一个爹了，女队长还不叫她有。

"王葡萄同志，这么多天启发你，教育你，一到阶级立场问题，你还是一盆稀泥，啥也不明白。"女队长说。

"你才一盆稀泥！"

女队长一愣怔，手从葡萄手里抽回来。

葡萄瞪起黑眼仁特大的眼睛，看着女队长。

"你再说一遍。"女队长说。

葡萄不说了。她想俺好话不说二遍。

女队长当她服软了，口气很亲地说："葡萄，咱们都是苦出身，咱们是姐妹。你想，我是你姐，我能管孙怀清那样的反动派叫爹吗？"

葡萄说："那我管你爹叫爹，会中不会？你爹养过我？"

"不是这意思，葡萄，我的意思是谁是亲的谁是热的要拿阶级来划分。”

“再咋阶级，我总得有个爹。爹是好是赖，那爹就是爹。没这爹，我啥也没了。”

女队长耐住性子，自己先把绷带系好，压压火。等她觉得呼吸匀静下来，又能语重心长了，她才像长辈那样叹口气：“葡萄啊葡萄，不然你该是多好一块料……”

“你才是块料！”

葡萄站起身走了，把穿小缎袄的腰身扭给女队长看。

女队长想，真没想到有这么麻木的年轻人。要把她觉悟提高，还不累死谁？但她又确实苦大仇深，村里人都说她从七岁就没闲过，让孙怀清家剥削惨了。

年前工作组决定揭下孙家百货店的封条，按盘点下来的存货分给最穷的人家。腊月二十三一大早，大家热热闹闹地挤在店堂前，等着分布匹、烟卷、酱油，还有冰糖、小磨香油。孙怀清老东西收账恶着哩，这回让他再来收账看看！大家张大嘴笑，从来没这么舒坦过。啥叫翻身？这就叫翻身！咱翻身，孙怀清也王八翻身背朝地肚朝天，只等挨宰啦！

葡萄也挤在分东西的人群里。她知道她要的东西都搁在哪里。她要一块毛料，一张羊皮。她早就想给两年前留下银戒指的琴师朱梅缝件皮袍，痨壳子冷不得。工作组跟她说恋爱自由她就想，把你们给能的，你能犟过缘分？缘分摆那儿，你自由到哪儿去哩？她和琴师遇上，又好上，就是缘分给定的。缘分是顶不自由的东西，它就叫你身不由己，叫你快活，由不得你，叫你去死也由不得你。

人挤得发出臭气来，葡萄一会儿给推远，一会儿又给挟近，一双绣花棉鞋给踩成了两只泥蹄。她是个不省事的人，谁踩她她就追着去踩那脚，连分东西都忘了。当她看见有人抱着那块老羊皮挤出来，她一把揪住那人的烂袄袖：“那是我要的！”

那人连看都不看她一眼，只顾往臭烘烘的人群外头挤。葡萄揪住他不放，不一会儿就倒在了地上，手上只剩一截烂袄袖。人群在她身上跨过来，趟过去。她看着穿着烂鞋打赤脚的腿，有一眨眼的工夫她觉着自己再也别想爬起来，马上就要被这些腿踢成个泥蛋子，再踩成个泥饼子。从来不知道怕的葡萄，这会儿怕起来。她发出杀猪般的嘶叫：“我操你奶奶！”

所有的腿停了一下，等它们又动起来的时候，葡萄浑身黄土地被甩了出来。她也不管什么羊皮毛呢了，这时再不抢就啥也捞不上了。连蚊烟都给分光了，再不蛮横，她葡萄只能扫地上掉的盐巴、碱面了。她见英雄寡妇陶米儿分到半打香肥皂，上去抓了就走。

“咋成土匪了哩？”陶米儿说着伸手来抢夺。

葡萄抱着香肥皂，给了她一脚。陶米儿也年轻力壮，一把扯住葡萄的发髻。

两个女人不久打到街对面去了。香肥皂掉下几块，一群拖绿鼻涕的孩子哄上去抢，又打得一团黄土一堆脏话。葡萄打着打着，全忘了是为香皂而打，只是觉得越打越带劲，跟灌了二两烧酒似的周身舒适，气血大通。这时陶米儿手伸到葡萄抓住的最后一块香皂上。葡萄闷声闷气地“噢”了一声，牙齿合拢在陶米儿的手上。那手冻得暄暄的，牙咬上去可美着哩！

陶米儿剩下的一只手两只脚就在葡萄身上腿上胡抡一气。葡萄埋着头，一心一意啃那只冻得暄暄的手，一股咸腥的汁水从那手上流进葡萄嘴里。她看见周围拉架的人从穿烂鞋打赤脚的变成了打绑腿的。工作队的女同志们清脆如银铃地叫喊：“松手！陶米儿！你别跟王葡萄一般见识！……”

一只手从后面伸来拽住葡萄披了满脊梁的头发。葡萄没觉得太疼，就是牙齿不好使劲了。她破口大骂：“我操你妈你扯我头发！……”这一骂她嘴巴腾出来了。她转身就要去扑那个拽她头发的人。那人也穿一身解放军军装，背着太阳光，只看见他牙老白。

“葡萄咋学恁野蛮？老不文明！”

这个嗓音葡萄太熟了。不就是铁脑的嗓音吗？只不过铁脑才不用这文绉绉的词。再看看这个解放军的个头，站着的模样，都是铁脑的。难不成铁脑死了又还阳，变成解放军了？铁脑那打碎的脑瓜是她一手对上，装殓入土的。她往后退了退，眼睛这时看清解放军的脸了，不是铁脑又是谁？

“铜脑，葡萄这打得不算啥，你还没见她那天在斗争会上，一人打七八个呢！”旁边的史冬喜说。

葡萄赶紧把嘴上的血在肩头上一蹭，手把乱发拢一下。原来铜脑回来了。那个曾经教她识过字的二哥铜脑，摇身一变成解放军了。葡萄咧开嘴，笑出个满口血腥的笑来。好几年不见，葡萄的脸一阵烘热，叫道：“二哥！”她想她不再是无亲无故的葡萄，她有个二哥了。

二哥铜脑学名叫孙少勇。葡萄爱听工作队的解放军叫他这名字：少勇。她几次也想叫他少勇，嘴一张又变成了“二哥”。孙少勇是军队的医生，工作队员们说他是老革命，在西安念书时就参加了地下党。已经有七八年党龄了。

很快葡萄发现这个二哥和土改工作队的解放军亲得很，和她却淡淡的。完全不像她小时候，念错字他刮她鼻头。二哥也不喜欢村里的朋友们叫他铜脑，叫他他不理，有时眉一皱说，严肃点啊，解放军不兴叫乳名儿。史冬喜们就叫他“啊严肃”。

孙少勇只是在一个人也没有时才和葡萄说说话。他有回说：“葡萄成大姑娘了。”

葡萄说：“只兴你大呀？”

孙少勇笑笑。他对葡萄个头身段的变化没有预料，那么多年的劳累，背柴背粪，没压矮她，反而让她长得这么直溜溜的，展展的。只有她一对眼睛没长成熟，还和七岁时一样，谁说话它们就朝谁瞪着，生坯子样儿。过去史屯的村邻就说过王葡萄不懂礼貌。他们的意思是，凡是懂礼貌的人说话眼睛总要避开对家儿。比如小媳妇说话，耷拉下眼皮才好看。大闺女更得懂得不往人眼里瞅。少勇倒是觉得葡萄在这点上像个女学生，像大地方的洋派女学生。

"葡萄，问你个事吧。"

"问。"

"你跟孙怀清接近，他有没有告诉你，他把那些现洋藏哪儿了?"

"孙怀清是谁?"葡萄一副真懵懂的样子。

"二哥问你正事。"

"孙怀清是谁? 你告诉我。"

"不就是我爹嘛。"

"我当二哥忘了。要不咋一口一个孙怀清地叫。村里人见我还问：二大可好? 在牢里没受症吧? 俺爹现洋可是多，不过他不叫我告诉别人。"

"二哥也不能知道?"

"那我得问了爹再说。"

"看你这觉悟。"

"觉悟能吃能喝能当现洋花? 爹攒那点现洋多费气呀，一年三百六十五天，他三百六十六天在干活儿。"

"就不告诉二哥?"

"二哥自个儿去找吧。屁股蛋子大的地方，能藏哪儿去?"葡萄说着咯咯直乐。

第二天葡萄去史屯街上卖她自己绣的几对鞋面，见孙家店铺后面又是热闹哄哄的。她跑过去，马上不动了：孙少勇带着土改工作队的解放军正在撬后院的石板。店堂里挖了好几个洞，但都是实心儿，没挖到什么地窖。葡萄心想，二哥出去得早，小时也很少来店里，所以不知道地窖的方位。看他急得团团转，葡萄心软了，想把他叫一边儿，悄悄告诉他。可二大和她叮嘱过多少次：可不敢叫任何人知道咱的地窖。她应承过二大，就不能糟践二大的信任。解放军也好，国军也好，土匪也好，她都得为二大守住这秘密。谁看见二大辛苦了？看见的就是二大的光洋。只有她葡萄把这头的辛苦和那头的光洋都看见了。

挖了一天，把院子挖得底朝天，啥也没挖到。孙少勇一边往身上套棉袄，一边跺着脚上的泥，剜了葡萄一眼。葡萄哪那么好剜，马上啐了他一口。两人这就各走各了，再见面成了生人。

有天夜里葡萄把老驴牵出来。她明白工作队的人和孙少勇盯着她。存心把动静弄得特别大，还去工作队的屋借他们的洋火点灯笼。她在老驴嘴边抹了些豆腐渣，一眼看着像吐的白沫。她只跟老驴说话：看咱病成啥了？还不知走不走得到街上。咱有三十岁了吧？可不就光剩病了。葡萄一边说一边把老驴牵上台阶，打开大门出去了。她到了孙家作坊的后院外，搬开一堆破罐烂缸，下面的土封得好好的，揭开土盖子，她下到地窖里，把藏在地窖壁缝里的一麻袋银洋分作两袋拎了上去。

葡萄关上地窖门，把两袋银洋搁在老驴背上，抽下头上的围巾，掸打着身上的土。她抬起头时，见面前站着个人，烟头一闪一闪。

“葡萄，是我。”

“还能是谁?!”

“葡萄，二哥教你识字读书，你记不记得?”

“你是谁的二哥?”

“那是教你懂道理哩。”孙少勇说着，往葡萄这边走。

葡萄弯身够起地上的一片碎缸：“好好站那儿，过来我砸死你。”

孙少勇站下了。他想她真是生坯子一块，一点不识时务。但他记得他过去就喜欢她的生坯子劲。铁脑在外面和人打架吃了亏，她便去帮着打。她对谁好是一个心眼子，好就好到底。那时她才多大，十岁？十一？“二哥、二哥”叫得像只小八哥儿。

“我说葡萄，你懂不懂事？”

“不懂。”

“你浑你的，也为二哥想想。二哥在队伍上，不和地主家庭、封建势力决裂，往后咋进步哩？”

葡萄掂掂手里的碎缸片。有五斤？六斤？

“你把这些现洋交出去，叫他们分分，爹说不定能免些罪过。共产党打的是不平等，你把啥都给他分分，分平了，就没事了。”

碎缸片“当”的一声落下了。她没听见二哥后半截话。她只听懂现大洋能救二大的意思。没错呀，哪朝哪代，现大洋都能让死人变活，活人变死。现大洋是银的，人是肉的，血肉之躯不像银子，去了还能再挣。性命去了，就挣不回来了。葡萄葡萄，心眼子全随屎拉出去了！她把牵驴的缰绳往前一递，孙少勇从她手上接过去。

第二天葡萄和孙少勇站在孙家百货店里，肩并肩地把六百三十块银元交给了土改工作队。葡萄给女队长好好夸了一通，说是觉悟提高得快，一步成了积极分子。葡萄对她的话懂个三四成，但觉得美着呢，甜着呢。只要二大免去枪毙，慢慢总有办法。她想二哥铜脑比大哥银脑聪明，大哥把二大闹进了大牢，二哥说不定真救了二大的命。最初她见二哥军装上衣兜里插两杆笔，下面的兜让书本撑出四方见棱的一块，以为他是那种读太多书没屁用的人。

葡萄和少勇完全和解是在十天之后。那天她见孙少勇在翻检店里药品，看见他军帽下露出的头发又脏又长，她心里动了一下。

黄昏她烧了热水。她站在院子里朝男兵们住的屋吆喝："二哥！我烧了热水了！"

孙少勇跑出来，莫名其妙地笑着："烧就烧呗。"

"你来。"她说。

"干啥？"

她把他引到自己的磨棚，里面有个木墩子，上面坐个铜盆。热水冒起的白色热气绕在最后一点太阳光里。少勇问她弄啥，她一把扯下他的军帽，把他推到铜盆前面。

"咋着？"她看着他，"没剃过头啊？！"

少勇明白了，弓下腰，把头就着盆，一边直说："我自己来，我自己来。"

葡萄不理他，一手按住他的脖梗，一手拿起盆里的手巾就往他头上淋水。

少勇马上乖了。是葡萄那只摸在他脖梗上的手让他乖的。他从来不知道光是手就能让他身体有所动作。那手简直就是整个一个女人身体，那样温温地贴住他，勾引得他只想把眼一闭，跟她来个一不做二不休。少勇不是没碰过女人的手。他不知和多少个女同事、女战友握过手。那不过都是些手，和葡萄的太不一样了。葡萄的手怎么了？光是手就让你明白，她一定能让你舒服死。

洗完头，葡萄把盆挪到地上，让少勇坐在木墩子上。她说："得先刮刮脸。"他看她一眼。她马上说："铁脑的头全是我剃的。"

少勇笑起来，说："你可别把我也剃得跟铁脑似的，顶个茶壶盖儿。"

葡萄把热毛巾敷在他脸上，又把他的头往后仰仰，这就靠住了她胸口。她穿着光溜溜的洋缎棉袄，少勇想，她可真会让男人舒服啊。可她自个儿浑然不觉。

她把手巾取下来，用手掌来试试他的面颊，看胡楂子够软不够。

他又想，她这手是怎么回事呢？一碰就碰得他不能自已。她的手在他下巴、脖子上轻轻挪动，他觉得自己像一滴墨汁落在宣纸上，慢慢在晕开，他整个人就这样晕开，他已不知道他能不能把握住自己。

“二哥，你有家了没有？”葡萄问。

问得突然，少勇一时收不住晕开的神思知觉。他“嗯？”了一声。

“我问我有二嫂了没有。”葡萄说。

“哦，还没有。”其实有过，一年前牺牲在前线了。她是个护士，是个好女人，也不怎么像女人。

“解放军不兴娶亲？”

“兴。”

“那你都快老了，咋还不给我娶个二嫂？”

少勇不说话了。她的刮脸刀开始在他脸上冷飕飕地走，“哧啦”一声，“哧啦”一声。他晕开的一摊子神志慢慢聚拢来。他想，等葡萄把他脸刮完，她就不拿那问题难为他了。

“咋不给我娶个二嫂啊？二哥都二十五六了。”

他想这个死心眼，以为她忘了哩。不问到底，她是不得让他安生的。“我一说话你还不在我脸上开血槽子？”

她不吭气，拿剃刀在他头上剃起来，剃了一阵，她跑到自己的绿豆秸地铺上哗啦啦地翻找，找出一面铜镜来。她用自己的袄袖使劲擦擦镜面，说：“看看是茶壶盖儿不是？”

少勇一看，她把他头剃了一半，成阴阳头了。

她问道：“为啥不娶亲？不说不剃了。”

少勇淡淡地把他媳妇牺牲的事讲了一遍。葡萄一面听，一面心思重重地走剃刀。屋里已暗下来，从窗子看出去，外面窑院里点了灯笼，又开什么会呢。

“咱也点灯吧?”少勇说。

“点呗。”

“灯在哪儿?”

“没油了。”

“你咋了，葡萄。”他的手想去抓她的手。

“别动。我剃茶壶盖儿啦?”

“剃啥我都认。”

他把她拽到面前，搂住，嘴巴带一股纸烟的呛味儿。她开始还推他，慢慢不动了。不久他舔到一颗泪珠子。“葡萄?……”他把她的手搁在自己脸颊上，又搁在自己嘴唇上。这些动作他弟弟铁脑都没做过，没有过“自由恋爱”的铁脑哪会这些呢?二哥少勇把她的手亲过来亲过去，然后就揣进自己军装棉袄下面。下面是他的小衫子，再往下，是他胸膛，那可比铁脑伸展多了。

工作队在孙家空荡荡的客厅里开会，农会和妇女会的人也来代表了。少勇在他们讨论如何分他爹的现大洋时，把葡萄抱了起来，绕过石磨，搁在葡萄的绿豆秸铺上。

葡萄对他的每个动作都新鲜。自由恋爱的人就是这样的哩。自由恋爱还要问:“葡萄，你给我不给?”

假如少勇啥也不问，把葡萄生米做成熟饭，她是不会饥着自己也饥着他的。

“你不怕?”葡萄说，下巴颏指着吵吵闹闹的客厅。

少勇嘴轻轻咬住她翘起的下巴。

自由恋爱有恁多的事，葡萄闭着眼想。像噙冰糖似的，那股清甜一点一滴淌出来，可以淌老长时间。急啥呢，一口咬碎它，满嘴甜得直打噎，眨眼就甜过去了。自由恋爱的人可真懂。葡萄突然说："我心里有个人了，二哥。"她想这话怎么是它自己出来的？她一点提防也没有啊！

少勇不动了。

葡萄心想，自由恋爱的人真狠，把她弄成这样就扔半路了。她说："是个戏班子的琴师。叫朱梅。"

少勇已爬起来了，站在那里黑黑的一条人影。"他在哪儿呢？"

"他过一阵回来接我。"她也坐起身，"你看这是他给的戒指。"

少勇不说啥。过了一会儿，他扯扯军装，拍拍裤子，又把背枪的皮带正了正，转身走出去。

第二天葡萄没看见少勇。她跑到西边的几间屋去问男兵们：她的二哥去哪儿了？他回去了，回部队了。他部队在哪儿？在城里，他们在那儿建陆军医院。男兵们问她，她二哥难道没和她打招呼？

葡萄听说琴师所在的那个梆子剧团让解放军给收编了，正在城里演戏。她搭上火车进城，胳膊上挎着她的两身衣裳和分到的两块光洋，手指上戴着银戒指。工作队的解放军已经撤走了，地和牲口全分了，年轻的寡妇们也都让他们介绍给城里党校的校工、镇上来的转业军人。自由恋爱之后，全结婚怀了孩子。葡萄听说那叫"集体结婚"。又一个她不太明白的词儿，"集体"。

城里到处在唱一个新歌："雄赳赳，气昂昂……"那歌她从火车上开始听，等找到梆子剧团她已经会唱了，但只懂里面一个字，就是"打"。又打又打，这回该谁和谁打？

门口她听里头女声的戏腔，便问一个穿军服的小伙儿，他们是解放军的梆子剧团不是？

穿军服的小伙子说，是志愿军的剧团。他手提一个铁桶，里头是从开水铺买的开水，一面打量着这个穿乡下衣服的年轻女子。她喃喃地念叨着，那不对，那不对。她打开一个手帕，里面包了张纸条，给那小伙儿看。小伙儿放下桶，告诉她门牌号没错，这儿就是志愿军剧团。葡萄心想：城里住了解放军还住了什么志愿军，那还不打？小伙儿问她找谁，她说找琴师朱梅。

小伙儿皱起眉，想了一会儿，说他听说过这个琴师，不过他来的时候他已经死了，咳血咳死的。他把那张纸条还给葡萄。

葡萄没接，扭头走去。她也不搭理小伙儿在后面喊她。一拐弯她坐了下来，就坐在马路牙子上。她催着自己，别憋着，快哭！可就是哭不出来。她从来没想过，朱梅原来离她是那么远，那么不相干。过来过去的马车、骡车扬着尘土，她觉得牙齿咯吱吱的全是沙。原来她是半张开嘴坐在马路边出神的。她撑着地站起来，来时的路忘得干干净净。

原来装着的心思，现在掏空了。她空空的人在城里人的店铺前、饭馆前走过。一个铺子卖洗脸水，一个大嫂拉住葡萄，叫她快洗把脸，脸上又是土又是泪。葡萄想，我没觉着想哭啊。洗了脸，她心里平定不少。精神也好了。她只有两块光洋，大嫂找不开钱，也不计较，让她下回记着给。大嫂问她是不是让人欺负了。她心想谁敢欺负葡萄？她摇摇头，问大嫂城里有个解放军的医院没有。

大嫂说她不知道。一大排“稀里呼噜”在洗脸的男人们有一个说他知道。他把一脸肥皂沫的面孔抬起来，挤住眼说医院在城西，问葡萄去不去，他可以使车拉她去。葡萄问他拉什么车。黄包车，他龇牙咧嘴，让肥皂辣得够受，指指马路对过说：就停在那儿。葡萄看了看，问车钱多少。车夫笑起来，叫她放心，她的大洋够着哩！他也有钱找给她。

他把葡萄拉到医院，见葡萄和站岗的兵说上话了，他才走。葡萄给拦在门口，哨兵叫另一个哨兵去岗亭里摇电话。不一会儿，葡萄见一个人跑出来，身上穿件白大褂，头上戴个白帽子。一见葡萄，他站住了。

“二哥!”葡萄喊，“他死了……”

少勇慢慢走上来。葡萄突然觉得委屈窝囊，跺着脚便大声哭起来。少勇见两个哨兵往这儿瞅，白了他们一眼。他抱她也不是，不抱也不是，心里有一点明白她哭什么。新旧交替的时代，没了这个，走了那个，是太经常发生的事。他伸手拍拍她的肩，又拍拍她的背。少勇喜欢谁，就忘了大庭广众了。

“二哥，朱梅死了。”葡萄说。

少勇把自己的手帕递给她擤鼻子，擦眼泪。他对葡萄说：“上我那儿去哭吧，啊?”

葡萄擦干眼泪，跟上少勇往里走。里头深着呢，是个老军阀的宅子，少勇告诉她。她让后一点，让他在前头走。他和她说什么，就停下来，回过身。村里两口子都是这样走路，少勇心里又一动一动的。他这时停下来，回身对她说：那是我们外科。看那个大白门儿没有？手术室，我早上在里头刚给人开了刀。

到了他住的地方。一屋有两张床，门口的木头衣架上挂着两件军装。少勇说：张大夫和我一屋。葡萄四面看看，墙上挂着几张人像，有四个是大胡子洋人。少勇拿出一个茶缸，把里头的牙膏牙刷倒在桌上，拎起暖壶，给葡萄倒了一缸子水。又想起什么，从床底下摸出个玻璃瓶，里面盛着红糖，他往茶缸里倒了半瓶，用牙刷搅着。刚想和她说说话，她哇的一声又接着哭上了。死心眼的葡萄啊，哭也是一个心眼哭到底。等茶缸里的红糖水都凉了，她才哭完。哭完她叫了声二哥，说她该咋办呢，这下子谁也没了。

他也不知说什么好。葡萄穿一件红蓝格的大布夹袄。开春不久，城里人都还穿棉。家织的大布织得可细法，葡萄从小就跟他母亲学纺花织布，母亲后来都织不赢她。她用橡子壳把纱煮成黑的，和白纱一块织成小碎格子，给他和铁脑一人缝了件衫子，他去西安上学，穿成渣儿才舍得扔。他那时什么也没想，只觉得有个心灵手巧的妹子母亲能清闲点。他怎么会料到她的手不单单巧，摸在他皮肉上能让他那么享福。他尝过城里女人了。他前头那个媳妇是城里小户的女儿，知书达理，可会写信，两人非得分开她才在信里和他黏糊。葡萄不一样。葡萄多实惠？手碰碰你都让你觉着做男人可真美。

少勇走过去，坐在她身边，肩膀挤住她的肩，大腿挤住她的腿。她的脸红红的，湿湿的，一根银耳丝颤颤的。他把她的髻一拽，拽散开。葡萄看他一眼，明白他啥意思，他还想重新让她做闺女。她手很快，一会儿便梳成两根辫子，和唱白毛女的女兵一样。少勇问她，给二哥做媳妇好不好？他说了这话心里好紧张。就是当逗乐的话讲他也还是紧张。葡萄转过脸，看他脸上的逗乐模样。他经不住她那生坯子眼睛，逗乐装不下去了，他把脸转开，脚踢着青砖地缝里长出的一棵草。葡萄说，好。少勇倒吃了一惊。她这么直截了当。这桩大事原来可以这样痛快，这样不麻烦。他心里在想，和领导谈一谈，打个报告，再到哪里找间房，就把葡萄娶了。他抓起她的手，搁在他脸上。这手真通人性啊，马上就把那秘密的舒服给了他，给了他全身，给到他命根子上。他想不远了，很快她能让他享福享个够。恐怕是没个够的，弟弟铁脑福分太浅呀。

这样想着，外头响起了号音。开晚饭了，他叫葡萄跟他去食堂吃饭。

少勇把葡萄带到院子里。食堂没有饭厅，打了饭的人都蹲在地上吃。少勇和葡萄面对面蹲着，一群一群的看护女兵走过来看，有皮厚泼辣的问孙大夫的对象吧？少勇嘿嘿地笑，嘴里堵着一大口白馍。葡萄见她们全穿着白毛女女兵那样的军装，胸口两排纽扣，像母猪奶头。少勇告诉葡萄，说不定要去朝鲜打大仗哩。葡萄应着，心里想，怪不得城里条条街都热闹成那样。又有歌，又有锣鼓，又有披红挂彩的人，一卡车一卡车地过来过去。原来是要打大仗。仗越大，热闹也就越大，人的精神头也越大。葡萄不懂得都打些什么，但她知道过个几年就得打打，不打是不行的。她从小就懂得看人的腿。腿和脚比人的脸诚实，撒不了谎，脸上撒着谎，脚和腿就会和脸闹不和。每回打起来，打人也好、打仗也好，连打狼打耗子打蝗虫打麻雀，那些腿都精神着哩。只要没啥可打，太平了，那些腿都拖不动，可比脸无精打采多了。

少勇把葡萄送到火车站时告诉她，在他上前线之前，一定要把她娶过来。火车开动了，他还跟着窗子跑。葡萄喊他一声：“二哥！”

他看懂她的嘴形了，笑着纠正她：“叫我少勇！”

她也看懂他的嘴形了，点点头。但她还是喊：“二哥，你不能不去打呀？”

后面这句，他看不懂她的嘴形，站下来，光笑着摇头。

志愿军打过鸭绿江不久，关在监狱里的几百个犯人悄悄传说夜里带走的人不是转移，是枪毙。这天夜里，再次听见铁门打开关上的声音。又过两天，一个人起来去墙角的尿桶小便，惊醒了同号的另外一个人，这人是个教过日本人舞九节鞭的武功师傅，平常最沉默，这夜半梦半醒突然发出一声尖厉的长啸。同号和邻近的几个号里的人几乎还在梦里就和上去一块叫啸起来。刹那之间，整个监狱五六百犯人全部投入到这个团体长啸中去。一个警卫向天开了两枪，啸声却更加惨烈，更加阴森，另外几个警卫慌了，向天打了一串又一串子弹，监狱的铁栅栏、玻璃窗都被这啸声震得“嘎嘎”响。

警卫们跑着，喊着：“不许叫！再叫打死你们!”

可没有用。因为所有犯人都在一种精神癔症中，就是集体中了梦魇，怎么也叫不醒。巨大的梦魇缠身扼喉，五六百人叫啸得声音龟裂、五脏充血、四肢打挺。叫碎了的声音带一股浓腥的血气，凝结在污浊的夜晚空气中，后来他们肉体被消灭，还滞留在那里。

惊天动地的长啸已持续了八分钟。其他警卫们也从营房赶来。不久，驻军派了五辆大卡车，载着全副武装的人民军队朝这个发出兽啸的城关监狱赶来。

只有一个住在城里的九十岁老人明白这是怎么回事。他自言自语：又是监啸。他小时听老人们说过监啸，但他那时的老人也没和他解释。只说几百囚人其实已经灵魂出窍了。后来杀他们，杀的只是他们的肉身，他们的魂魄早飞走了，啸声是魂魄从阴界发出的。

这五六百人里，没叫啸的只有一个人，孙怀清。他在头一个人发出啸声时就一骨碌坐起。因为他根本没有睡。他听着周围人发出的都不是他们本人的声音。他在这啸声中什么其他声音也听不见了，连枪声也没听见。那啸声密密地筑起一层层墙，他听到的是空寂无声。

离着四五里路，是孙少勇的陆军医院。孙少勇这夜因为一个特殊的原因没有睡。他正走在值班室外的走廊上，突然听见“欧、啊、呃、噢、呜”的兽啸。他想到院子里去听真些，走过门厅的镜子，他见自己一张死人脸。军帽下，葡萄给他剃短的头发根根竖直。

只有那个九十岁的老先生看了看大座钟，啸声停止在三点一刻。这回监啸持续了二十五分钟。三点一刻时，孙少勇已回到了值班室。本来不该他值班，他主动要求代人值班。由于他父亲的拖累，他已感觉到在部队进步很吃力。他得比别人多做少说。他听远处的嘶啸终于停了，枪声还在零星爆响。后来他听说了这次不寻常的事件叫做“监啸”。再后来他从有关精神病理学的书中找到一点推论，说监啸是人在极度恐惧极度紧张的情况下，潜意识爆发的一次宣泄。这种嘶啸不受人的生理支配，也不受理性控制，属于癔病或神经症现象。但具体的病理根据，却始终不能被证实。孙少勇军医不知道只有他爹孙怀清没给这次大着魔裹卷进去。他在这一夜值班的八小时里，抽出一碗烟头来。早晨他背着两手走出值班室，头发里带着蓝灰的烟。

他走到政委办公室，把一张纸从门缝塞进去。那是他从三点一刻开始写的一份反省书，里头把他自己骂得恶着呢。他在反省书最后一段说：“坚决支持政府镇压恶霸地主、暴动首领孙怀清，本人主张对孙怀清尽早执行枪决。”

史屯人知道孙二大要被送回来枪决是监啸发生的第三天。史屯离城远，有一大片河滩地，作刑场可是不赖。自古以来，一杀土匪那里就是刑场。打孽打得最恶的时候，胜的一家也把败手推到这河滩上杀。国民党一九二七年五月在那里一下毙了上百个共产党，洛城破时日本人也在那儿活埋过国民党十四军的将士。河滩两岸都是坡地，观看行刑可带劲。给带到河滩刑场上枪毙砍头的都是好汉。共产党说：共产党员是杀不完的！十八年后又是一个共产党！国民党将士也不赖，对日本鬼喊：我操死你东洋祖宗！历代土匪都说：砍头不过碗大的疤，二十年后老子又来啦！

葡萄见过一大片人头长在河滩上，下半身埋土里。那年她十三岁。再往前，她见过十八条尸首让老鸹叼得全是血窟窿，又让狼撕扯得满地花花绿绿的肠子。那年她十一。还往前些，她见过打孽的胜家把败家绑去宰，那年她八岁。每次她都不是和村里人一块到河滩坡上去看。她一个人悄悄下到苇子丛里，要不就是杂树林里，趴伏成一个小老鳖，看那些腿先站，后跪，末了倒在血里。那次她趴在苇子里，见一大群腿铐着大镣就站在她旁边。她听见那些人喊：砍头不过碗大的疤……但那些腿的膝头都是软的，撑不直，还打颤。有时枪毙完了，带枪的全走了，她见一些孩子们的腿溜进刑场，找地上的子弹壳。

葡萄在锄麦，听舅家闺女兰桂叫她。舅死了后兰桂嫁到不远的贺镇，她们那里的匪霸也要押到史屯的刑场来杀。她叫着葡萄葡萄，你知不知道？葡萄直起腰，见她跑一头汗，问知道啥。兰桂说，俺姑父要枪毙哩！葡萄手里拄的锄把一下子倒下去。一年半前，她和孙少勇把六百三十块光洋交出去，工作队给史屯人都分了分，不是就没二大啥事了？咋会还枪毙？她想问兰桂哪儿听来的风儿，可嘴动几下没声出来。她跑回家，不理兰桂跟在她身后交代，别跟人说是她说的。

葡萄牵出老驴来就骑上去。骑到城里太阳已经落山。她摸了一阵路才又摸到陆军医院，拴上驴，她也不管警卫叫她“站住”，只管往院里跑。孙少勇搬个小凳正要去听报告，见葡萄一身做活儿的旧裤褂，头上顶了烂草帽站在他门口。

“弄啥？”

“咱上当了！”葡萄一把抱住少勇，哇地哭了。

同屋的张大夫一看这么个乡下女人两脚泥地吊在孙大夫胸口，赶紧从他们身边绕过去。

“他们要枪毙咱爹！”葡萄一边号啕一边捶打少勇的肩、背、胸膛。

少勇怕别人听见，慌手慌脚地把她往自己屋里拖。他把葡萄按在自己铺上坐稳，又去门口听了听，把窗子推上，才走回到她对面，坐在张大夫床上。

葡萄哭个没完，一边还说："把咱爹的光洋分分，把咱爹的地、牲口也分分，就这还要枪毙咱爹……"

少勇直跺脚："可不敢喊，可不敢哭！……"

她一听更恼更伤心，对着他来了："你当的是啥官呢？连你爹都救不下？还不如大哥呢！"

少勇上来跪在她面前，手捂住她的嘴："可不敢，我的姑奶奶！……你让我想想法子，行不行？……"

葡萄马上不哭了，问他能有啥法子。他叫她别出声，让他好好想想。葡萄安静了半袋烟的工夫，又催逼他快想。少勇说正想着呢。他怕她哭怕她喊，眼下她要他咋做他就咋做。

又过一会儿，他小心地问她，能不能叫他听完重要报告哩再想。葡萄说那会中？那爹就叫人枪毙了！少勇说他一边听报告一边想，葡萄没法子了，点点头。

少勇叫了个警卫，把葡萄领到医院的客房去，又给她拿了他自己的衬衣裤子，让她凑合换上。客房在医院外头的街口，是几间失修民房，给来队家属临时住宿的。少勇听报告的两小时，葡萄就绕着院子里一口井打转，小院子清凉安静，让她走成了个兽笼子。少勇来的时候她一回头就是：想出啥法子来了？少勇心想，只要把她这一阵的死心眼糊弄过去，就不会这么费气了。他看看小院四个屋都不亮灯，没有其他家属，一下高兴起来，随口说还有他想不出的法子？没等她回过神，葡萄已在他怀里，一个身子都成了给他的答谢和犒劳。

少勇想，死心眼是死心眼，也好糊弄。他闻到她头发里和身上的汗酸味，甜滋滋的像缺碱的新麦蒸馍。他用下巴上的胡子在她额上磨，她把脸挤进他胸口，他身上的味道老干净，干净得都刺鼻。

他们在客房的床上躺下。都是娶过嫁过的人，也都打算要合到一处过，眨眼工夫就黏糊得命也没了。然后少勇觉出什么来，用手往葡萄身体下摸摸，褥垫都濡湿了。他把她搂紧。她可是个宝物，能这么滋润男人。难怪她手碰碰他就让他觉出不一样来。她身上哪一处都那么通人性，哪一处都给你享尽福分。

他站起来，浑身大汗地开始穿衣服。

葡萄说："啥办法？"

少勇不知她在说啥。

"你想出的法子呢？"

少勇叫她等等，让他抽支烟。他想这个死心眼比他想的可死多了。他摸出烟卷，又摸火柴，动作七老八十的，把话在心里编过来编过去。

葡萄跳起来，替他点上烟，一动不动瞪着他，等他抽，一口、两口、三口。他把话编得差不多了，弹弹烟灰，问葡萄，她是不是快成他媳妇了。葡萄说是啊。他问那她听他的话不听。嗯，听。那二哥现在说话，你得好好听着，不兴闹人。

叁

唉。咱中国现在解放了，是劳动人民的国家，劳动人民就是受苦人，穷人。受苦人有多少呢？一百人里头，九十三个是受苦人。受苦人老苦老苦啊，几辈子受苦，公道不公道？不公道是不是？葡萄点点头：那咱爹老苦啊，一天干十四个时辰的活哩！……葡萄别打岔，你以后是志愿军医生的媳妇。志愿军是工农子弟兵，都是穷人的儿子、兄弟，他们专门打抱不平，替穷人行公道。把不公道的世界毁了，这就是革命。我是个革命军人，你是个革命军人家属，就得和革命站一堆儿，现在还明白吗？

葡萄的嘴慢慢张开了，但她还是点点头。少勇的意思就是你打我我打你呗，你说你革命、我说我革命呗。少勇亲亲葡萄的脸蛋："好葡萄，道理都明白，到底读点书，写俩字儿。孙怀清谁也救不下，他活不成了。"

"你说啥?!"

"他是反革命啊!"

"你们说他反革命，他就反革命啦?"

"大伙都说……"

"就算他反革命，他把谁家孩子扔井里了？他睡了谁家媳妇了？他给谁家锅里下毒了?"

“反革命比那些罪过大!”

葡萄不吱声了。她老愿意和少勇站一块儿，她愿意听少勇说她懂道理。可她心里懂不了这个道理。就是二大有错处，他有头落地的错处？她要是能想明白该多好。不然和少勇一块各想各的，可不带劲。

“把咱爹枪毙了，天下就公道了?”

“不枪毙就更不公道。”

少勇回医院去以后，葡萄迷迷糊糊睡着，外头鸟叫时她猛地睁开眼，心里好悲凉：二大要去了，这回真要去了。

半夜有人看见几辆大卡车装满人往城外开去。第二天城里贴出布告，说是镇压掉一批匪霸、反革命、恶霸地主。到处敲锣打鼓，志愿军打胜仗了。

史屯人没有赶上看行刑现场。因为里面有不少死囚是熟人，所以老人们不准晚辈去河滩上看尸首。

看到行刑的就是一群侏儒。侏儒们是从外乡来的，专门祭拜他们的一个宗庙，那是一座齐人头高的庙宇，在河上游十五里的地方。那里人迹稀少，野兽出没，偶尔有人去那里觅草药，看见一座矬子庙宇，像个玩具似的，都心里纳闷，但这里很少有太平日子让人闲下心去琢磨不相干的景物，所以人们只知道河上游有座怪庙，不知敬的是什么神。也从来没有人蹲着或爬着进到庙里，看看侏儒的菩萨什么模样。

葡萄这一夜听见狗怪声怪气地低吼高吟，就睡不着了。她走到院子里，看见不远处的坟院里飘着幽蓝的火苗，鬼们今夜热闹着呢。孙家大院改成农会之后，她分到了一个小窑院，有三间北房、一间厨房、一个红薯窖和一个磨棚。这个窑原来是陶米儿住的，她嫁走之后就空闲着，窑洞的墙上、拱顶上贴满年画和小学生的彩笔画，都是年年过年时大家赠给英雄寡妇的礼。窑洞内外都收拾得光鲜漂亮，陶米儿过日子还是把好手。葡萄在院子中央的桐树下坐着，一面听狗们你一声我一声地哭。四百多家人有三百家养狗，倒没有把谁叫醒。

就在狗们干号时，出了城的大卡车正朝史屯开来。一路不打大灯，不捺喇叭，神不知鬼不觉地到了河滩上。天色擦白，公鸡全啼叫起来。这是人们睡的最后一点儿踏实觉，很快就要醒来了。

顺着十八盘风车往河上游走，走五六里路就到了那片河滩地。河水从几块石头里挤过，变得又窄又急，河滩是旱掉的河床，上面净是石头，石缝里长着杂树，再就是密密的苇草。葡萄和大卡车几乎同时到达。她卧进苇子丛里，一点点向前爬。爬了五六十步远，看见一大群腿过来了。有的走不动了，跌下去，就给跪着拖到水边上。

天又亮了一点儿，河水里有了朝霞的红色。雄鸡一个比一个唱得好，唱得亮，唱得像几千年没打过仗没杀过人一样。雄鸡们能把鬼也唱走的。

五十个村子上千只雄鸡一块唱起来，河水越来越好看，跟化了的金子一样。雄鸡突然都不唱了，有些没刹住声地“呃”的一下噎住——枪声响起来。

葡萄趴在那里，从苇子缝里看见腿们矮下去，后来就是一大片脚板了。枪声不断地响，“砰、砰、啪、啪”，每一响她的心、肝、胆都一阵乱撞。再看河水，开了红染坊，把早晨的霞光比得暗下去。

太阳升起的时候，史屯响起锣声。周围五十个村都响起锣声。五十个村都有铁皮喇叭在叫喊：“都去农会啦，看布告！谁家家属被枪毙了，去河滩上认领尸首！没人认的，明儿一早全部集体埋了！……”

葡萄听到锣声就往河上游跑。来收尸的只有她一个人。孙怀清是脸朝地栽倒的，但凭着脊梁，葡萄在上百尸首里也一眼就认出了他。他身上还是那件浅灰旧袍子，里面的棉絮给抽掉了。枪是从背后打来的，奇怪得很，他身上几乎没染什么血。每个尸首都绑有一块牌子在背后，上头写的有名有姓。这些牌子是为公审大会做的，临时决定不开公审会了，提前一天半执行枪决。

葡萄听见哪儿有人哼哼。她望过去，哼哼又没了。她把孙二大的一只鞋拾回来，给他套上。突然，那脚动了动。她赶紧把手放到孙二大的鼻子下，还有气哩！

“爹！爹！”

孙怀清的喉咙呼噜呼噜地响，响不出一个字来。他其实是看见葡萄了，但眼睁得太细，葡萄以为他还闭着眼。

葡萄马上撕开他的袍子，用嘴一咬，一缕布就扯下来了。她看那枪伤就在他左奶头下面，没打死他真是奇事。血开锅似的从那翻开的皮肉里往外咕嘟，她先把那缕布压上去，压了一阵子，把自己细布衫子里面的围兜兜扯下来，又撕又咬，连绣花的硬邦地方都让她撕咬开了。好歹她把二大的伤裹上。

葡萄守了一会儿，太阳光从坡顶上露出来。她见二大的胸口有了一丝起伏。她把嘴凑近了喊：“爹，爹，是葡萄！……”

这回她看见他的眼睛了，里面的光很弱，葡萄不知它能亮多久。不管怎样，她还是把他背起来，背到苇子最深的地方，又拔了些干苇草给他盖严实。一会收尸的人来，就是有人留心，也以为二大的尸首已经先给收了。她从苇子里出来又听见了哼哼。她走回去，一个一个地看，万一还有没咽气的呢。她找着了那个哼哼的人，是个三十几岁的汉子，人高马大，身上还挂个长命锁。见了葡萄，他吭吭得更紧。葡萄想拉他，他浑身没一块好肉，她不知打哪里下手去拉。她数了数，连先打的带后补的，他一人独吃七颗子弹，还咽不了气。汉子是魏坡的，鬼子来的那年，下乡来买粮，他卖了两百斤小麦给鬼子，发现鬼子给的价比集上还高一点，就到处撺掇村里人把粮卖给鬼子。后来他自己还从中间拿点回扣，添置了几亩地。

他又吭吭一声，她看他眼光落在脚上。脚头是块大卵石，他什么意思？叫她用石头来一下，别叫他咽气咽那么受症？她把石头搬起来，他眼一下鼓出来，露出整个的大眼白。她明白了，他不想让这条命拉倒，他想让她也救救他。她想想，太为难了。她还不知救不救得下自己公爹呢。

葡萄走开几步，他还哼哼。鹞鹰越飞越低，黑影子投下来，飘过来刮过去。它们要下来把他也当一块死肉啄，那可是够他受症的。她管不了那么多，硬着心走了。

葡萄跑回村就见妇女会主任蔡琥珀站在她窑门口。蔡琥珀也是个英雄寡妇，做了几年秘密老八，现在回村子当干部了。蔡琥珀说："葡萄，咋又不去开会？"

"又开会？"葡萄说。

"咋叫又开会？"

"可不是又开会。"

"今天是大事儿，葡萄你一定要积极发言。刚才听见打锣喊喇叭了吗？"

"没。"

"你不知道哇？"

"知道啥？"

"哎呀！今儿一早就在河滩刑场上执行枪决啦！你公公孙怀清叫人民政府给毙了！"

"毙呗。"

"那对你这个翻身女奴隶，不是个大喜事吗？好赖给大家发两句言。”

“发呗。”

葡萄说着钻进茅房，头露在墙上头，把裤带解下搭在脖子上，叫蔡琥珀先走，她解了手就跟上。

外面的铁皮喇叭还在叫人收尸，锣声和过去催粮催税催丁一模一样。听蔡琥珀又和另外的人招呼上了，她赶紧把裤带系上，骑着茅坑站着，听她们说话声远去了才走出来。她抓了两把白面打了点儿甜汤，里面散了些鸡蛋花儿，又把汤灌进少勇给她的军用行军壶。她出门四面看看，人都去开会了。她跑回河滩，在苇子里猫腰走了一两里，才找着了孙怀清。

她把汤喂下去，对孙二大说：爹，你在这儿躺着，甭吭声，甭动弹，天一黑我就来接你。

二大眼皮一低，是点头的意思。她把附近的苇子扶了扶，让人一眼看不出有人进去过。

她走出来，突然不动了：上百个侏儒站在河两边的坡头上，看着河滩上的尸首。她和他们远远地对看一会儿，就走到那个人高马大身中七枪的小伙子跟前。他已经咽气了。眼睛鼓得老大，眼仁晶亮，几只鹞鹰盘飞的影子投在他眼珠上。她用手掌把他眼皮子抹了一把，看看，他脸没那么吓人了，才站起身。走着走着，看见老难看的眼睛，她就替他们合上。

侏儒们站在高处，一声不吭，一动不动，看着葡萄走走停停，站站蹲蹲，把一双双眼合上。

一个侏儒汉子叫道：喂，姑娘，你叫什么名字？

葡萄站下了，问道：“咋？”

侏儒汉子没话了。

葡萄反问：“你们是干啥的？”

一个侏儒媳妇说：“来祭庙的。”

葡萄这才明白那座矬子庙原来是他们的。

“你们从外乡来?”

“哪乡的都有。哪乡都在杀人。”一个侏儒小伙儿说。

“你们常来祭庙?”

“一年来一回。”

他们目送她顺着河滩走下去。葡萄替死了的人合上眼，这让他们觉着她奇怪。她跟其他长正常个头的人不太一样。侏儒们对正常人的事不管不问，有时见他们杀得太惨烈了，不由得会生出一种阴暗的愉悦或者阴暗的可怜之心。今天他们看见了葡萄的行动，纳闷她怎么也像个逍遥的局外人，对这一片杀戮所留下的残局，怀有怜悯也怀有嫌弃。在侏儒们眼里，葡萄高大完美、拖着两条辫子的背影渐渐下坡，走远。开始还剩个上半身，然后就只剩个头顶。再一会儿，他们只能看见那大风车，空空地转着。

人们在孙家的窑院开完会，荒腔走板地唱着“雄赳赳气昂昂”走上台阶，一群孩子们从各家拿了破铜盆、破罐子敲着跑着：都去收尸啦！不收今夜里尸首全站起来上你家来吃蒜面啦！

蔡琥珀拎住一个男孩说：“看我不叫你爹揍你！再敢胡喊!”

另外的孩子们马屁精似的说：“主任主任，王葡萄把孙二爷埋了，正烧纸呢!”

蔡琥珀想，难怪葡萄没来开会。

坟院离葡萄家不远，上个坡坎就是。还离着一里路，蔡琥珀就听见葡萄的哭丧声音。这个王葡萄又落后上了，被枪毙的地主匪霸公公还不悄悄一埋拉倒，她还真敢大哭大号。赶到坟院时，已经有几个老婆儿围在葡萄边上，陪着抹泪。葡萄穿一件白布衫子，头上披着麻，跪趴在一个新坟前头。坟前立了块木牌，上头贴了张孙二大的长圆脸相片。旁边全是烧成灰的纸人纸马，是用彩色纸折成的。那些彩纸一看就是从哪儿扯的标语。

几个老婆儿一边用围裙擦红烂的眼睛，一边说："孙怀清那人是不赖。"

蔡琥珀对老婆儿们说："马上开全村大会了，都回去吧，啊？"

老婆儿们不搭理她，还是陪葡萄流泪。

"王葡萄，看你这点儿觉悟！哭哭就行了，你还没完了！"蔡主任说着便上来拉葡萄，两手插到她胳肢窝下，葡萄一犟，她两手水湿。葡萄哭得浑身大汗，刚从井里捞上来似的。

蔡主任问："葡萄，我咋没见你搬尸首呢？"

葡萄回答："那我也没见你。"

"你一人搬的？"

"还有他儿子。"

蔡琥珀四处看看："孙少勇回来啦？"

"又走了。回去开刀去啦。"葡萄擤把鼻涕，手指头往鞋底上一抹。

"你看人家孙少勇到底是觉悟高，人家就不在这儿哭他的匪霸老子。"

葡萄没等蔡主任说完，挪了挪膝盖，跪舒服了，"哇"的一声又呼天抢地起来。

蔡琥珀气得直跺脚，上来又要拉。葡萄的手被她从后面逮住，往后面一拽，拽得可不带劲。小衫子黏在身上，她上身下身往两头使劲，肚子就从衫子下露出来。

"拽啥呀，我没哭完哩！"

"开会去！"蔡主任不放手，"死个敌人你有啥哭头?！王葡萄我看你也成半个反革命了！"

村里的民兵来了，都提着大刀片红缨枪。几个老婆儿一看，可别惹他们。她们颠着小脚一会儿就走没了。民兵们看见蔡主任把王葡萄倒着拖，王葡萄两脚不肯跟上，衫子和裤子分家就越分越远。一眨眼工夫，葡萄一对奶露了出来，又白又暄乎，两颗奶头红艳艳的，像两个蒸得很漂亮的枣馍。王葡萄满嘴的唾沫、黄土、脏话，躺在地上胡乱打拳。

蔡主任对民兵们喊：“你们愣啥哩？还不捺住她！”

民兵们上来八只手，总算把葡萄制住了。过后的好一阵，他们一不留神脑子里就有王葡萄两个白白的枣馍，不吃光看看都美。

当天夜里，葡萄把公公孙怀清背回她窑里。孙怀清人事不省，身体也没多少热乎气。她知道他流出去的血太多，救不救得回来得看他命硬不硬。她把白天买回的羊奶喂给二大，一多半都从他嘴角流出来了。下半夜，她骑上老驴跑到贺镇，敲开兰桂家的门，问她讨云南白药。兰桂的男人半通中医，家里备有各种急救止血的药品。她随口说自己崩漏，回回都靠白药止血。

她替二大洗了伤，敷上白药，缠好绷带，鸡打鸣了。她想二大在这里是甭想藏住的。这阵子村里人高兴，庆贺这个庆贺那个，社火一个接一个。人一高兴起来串门儿也串得勤，天天都有闺女、媳妇来找葡萄一块儿开会，一块儿看社火。不单人高兴，狗也扭屁股甩尾巴到处走动，狗一走动孩子们就跟来了。

天亮时葡萄把一张铺安在了红薯窖里。陶米儿的红薯窖挖得漂亮，搁一张铺不嫌挤。但她怎么也没法把二大背到窖里去。窖口又深又窄，只能下一个人，葡萄想，只有一个办法，等二大伤好些，由他自己下去。得多少日子他伤才能好呢？葡萄觉着自己这回可愁死了。她长到二十一岁，头一次知道愁。

她从红薯窖上来，回到屋里，见二大睁着眼睛，那副拖不动的目光慢慢走到葡萄脸上。

“爹好些?”

她赶紧又把羊奶凑到他嘴边。他死白的嘴动动，想笑笑，又攒不足那么多劲，把灰白的眼皮耷拉一下。这回是他在跟她鞠躬了。

葡萄见这回羊奶都给喝下去了，没漏什么，高兴得用手掌替二大擦嘴。想想还是该去打些水来，给他擦把脸。一面嘱咐他睡，一面就拿了铜盆往窑洞外面走，还没出门，听见有人喊："葡萄！葡萄是我！"

葡萄抓起窗台上的锁，就来拉门。

叫门的人又喊："葡萄，我进来啦？"

葡萄这才听出是孙少勇。她摸摸自己胸口，胸口揣了面鼓似的。她说："是二哥呀！等我来给你开门。"

她一抬头，见少勇已从台阶上下来了。他是从矮门上翻过来的。幸好翻过来的是他，是个其他谁，二大又得死一回。

孙少勇往屋里走，葡萄"啪嗒"一下关上门栓，把锁套进去，一推，铜锁锁上了。她的手一向主意大，常常是把事做下了，她的脑子还不太明白她的手早就先拿了主意。她锁上门，脑子还在想：咦，你连少勇也信不过？原来她葡萄是头一个信不过少勇。

"你要去哪儿？"少勇看她一身孝衣。

"去看看咱爹的坟。"

"你去，我在家等你。"少勇一脸阴沉，两个大黑眼圈，人老了有十岁。

"死了还算啥敌人？死都死了，还有罪过？还不能去看看？"葡萄说着，一把拉住他的胳膊。

少勇突然说："葡萄，他死了，我这辈子也搭进去了。"

葡萄不动了，微微歪过脸，看他埋在重重心事下的眼睛。他见院子中间有堆没劈完的柴，走过去，人往下一沉，屁股落在柴捆上。

"我这辈子相信革命、进步，早恨透封建落后，剥削制度。

到了还是不叫咱革命、进步。”少勇点上烟，抽起来。

“谁不叫你革命?”葡萄问。

“谁敢！越不叫我革命，我越革命叫他看看！孙怀清是我主动请求政府枪毙的！我还在通过关系跟我大哥联系，让他弃暗投明，从国外回来，争取立功赎罪。”

“你叫他们枪毙咱爹的?”葡萄看着这个慢慢不太像少勇的人。她眼里，这个白净脸儿，带俩大黑眼圈的男人一点一点丢失了她所熟悉的孙家男儿模样。

“我表态当然关键呀！那次监啸你听说了吧？那是一次反革命大示威！一个个审下来，没一个犯人说得清，就孙怀清一人招供了从头到尾的情况。不是他领头闹的还能是谁?”

“你叫他们枪毙咱爹?”葡萄还是想把这个慢慢成生人的人看明白。

“我一个一九四四年就入党的抗日干部，叫家里三个人给连累成了个这——昨晚上通知我，不叫我上朝鲜了，叫我下地方!”

葡萄有一点明白了，他叫人把他爹的房子、地分分，又把光洋拿出来叫人分分，最后还叫人把他爹给毙了。原来分大洋不叫分大洋，叫进步，杀爹也不叫杀爹，叫进步。看看他，进步成了个她不认得的人了。

“孙少勇，你走吧。”

孙少勇没留神到葡萄的声音有多冷。他只看见穿着白色麻布孝服的葡萄真好看。从来没这么好看过，光让他看看都是艳福。

他说：“咋了?”

“走了，就别记着这个门。”

他慢慢站起来，眼睛眨巴着，心里想他在哪里惹她了。

他说：“我这是为咱好哩。这么要求进步，部队还把我踢出来，我要不跟孙怀清划清界限，还不知道组织上给个啥处置哩！

全国到处在肃清反革命，城里一个机关就有十几个人给打成反革命，都判了！”

“你咋还不走啊?”葡萄顺手掂起斧头。

少勇怕她这生坯子不知轻重，赶紧躲开几步，绕到柴火那一边。她拎着板斧跟他过来，他再接着绕。绕着，他继续和她说道理。他说：“好歹我有把手术刀，哪儿都吃香，军队不叫咱进步，地方敢不叫咱进步？我和省医院打招呼了，他们满口答应要我去那儿当主刀大夫哩！……葡萄，可不敢！……”

板斧已经从葡萄手里飞出来，少勇到底有军人的身手，双脚一蹦，让它从下头擦地皮过去。他回身抓起它，往磨棚屋顶上一扔。

“你咋皮比黄牛还厚呢？你上我一个寡妇家来，大清早想找啥便宜?”葡萄说着，又拾起一块柴火。

两人又边绕边说话。

“省医院的主刀大夫，可比陆军医院名声响，人还答应给我两间住房呢!”

葡萄一心一意只想拿柴棍把他撵出去。“你再不走，我喊民兵啦!”

“等房子安置好，我就接你进城……可不敢，葡萄！可不敢往头上砍！……”

柴火从他头顶飞过去。葡萄弯下腰，想拣一块重些的柴火，少勇纵身从柴堆上跃过，一把搂住她，把她捺在地上。他用腿压住她的两腿，大喘气地说：“吃啥吃的，劲儿见长哩!”

葡萄吭哧一声，把他掀翻到身下。

少勇不服，哪能让女人在上他在下呢？他动真的了，全身力气使出来，又把局面扳回来。他把她压在身下，一只手腾出来，把她衫子的纽扣扯开。她一口咬住他的肩头。他身上还是一股刺鼻的干净卫生气味，滑溜溜的紧绷绷的皮肉，都是她熟透的。

“可不敢咬，那是肉啊！”

不去看，不去看他，就还是那个她拿心肝去爱拿肉去疼的二哥。她一下子明白自己了，小时候她是为了二哥学乖的，二哥是她情哥哥，铁脑只和她是亲同手足罢了。一次十七岁的少勇从学校回来，刚走进村，见一个神婆抱着两三岁的春喜往河滩走，冬喜妈提把柴刀走在旁边，不断停下来，回头吼一群孩子，不叫他们跟近。少勇问孩子们中的葡萄，是不是春喜得了重病，葡萄说春喜烧了三个礼拜，水都喂不进去了。他又问葡萄，有没有听神婆说，要把春喜砍了。葡萄回答说是的。少勇拔腿就追，追到神婆旁边正听见小春喜在说话，问他妈这是要带他去哪里。他妈哄他说，带他去赶会。他说：“妈，咱不去河滩。”冬喜妈说先去河滩上洗洗脸，就去赶会。小春喜又说：“妈，不去河滩吧。”神婆问他为啥不去，他说人家老把病孩子往河滩上抱，拿柴刀砍砍，再用石头砸砸。一看哄不了他，两人都不敢搭话了。少勇这时已经扯住神婆的衣服，说等等吧，等到明早上再砍吧。神婆把裹在烂棉絮里的春喜往地上一搁，从冬喜妈手里接过柴刀，说那会中？万一夜里断气，再砍血就溅不到他妈身上，他下回又当偷生鬼来偷生。少勇一头顶在神婆的肚子上，把她撞了个四仰八叉。他抱起春喜就跑，冬喜妈和神婆都追不上他。他跑到街上的小学校，跑进一间教室，从里面闩上门。冬喜妈和神婆在外面，少勇在里面，隔着一扇门说话。外头的说她们要砍的不是春喜，是那个偷生鬼，不叫砍，他去了阎王那儿又不老实，不该他投胎他还来偷生，祸害得一家子一村子不安生。把他砍了，让血溅溅，他去了就不敢再来偷生了。少勇在门里说，叫他守着小春喜，夜里不中了他就去叫她们起来，再砍也不迟。他真的守了春喜一夜。第二天早上，春喜能喝汤了。少勇在那个冬天离开了史屯，说是要去学医。

那时葡萄才多大？十岁？十一？暗暗地已让少勇做了她心里的情哥哥。而压在她身上的这个男人毁了她心里秘密的情哥哥。

等少勇做完好事，她冷着脸说："我和你，就是这一回了。"

少勇以为她不过是说气头上的话，想给她几天工夫把气性过去，再回来和她说正经话。他走的时候天已大亮，葡萄还赤着身体坐在泥土地上。他说："还不快穿上，人来了！"他一副逗耍的口气。她根本没听见，就像真给糟蹋了一场。

就在孙少勇乘夜里的火车往史屯去的时候，河滩上的刑场上全是灯火。当然孙少勇不可能看见，他乘的火车不经过那里。史屯的人也没看见。周围五十个村子，没一个人看见这副繁华夜景。连侏儒们也错过了这个灯火大出殡。这天白天响了一天的锣，铁皮喇叭也叫喊了一天，没喊出一个人去河滩上认领尸体。周围村子和城里的死囚家属在白天都不愿和死囚有关系，谁也不想做敌人的亲眷。夜里十二点之后，他们提着灯笼陆续来了。有的一家来了两辈人，有的人家四世同堂地来了。

假如这时有一个人走到坡上，站在侏儒们早晨站的地方，这人会看见无数灯笼从河岸坡地的路上移动下来，弯弯曲曲，延绵不断，移到河谷底。慢慢地，灯火把河谷涨满，向上漫去。没有哭的，老的、少的、中壮年的都一声不吭地用灯笼去每一个脸上照。才一天，这些熟脸都隔了一百年似的，看着那样远，那样不近人情的冷漠。有年少的认出了父亲，刚要哭就被喝住。

假如站在坡头上的这人耳朵特别灵，他能听见灯火深处偶尔会有两句悄悄话。"……钢笔还插着，没叫没收哩！""看看留下信没有？""妈看一眼行了，咱得埋呀！……""……少半拉脑袋会中？还是找找吧？""那能找着？还不打碎了？""不中，得找。反革命也不能就半拉脑袋！"

"……"

假如这人耐得住河上结成饼子的蚊虫小咬，他能一直看见灯火明到鸡啼，河下游天空上的启明星也暗下去。人们就在河滩上刨出几百个坑来，把使他们蒙羞受辱并将要连累他们一生的亲人们草草埋葬了。

天亮之前，这场灯火辉煌的丧葬结束了。

假如有这么一个人恰恰在这天夜里上到坡头，看见了这个景观，那么这个灯火大殡葬就不会完全漏在史外。

要过很多年，这个地方才有人敢来。那个时候日本人年年来欣赏这一带的牡丹，于是有人把河滩开发出来，种成牡丹园。到那时，假如这天夜里看见灯火大殡葬的旁观者还活着，他会看到拖拉机在干涸的河上开动，把几百座荒坟犁平。

这天省医院的主刀大夫孙少勇刚上班，走到窗边去开窗透气，看见大门口坐着葡萄。孙少勇上班一向从侧门进来，所以和葡萄错过了。他想这生坯子气性够长的，三个月才过去。这时都秋凉了。他刚想叫她，她抬起头来。她知道这是他的窗哩。他做个手势叫她上来。她摇摇头。他看她站起身，朝他走近两步。她走路不像过去那样带劲，有一点儿蠢。他笑笑，说：“你在那儿喝冷风啊？上来吧？”

“你下来！”葡萄说。

“我这就要进手术室了。”

她不说什么，又走回去，坐在传达室门外的台阶上。她背后看着更蠢些。

“我两小时就出来。你等着？”

她使劲点头。

可等他一小时零四十五分做完手术跑到楼下，哪儿也不见葡萄了。他问了问传达室的收发员，都说没注意。他看看表，下面还有个小手术，只好回去。葡萄保不准去街上耍了。他第二趟下楼，还是不见葡萄，心里有些恼她了：生坯子就是生坯子，凡事都不能和她理论。

过了三天，是个礼拜日，孙少勇突然想起葡萄蠢里蠢气的步子来。亏你还是医学院毕业的：你没看出那是怀孕了吗？

孙少勇到史屯时天刚黑，让一场雨浇得里外透湿。他是从陆军医院找了辆熟人的吉普车把他送来的，司机到了史屯街上就得赶回城。没走两步，天下起大雨来，他想上街上的谁家借把伞，又不愿人看到他回来，就挺着让雨淋。葡萄家的门没锁，他一路喊着就进去了。他跑进葡萄作堂屋的窑洞，不见她人，不过灯是点上的。他脱下当外衣穿的旧军装，泡透了雨有三斤重。他往织布机前的凳子上一坐，看葡萄正织一块白底蓝条的布。是织的褥单。没坐一分钟，他站起来，朝隔壁的窑走。一边走一边叫唤："葡萄！看你跟我躲猫儿！……"他听见自己的话音都喜得打呵呵。

葡萄睡觉的窑洞也空着。

厨房和磨棚都没葡萄。老驴看看他，站累了似的，换换蹄子，接着嚼草。

等他再回到堂屋时，发现葡萄正坐在织布机前换梭子。

他说："咦，刚去哪儿了？"

她看看他，脸是冷的，眼睛生得像她刚刚给买进孙家。她说：我能去哪儿。她站起来，弹弹身上的纱头。

"出去了？"

"嗯。"

他看看她，没泥没水的，不像刚从外面回来。但他明明是哪儿都找遍了，也没见她影子。他上去搂她，她身子一让。

"就是那次怀上的？"他还是喜呵呵的，"看你还理不理我，不理我你儿子没爹了。"他又上去搂她。

"说啥呢？"葡萄的身子再一次从他怀里绕出去，"怀啥怀？"

她眼睛更生更硬。

“你逗我吧，我识逗。”他笑嘻嘻的，不和小娃一般见识的样子，“你说，星期四早上为啥来找我？你是不是来告诉我：我要做爹了？”

“是又咋着？”

“是你明天就跟我回去。”

她不说话，就瞪眼看着他，好像她想听的话他还没说出来，她等着。

“咱有两间房，生下孩子，也够住。我算了算，从那回到现在，这孩子有一百来天了。一路上我在想，是个闺女，就叫进，是个儿子，就叫挺。现在兴单名儿。”

她还是没话，还是等他往她想听的那句上说。

他一身湿衣服，到这会儿才觉出凉来。他说：“给我拿块手巾去，看我湿的。”

葡萄这时开口了，她说：“孙少勇，你做梦，我啥也没怀上，就是怀上了也不是你的。”

少勇一下子傻了。

“走吧。”

“葡萄，二哥哪儿得罪你了，你怄这么大气？”

“你就认准我怀上了？”

“我是医生。”

“那你能认准我怀上的就是你的？你能和我快活别人就不能？我守寡八年了，闲着也是闲着。”

孙少勇来了气性。浇一场大雨，到了她这儿让她满口丑话浇得更狠。他负气地拎起又冷又沉的湿衣裳，往身上一套，就要走。葡萄把一把千缝百衲的油布伞扔在他脚边。

“葡萄，你心可真硬。”

“赶上你硬？”

一听她就还是为孙怀清的事不饶他。他走回史屯街上，雨下得家家关门闭户，灯都不点。他走到街上的小客店，好歹是个干燥地方。不过他一夜没睡成觉，臭虫、跳蚤咬得他两手忙不过来地抓搔。还有满肚子心事，也不停地咬他。下半夜他干脆不睡了，敲开掌柜的门，跟他买了两包烟一瓶烧酒，抽着喝着，等天明雨住。

他爱葡萄是突然之间的事。就在她和陶米儿为抢香皂打架的第二天。葡萄在坡池边挖出黑泥来坑布。她在坡池那边，他在这边。他见她把挂到脸上的头发用肩头一蹭，但一动，它又挂下来。他怎么也想不出话来和她说，连“哟葡萄，是你呀”或者“葡萄，坑布哪”那样的废话也说不成。他越急越哑，干脆就想招呼也不打地走了。葡萄是在他要逃的时候发现他的。她居然一时也说不成话。两人都那样急哑了。那天夜里，他躺在土改工作队的男兵们闹人的呼噜声里，责骂自己，不让自己去想葡萄。最后他赌了自己的气，心里说，好吧好吧，叫你想！你去想！其他什么也不准想，只去想葡萄、葡萄！他真的就放开了去想，痛快地想了一个多钟头，最后睡着了，睡得很香。

再往后就是磨棚的黄昏，那之后他不再想东想西，全想定了。葡萄得是他的。葡萄和他说了那个琴师，也没让他受不了，因为他想不论怎样，葡萄就得是他孙少勇的。

这不都安排好了吗？先是没了弟弟铁脑，后是没了父亲孙怀清，葡萄给彻底解放出来，是他的。似乎也是一种高尚的美好的新时代恋爱，孙少勇心里都要涌出诗了。

红薯窖往深里挖了一丈，又往宽里挖出不少。现在孙怀清躺乏了，能站起来，扶着地窖的墙挪几步。葡萄把他藏在屋里藏了一个多月，到他腿吃得住劲能踩稳红薯窖的脚踏子了，才把他转移下去。让他下窖那天，她用根绳系在他腰上，绳子一头抓在她手里，万一他踩失脚，她能帮着使上劲。一个多月，他在屋里渡生死关，葡萄得点闲就去地窖打洞。她总是夜深人静赶着老驴把挖出的土驮走，驮到河滩去倒。

这时的红薯窖里能搁张铺，还能搁张小桌，一把小凳。墙壁挖出棱棱，放上小油灯，军用水壶，一个盛着干粮的大碗。

孙怀清和葡萄平时话很少。最多是她问他伤口疼得好点儿不。他的回答总是一个“嗯”。

把他挪到下头的第二个礼拜，葡萄送下一碗扁食，一碟蒜和醋。她用篮子把吃的搁在里头，万一碰上人，就说她去窖里拿红薯。不过她仔细得很，一般都是等各家都睡了才送饭。

孙怀清尝了两个扁食，韭菜鸡蛋馅。葡萄坐在他旁边的小凳上，呼啦呼啦扯着纳鞋底的线。

“淡不淡？”她问。

“中。”他答。

“养的几只鸡下蛋了。”

他没说什么。什么“知道你有多不容易”之类的话他是说不出口的。什么“孩子你何苦哩？为我这么受症”之类的话，说了也没用，他把葡萄从七岁养大，她有多死心眼别人不知，孙怀清还能不知？那天他两个直打虚的脚踩在窖子壁上掏出的脚蹬上觉得一阵万念俱灰，他抬起头，见葡萄脸通红，两手紧抓住系在他腰上的绳子，绷紧嘴唇说：“爹，脚可踩实！”他不忍心说什么了。下到窖底，他喘一阵说：“让我利索走了不挺美？”他听她在地窖上边愣住了。他从那愣怔中听出她的伤心来，爹这么不领情。

他不和她说孙少勇的事。他什么都明白，她明白他是明白的，话就没法说了。说那个忘恩负义的王八孽种大义灭亲不得好报？说这种叫他们自己老不高兴的话弄啥？说好歹他混成了个拿手术刀的，葡萄你嫁他以后不会太亏。这种事葡萄不说穿，他是不能说穿的。就是自己亲闺女，男女的事也不能由爹来说穿。传统还是要的，尽管没了门面了。他每次只问她自己吃了没有，别净省给他了。葡萄总说够着哩，一亩半地种种，收收，纺花织布去卖卖，够咱吃了。她说分到的几棵槐树可以砍下，做点儿家具去卖，攒钱买头牛，能过得美着哩。

吃也不是最愁人的。孙怀清吃着温热的扁食，听葡萄呼啦呼啦地扯麻线。他给醋呛了一下，咳起来，伤口震得要裂似的。葡萄搁下鞋底，赶紧给他擦背，一手解下头上的手巾就给他掩嘴。他们说话都是悄声悄气，有喷嚏都得忍回去。万一有人从窑院墙外过，听见他咳嗽他又得挨一回枪毙。

平定下来，他也没胃口吃了。葡萄拿起鞋底，眼睛看着他，想劝他再吃几个扁食。他突然笑笑，说："这会中？"

葡萄知道他的意思。他是说：这样躲会中？这能躲多久？躲得了今天，躲得了明天？能保准不闹个头疼脑热，风寒咳嗽？

葡萄说："有空再给这窖子挖挖。"

孙怀清也明白她的意思。葡萄是说：真正愁人的事是没有的。把红薯窖再挖大，反正这里没别的好，就是土好，任你挖多大多深也塌不了。这就能躲舒服、躲长久了。躲一步是一步，这里什么事都发生过：兵荒、粮荒、虫荒、人荒，躲一躲，就躲过去了。

葡萄又说："再买些石灰，给抹抹。"

孙怀清想，那样就不潮湿了，点盏小灯，也亮些。

她见二大手摸腰带，便从自己口袋里掏出火柴。

"人外头都不使火镰了。"她说。

地窖里氧气不足，火柴擦着又灭。她抬起头，看看挖得坑洼不平的窖顶。

"打个气眼？"

过了十多天，红薯窖添了个碗口大的气口，白天用木板盖住，上面盖上土和草。葡萄和泥脱坯，想把窑院的拦马墙加高几尺。垒墙的时候，她请了冬喜和春喜兄弟俩。她一个年轻寡妇独住，墙砌高些村里人都觉得合情合理。春喜十五岁，说话脸红得像初打鸣的小公鸡。成立互助组，是春喜跑来告诉葡萄的。他说俺哥叫我告诉你，咱两家互助了。第二天冬喜来拉葡萄的老驴去史屯街上卖芝麻，葡萄才明白互助是什么意思。有时葡萄自己把自家地里的活做完，春喜跑来，急赤白脸问她咋就单干把活做完，不让他和她互助互助。葡萄心想，自从把五十亩地分出去，自己都快闲坏了。种一亩半地也叫种地？葡萄老烦没活干的日子，那可把人闷死了。

葡萄发懒是收谷子的时候。她觉着自己身子老沉，坐下就不想站起，站着就不愿走动。这时她夜里常给肚里的动静弄醒，醒了便要跑茅房。谢天谢地，总算能穿厚衣裳了。她用根大布带子把肚子紧紧缠裹上，裹得人也硬了，腰也弯不下。这时春喜来，就发现葡萄的活全留在地里等他。有时等着春喜的还有几张菜馍，一碗蒜面，几块烤红薯。春喜也不那么拘束了，吃了东西嘴一抹就说："嫂子，让我好好给你互助互助！"

谁也没发现葡萄的身孕。冬至史屯办村火，妇女会组织闺女媳妇唱曲子戏，宣传婚姻自由，有人提出好几年没赛秋千了。人们便想起魏老婆儿和王葡萄赛秋千的事。几个闺女、媳妇约上葡萄去史屯看赛秋千。

秋千上挂着绣球和彩绸，五十个村的妇女会都选了代表参加比赛。赛秋千的闺女、媳妇全穿上社火的绸罗裙、缎子衫。裙子又脏又破，不过秋千上飞舞起来也好看得很。

春喜和冬喜都在边上怂恿葡萄上去，葡萄只说等等。

一个魏坡的媳妇有三十五六了，上了秋千便喊王葡萄，叫阵说王葡萄在哪儿？站出来！她秋千打得最高，下面人一喝彩，她就再鼓劲，再打挺，秋千悠得下面人都吞冷气。她又叫一声：

王葡萄，敢比不比？她两腿下蹲，屁股往下猛沉，把自己悠上半天高。她突然“哎哟”一声，人们一看，她的棉裤落到了脚跟上，接着一根红裤带飘扬落下。破烂的罗裙开花了，魏坡媳妇手也算快，没等人看清什么就把棉裤提在手里。她又喊王葡萄，说要比都得比，比比单手。……下面男人都怪声吆喝起来。

春喜突然叫起来：“王葡萄在这儿呢！”

葡萄咬咬牙，说：“比！”

魏坡媳妇着陆了，说：“单手？”

“单手！”

葡萄踏上秋千板，居然身轻如燕。人们都说：漂亮！这才有看头！不比魏老婆儿年轻时差！

魏坡媳妇一手提着裤腰，一手指着快要入云的葡萄说：“单手！单手！……”

所有脸都高兴得红亮红亮。谁也没看出葡萄现在一个腰身有过去两个粗。新社会幸福生活把人吃胖了，正常得很。这一带的人都拿“胖”夸人。人群里有一张脸白成了纸。大家都在兴头上，疯得谁也不认识谁，所以孙少勇煞白一张脸站在人堆里，也没人留神到。他一下长途车就看见飞天的葡萄，一口气跑过来，两手攥拳，脚趾紧抓鞋底，上下牙关死死咬合。他怕自己一失声叫起来，让葡萄分心，从半空中摔下来。魏老婆儿摔死后这么多年才又有人赛秋千。

葡萄的身孕已有五个月了，这生坯子还敢和人赛秋千。不仅赛，还赛单手秋千。少勇肩上背了个部队的帆布包，里面盛着两斤炼好装在铝饭盒里的猪板油和两斤砂糖。他看葡萄两脚着陆，手松开了秋千绳，上去拉着她就走：“还要命不要?!”

葡萄想挣开他的手，但一看他脸色，没太犟。他拽着她胳膊一直从人群里出来，才说：“你死死去！”

葡萄明白他真心要说的是：你死就罢了，别把我孩子也摔死。

她甩开他的手就走。大家都去看下一个上秋千的闺女，没注意葡萄和她二哥在扯什么皮。人们粗喉大嗓的吆喝也把葡萄的声音掩住了。葡萄说："你是谁？我不认识你，你拉我干啥?!"

一看她还是两眼发横眉发直，少勇泪都上来了。他又怕她看见他的泪，自己调头就往长途汽车站走。果然，葡萄心酥软下来，跟上他。

一前一后走了半里路，少勇进了一家陕西人开的羊肉馆子，给他们一人买了一碗羊肉汤，上面撒了一把青翠的香菜。汤从烫到凉，两人都没动。

少勇说："你说你想咋着?"他说话的声音很轻，又很重，眼睛苦苦的。话不用说全，她全都明白。

葡萄把油腻腻的筷子在桌上划。桌上一层黑油泥给划出圈圈、杠杠。她当然知道他那个"咋着"是问的什么。他问她：还不结婚肚子再大你咋办？他还问了一件事：上回你说孩子不是我的，可是真话？

葡萄把羊肉汤一口气喝下去。少勇看她仰脖子，气也不喘，喝得"咕咚咕咚"的。他放心了，眼睛也不那么苦了。她把碗一放，手背在嘴上横着一抹，说："孙少勇，娃子真不是你的。"

她眼睛直扎到他心里。

"是谁的?"

"史冬喜的。"

少勇挨了一棍似的，坐在那里，等着头晕眼花慢慢过去。过了半袋烟工夫，他手伸到自己的军用帆布包里，拿出两个铝饭盒，一个盛猪油，另一个盛砂糖。他把东西往葡萄面前一推，站起身来。他往门外走的时候，葡萄想，这冤家心可是碎了。

少勇从此不再来史屯了。

葡萄在三月份生下了一个男孩。她在自己的窑洞里疼了两天一夜，一块手巾都咬烂了。她知道这事五成死、五成活，只能硬闯一回运气。疼得更猛的时候她想是活不成了。她摸着扶着爬了起来，身上裹块褥单就往院子里蹭。她想去给二大说一声，万一不见她送饭，就自己逃生去。天下大着呢，她葡萄不信他非得再挨一回枪毙。她走到窑洞门口，肚子坠胀得她蹲下来，又蹲不下去，像一只母狗似的大叉着腿半蹲半站。只觉得这个姿势老带劲，她双手抱着门框，往下蹲，再撑起一点儿，再往下蹲。嗵嗵一下，下面黄水决堤了，连水带土带泥沙石头树木庄稼血肉性命，滚开水一样烫人地决口子了。她轻轻吭一声，放开牙关，顺势往泥地上一躺。两手在腿间一摸，一个圆圆的小脑袋出来了。她托起那小脑袋，翘起两腿，使劲一努，"哇"的一声猫叫，全出来了。

她把滑溜溜血腥扑鼻的小东西抱在两只手掌里，一时不知该干什么。小东西又是打挺又是蹬腿，差点就叫他滑出去了。她这才想起两天前预备好的剪子。她血淋淋的往漆黑的窑洞里挪，摸到床边的剪子，把小东西和她身体的牵绊给断开。这是最后一点儿的牵肠挂肚，剪刀上去，她觉得剪得她冷了一下，疼了一下。

她叫他"挺"。少勇愿意他叫这个时兴的单字名儿。她不知现在是更疼少勇还是更疼这小东西，心里又是甜又是恨又是委屈。她把挺搁在床上，床上漫着她的汗和血，还有稠糊的浆浆。啥也看不见，外头快该亮了吧，鸡叫了半晌了。她算了算，挺在她肚里待了八个月多一点。她想他憋屈死了，叫她那根宽布带子勒得老不带劲，早早就出来了。这一想她把挺贴在胸口上，觉着虐待了他，过意不去。挺不哭了，头歪来歪去，找到了奶头。

葡萄不知道奶这么快就下来了。够三个挺吃的。挺不吃了可咋办？她一想吓住了。这是啥意思？要把挺捂死？她可不会捂死她的孩子。那是她想把他给人？葡萄奇怪，她从来没有好好打算过挺生出来咋办。连狸子、黄鼠狼那种整天叫人撵得安不了身的生灵都能生养，她也能养。是条命她就能养。她相信人不养天一定养。天让你生，天就能养。怀那么一场孕，一个冬天就给她瞒过去了。最难的该过去了。

葡萄就再不让人进她的窑院。她心里盼着麦子高，麦子黄，收麦的时候，她就有盼头了。

村里人清明上坟的时候，听见一个小娃的哭声。好像就在坟院深处。再听听，有人说，是闹春的猫吧？离坟院半里路，就是王葡萄的窑院。王葡萄回掉了十多个说媒的，都是妇女会的干部媒婆。上坟的人远远看见葡萄在院子门口拣谷种。大家便说做啥媒呀？瞎操心。葡萄会把自己闲着？就是她闲着男人们也舍不得叫她闲着。孙少勇搁着恁肥的窝边草不吃？

收下麦子后，葡萄在一天清晨出门了。天麻灰色，麻雀刚出林。她挎个篮子，篮子上盖块布。篮子里躺的是挺，他还没睡醒，让母亲一颠一晃睡得更深了。

葡萄走过一座座水磨，往越来越窄的河谷走。顺着河谷往上游去，二十里山路，就到了那个矮庙。

她在矮庙外头的林子里坐下来，揭开盖篮子的布。挺睡得真好，闭上眼睛就是个小少勇。就是少勇想事的样子。他眼睛是葡萄的，眼皮子宽宽裕裕，双眼皮整整齐齐。篮子一头还搁着两斤砂糖和一盒猪油，饭盒下压着两块银元，是分财产时分的。

太阳快要升起了。葡萄解开衣服，把挺抱起来。他吃奶吃得可有劲。这个春天短粮，家家都搭着吃点野菜、柿糠馍。也有几家扛不住的，去城里讨饭了。葡萄什么也不告诉二大，把自己的一口粮省给他吃，自个吃糠面掺锅盔菜。就吃这也发奶，她一身血肉，一腔五脏都能化了化成奶似的，整天冒个不停，五月了她还得穿厚夹袄。

才两个多月的挺长得像个小须眉汉子。她从来没见过两个月的孩子长得这样全乎，一头好头发，两根黑眉毛，指甲一个一个又亮又硬朗。再有三个月，牙齿该出来了。

突然葡萄看见一颗水珠落在挺的脸上。又是一颗。挺皱皱鼻子，不老乐意。她想自己咋哭了呢？这一哭就麻缠了，成了骨肉生死别离了。她狠狠抹一把眼睛。不中，这样哭下去就走不成了。她恼自己，一直想着娃哭了该咋办，娃子没哭，吃得像个小畜牲似的高兴，她自己倒哭得收拾不住。孩子吃饱，又睡着了。

她擤把鼻涕，把孩子放回篮子里，盖好。她拎着篮子走到矮庙门口，把篮子搁在门槛前。她退回林子里，眼泪干了。

侏儒们是太阳两竿子高的时候到的。葡萄看看一张张脸，好像有几张是去年没见过的。他们说着，笑着，不紧不慌地爬上坡来。说山西话的，说陕西话的，说河南河北话的都有。

头一个看见篮子的是一个侏儒少年。他把布揭开，人往后一蹦。然后两只短小的腿就欢蹦乱跳了。他们马上就把孩子闹醒了。葡萄听见挺哭得变了声，变成了一条她不认识的嗓音。她直想把耳朵堵起来，不然他哭得她泪珠子直落，气也接不上了。

几个侏儒媳妇上来，扁扁的侏儒脸上都是疼都是爱。葡萄愣住了。她早知道侏儒喜欢正常孩子，没想到她们会这么疼爱孩子。挺很快就不哭了。不一会儿，侏儒们说：看，笑了，笑了！

一两百个侏儒忘了上这儿来是祭庙，只把娃子在他们短小的胳膊上抱来传去。侏儒们的笑声和人不一样，听上去老可怕，不过葡萄听一会儿就听惯了。她想自己该不该出去和侏儒们交代一声。这时一个侏儒说：“叫‘挺’，这孩子名字叫挺！”

“你看，一叫你你还知道答应呢！马上就瞪眼呢！你知道自个儿名字叫挺，是你爸起的名儿，还是你妈起的？……”

侏儒们七嘴八舌地和挺说话。

“瞧你笑得！还蹦呢！……”

一个侏儒媳妇对丈夫说：“咱带的糕呢？拿水泡泡，喂咱娃子，看他吃不吃。”

“我这儿带的有小米，生上火，煮点米汤。”

“人家妈还给留了糖呢。”

侏儒们不久就把灶搭起来，水也汲来了，柴也砍来了。

葡萄想，啥也不用给他们说了。挺是有福的，上百个人拿他当宝贝哩。虽然是些半截子人，心都是整个的。

还回到冬天。孙怀清看出了葡萄的身孕。她脚踩住窖壁的脚蹬往下下，他一眼就看出她怀上了。少说有四五个月了。她把一盆浆面条搁在小桌上，揭下头上的围巾，打了打上面的雪。她的动作还是又快又莽撞，愣得很，孙怀清看出她是存心的，想不叫人看出她的笨来。

从那以后，他天天等她开口，把真情告诉他，也把打算告诉他。孩子是孙少勇的，没有错了。可葡萄不开口，他没法子开口。他不开口还有一层顾虑：万一孩子不是少勇的，把话问出去，两人全没了余地，全没了面子。有几次，他吃着饭，听葡萄扯麻线扯得气息长了，深了，马上要睡着了，他想说：孩子，你就和我闺女一样，啥事不能让爹给你分担分担呢？不然你啥也不懂，活着老难呀！你连怀身孕闹瞌睡也不懂哩。

三月这天夜里，他醒了，听见猫叫似的小娃啼哭。他想，难怪葡萄给他备下三天干粮。他披着衣服，摸黑爬上了地窖，走在院子里，听那哭声给掩进母亲怀里，要不就是掩进被窝里了。他走到葡萄的屋门口，想叫她给他看看他的孙子。脚就是抬不动，嗓子也只出气不出声。他耳朵贴在紧锁住的门缝上，听娃子的哭声变成了吭唧，慢慢地，就安宁下来。母亲的奶头让他安宁了。他在那个门口站着，天在他背后亮起来。

第二天晚上，葡萄又挎着篮子送饭来了。他看看她脸色，还中，到底年轻结实。她笑嘻嘻地说："饿坏了吧，爹？吃了两天冷干粮。"

不管她心里有个什么打算，她眼下是开心的。添了个男孩还是闺女呢？他喝一口大麦面汤，里面掺了玉米糁子。

他问她是不是地里野菜吃得差不多了。她回答麦子抽穗了。他说光吃野菜会中？她说还有红薯面。他叫她甭把粮光让他吃，他是废物，还不如家里的老驴。她说她就好吃红薯面，甜。

他就不说话了。喝完大麦面汤，他把碗搁下，葡萄过来拾碗，腰身松了，胸脯沉得很。他说："搁那儿吧，爹和你说会儿话。"

她坐下来，从围裙上抽出鞋底，手上的线又上上下下起来。她的意思是，我听着呢。

孙怀清说："闺女，寡是不好守的。眼都盯着你哩。"

"盯呗。"

"咋弄到末了还是有是非。"

"有呗。"

"要是非弄啥？是非逼死多少女人，你不知道？"

葡萄笑起来："谁也逼不死王葡萄。"

"一人一条舌头结起来，都有几丈长。"

"那可不是。"

"舌头就让你活不成。"

"把他美的——让他们看看我活得成活不成。"

孙怀清没话了。葡萄看着一无心事，就是一心一意扯麻线，扎针眼。孙怀清住地窖，脚上鞋全是崭新的。一声娃子啼哭传进来，窖底下听像另一个世界。葡萄赶紧站起身，不看二大一眼就上到窖子上头去了。

他在地窖里走了几十个来回，也爬上去。满天的星星，孩子哭声听着多美。他推开儿媳的门时，看见小豆一样的灯火边上坐着正喂奶的葡萄。她哪像才做了三天母亲的母亲，她像是做了几世的母亲，安泰、沉着。连二大站在她面前，都甭想惊扰她给孩子喂奶。

“爹。”

“是个小铜脑。”他说，看着娃子的脸蛋，连皱眉吸奶的样子都像他的二儿子。他眼一下子花了，泪水弄得他什么也看不清了。往后好了，他想，活一天能有一天陪孙孙过了。只要能陪孩子一年，再把他毙一次，也值。让几丈长的舌头绕去吧，葡萄就是搞破鞋养私生子，只要葡萄认了，谁敢把她怎样。孙怀清从儿媳葡萄身上抱过吃饱了睡着的孙子，在狭长的窑洞里走过去走过来，油灯把他的影子投在土墙、土拱顶上。他看着孙子熟睡的脸想，还是葡萄敢作敢当。

“铜脑回来看过没有?”

“他不知道。”

“他会不知道?!”

“不用他知道。”他明白她的意思。少勇一旦和这孩子拉扯起父子关系，把这院子的安全就全毁了，他也就躲不成了。

那以后他常上到红薯窖上头，去抱挺。葡萄从史六妗子家要了个狗娃子，拴在大门口。狗娃子才三个月，很把家，半里路外有人拾粪往这里走，它就跳着四爪咬。狗娃一咬，他就赶紧下到窖子里。葡萄每回出门下地，挺就由他照看。冬喜和春喜哥儿俩对葡萄还算照应，葡萄一天跑回家三趟，他俩也不说什么。

这天天不亮听葡萄哄孩子，然后就听她出门去了。他爬起来，去了趟茅房，听听，好像挺不在屋里。他走到葡萄门口，见门上了锁。推开个豁子，他把嘴对住那豁子说：挺！我娃子醒了没？他觉得孩子不在里头。葡萄天不亮会把娃子抱哪儿去？是娃子害病了？他在院子里背着手团团转，小狗忽然咬起来，他赶紧跑到红薯窖边上。小狗还在咬。他知道那人已走近了，慌着下到窖里。他在窖子底下听见有人打门，喊："葡萄嫂子！"

他听出是春喜。

"嫂子，你家驴害病了！"

他们把老驴借去驮麦子，昨晚没牵回来。老驴上了岁数，驮了几天麦子，还不使病了。春喜叫一阵，不叫了。小狗等他走老远，还是上气不接下气地咬。

黄昏葡萄回来，没听娃子回来。他全明白了，葡萄把挺给人了。天黑下来，葡萄擀了一碗捞面条送到窖子下面，跟往常一样叫他吃饭。

他不吱声，也不动。她把面条、蒜瓣、辣子一样一样从篮里拿出来，摆在小桌上。她和他不用点灯都能在地窖里行动，一个动作也不出错，一个东西也不会碰砸。他还是不吭气。她找出话来说，说地窖里比上头凉快，没蚊子，有钱再弄点儿石灰刷刷，就干爽了。她说东说西，他都一声不吭。她又去说那老驴，看着是不中了，喂花生饼都不吃。

他终于开口了。他说："你把我孩子送给谁了？"

这回轮着葡萄哑巴了。

"送给谁了?！你给我要回来！"

"人家可稀罕他，比在咱这儿享福。"

"享福、受症咱是一家骨血，死一块儿也是美的。你明天就去把他要回来！"

"爹，咱不说这。"

"你给了谁家？你不去要我去！我让他们再毙一回。叫他们剐了我，我都土埋到眉毛的人了，凭啥还活着?”

“那您又凭啥死呢?”

他不说话了，她也不说了。然后他听她站起身，去摸油灯。想想还是不点灯了，油钱也是钱哩。她说：“爹，啥事也不能不吃饭。”

他听出她的意思是啥事都过得去，过去了还得好好活。她还年轻，只要帮他躲过这关，生养十个八个都不在话下。他已经躲了一整年，还要躲多久？真像葡萄相信的那样：什么人什么事在史屯都是匆匆一过，这么多年，谁在史屯留下了？过去了，史屯就还是一样活人过日子。什么来了，能躲就躲，躲过了就躲过了。

孙怀清听着葡萄两脚蹬踩着地窖墙壁上去了。她从来不拿什么主意，动作、脚步里全是主意。

肆

事情其实发生在收麦之前。怨从那时结下来，只不过是后来爆发的。一个春天没下雨，河都干了，史冬喜家的几亩地又在坡上，都得靠牛拉水去浇。牛是分给冬喜和史修阳两家的。史修阳得了伤寒，大儿子史利宝得使牛拉他爹去看病。史修阳家的地离河近，对史冬喜家老用牛拉水早憋一堆牢骚。

收麦那天，春喜和冬喜先去给葡萄收。中午天黑下来，要下雨的样子，史利宝和媳妇便吵闹起来，说互助互助，大家公平，凭啥先给葡萄收麦？冬喜让他俩睁眼看看，葡萄的麦熟得早，不收让雨打地里去吗？

利宝和他媳妇就瞎磨洋工，收到下午，雨下下来，葡萄家的麦糟蹋了一半。过了两天，该史家收麦了。春喜也磨洋工，装闹肚子，一回一回往河滩上跑着去拉屎。到了冬喜家割麦子那天，利宝媳妇一早就跑到他家窑洞门口，手里端着一大碗新麦面汤，边喝边说："冬喜大兄弟，我们家退出互助啦！你和王葡萄家好好互助去吧，啊？"

冬喜和春喜加上葡萄，三人都是庄稼好手，不费什么气就把麦割了，打了。交粮的时候去史利宝家拉牛，利宝媳妇不让拉。

"牛是分给咱两家的！"春喜说。

“对着哩。那时你天天拉水浇地，使的是你家分的那一半牛。现在轮到咱家使了。”

两家人就在史修阳家棉花地边上大闹起来。利宝三个兄弟全来了，两个兄弟媳妇一边跟着骂一边还小声打听，到底是为什么吵起来的。

葡萄老远就看见棉花苗上一大群黑人影你推我搡。那时她还没把挺送走。她刚刚给挺喂了奶想去锄锄自家的蜀黍。骂得越来越恶，一大群小孩子起哄吆喝：“单干单干，油馍蒜面，互助互助，光吃红薯！”人们也没留心他们在唱些什么，只管看冬喜兄弟和史家兄弟动起拳脚来。

又脆又亮的童音飘在污秽咒骂之上：“单干单干，穿绸穿缎，互助互助，补了又补！……单干单干，捞面鸡蛋，互助互助，光喝糊糊！……”

这时从田野小道上跑来的蔡琥珀听出童谣的内容了，一把拎住一个五岁男孩，问是他爹教的，还是他爷教的。

“你爹教的！”男孩说，从她手里逃出去。

“你个小孬孙，我找你爹说去！”蔡主任指着跑远的男孩，“谁再唱这个，我让民兵把他们爹关起来，当坏分子！大老虎！”

蔡主任不是十分清楚城里“三反、五反”打老虎是怎么回事。她只知道又有了新时代的新敌人。新名称、新敌人就标志着新时代。作为一名干部，她得在新时代里头。

蔡主任的到来还是有用的，人们马上老实了不少，骂的丑话都憋了回去。二十七岁的蔡主任把手一挥，叫大伙都给她解散，都干活去。人们不老情愿地解散了。冬喜和春喜正打得八面威风，也揉揉胳膊，擦擦鼻血收了手。春喜满地找鞋。他的鞋是新的，打架前他舍不得，脱下搁在一边。鞋是葡萄给做的。找着鞋一看，春喜都要哭了，葡萄站在棉花地那头笑着说：“哭！这么大小子！嫂子再给做！”

冬喜和春喜只好用葡萄家的三十一岁的老驴送公粮。拉了两天麦子，老驴趴倒了。

葡萄把二大的饭送去，就出门去冬喜家。冬喜娘也是三十来岁守寡，胆小多疑，一身虚礼数。他家的窑洞也在史屯西边，离葡萄家隔着一片柿树林。葡萄一见老驴便叫他们拉倒，甭请兽医了，灌药它也太受症。

她往地上一蹲，手在老驴背上摸了摸，老驴眼里有了点儿光，稀稀拉拉的长眼毛抬起来，又垂下。它把嘴唇往前一伸下巴着地，这样不必费劲支着脑袋了。

冬喜心里有些过意不去，又不知说什么好。冬喜娘出来了，招呼得殷勤："没吃吧？没吃给你做碗汤喝喝，炒个萝卜菜！……"葡萄忙紧着说早就吃过了。冬喜娘又说："也不进屋喝口水?"葡萄说不喝了，这就把驴牵回去了。她站起来牵老驴。

冬喜娘看看，摇摇头，说："这驴在坡上吃吃草都能倒下。"她的意思别人都明白：可别怪他家把驴使病了。

葡萄说："分俺爹财产的时候，谁都不要它，才留下的。"说着话她把缰绳解下来。

冬喜娘说："谁伺候得起这驴寿星？天天得吃好的，花生饼就喂了好几斤。"她的意思人们也都听懂了：使这老家伙，我们赔搭进去的可不少。

可驴一再抬眼看自己的女主人。它没力气站起来，眼睛羞愧得很。它和女主人相处了十几年，她只到它腿高的时候就喂它。后来它上了岁数，她把草铡得细细的，料拌得匀匀的。再后来它不咋拉得动车了，她就只让它拉拉磨。

冬喜说："咋把它弄回你家去?"

冬喜娘说："弄它回去干啥？就在这儿杀杀，落点儿肉吧。驴肉卖到街上馆子里，皮再剥剥，卖给药房，你还挣俩钱。要不明天早上它死了，肉也没人要了。冬喜，去借把刀来。"

冬喜和葡萄对个眼神，葡萄点点头。冬喜刚要出门，老驴却摇摇晃晃站起来了。过一会儿，它踏动一下蹄子。葡萄说："咱能走哩。"

葡萄把老驴牵着，走柿子树下过。老驴停下来，拽扯过一把嫩草，慢慢嚼上了。葡萄在一边看着，拍拍它背，摸摸它脖子。月光特亮，把柿子树照得一片花斑。老驴又扯下几口草，老汉似的慢慢嚼，一根口水流出来。它嚼得没啥好滋味，只管一口一口地嚼。

回到家，葡萄看老驴嘴角不断线地淌口水，眼睛也无神了。她怕老驴夜里死了，就披上被单坐在它旁边。老驴卧在她脚边，耳朵一抖一抖。下半夜时，二大从窖子里上来，一看驴的样子便说："别等它死了，赶紧得杀。"

葡萄说："再等等。"

"高低还值俩肉钱。我杀过驴，你拿刀去。"

"只有菜刀。"

"菜刀也中。"

葡萄手摸着老驴的长脸："爹，不差这一会儿。明儿一早杀吧。"

孙二大不说话了，叹口气。

她看着他离去的脊背说："我看着它，不中我喊你起来杀。"

老驴的尾巴动了动，眼毛湿漉漉的。她困得很，前一夜没睡踏实，惦记清早起来送挺上路。这时她披着被单坐着，一会儿额头就垂在膝头了。她是叫奶给涨醒的。两个奶涨得像两块河滩上的卵石，衣服全湿了，结成鞋疙疤似的厚厚的、硬硬的一块，磨在两个让挺吸得又圆又大的奶头上。挺把她的奶头吸掉了外皮似的，只剩里头圆圆嫩嫩的肉，现在碰在让奶汁浆硬的衣服上生疼。

突然她发现身边没有老驴了。她一下子站起来，看看大门。

门锁得好好的。天色是早上四点的天色，老驴会从这么深的窑院翻墙飞出去？

她又醒了一会儿瞌睡，才听见磨棚里有响动。走到磨棚门口，她见老驴正慢慢围着磨道走。三十几年，它记得最熟的路是这没头没尾的路，是它给蒙上眼走的路。它走得可慢，就想她知道它还不是一堆驴肉，它还知道自己该干啥活，别把它杀了给驴肉店送去。她和这老牲口处了十六年，它的心思她可清楚，就像她的心思它清楚一样：在她答应天亮杀它的时候，它明白再没人护着它了。

葡萄一声不吱地抱住老驴的脖子。老驴觉着她热乎乎的眼泪流进它的毛皮里。它低着头，呼呼地撑大鼻孔喘气。

老驴死在第二天中午。

英雄寡妇中最俊俏的叫李秀梅。她是当年土改工作队女队长保的大媒，嫁给了一个残疾的解放军转业军人。她丈夫在军队当首长的伙夫，受伤瘸了一条腿，转业到县粮食局当副科长，两个月前给打成了老虎。李秀梅娘家在山里，穷，也得不到“英雄寡妇”的救济金和奖状，所以她带着给公家开除的丈夫回到史屯种地来了。他们把城里的家当卖了卖，在离葡萄家不远的地方打了一个窑。

村里的学生们头一天就围着瘸子看。不久便用废纸扎起小旗，在李秀梅家外面游行。还趴在窑院的拦马墙上，往下头院子里扔泥蛋子、石头，一会儿喊一声：“打倒瘸老虎！”

村里的人们也都不搭理瘸老虎，他瘸到史屯街上称一斤盐，供销社的售货员也说：“打不起酱油哇？装的！贪污那么多钱会打不起酱油，光吃盐？”

瘸老虎连自己媳妇也不敢惹，让他挑水，他瘸回来水洒了一半。李秀梅说：“你不会找一边高一边低的路走，那你不就两腿找齐了?!”

葡萄和他在井边碰上，对他说：“咱这儿井深，不会摇辘轳把打水可累着哩。”

他吃一惊，心想到村里一两个月了，还没人和他这样家常地说说话。他说：“是是是，井是深，有一百多尺深吧?”

“可不止。天一旱，咱这儿的井就只剩牛眼大了。”

他想，她说得对呀，因为井太深，看下去井只有牛眼睛那么大了。他看着井底深处牛眼大的光亮里，映出自己小指甲盖大的脸。那脸笑了笑。他听李秀梅说到过葡萄的混沌不省世事，不通人情。

葡萄说：“看你打水老费气，叫我给你摇吧。”

她把瘸老虎往边上一挤，一气猛摇，脸红得成了个熟桃子。她一面摇一面还和他说话。

她说：“城里又打上了。又打啥呢?”

“打老虎。”

“这回又打上老虎了。城里老虎啥样?”

他想，就我这样。他口上说：“那是给起的名。给那些倒霉蛋起的名。”

“谁倒霉了?”

“咳，谁碰上谁倒霉呗。弄个百十块钱，应应急，想着一有钱就还上公家。赶上打老虎了，说你贪污，要当老虎打。有人跳楼、上吊、卧轨，天天有自杀的。”

葡萄把水绞上来了。自杀，也就是寻短见，这一点她是明白的。那不就是城里打来打去末了自己打自己，自己把自己杀了吗？她说：“咱这儿前两年也自杀了好几个。”

瘸老虎看着她。

“有一个投井了。要不咱村还不缺井呢。她一投井，农会就把它填了填。”

“谁呀?”

“农会让她招供。她不招，就投井了。她说她不知道她汉奸男人上哪儿去了。”

“哦。”

“该投河就好了。河是活的，井可不中，你往里一投，水咋吃呢。你说是不是?”

“城里打的老虎一般都不投井，上吊的多。上吊说是不难受，利索。”瘸老虎说。

“你说城里打，咱这儿也打?”

“谁知道。”瘸老虎让葡萄这一句话问得心情败坏起来。

葡萄帮瘸老虎把两桶水扶稳，看他一只脚深一只脚浅地走了。

“中不中?”她大声问，“不中我帮你挑回去吧!”

瘸老虎忙说:“中中中。”他心想，她可不是有点儿不省世事人情? 通人情的人现在该对他白眼。他冷笑着摇头，这地方的人还有葡萄这样没觉悟的。用他过去老首长的话，叫做愚昧未开，尚待启蒙。

葡萄把水挑下窑院，正往水缸倒，小狗咬起来。她想是村里的民兵来了。民兵爱赶吃晚饭的时候串门，到各家尝点儿新红薯、鲜菜馍。十月下霜，菠菜是最后一茬，家家都舍不得炒菜，都烙菜馍吃。葡萄见小狗又叫又跳，呵斥道:“花狗！咋恁闹人呢?! ……”她脱下鞋扔出去:“你给我! ……”

她一嘴没说完的话噙在舌头和牙齿间了。

推开的门口，站着孙少勇。他穿一身深蓝色咔叽，四个方方的口袋，和他过去的蓝学生服有些像。

葡萄说:“二哥!”

她奇怪自己一脱口叫得这样响亮、亲热。他又是十几年前去城里读书的二哥了?

少勇走下台阶，先打量她身体，又往她窑洞里看。她身体没有变，还是直溜溜的，胸口也不像奶娃子的女人，松垮邋遢。

“找谁呢?”她问。

“你说我找谁?”他说着只管往屋里去。

她把洗完菜的水端到猪槽边上，倒进正煮着的猪食里，又用木棍搅了搅。她眼睛就在他背上，跟着他进屋，站住，探身往这边瞅，又往那边瞅。等他转过身，她眼睛早就在等他了。

他看她好像在笑，好像是那种捣蛋之后的笑。小时候她常常蔫捣蛋。但不全是，好像还有点儿浪，像浪女人得逞了那种笑。

“找着没?”她问。

“你叫我看看孩子。”

“谁的孩子?”

“不管谁的孩子，叫我看看。”

葡萄正要舀猪食，少勇的手从她身后过来，拿过破木瓢，替她舀起来。她见他每盛一瓢食，嘴唇一绷，太阳穴凸出一根青筋。她心里又是一阵心疼：这货不咋会干活儿，到底十几岁出门做书生去了。也不知平时谁给他洗衣洗被单哩。

“你叫我看看孩子吧。看看我就死心了。”

他是还没死心——假如孩子长得像他，他那半死的心就给救活过来了。假如孩子长得像史冬喜那么丑，有俩大招风耳一个朝天鼻，他的心就可以好好死去了。

“看看谁?”她说。

“葡萄!”他扔下木瓢，“你把孩子搁哪儿了?”

“搁粪池里了。生下来就死了，不搁粪池搁哪儿?”

“你把我孩子捂死了?!”

“谁说是你孩子?!”

“你叫我看看，我就相信他不是我的孩子!”

“是不是你也看不成了。早在化粪池里沤成粪，长成谷子、蜀黍、菠菜了！”她把正打算做菜馍的一小篮菠菜往他面前一撂。

他看着她。世上怎么有这么毒这么恶的女人？你待她越好，她就越毒。而她毒起来又恁美，眼睛底下有那一点儿浪笑，让你不相信她对你就只有个毒。他上去一把抱住她。她又跳脚又撕扯，但眨眼工夫就驯顺起来。把她刚搁到床上，他手伸下去一摸，马上明白她是怎么回事，那毒全是假的。

过后两人全闷声不响。又过一会儿，外头天全黑了。

“你把孩子给谁了？”

“你别问了。”

“像我不像？”

“问那弄啥？”她一翻身坐起来。

这时狗又叫起来。叫叫变成了哼哼，撒娇一样。

葡萄马上穿衣服，拢头发。她知道花狗听出了冬喜的脚步。等她提上鞋，冬喜已进到院子里。手上打个手电筒，肩上背一把大刀片。他提升民兵排长了，春喜跟在后面吹口哨。

“葡萄在家没？”他把电筒晃晃，看见葡萄他笑笑，“吃了没？”

“还没呢。”

“开会，一块儿去吧。”

“又开会？饭还没做呢。”

“我帮你拉风箱。”春喜说。

冬喜弯腰抱柴火，直起身全身一激灵。葡萄屋里走出个人来。

“冬喜来了？”孙少勇在黑暗里说。

“是铜脑哥？”

“啊。”

“啥时回来的？好长时间没见了。”

“我不是常回来吗？听说你老是互助咱葡萄，老想和你说谢谢。”

“一个互助组嘛。葡萄也挺照顾我们，给春喜做鞋呢。”

“咋不搬一块儿住哩？该不是你当民兵的嫌弃地主恶霸家的童养媳吧？”

“铜脑哥，我咋不明白你说啥呢？”

“这还不好明白？想娶她，你就正经娶，别偷偷摸摸，大晚上打电筒往这儿窜。不想正经办事，就离她远点儿。”

“铜脑哥，你是共产党干部……”

“可不是？老干部了。所以有资格教育教育你。她是我弟媳妇，没错，不过共产党讲自由婚姻，自由恋爱，没说不让娶弟弟的寡妇，你孬孙动她什么念头，揩两把油什么的，你就记着，城里公安局长常找我看病。”

“铜脑你把话说明白！好赖我叫你一声哥，你说的这是啥话？”

“我说得不能再明白了：葡萄是我的人！”

春喜在厨房听外面吵架，放下风箱把子跑出来说：“铜脑哥，我哥有媳妇了，过年就娶。”

这话没让少勇止怒，他更压不住了。他说：“好哇，这儿揩着油，那儿娶着亲。那你和葡萄算怎么回事？”

“我操你妈铜脑！我和葡萄有一点儿事我明天就让雷劈死！不信你叫她自己说！”冬喜又叫又骂，把手电筒的光划拉得满地满天，划到人脸上，人脸就是煞白一团。然后他的手电停在自己面前，说：“我要对葡萄有半点儿坏心，我娶的媳妇生不下娃子！”

少勇信了。冬喜比他小两岁，从小丑得出名，也老实得出名，他和葡萄能有什么事？葡萄不过是急了，一顺手拉他过来垫背。那个孩子一准是他孙少勇的，为了个什么原因她翻脸不认人，死活不承认，他看不透。这是一个星期六的晚上，孙少勇不用急着回城里去，他想住下来，看看葡萄究竟藏了什么苦衷。他跟着冬喜、春喜和葡萄走到街上。会场在孙家的百货店，现在改成史屯镇的“文化教育活动室”，墙上挂着毛主席、朱总司令的大画像，还挂着志愿军和平鸽的年画。人们一见孙少勇，都上来递烟给他抽，他嘻哈着退让了。

史修阳念戏文似的抑扬顿挫地、摇头摆脑地朗读了两段报纸文章，然后蔡琥珀催大家发言。谁也没言可发，史修阳又念了两段报纸。蔡琥珀说起了朝鲜前线的喜讯，又说起美蒋窜反大陆的敌情。最后她说：“咱史屯也有敌情哩。”

有人问她啥敌情。

蔡琥珀说：“有个富农闹着要摘帽子。他亲戚从陕西来，说那边有六十亩地才定了个富农，咱这儿三十五亩地就把他定成富农了。他老委屈呀。”

少勇坐在葡萄旁边，看她两手忙个不停，锥子放下拿针，针在头发上磨磨再去扎鞋底。锥子掉到地下，她刚弯下腰，他已经替她拾起来。他就在那板凳下面握住她的手。她嘴唇一掀。

“铜脑！叫你哩！……”冬喜说。

少勇抬起头，见一屋子烟瘴里浮着的脸全朝着他。他从容地把锥子搁到葡萄膝盖上，笑嘻嘻地问：“咋着？”

蔡琥珀两只眼睛尾巴上聚起两撮皱纹，笑着说：“欢迎老地下党员孙少勇回来给咱作报告！”

少勇说：“我回来是办私事的。可不是来作报告的。”他一说这话，葡萄的手也不扯麻线了。他心里恶狠狠地一笑：我让你葡萄不承认我！

几个他小时的朋友笑也坏起来，问：“办啥私事？”

“私事能让你们知道？是不是，王葡萄同志？”少勇对葡萄的侧影笑笑。

所有人想，早就猜他俩不干不净。现在孙少勇不让大家费事了，干脆不打自招。

蔡琥珀说："回来一趟，还是给咱们说说话吧。你在城里学习多，文化高，给咱说说敌情。现在谣言可多，说分了地主富农地产浮财的，等美蒋打回来全得杀头。还说咱这里头就有美蒋特务，谁积极搞互助组，特务给他家锅里下毒！你说美蒋真能打回来？"

孙少勇大声说："这不就是谣言?！美蒋能窜反回来，他们当时就不会被咱打跑。"

人们吆喝一场："回来就全部打死！"

葡萄正用锥子在鞋底上扎窟窿，一听大家的吆喝，心想他们说"打"字和孙少勇一个样，嘴皮子、牙根子、舌尖子全使恁大的力，这"打"字不是说出来的，是炸出来的。想着，葡萄就把麻线扯得呼啦呼啦响，扬起嗓门说："咱啥时候打井呢？"

大家都愣住了，看着她。

"不打井，明年再旱，喝马尿呀？"她说。手不停地又锥又扎。

"不打死美蒋，你打一百口井也没用，他们给你全下下毒。"冬喜坐在她左手边，开导她说。

"谁给咱下毒？"

"美蒋特务！"

"美蒋特务是谁？"

"这不在查呢嘛！王葡萄就你整天还不爱开会，你这觉悟从来没提高过！"蔡琥珀说，"大家发发言！"

葡萄心里说：谁说我不爱开会，不开会我哪儿来的工夫纳鞋底？

从此孙少勇星期六就搭火车回到史屯。史屯的人都笑嘻嘻地交头接耳，说铜脑和葡萄搞上破鞋了。也有人说那是旧脑筋，现在搞破鞋不叫搞破鞋，叫搞腐化。

不管少勇怎样逼，葡萄就是那句话：孩子生下来就死了。有一回少勇半夜醒来，见床是空的，葡萄不知去了哪里。他找到院子里，见她从红薯窖里出来，手上挎个篮子。问她大半夜下红薯窖干啥，她说听见耗子下窖了，她撵下去打。

下头一场雪，少勇披着一身雪还是来了。葡萄刚刚开会回来，见了他说："下着雪你还来？"

他不说话，在窑洞里缩坐着。

"来了就给我这张脸看呀？"她上去摸了摸他的头发，又摸了摸他的脸。

"别摸我。"他说。

"咋？"

"你一摸我，我就……"

她还是把手搁在他下巴上，手心、手背地蹭。

"葡萄，人给我介绍了个对象。"

她的手稍微停了停，又动起来。

"是个团委干部。没结过婚。人可好。长得也不赖。这个星期五晚上，她请我看电影。我去了。"

"去呗。"

"城里人一男一女看电影，就是都有那个意思了。"

"电影好看不？"

"好看。"

他拉过她的手，蒙在眼睛上。葡萄的手一会儿全湿了。她想，当这么多年的共产党，还是一肚子柔肠子哩。

孙少勇走的时候和葡萄说，他不久要和女团委干部结婚了。他说："这不怪我，葡萄。"

他说这话时，两人站在院子里。一夜的雪下得窑院成了个雪白的方坑，一声鸟叫都没有，什么声音都让雪捂在下头了。

四面八方又干净又安静。

这年家家都没多少存粮。养猪的人家看看猪全饿瘦了，不到过年就杀了。葡萄养的两头猪倒是天天上膘。孙怀清常在夜深人静时上到红薯窖上面，站在猪圈栏外看一会儿，对葡萄说："把秋天攒的蜀黍棒子剁剁。"葡萄按他法子把蜀黍芯儿剁剁，又放在磨上推，推成碎渣上箩去箩。天天夜里，葡萄忙到下半夜，把磨成粉的蜀黍芯子煮给猪吃。腊月初八，葡萄把两头猪赶到史屯街上的收购站去卖，一过磅，两头猪都一百八九十斤。

卖了猪，葡萄买了些肉和面，又在自己家腌菜坛子里掏了些酸红薯叶，一块儿剁了，包了扁食，给二大端到窖下。

二大咬了一口扁食，说："还是铁脑妈在的时候，吃过恁好的扁食。搁了有二钱香油。肉也肥。酸菜腌得正好。"

葡萄说："爹，卖猪的钱够把这窖子修成个大屋，还能把咱的围墙再砌高些。"

"咱家水磨那儿，还有个砖窑。封了不少年了，还是你爷在的时候烧过。咱这儿土好，就是柴太贵。"

"我能打着柴。"

"老费气。"

"那费啥气？冬天闲着也是闲着。"

"嗯。柴打够了，我告诉你咋烧窑。"

葡萄带着春喜每天走十多里地，到河上游的坡上打柴。过阴历小年之前，头一窑砖烧出来了。春喜和葡萄两人用小车推了几天，把砖推下来。到了二月份，葡萄和春喜把两家的窑洞、窑院都箍上砖，垫了地，还卖出一些去。这是史屯人睡懒觉、打牌、唱曲子、串门儿的时间，葡萄和春喜一天干十几个时辰的活，人都掉了分量也老了一成。

葡萄又买了三个猪娃来喂。冬喜和春喜把自家买的猪娃也赶到葡萄的院里，让她帮着喂。地刚返青，猪草还打不着。孙二大说："把去年留的蜀黍皮泡泡。"

照着二大的意思，葡萄把蜀黍皮、蜀黍穗子泡了六七天，泡得一院子酸臭。用手搅搅，蜀黍皮和穗子都泡脓了，捞起上面的筋，下面一层稠糊的浆浆，瓢一舀起黏。葡萄这才明白二大为什么不让她用蜀黍芯儿蜀黍皮儿烧火，去年秋天她留下自家的蜀黍芯蜀黍皮，又到外面拾回不少，这时全肥到猪身上去了。

收麦前一个晚上，春喜来看他家的猪。冬喜娶了媳妇，又升了民兵连长，葡萄几乎照不上他的面。天天跟葡萄帮衬的，就是憨巴巴的春喜。

春喜蹲在猪栏前头，两只手拢在破棉袄袖子里。袄袖头上油光闪亮，有粥嘎巴、鼻涕、老垢。他早就过了拖鼻涕的年纪，但看什么东西专心的时候还是过一会儿一吸鼻子。他长得随母亲，小眼小嘴很秀气，身材倒像头幼年骡子，体格没到架子先长出去了。就是往地下一蹲，也是老大一个人架子。

"看，看能把它看上膘？"葡萄笑他。春喜耐得住天天来蹲在那儿看猪，一看看一两个钟点儿。天长了，他蹲到天黑才走。这两天，天黑了他还在那里看。

"明天要割麦，还不早歇着去。"葡萄说。

"我妈和我嫂子老吵。一听她俩吵我可窜了。"

又过一会儿，葡萄已经把送饭的篮子挎到红薯窖子下头去了，春喜还在那儿蹲着。葡萄跟二大说："可不敢吱声，不敢上来，春喜在哩。"

葡萄上到窖子上，对春喜说："你还不回去？我可瞌睡坏了。"

"你睡你的。"

"那谁给我上门呢？"

“我给你看门。”

“也中。天不冷，你睡就在院里睡吧。”葡萄从磨棚里拿出几个苇席口袋，铺了铺。她心里明白，真叫他睡这儿，他就走了。

春喜往破烂苇草席上一滚，真睡了。春喜从小就是个俊秀的男孩，当年葡萄圆房，孙二大也给葡萄准备了一箱子被褥嫁妆，说葡萄是半个闺女半个媳妇，要挑个男孩给嫁妆箱子掂钥匙，六岁的春喜就当上了这个“掂钥匙小童”。到了要开箱的时候，问春喜讨钥匙，给了他一把糖果，他动也不动，再给他一把糖，他只管摇头。旁边大人都说这孩子精，知道乘人之危，别人给一把糖就交钥匙，他非得把衣服兜全灌满了！最后发现春喜真的把两个衣服兜塞满了糖，才从鞋里抠出钥匙交出来。

夜里葡萄起来，拿一条被单给春喜盖上。在月亮光里看，春喜的脸显山显水，像个成年人了。

割麦、打麦的几天，春喜和葡萄两头不见亮地在地里、场上忙。春喜忙得多狠，都要在猪圈边上蹲着看他的猪。葡萄撵不走他，只好说：“还不叫露水打出病来？去去去，睡堂屋吧。”

等春喜睡下，她赶紧下到地窖里，把饭送给二大，又把便桶提上来倒。好在地窖已不再是个地窖，已经是个屋了。地是砖地，墙和顶全刷了新石灰，乍一下去，石灰味刺得脑子疼。

二大问她：“春喜还在？”

葡萄说：“不碍啥事儿。他一个孩子，一睡着就是个小猪娃子。”

二大还想说什么，又不说了。葡萄懂他的意思，和他家走太近，纸会包得住火？

葡萄又说：“不碍啥事。”

二大也懂她的话：她什么都应付得了，还应付不了一个大孩子？

葡萄见二大看着她的眼光还是个愁。二大在小油灯里一脸虚肿，加上皱纹、胡子、头发，看着像唱大戏的脸谱。有时葡萄给他剪剪头刮刮脸，他就笑，说："谁看呢？自个儿都不看。"她心里就一揪，想二大是那么个爱耍笑、爱热闹的人，现在就在洞里活人，难怪一年老十年似的。不过这对她来说也不是件愁人的事，事不躲人，人躲事，能躲过去的事到末了都不是事。

她走到自己屋门口，听见堂屋春喜的鼾声。睡下不一会儿，她听春喜起来了，开门出去。真是个孩子，连茅房都懒得跑，就在门口的沟里稀里哗啦尿起来。她想，有春喜做伴也好，省得男人们过去过来想翻她的墙。也省得村里人往红薯窨里猜。

交粮那天春喜和葡萄拉一架车。交了粮是中午了，葡萄和一群闺女媳妇去吃凉粉，春喜和一伙男孩看民兵刺杀训练去了。小学生也放农忙假，在街上搭个台唱歌跳舞，慰问几个受了伤的志愿军。志愿军来了个报告团在城里到处作报告，史屯小学也请了几个到学校来讲话。

小学生们用红纸抹成大红脸蛋儿，嘴里都在唱："嘿啦啦啦啦，嘿啦啦啦，天空出彩霞呀，地上开红花呀……"

蔡琥珀和冬喜把几个志愿军让到台上，下面的学生、老乡一齐鼓掌。葡萄心想，军装一穿，奖章一挂，大红纸花一戴，几个志愿军就长得一模一样了。看了一会儿，闺女媳妇们要去上茅房。街上的茅房人和粪全漫出来了，她们咯咯乐着跑到史屯文化活动室后面去。葡萄和她们蹲成一排，一边尿一边看着原来孙家百货店的院落。全荒了，铺地的石板也让人起得不剩几块了。

她们解了溲，疯疯傻傻、唱唱笑笑往外走，一群小伙子走过来，其中一个大声问："你们去那后头是屙是尿？"

闺女们一个个脸通红，笑骂一片。媳妇们上去便揪住那个叫喊的小伙子，七手八脚，不一会儿小伙子的裤子就被揪下来。葡萄站在闺女那边，哈哈大笑。

小伙子们走进后院，看见地上一摊摊潮印，都二流子起来。他们中春喜岁数最小，问他们笑什么。给剥了裤子的小伙子说：“春喜你看看地上，哪儿是闺女尿的，哪儿是媳妇尿的。”

“那谁知道。”

“刚才咱见了三个闺女，七个媳妇。你好好看看，憨子!”

春喜好好看了一阵，还是不明白。

那个二流子小伙子说：“媳妇尿湿一片，闺女尿一条线！再好好看看。”

春喜说有六个“湿一片”，剩下的都“一条线”。

另外几个小伙子便说：“哎哟，说不定王葡萄还是个大闺女呢！你们瞧这‘一条线’多长，准是她那大个头尿的！闹了半天铁脑、铜脑都不是铁的、铜的，全是面的!”

春喜盯着那“一条线”不错眼地看。

小伙子们笑得东倒西歪。

成立初级社那天晚上，春喜跑到葡萄家，苦哀哀地看着她说：“咱两家互助不成了。”葡萄叫他别愁，猪她会给他养好，鞋她会给他照做，冬天闲了，她照样领他上山打柴，烧砖卖钱。她看他还是满嘴是话，又一声不吭，再看看他眼神，葡萄想，她把他当孩子，可真错了。连他自己都不知道，他已长成个全须全尾的男子汉了。葡萄扮出个很凶的脸说：“今晚我不让你住这儿了啊。”

“我妈和我嫂子打得恶着呢。”

“我让你住，你妈和你嫂子都打我来了。”

春喜走了，半个月也没来看他家的猪。这天晚上葡萄听了读报纸回到家，给二大送了些吃的，在院子里乘凉。花狗汪汪了两声，摇起尾巴来。葡萄想，一定是熟人来了，不是李秀梅和她男人瘸老虎，就是冬喜兄弟俩。她站起身去开大门，门外谁也没有。她见花狗还是摇尾巴，骂了它两句，就回自己屋睡觉了。

刚睡着，她听见门外有响动。她摸黑走到窑洞门口，从门缝往外看，外头的月亮跟一盏大白灯似的照下来，照在一个男子身上。她马上明白他是谁。

他在外头敲了敲门，敲得很腼腆。

她踮起脚尖，把门顶上头一个木栓也别上了。他在外头听见了里头轻轻的“啪嗒”一声，敲门不再羞，敲得情急起来，手指头敲，巴掌拍，还呼哧呼哧，喘气老粗的。

她看了看那门，闷声闷气地打颤。外头的那个已不敲不拍，就拿整个的身子挤撞两扇薄木门。葡萄什么都修了，就是没顾上换个结实的门。陶米儿这门又薄又旧，门框也镶得不严实。

门缝给他挤得老宽，她蹲下往外看。她给做的鞋穿在那双长着两个大孤拐的脚上，看着大得吓人。她站起来，一泼黄土从门上落下，洒了她一头，把她眼也迷了。她揉着眼，啐了一口土，把柜子从床后面搬起来，搬到门后，抵上去。平常她推都推不动那个柜子，这会儿她把它顶在腰胯上，两手一提，就起来了。门外的那个开始撞门，一下一下地撞，头、胸脯、脊梁，轮着个儿地撞，撞一下，柜子往后退一点，门缝又宽起来，门栓“嘎嘎”地响，松了。

葡萄又把柜子抵回去，自己也坐了上去。她觉着奇怪：十七岁一个男孩子怎么和牛似的那么大劲。门和门框一点点要从墙上脱落下来，土落了葡萄一头一身。她从柜子上跳下来，把柜子也搬开，从床上揭起一根木条，顺着两指宽的门缝捅出去。

门外一声“呃”，然后就没声音了。

她知道那一下捅在他的大孤拐上。

十七岁一个男孩子，发了情又给惹恼，更是命也要拼出来。她想，这下子可要好好招架，木条捅不伤他还有一把铁锨，那是她拿进来填一个老鼠洞，还没顾着拿出去。他像头疯牛，往门上猛撞死抵。肉长的胸脯和肩膀把木头和泥土撞得直颤，眼看这血肉之躯要把土木的筑造给崩开了。

她看着那一掌宽的门缝，月光和黑人影一块儿进来了。她把铁锨拿稳，一下子插出去，黑人影疼得一个踉跄。扑上来的时候更疯了。她再一次刺出去，这回她铁锨举得高，照着他喉咙的部位。铁锨那头给抓住了，她这头又是搅又是拧，那头就是不放。她猛一撒手，外头嘭嗵一声，跌了个四仰八叉，脑勺着地，双手抱着的铁锨插到他自己身上。

这下可好，他把全部性命拿来和她拼。她没了铁锨，就靠那柜子和她自己身子抵挡。门快让他给晃塌了，她两脚蹬着地，后背抵住柜子，门塌就塌吧。

鸡叫头遍的时候外头安静了。她还是用背顶住柜子，一直顶到院子里树上的鸟都叫起来。她摸摸身上，汗把小衫子裤衩子贴在她皮肉上。她把柜子搬开，听了听外面的动静，院子是空的。门栓还有半根钉子吃在木头里，他再撞一下就掉下来了。

院子里一片太平，桐树上两只鸟一声高一声低的在唱。她觉着一夜在做噩梦，其实什么事也没发生。一把铁锨靠在她窑洞门口，像是谁借去使，又悄悄给她还回来。要不是地上乌黑的几滴血，她就会迷了：是真发生过一夜恶斗还是一夜梦魇。

那血不知是他哪里流出来的。

她洗了脸，梳上头，馏了几个馍装在篮子里，下到地窖里。新起的红薯堆在窖子口边，一股湿泥土的味道掺和在红薯的甘甜浆汁气味里。她叫二大吃饭，又告诉他白天的干粮给他备下了。

她把那小木桶拎上窖子，到茅房里倒了，又舀些水涮了涮，倒在院子里种的几棵萝卜秧上。她把便桶提回去时，绞了个毛巾把子，让二大擦脸。

二大看葡萄从窖子洞壁上下来，就像走平地一样自如得很。他再也不说“能躲多久”那种话了。每回他说：“孩子你这样活人老难呀！”他就明白，这句话让她活得更难。他有个主意，在她把他的挺给人那天就从他心里拱了出来。这一年多，这个主意拔节、抽穗、结果，到这天，就熟透了。

一年里他见葡萄缝小衣裳，做小帽子或者纳小鞋底，知道她有办法见到挺，跟收养挺的人还有走动。他什么也不问她，平常说的话就是养猪、烧砖、种地的事。有时他也听她讲讲村里谁谁嫁出去了，谁谁娶了媳妇，谁谁添了孙子，谁谁的孩子病死了，或者谁谁寿终正寝。史屯四百多户人的变化是她告诉他的。从挺被送走之后，她再不说谁家添孩子的事。

葡萄听他掰开一个蒸馍，撕成一块一块往嘴里填，问道：“爹，昨晚睡着没？”

“睡了。”

“没睡白天再睡睡。”

他答应了。但她还是瞪着眼瞅他。窖子下头黑糊糊的，不过他俩现在不用亮光也知道对方眼睛在看什么。她和他都明白，忙到五十多岁老不得闲睡觉的人，这时整天就是睡觉一桩事，他怎么能睡得着？再说地窖里白天黑夜都是黑，睡觉可苦死他了。自从他再也听不见挺的哭声，他差不多夜夜醒着。因此，昨夜发生的事他一清二楚。他听见两人一个门里一个门外闷声闷气地恶战，他已经摸到窖子口上，万一葡萄要吃春喜的亏，他会蹿上去护葡萄一把。他两只脚蹬在窖子壁上的脚蹬子上，从酸到麻，最后成了两截木头。他没有上去帮葡萄，是为葡萄着想，他再给毙一回也罢了。五十七岁寿也不算太小，葡萄可就给坑害了。窝藏个死囚，也会成半个死囚。

葡萄说：“爹，今天要下地干一天活，水和馍都在这儿。闷得慌你上去晒晒太阳，有人来花狗会咬。”葡萄说着，就往地窖口上走，两脚在红薯堆边上摸路。

“那个孽障娶媳妇了？”他突然问。

她知道他问的是少勇。

“娶了吧，”她回答，“那回他说，两人都看了电影了。”

“孽障他是真心待你好。”他隔了一会儿说道。

“这时恐怕把相片也照了，花轿也抬了。”她一边说一边蹬上地窖。

“葡萄，啥时再让爹看看挺，就美了。”

她没说什么，就像没听见。

听着她走出院子，锁上门，和花狗说着话，走远了。他使劲咽下嘴里的干馍，站起身来。

四周还是黑夜那么黑，他能看清自己心里熟透的主意。

那时还是夏天，刚收下麦，交了公粮。她到贺镇去走了走，从兰桂丈夫那里买了些药丸子、药片。兰桂丈夫的小药房现在卖洋药了，治伤风治泻肚的都有。她在兰桂家吃了午饭，就赶到河上游的矬子庙去。侏儒们在头一天就到齐了，此时庙旁边一片蚊帐，蚊帐下铺草席，这样就扎下营来。侏儒们祭庙三天，远远就看到焚香的烟蓝茵茵地飘浮缭绕。河上游风大一些，白色的蚊帐都飞扬起来，和烟缠在一起，不像是葡萄的人间，是一个神鬼的世界。

她还是隐藏在林子里，看一百多侏儒过得像一家子。黄昏时他们发出难听的笑声，从庙里牵出一个男孩。男孩比他们只矮一点儿，口齿不清地说着外乡话。侏儒女人们围着他逗乐，他一句话一个举动都逗得她们嘎嘎大笑。一个中年的侏儒媳妇把自己衫子撩起，让他咂她干巴巴的奶头。她的奶看着真丑，就像从腰上长出来的。她们便用外乡话大声说：“看咱娃子，干咂咂也是好的！”

她不知怎么就走出去了，站在了男孩面前。侏儒们全木呆了，仰起头看着她把手伸到男孩脑袋顶上那撮头发上抹了抹。她想和侏儒们说说话，一眼看去一百多张扁圆脸盘都是一模一样地阴着。

她觉着他们是不会和她说话的。他们和她是狸子和山羊，要不就是狗和猫，反正是两种东西，说不成话的。她也明白，他们这样盯着她，是怪她把他们挺好的日子给搅了。不然他们有多美？

她只管摸着男孩的头发，脸蛋。男孩也像他们一样，仰着脸看她，不过没有怪她的意思。他看她是觉着她像一个他怎么也记不清的人。但那个人是在他心里哪个地方，不管他记得清记不清。

不过他们的脸很快变了——他们见她放下背上背的布包袱，把包袱的结子解开，从里头拿出一瓶一瓶的药。侏儒们最不愿意做的事就是瞧病，所以他们最爱的东西是药。她不管他们理不理她，把药一样一样说给他们听：止泻肚的，止咳嗽的，止疼痛的。

她把药全搁在地上，又把那个包袱也搁在地上。她走了以后他们会看见包袱里包的小孩衣服，一套单，一套棉，一对虎头鞋，一顶虎头帽。

上千口子人都听钟声下地、歇晌、吃饭、开会、辩论。下午拴在史六妗子家麦地中间那棵百岁老柿树上的钟“当当”响起，所有低着头弯着腰的人全搁下手里的活站直身子，你问我我问你：这是下工的钟不是？不是吧，恁早会叫你下工？

冬喜给选上了农业社社长，说话和志愿军作报告的人一样，都是新词。大家全傻着一张脸，将就着听他说。他说这个是“苗头”，那个是“倾向”，那个又是“趋势”。辩论是什么意思，史屯人最近弄懂了。辩论就是把一个人弄到大家面前，听大家骂他，熊他，刻薄他。

下午打钟就是要在场院辩论。不少人试探着问：“这时还不把麦种下去？还辩啥论？”

辩论会场就是当年日本人带走史屯八个小伙子、铁脑半夜叫枪打死的那个大场院。大家慢慢吞吞从地里走过来，都打听今天“辩谁的论”。前几回辩论是骂孙老六，把他的牲口教得可刁，牲口入了社闹性子，装病、踢人。

半小时钟声不断，人才晃晃悠悠到齐。在地上盘腿坐定，蔡琥珀叫两个民兵：“有请史惠生！”

带上来一看，就是史老舅。史老舅也有个大名，叫史惠生，没人叫慢慢就给忘了。一看这个被正经八百叫着大名的人不过就是办社火爱扮三花脸的史老舅，人们“哄”的一声笑起来。史冬喜叫大家“严肃”！没人懂得“严肃”就是不叫他们笑，他们照样指着史老舅的茶壶盖儿头、苦懋脸儿、倒八字眉笑。他刚刚剃了头，刮得黑是黑白是白，为了叫大家辩他的论时有个齐整模样。史冬喜拿起胸前的哨子猛吹一声，然后说：“不准笑！严肃点！”人们这才不笑了，明白严肃就是不叫笑了。

葡萄看见史春喜坐在一伙半大小伙子里。她看他裤腿一抹到底，上身的衫子也扣起五个扣子，就知道他上、下身都给铁锨铲伤了。她想：也不知伤得咋样。这几天他躲得没了人影，冬喜来两趟，背些麦麸给他家的猪吃。

辩论已经开始半天了，大家都把史老舅当个狗呵斥。葡萄慢慢弄懂了，他们是骂他不入农业社。他给骂得脸更苦懋了，手去腰上摸烟袋，马上也有人呵斥：“把你美的——还想抽烟！”他赶紧把手缩回来。有人大声问：“史老舅，你凭啥不入社？”

史老舅说：“俺爹说人多的地方少去。我得听我爹的。”

人们没办法，也不能去恼一个死去的老人。

一个闺女说："那你爹是旧社会的人！"

史老舅说："旧社会、新社会，反正人多弄不出啥好事来。"

"这可不是你爹说的，是你说的。"

"是我说的。我跟我三个孩子两个闺女都这么说。"

"呸呸呸！落后分子！反动派！打倒反动派史老舅！"

史老舅点点头："打倒打倒。"

"史惠生！你跑到大庭广众之下宣传反动落后思想！"史冬喜大声说。

史老舅抬头一看，见是自家侄儿，便说："不宣传了，不敢。我不想来这个大庭广众呀，你们非叫我来不中。"

人们让史冬喜一喊，都恼起来了。这个史老舅凭什么一人还种他那几亩水浇地，把他那黑骡子独给他自家使？他凭什么早干完早歇工、多打粮多吃馍？天天溜溜达达赶着骡子下地，哼着小曲耪地、种麦、起红薯，美得颠颠的，凭什么？

"史老舅，你落后不落后？"

"落后落后。"

"反动不反动？"

"反动反动。"

"又落后又反动，就得把你打倒！"

"打打打。打倒咱还是得听俺爹的话。俺爹听俺爷爷的话。俺们祖祖辈辈都是个这：人多弄不出啥好事。人多的地方俺们不去。"

大家真急了，吼叫起来："史老舅，你把话说明白，你入社不入？"

"不入。"

"上他家牵骡子去！把他地给分分！"

史老舅也急了，说："谁敢？咱是个下中农！咱又不是地主富农！地和牲口都是从孙怀清家分来的，分的是……那叫个啥来着，二孩？”

二孩是他的二儿子，十八岁，正要去当兵。临走还是给拽来参加辩论会。这时他听他爹大声问他话，便头也不抬地大声回答：“胜利果实！”

史老舅说：“对，那是分给咱下中农的胜利果实，敢来碰我骡子一根毛，我使斧头剁了他！”

“反动派太猖狂了！”史冬喜大吼一声。

大家也跟着大叫：“把反动分子捆上！捆上捆上！……”

蔡琥珀用铁皮喇叭喊：“大家安静！大家都发言！发了言咱们再看该捆不该捆！……”

人们稍微给捺下去一点，屁股又都坐回到鞋上、帽子上、土地上。

史老舅趁乱把烟袋锅掏了出来，正装烟，史春喜跳上去，一把把他烟袋抓下来，说：“群众叫你抽烟吗？刚才还不叫你抽哩！”

史老舅一看，十七岁的侄子居然当众撕他老脸，一巴掌推在春喜胸口上。春喜“噢”的一声叫起来，人蜷成大豆虫。和他一块儿的小伙子们全上去了，推搡着史老舅：“你还有理了?!哎？破坏农业社，还推人！……”

“我是他亲叔，他小时我还揍过他哩！”史老舅给推得在小伙子们中间打醉拳，“我咋破坏了？我不偷不抢，惹不起躲得起，我破坏啥了?!……你下恁大劲推我？我比你爹还大一岁呢。”

葡萄只是瞅着春喜。他慢慢直起身子，手还虚虚地摸住胸口。她想，还真准，那一铁锨划烂了他的胸口，差一点要了他十七岁的小老命。

二孩、三孩和他们两个姐妹都起来了，跑上去护着他们的爹。他们的爹是落后、丢人，让他们羞得活不了人。但爹还是爹，不能吃人家的亏。二孩、三孩有不少朋友，他俩一招呼，呼啦啦全跟着上去，要把史老舅搭救出来。

史老舅一看势头不妙，立刻要赖，眼一翻，就往地上躺。二孩见他爹的死相，也不知真假，对三孩大喊一声："三孩，咱爹不中了，报仇啊!"

不久一个大场院全是踢踢踏踏的脚，扬起半天空的黄土。史老舅躺在地上装死，他的儿子们闺女们以及他们的朋友们和村里人撕作一团。葡萄还坐在原地，手上飞快地打着草帽辫。她眼前就是一大片沾着泥巴的脚，进进退退，一会儿东、一会儿西。反正这场院常有这样撒野的脚，分不清张三李四，打孽、打日本、打汉奸、打地主富农、打闹玩耍……

辩论会开到不少人鼻青脸肿才散会。人们指着被抬起的史老舅说："那是块茅坑里的石头，又臭又硬。"

葡萄站起身，嘴里噙着一根麦秸，扑嗒扑嗒地拍打着屁股上的灰，往家走去。春喜和那伙小伙子走在前面，说着春喜报名参军的事。这货自己吓着自己了，躲到军营去了。那天夜里他跟一匹发情种马似的，天不怕地不怕，这会儿知道怕羞了。她心里好笑，也怪疼他的。

天黑尽之后，葡萄把烙好的几张油馍和一盆甜汤送到红薯窖里。她把场院上打架的事讲给二大听，还说史老舅把从孙家分去的黑骡养得多俊。她总爱说从孙家分出去的牲口谁谁胖了，谁谁瘦了，谁谁瘸了。牲口和孙二大的孩子一样，他好听它们的事。二大今晚没问：菊花马配上没有？那货孬着呢，不好配。或者：老牛咋样？或者：红马咋样？他听葡萄说话，慢慢晃着手里的盆，嘴沿着盆边转着圈喝汤。他这样晃面糊就干干净净从盆上给晃下来，比筷子刮、手指刮还干净。

"爹，油馍是大油烙的。"

"嗯。闻着老香。"

"趁热吃。"

“才剩多少白面呀?”

“咱又不是天天吃油馍。”

“敢天天吃?”

“够吃，甭愁。”

“把白面净给爹吃了，你吃啥?”

“我就好吃红薯。”

葡萄听二大呼噜呼噜喝汤的声音轻下去，最后是“吧唧吧唧”。她站起来，伸手接过他的空碗，搁在篮子里。黑灯瞎火，他和她从不做错一个动作。

“葡萄，你坐。爹和你说说话。”他听见她坐在他对面，“葡萄，要真闹荒年了，爹给你说个地方，那地方有吃的。从咱这儿往北，进山，那山洞里有个仓库。是日本人的。仓库里存了几千个罐头。”

“您咋知道的?”

“是刘树根告诉我的。他让鬼子抓去当伕子，帮他们搬东西进去，就搬了几千个罐头。后来他逃出来了，鬼子也投降了。再回去找，咋也没找着那个山洞。人饿急了，就准找得着。你就记着，那山叫壶把山，不老大。山洞朝南。”

第二天清早，出工的钟还没响，葡萄送饭下到地窖，发现二大不在窖里。她摸摸床铺，铺盖给卷掉了，再摸摸，发现所有的衣服、鞋、帽全不在了。二大走了。

她点上小油灯，见地上搁着打好的麻绳。二大麻绳打得漂亮，摸黑也打得这么漂亮。二大啥事做得不漂亮?走也走得漂亮。走了那么大个活人，夜里连狗都没惊动一条。全村几百条狗，葡萄没有听见它们咬。二大去哪里，活不活得成，这都不是愁人的事。葡萄知道一身本事的二大总能在什么地方端住一个饭碗。她是愁要没了二大，她可成了没爹的娃了。

葡萄从地窖里上来时，两腿虚虚的，人也发迷。她见一个黑影子在月亮下伸过来，黑影子的脑袋小小的、圆圆的，脖子又细又长，肩膀见棱见角。连黑影子都是带伤的，动动就疼，所以它一动不动。

葡萄也不动。

黑影子说话了。他说："葡萄嫂子，我明天走了。要上朝鲜哩。"

葡萄说："明天就走?"

"打仗不死，回来见你。"

葡萄心里一揪。她别的也不想说什么了，看着春喜走去。走到猪栏边，他停一下，转身上了台阶。上台阶后他脚快起来，到后来就成跑了。葡萄又是好笑又是可怜：这货，懂得干下丑事往外躲呢。

她走到磨棚外，伸手去收晾着的衣裳，见她那件小裤衩没了。她又是一阵好笑：这货，偷那玩意干啥? 补了好几块补丁，还有洗不下去的血迹。到了军队上，他能把它藏哪儿?

葡萄和冬喜请了假，搭车到洛城去了一趟。她小时听二大说他在洛城有个开盐场的朋友，和他差点让鬼子一块活埋，是生死患难之交。她找到盐场，那个朋友也在前两年给政府毙了。她便去找一个做糕点的师傅，二大的糕点手艺是从他那儿学的。老师傅已经不做糕点了，见了葡萄便问二大可硬朗。

到了下午，葡萄把汽车站、车马店、火车站都找了一遍。黄昏时她走到省医院门口，站了一会儿，直冲冲地走了进去。

医院刚刚下班，她在停满担架、到处是哼哼的走廊里碰见戴大口罩的孙少勇。孙少勇把她拽到亮处，打量着她，说："你咋成这样了?"

"叫我喝口水。"她直通通地说。她明白她的样子挺吓人，一天没吃没喝，走得一身汗泥，衣裳也是又脏又破。她一共只有两块四角钱，打了张车票，大子儿也不剩一个了。

少勇已跑回办公室，把他自己的茶缸端来。他看着她喝，喝到茶根把茶叶呷得嗞嗞响。等她脸从茶缸里冒出来，他问：“逃荒来了？”

“逃荒我也不上你这儿逃来。”

“那出啥事了？”

“没事我不能来看看你？”

少勇笑了。他把茶缸夺过来，又去给她倒了一缸子冷开水，又看着她一饮而尽。她用手背一抹嘴，把脸抹出一道干净皮肉来。她说：“我得住下。住三天。”

孙少勇想，他现在有妻子了，两人过得和睦幸福，把她带回家是不合适的。可把她另一处安排，更显得不三不四。想着，他就领她去了医院的职工浴室，叫她先洗洗，他抽这个空来想法子。

少勇走到马路对过的百货商店，买了一件白府绸衬衫和蓝布裤子，又买了一条浅花裤衩。他把这些东西装在一个线网兜里，又从食堂买了两斤韭菜包子，放在他吃饭的大搪瓷盆里。他准备拿这份礼打发葡萄回家。但葡萄一出浴池他听自个儿说：“走吧，先换上衣裳，我领你回去见见你二嫂。”

一秒钟之前他都主意定定的，要打发她走，怎么开口成了这句话了？

她在他办公室的屏风后面换衣裳。他问自己：你不是早把她忘了吗？你不是说妻子朱云雁比她强一百倍吗？怎么见了她你还是心动肝颤的？她从屏风后面走出来，一身衣裳折叠得横横竖竖全是褶子，一看就不是她自己的。她还是穿她自己缝的衫子好看，天生的乡下女人。他嘴上说：“好好，正合身，看着可洋气。”

到了家少勇在门口就大声叫：“小朱，咱妹子来啦！”

葡萄见门里的小朱眉清目秀，十指纤纤，鞠个躬说：

“二嫂。”

少勇把葡萄让进屋，小朱请她“坐坐坐”，“喝茶喝茶”，“吃糖吃糖”。

葡萄说：“咱吃饭吧二哥，我老饥呀。”

少勇和小朱一对脸，一瞪眼，没想到客人这么不虚套。葡萄这时已发现了碗橱，从里面取出碗筷，把搪瓷盆里的包子摆出来。小朱自已坐下来就掰包子，少勇从灶台上拿了醋瓶和两头大蒜。他先给小朱倒上醋，剥的蒜也先放在她面前。

葡萄见三个人干吃，小朱也没有给大家烧碗汤的意思，便起身到炉子上烧了一锅水，四处找了找，连个鸡蛋也找不着。她抓了两把白面，搅了点儿面汤，给三人一人盛了一碗。少勇看着她忙得那么自如从容，手脚、腰身动得像流水一样柔软和谐，心想：女人和女人真不一样。十个女人的灵性都长到葡萄一人身上了。

往后的几天，葡萄每天一早出门，顺着大街小巷找，把洛城旮旮旯旯都用她一双脚一对眼睛篦了一遍。她知道二大不会寻短见，他没有那么大的气性，他不跟谁赌气去活，也不跟谁赌气去死。他活着就为干活干得漂亮，干一天漂亮活儿咬下一口馍味道美着呢。漂漂亮亮干一天活儿，装一袋烟抽，那可是美成了个小神仙。葡萄七岁就把二大当亲爹，二大动动眼动动手她都知道他想的是啥。

洛城还和上回一样，到处挂标语拉红布幔子，一卡车一卡车的人又唱又笑，大红纸花得花多少钱呀？就是歌不同了。“社会主义好，社会主义好！社会主义国家，人民地位高。反动派，被打倒！……”

只有小巷子还和过去一模一样，讨荒的，要饭的，磨剪子的唱的还是老曲调，卖洗脸水还是卖给拉板车、拉黄包车、卖菜的。

葡萄知道二大的心意。他走了要她好好嫁个男人，生一窝孩子。他再不走，就把葡萄耽搁了。女人老了不值钱，寡妇老了更不值钱。他拔脚一走，这个道理就给她讲明白了。不然连春喜个嫩鸡子都来惹她。谁和年轻寡妇沾惹上，都是寡妇的不是，臭都臭的是寡妇，自古就是这理。葡萄知道二大为她愁坏了，比自己养个闺女老在了家里还愁哩。

葡萄离开少勇家是第四天清早。少勇的媳妇小朱还在睡。她把自己带来的衣裳换上了，又把支在外屋的帆布床收起来，少勇还是那句话："葡萄，这不怪我。"

他问她有什么难处没有。葡萄不客套，跟他要了一些药片、药水。这些东西给侏儒们可是厚礼。她不叫他再往医院外面送，两人低着头，面对面站在医院大门口。她突然来了一句："二哥，我二嫂不会好好跟你过的。"

他想顶她一句，但她转身风似的走了。

孙二大走了后，第二年开春时，史屯来了一辆黑轿车。车子停在街上，小学校的孩子们全跑出来看，上课钟声也把他们叫不回去。他们从来没见过这么排场的轿车，还带白色镂花窗帘子。窗帘子后面坐了个排场人，穿呢子大衣戴皮帽子。那人听司机说进村的路失修，车开不进去，他从车上下来说："那走两步路也好，当年行军打仗，哪天不走几十里地？来这儿弄粮食，走几十里山路还背着粮哩！"

他看看这些穿破衣烂衫的孩子，肮脏的手和脸都冻得流脓水。他想，过去这小学校里的孩子穿戴可比他们强多了。听说这里的农业社办得好，是省里最早一批扫除单干的，可街上冷清荒凉，逢集的日子也没多少人气。

穿呢子大衣的人往村子里走自己大声问自己："路为啥不修修呢？农业社可是有好几百劳力。"

他往村子最热闹的地方走，路过一家家窑院就探身往下看看。看见晒的麸子、红薯干就皱皱眉，若看见谁家院里跑着肥肥的猪，他便展开眉头舒口长气。见一群老头儿聚在一块儿晒太阳卖呆，他走上去问他们对农业社的“意见”。老头儿们看看他的呢大衣、黑皮鞋，问他：“您是从县党部来的？”

他说县党部是国民党的，共产党叫县委。他是从专区区委来的。

老头儿们嘬着没牙的嘴学舌：“专区区委。”

“农业社不农业社的，俺们反正也看不见新中国、社会主义了。”

穿呢大衣的人觉着这个社果然不差，把没牙老汉都教育得懂得“社会主义”了。他一面想着，就走到史屯最阔绰的院门前，一看门口挂了两块牌子，上面写：“史屯农业合作社党委会”，“史屯农民协会”。大门上着锁，他想，史屯的干部们真不错，都和社员们一块儿下地了。

他顺着小道往地里走，正驾犁翻地的人都站下来看他，看他的黑皮鞋走成黄的，呢大衣在刚长出一拃高的豌豆苗上呼扇。他有四十岁？不到，最多三十一二，脸上都没起褶子哩。这是哪儿来的大官儿？北京来的？……

蔡琥珀在史屯街上开会，听说来了辆轿车，跟着追到这里。她已经知道这位首长姓丁，是专区新来的书记，刚从志愿军里转业下来。她在街上的供销社借了一斤花生切糖，一斤芝麻焦切片，一斤高粱酒，又让农业社的通信员沏了一壶茶，一路追了过来。

她从来没遇上过专区书记这么大的官，手心直出冷汗，两腮倒是通红通红。她见丁书记往河边走，步子飞快，她叫通信员跑步上去，给首长先把茶倒上。

姓丁的区委书记是山西人，人不太懂他的话。他问人有个孙掌柜搬哪儿去了？人们都傻笑着摇头。他站在干涸的河边，看一大群人在挑土造田。

“孙掌柜不在了？”他又问。

一个个子高高的女子走到他面前，眼直直地看他一会儿，说：“我认识你。”

这女子穿一件打补丁的缎袄，看着像粉红色，不过太旧了，也说不上是什么色，女子两只眼睛和人家不一样，瞪得你睁不开眼。就像七八岁的孩子，看你说谎没有，看你喜欢他还是讨厌他。

“你认识我？”丁书记笑了，“你叫什么名字？”

“王葡萄。”

“我可不认识你呀。”他哈哈大笑。她就看着他笑。他笑过说：“我只认识一个人。我跟那人借过三百光洋，还拿过他二百斤白面。我的借条还在他手里呢。”

旁边的人问：“那人叫个啥？”

“我不记得他大名儿了。我那时一直叫他孙掌柜。”

“你来俺家借钱的时候，我给你煮过荷包蛋。”葡萄说。

“那孙掌柜就是你公公，对不？”

“是我爹。”

人们慢慢明白了，首长要找的是恶霸地主孙怀清。他们想，早知道孙怀清有这么一座靠山，就该对他客气一点。他有靠山，为啥不言声呢？这不坑人吗？现在这靠山找上门来了，跟他们算账来了。当年孙怀清借了三百大洋给八路军，那不就是八路军的地下银行？他不成了地下老革命？史屯人怎么也算不过这个账来。这时他们听葡萄说：“那您欠咱那钱粮也甭还了。”

丁书记马上说：“得还得还，共产党说得到做得到。是不是歌里唱的？啊？”

他又哈哈笑起来，上来就握住葡萄的手：“没有你爹借的三百块大洋，我们那支队伍说不定就买不上武器，也打不了胜仗。”

葡萄说：“您还也没处还呀。农会抄家把那借条给拿走了。”

下头有人说：“孙怀清跟谁都收账，还敢跟共产党、八路军收账，狗胆老大呀！”

丁书记扭头一看，是个短发女人在说话。短发女人穿戴神气都表明她不是个一般农民，是个见过世面讲大道理的人。她从人堆里挤上来，把葡萄挤一边去，说：“丁书记，您下来视察，也不跟我打声招呼——蔡琥珀，史屯农业社的支部书记。”她男人似的向后一仰身，往前一伸手，和丁首长握住手，使劲一摇。丁首长架在肩头上的呢大衣给摇到了地上。马上有好几双手伸上来，拾起大衣，把上面沾的黄土拍掉。

“我不是来视察的。”丁首长说，“我去城里开会，路过这儿，想来‘还债’。”

蔡琥珀到底见过世面，一点不慌地说：“借恶霸地主的钱，那能叫欠债？那是提前土改呗！”

丁首长愣住了。他看看葡萄，说：“你爹给划成恶霸了？谁给划的？”

不等葡萄吭声，蔡琥珀说：“全史屯的人个个同意，把孙怀清划定成地主恶霸。”

“不对吧？他一九三几年的时候，还给红军偷运过一批盐呢。”

“有证据吗？”

丁首长有些恼地看她一眼，意思是你也太不知天高地厚了，当几百人审我一个专区书记吗？

“孙怀清现在人在哪里？”丁书记问道，脸沉得又黑又长。

“一九五〇年夏天给镇压了。”

丁书记不言语了。过了一会儿，他笑笑：“那我这债算赖掉了。”

农业社社长史冬喜这时也赶来了，在人群里听了最后这段对话，走上来和丁书记握了手，讲了讲春耕形势和社员的政治教育情况。然后他把孙怀清的大儿子孙少隽怎样劫持斗争会场上的地主老子讲述了一遍。丁书记慢慢点着头。临上轿车前，他把王葡萄叫到跟前，轻声说："没人为难你吧？"

葡萄笑了，想，谁敢为难葡萄，葡萄不为难别人就算不赖。

丁书记看着她的笑，有些迷怔。她的笑可真叫笑，不知天下有愁字，什么事敢愁她？

多年后史屯人一说就说拖拉机是和蝗虫一块儿来的。其实拖拉机来时是春天，蝗虫是夏天来的。春耕时天刚亮就听见什么马达"轰轰轰"闹人。有个老人对他儿子说："快跑，坦克来了！"他是惟一见过坦克的人。

等到下地钟声打响，史屯人跑出来，看见一台红颜色的东西停在地头上。史冬喜站在旁边，笑着喊："看看社会主义咋样？以后都使拖拉机了！老牛都杀杀吃肉吧！"

开拖拉机的是个小伙子，穿蓝衣戴蓝帽，谁上去摸拖拉机他就训谁："瞎摸啥？给摸脏了！"

大家赶紧把手缩回去。看看也确实不敢摸，拖拉机一身红，头上脸上系着红绸绣球，跟刚嫁到史屯来似的。谁敢瞎摸一个新媳妇呢？不一会儿，大家失望了，因为拖拉机不是嫁来的，就像在戏台上一样，漂漂亮亮走个圆场就回去。史冬喜的话叫"示范"。他告诉大家，这是乡里买的头一台拖拉机，准备给最先成立的高级社优先使用。

开拖拉机的小伙子又呵斥了几个凑近抽烟的老头儿，说拖拉机让他们弄爆炸了他们得赔。老头儿们赶紧往后退，一边在鞋上磕出烟草。他们说拖拉机看着恁排场，恁闹人，咋恁娇呢。

人们蹲在田边上，看拖拉机在地里开了几趟，地全犁妥了。

冬喜坐在驾驶室里，对大家说苏联老大哥早就到达社会主义了，都把牛宰宰，煮成土豆烧牛肉了，种地就使这，手转转方向盘就中。

拖拉机犁了一块地，开跑了。史屯的人就常常把拖拉机说给牲口听，碰上骡子、马、牛不听话，他们就一边用鞭子一边说：“你再闹性子拖拉机可来啦！拖拉机一来，就把你杀杀，煮土豆烧牛肉吃。”

伍

春耕罢了，史屯和魏坡等五个初级社合并成一个高级社，也没再见上拖拉机。

高级社成立后，不叫种油菜、花生、芝麻了，一律种粮食。史屯人这天锄了一上午麦，都回家歇晌，听谁打起钟来，人们就想，高级社可真高级，歇晌都不叫你安生。刚想再赖一会儿，听见锣声鼓声全响起来。过一分钟就听见人呼喊了。也听不清喊什么，只觉着喊声可吓人。

人们跑出窑洞，在离地面三丈深的天井窑院里，就看见天阴下来。刚才白亮的阳光给遮没了，空气里有股草腥味。等他们跑上窑院的台阶，听见沙沙沙的响声。

他们跑到外面，都傻了。从来没见过这么多的蝗虫，飞沙走石一样从天边卷过来。密密麻麻的虫们织成一片巨大的阴暗，罩在史屯上方。

所有人都拿着笤帚、柳条把子、桐树把子往地里跑。都想跑过蝗虫。还是没跑过，只听头顶“沙沙沙”的一片声响，阴天过去，阳光出来了，蝗虫已全落在麦地里。人的吼叫，狗的嘶喊都遮不住那“沙沙沙”的声音。无数蝗虫一齐咬嚼在鲜嫩充浆的麦穗上，“沙沙沙”，听着叫人毛发倒竖。

人们赶到时，麦地已矮了一截。人们开始喊叫，一边又扑又打。全村几百条狗一动不动，看着人们手脚都乱了，两眼的眼神也乱了，它们从来没见过人会这样迷乱、伤心地跳舞。

坡池边上放着的牛和骡子也停下了饮水、吃草，看着秃了的田野里，大人小人男人女人头发飞散，衣衫零乱，挥着树枝、笤帚，它们没料到人也会号叫得这样凄惨。

被虫嘴啃秃的地里铺满一层虫尸。蝗虫又大又肥，鼓着胀饱的肚子。老人们一遍又一遍地自语：民国二十一年的虫灾大呀，可也没见恁多虫。年轻人们从未见过这阵势，蝗虫砸在脸上头上生疼。有人说："奶奶的，这是美国蝗虫，是帝国主义放出来的。"

后来史屯人说起来，就说那年的美国蝗虫恶着哩，嘴一张能咬小孩子的小拇指。后来人们也都记得那次虫灾的味道，和后人们说：美国蝗虫可好吃，肥着哩。

当下人们都傻了，看着拍死的一地虫尸。起来一阵风，把折断的虫翅扬起，漫天透亮的虫翅在太阳光里飞得五光十色。

等人们愣怔过来，史屯上千只鸡冲进地里，张着双翅，低低地擦着地皮俯冲过来。人们一想，这会中？麦子进了虫肚子，虫再进鸡肚里，人可啥也没落下。他们抓起刚才拍虫的家伙，横扫竖打，鸡"咯咯咯"地惊叫，飞到柿树上、枣树上，一片榆树林子一眨眼落满了鸡。

男女老少用簸箕、草帽、篮子把蝗虫装起来，兜回家去。黄昏时，家家院子里一股浓香，都在焙蝗虫吃。葡萄听二大说过要怎样焙才好吃。她把一帽兜蝗虫倒在箩里，先箩掉碎了的虫翅、残了的虫爪，不把这些箩出去。一见火它们先焦，吃着会有煳烟气。葡萄正箩着，花狗叫了两声，跑到门口去摇尾巴。葡萄问："秀梅呀？"

李秀梅从半掩的门探进身子，问道："我没做过这虫，你会做不会？"

葡萄叫她进来。李秀梅用张烂报纸兜着一堆蝗虫，走下台阶来。她头上一块烂头巾遮到额下，不看仔细以为她是做婆子的人了。葡萄知道她家孩子多，又都小，丈夫少半截腿，管不上大用，连烧的都不够。每回葡萄和媳妇们结伴去十里外的小火车站偷炭渣，李秀梅都脱不开身。

李秀梅学葡萄把蝗虫箩干净，葡萄叫她倒在一口铁锅里，她一块儿焙了。葡萄用炭渣火把锅匀匀地烘热，再铺些大粒子盐进去，把蝗虫铺在盐上面，然后就慢慢地转那铁锅。火小了，她拿根吹火棍吹两下。李秀梅在一边看得出神，突然“扑哧”一声笑起来。

“啥?”葡萄问道，眼也不去看她。

“狗屎你都能给它做出来!”李秀梅说。

“狗屎光盐和辣子会中?得上大油炸!”葡萄说着，三个手指尖撮出点红辣子面，举在锅上，左手一面转着锅，右手的手指尖捻了捻，把辣子面撒进香味冲鼻的蝗虫里。她不像别人家焙蝗虫那样用锅铲子来回翻，一是虫翻碎了肚里的下水出来吃着不香；二是虫起不了一层黄脆壳。这样细细匀匀地焙，盛出来又脆又焦，外酥里嫩，盐味入得正好，又匀净，辣子刚焙到好处，焙久了不香不辣。李秀梅看着葡萄专心一意，嘴上一根口水拉成丝，干在上嘴唇下嘴唇之间。她和瘸老虎时常谈论葡萄，说她啥事不懂，除了会做活儿，兴许脑筋是有点差错。

“谁教你的?”李秀梅问。

“俺爹。”

“还管他叫爹?”

“那叫他啥?”葡萄说着站起身，轻轻晃动着锅，大盐粒和蝗虫就给晃成各是各了。葡萄说：“你多拿上点儿，家里六口人哩。”葡萄把香喷喷的蝗虫分成一大堆一小堆。

李秀梅也不推让。葡萄情愿给谁东西的时候，她是天底下最大方的人，谁要硬跟她要东西，她能比最赖的还赖。

一场百年不遇的虫灾后，史屯农业社的社员走了一半。媳妇们走，告诉人说是回娘家了，男人们走，说是进城找工作去了。谁都明白，走的人多半是逃荒去了。史冬喜开始还劝人留下，劝不住，只好给人们开上介绍信，怕叫收容站抓进去再强送回来。

虫灾的第三天，市里、专区、县里都派人来慰问，解放军来了两卡车人，来帮着抢种红薯。慰问组里有个小伙子，进村就叫："王葡萄！谁是王葡萄?!"葡萄应声，他手猛朝他自己跟前招动："过来过来!"

村里人奇怪，想领导们咋还有知道王葡萄的？人们马上听说小伙子是专区丁书记的秘书。

王葡萄挤不过去，秘书急了，更大起嗓门："王葡萄，我跟你说……"

"说!"王葡萄也急了。

"我这儿有东西给你呢!"秘书说。

"啥?"

秘书只好从人群中往葡萄那边挤，两手掂一个白布口袋："是区委丁书记捎给你的！……"

史屯人都不挤了，全一动不动地看着装的凸囊囊的白布口袋从秘书手里递到了葡萄手里。

"丁书记知道这儿受灾了，这是他从家给你拿的一点儿挂面白米。"秘书说，"丁书记还说，欠你们的债，赖掉了心里不带劲，能还点啥是啥吧。"他掏出手帕擦一头一脖子的汗。

史屯人看着葡萄，都想，她咋和没事人似的？人家书记老远还惦记她。她连个恩德都不知感念。

葡萄看看手里的一口袋粮，又掂了掂分量，抬起脸对秘书说："这才几斤？把你累成这了?"

秘书说："可不！丁书记说我缺乏锻炼。"

葡萄说："丁书记当老八的时候，从俺家背一百斤白面，还走几十里山路哩！"

挤动的人群从卡车上领到黑绿粉末。发放救灾物资的人说这东西看着吓人，其实不难吃，可有营养，是海里捞上来的，提炼加工可不容易！人们问这东西咋做咋吃？回答的说：掺上白面，抻面条，蒸馍。问的人就笑了，说有白面我往这里头掺，糟蹋呀？

这一比，王葡萄那点挂面白米太馋人了。他们看着秘书和她说丁书记本来自己亲自要来慰问，临时有会议，来不了。

葡萄说："一会儿再和你说话，我得领我那份儿去了。"

她往卡车下头挤，正和五合撞个满怀。五合只穿件破裤衩，把长裤的两个裤腿都灌上了海藻，裤裆架在后脖颈上。

葡萄双手扒住卡车帮子，免得被挤开。她拽拽卡车上谢哲学的衣服后襟，叫道："王葡萄的一份儿！"

谢哲学正统计领救济的人名，给葡萄一拽，转过头说："他们说你不要这玩意了！"

"谁们说？！"

"区委丁书记给你捎了银丝挂面，满洲大米，捎了有一大麻袋，你还要这干啥？"人群里有个人说。

"我要了干啥你管着？"葡萄回头嚷道，"谢会计，给我灌！"

谢哲学犯难地笑笑："我刚才不知情，真以为你不要了。"

"那你把我的那份儿给谁了？"

"让五合灌走了。"

葡萄跳起脚窜了。她出了人群，一把扯住五合。五合一身汗，又精赤条条，除了那条露屁股蛋的破裤衩，滑溜得扯不住，她只好扯他破裤衩上的裤带。

"搁下。"她说。

“哎哟！敢扯那？扯掉了裤子！”

“掉就掉，我没见过？搁下不搁下？！”葡萄把他裤带越扯越紧。

“王葡萄，你有白米白面，你要它弄啥？”五合还是想赖，他只盼葡萄手劲再大些，扯断他的裤带子转机就来了，“你们大家看看，还有女人扯男人裤带的嘞！”

葡萄已经抓住了架在他后脖颈上的裤子的一条裤腿。她双手拽住那裤腿，一只脚就要蹬五合。

“她有白面吃，她还非要这！”五合和葡萄转圈，邀请看热闹的人评理，“你们说她非要这弄啥？”

葡萄说：“我拿它喂猪！我把它沤肥！我给它全倒坡池里喂小乌龟。你给我不给？！”

丁书记的秘书跑来了，看这一男一女农民在逗架，嫌恶心似的撇撇嘴。葡萄胜了，把那一裤子海藻抢到了手，从里头倒出自己的一份儿，把两个口袋摞一块儿，扛在一个肩上往家走。秘书在后面叫她：“王葡萄同志！”

“说！”葡萄站定下来，两袋粮摞在一块儿，全架在她一边肩头。

“丁书记叫我捎话给你，叫你去他家坐。我们车今儿下午回去，一块去吧。”

“养的有四只猪，我走了该挨饥了！”

“去一两天，叫个人帮你照看照看。”

“上回去洛城，人家帮我照看了几天，就掉了好几斤膘。一斤膘值五毛钱呢。”葡萄把两口袋粮往上掂掂，腰又斜一点儿，左手支在歪出去的左胯上，步子小跑似的走了。秘书在后面看，心想，这女人嘎是嘎，活儿做得顶上个男人。瞧那小腰，一闪一扭，成秧歌了。

瘸老虎真名叫陈金玉，不出事谁也想不起他真名，都叫他“老虎”。“老虎，卖笤帚呀?”“唉。”“老虎，担水呀?”“担水。”“老虎，又叫媳妇撵出来了?”“撵出来了。”老虎和人相处长了，人人都觉得他老实，容易处，和他的“老虎”威名不相符。有人说老虎担水的时候，望着井底发呆，别是想把村里最后这口井也填填。

这是发放过海藻的第二个月，家家把海藻都吃完了，走过蜀黍地时，都会不由地两头看看，脚步放慢。蜀黍还没熟，已给掰了一半走。史冬喜开会时说，抓住偷蜀黍的人全都当阶级敌人处置。当阶级敌人是挨什么样的处置，大家也不很清楚，所以还是偷蜀黍实惠些。

老虎这天去拾粪，天还没全亮，启明星还跟灯似的挂在那儿。他刚走到蜀黍地边上，听见蜀黍油绿的叶片起一溜风。再一看，葡萄蹿出来了，挺胸腆肚，腰杆梆硬，一看就知道浑身别满了灌足了浆的蜀黍。

她一见老虎就打招呼：“老虎拾粪呀?”

“嗯。你也拾粪?”

“我拾什么粪?”她笑笑，小声说，“往北，北边蜀黍多，没叫多少人掰过。”

她看着老虎瘸进了蜀黍地，不放心，跟上去小声叮嘱：“少掰几穗，不然碰上人，你那腿又跑不快。不行我回头给你几穗，我掰得多，够你孩子吃了。”

老虎挥挥手叫她快走，自己高高矮矮地瘸进蜀黍深处。掰下两穗，他觉着自己舌根子一硬，腮帮子酸得难耐，嘴一松，一股清溜溜的黏水儿从肚里冲上喉咙口，喷出嘴巴，喷在肥绿的蜀黍叶子上。昨晚那一碗菜汤老不耐饥，已经饥成了这样。他三下五除二扯下蜀黍皮，撕下水嫩的须须，牙齿已合到珠子似的鲜嫩蜀黍米上。

原来生蜀黍不难吃哩。他听见自己发出马似的咀嚼声，又像猪那样吧唧着嘴。一边吃，清口水还是止不住地冒，和着奶白的蜀黍浆子顺他嘴角冒出来。蜀黍浆子甜腥甜腥的，真的就像什么东西的奶汁。他觉着落进肚里的蜀黍马上像一层好肥似的滋养了他，他像眼前一棵棵圆滚滚的蜀黍一样伸展叶片，摇头晃脑。他一连啃下去六根蜀黍，才觉着身体里长久亏空的那个洞给填上了。

老虎抖抖精神，准备好好给他四个孩子们选几穗粒饱个儿大的蜀黍。偷一回不易，偷那缺牙豁齿的蜀黍，真让逮着也不值。他的手很识货，一把握上去，就知道穗出得齐不齐，浆收到了几成。"咔吧"，他掰了第八根了。说好是六穗的，八穗了你还不走?！这样想着，他的手去够第九穗。该走了该走了，他的脚就是走不动。

身前身后一块儿出现了两枝长矛，同时是喊声："抓贼呀！偷农业社蜀黍的贼来啦!"

老虎赶紧往地上一趴，肚子贴在露水打透的土地上往前爬。他当过解放军，撤退、隐蔽、迂回是他顶拿手的。他听见那喊声是孩子的嗓门，想到农业社到底把少先队组织起来看守庄稼了。

他一声不吭，死死地贴在地上，脑袋两边直过风。那是少先队员们急匆匆跑过去跑过来的脚步。他们不断地相互喊话，找着没？……没找着？……守住两边！……他窜不了！刚才还看见呢，一眨眼咋没了？……唉！这儿有蜀黍皮儿！……看这货吃了生蜀黍！……这货饥坏了！……

他又往蜀黍更密的地方爬了一截。至少有十来个孩子，他们都埋伏在哪儿？咋让王葡萄溜出了他们的包围圈？他觉得脸刺痛刺痒，知道是让蜀黍叶子拉出口子来了。孩子们还在咋呼，满田窜，踩毁不少蜀黍。他们把葡萄偷的那些也算在他头上了。

也许在葡萄之前还有贼，全记在他老虎账上。老虎才到这村里就矮人一等，从敌人身份慢慢往上混，混到如今，好几年了，才混成个“半敌人”，总算和女人一样一天挣八分工分。再让少先队逮住，罪加一等，地位又得降回敌人。这样一想，老虎把当解放军时的看家本事拿出来了，侧起身，曲起一条腿，一个胳膊往前领路，一条腿飞快蹬地。他这样窜得贼快，短了的那条腿一点不碍事。再蹿几步，就能蹿进坟院。那里杂树密实，荒草又长得高，他就能胜利突围了。

就在这时，他听后面一个声音说：“看这货，趴地上窜恁快！”

一回头，两个少先队员就在两步之外跟着。他们一直在欣赏他的军事动作，悄悄地跟在后面看了半晌了。他刚想站起来，其中一个孩子扑上来，没头没脸地又是拳头又是巴掌。另一个叫起来：“抓着贼啦！快过来！”

当过解放军的人没有那么好打，他一挨打马上反击。他心里不想打，拳头想打，所以拳头自己出击了，把压在身上的少先队员一下子打黑了眼眶。他一听少先队员奶声奶气地哭喊，心里悔恨死了，下定决心挺着叫他们打。一会儿上来了七八个拳头，七八只脚，打得他一会儿看得见天，一会儿天黑了。他那当解放军的性子又发了，在地上左翻右挡，反正打是尽孩子们打的，不过打得麻烦些，好些拳脚落了空。他当贪污犯时记住一条血训：挨打的时候一定装死卖呆，一动别动，人就爱打动的东西；你不动他们打打就腻烦，你一动，可就让他们劲头上来了，被打死的都是不乖乖挨打的。但这时老虎忘了这条血训，因为他以为孩子们是例外的。他在地上动个没完，又抱头又搂肚，又踢腿又抡臂，一会儿翻蜷成一条蜈蚣，一会儿蹦跶得像条龙门鲤鱼，到底军人出身，防身有术，躲打躲得也漂亮。那伙孩子们快疯了，有一个干脆举起红缨枪就来戳。他一看红缨枪的矛头冷光闪闪指到他胸口了，横臂一挡，枪飞了。又来两支枪，让他左右手一手一支地抓住，他看着上方几张疯野的小脸，捺下自己革命军人的骄傲说："饶命！"

孩子们已让他把野劲逗上来了，想饶他一命也饶不了。拿起长矛就往他的残腿上一通乱戳。

"让你爬得快！你就爬上街去吧！游街的时候你好好爬给大伙看！……"少先队员们说。

孩子们费了老大的劲才把老虎捆上。他们说当初他贪污国家钱财，眼下他贪污农业社的蜀黍，游了街再好好审，好好罚钱。

一听罚钱老虎汗和泪都下来了，叫他们小祖宗小大大，他家只剩三间窑洞两床破絮，一分钱也没有。少先队员们说那就没收他的窑洞和破絮。他说他一共才偷了九个蜀黍棒子。

他们说他要赖装孬，吃到嘴的生棒子他们数了数，少说有三十根！老虎喊冤：那二十四根是别人吃的！谁吃的？王葡萄吃的！人家都偷，你们为啥光逮我?！王葡萄也得逮！还有谁，都招出来！

多了！……

老虎一口气招出十几个人来。他其实只当了一回眼证，就是看见葡萄偷，其他人是他信口瞎咬的。他知道瞎咬也冤不了谁，就是撵着全村人去游街，也捎不进去几个清白的。虫灾之后人人都靠吃海藻过荒年，脸吃绿了，眼也绿了，肠子肚子、拉的尿放的屁都是绿的，蜀黍一长出来，就有人偷，全靠偷蜀黍、打槐花榆钱，人们的脸色才褪了绿。他咬出这一串人来没什么坏心眼，不过就想和他们结结伴，游街不孤单，罚款也有人一块心疼肉跳。他过意不去是咬出了葡萄。她一个寡妇，连男人帮把手都没有，偷偷拿拿不是顶正常的事？还叫他咬出来了，陪他的绑。葡萄还说要给他孩子几穗蜀黍呢，这以后怎么见她？

孩子们兴高采烈，押着老虎往街上走。老虎其实不是走，是蹦，残腿给打得更残了，不能沾地，只能靠脚尖点一点地面，好腿往前一蹦跶。孩子们像他当年当解放军押国民党战俘一样押着他，见人就喊："捉了个活的！"

他们后面跟上一大群孩子，慢慢的，大人们也跟上来看热闹，手里捧着大饭碗，里面的菜汤里都有嫩蜀黍粒儿。家家都在吃早饭，人人都明白别人碗里装着什么。

少先队员们说："谁去把老虎的媳妇叫到街上，让她把她娃子都带上，就说是开大会！老虎游街得让他媳妇好好看。谁看老虎游街都没啥，他就怕他媳妇看！"

老虎心想，这帮娃子咋恁恶？知道哪儿疼他们偏往哪儿捅。

这时他们走过村里的坡池，池边有几个孩子在饮牛。老虎一只脚站定，对少先队员说："行个好叫我上坡池洗把脸吧。我娃子看见我又是泥又是血，该害怕了。"

少先队员们叽咕一会儿，觉得游街也是一次上台登场，让人家洗洗干净，整整漂亮也合理合情。再说打人是理短的，他这样又血又泥地游街，该说少先队员不优待俘虏了。他们叫他快去洗，洗干净些。

坡池是挖了存雨水的，旁边有些石板，让闺女媳妇们搓衣服。坡池里的水黑糊糊的，再旱也没人敢喝。几十年上百年的淤泥比墨还黑，村里人染黑布就挖池底的黑泥来染。老虎不是本地人，是到了史屯才学会"坑布"的手艺。他身上的裤子就是"坑"黑的。

他挪到一块搓衣裳的石板上，好的那条腿跪下来，从池子里捧起一捧水。他把水搓在脸上，淤泥的臭味扑鼻而来。当他睁开眼，发现他对面三条牛全都不饮也不动，眼不眨地瞪着他。牛把他的心思看穿了，一直看到他心底下。他心底有个顶宝贝的去处，就是李秀梅一双水灵灵的眼睛。那时他刚刚转业到县城。土改工作队的女队长和他是老战友，领了个标致女子到他的住处，告诉他这是史屯有名的“英雄寡妇”。李秀梅抬起眼睛朝他一笑，他心里原来存放的一些乱七八糟的女人面孔、女人名字全被这笑勾销了。他和她在第三天结了婚，后来他看见生了第一个孩子的李秀梅还跑到邻居家去看钟，就给她在旧货店买了块怀表。再后来她见了人穿羊毛线织的大衣，跟着人走了两条街，他让人从洛城给她捎了一模一样的羊毛线。再后来他当科长了，给她买了衣料、皮鞋，叫她去澡堂子洗澡，去理发店洗头，他爱看她高兴，她越高兴他越舍得给她花钱。他怎么成了“老虎”，他和她都稀里糊涂，用了几年他才想到了这句话：“山中无老虎。”

他一直觉得自己对不住李秀梅。人家没和他老虎离婚，还把他带回史屯，给他生了四个孩子。他能给她啥呢？连几穗蜀黍都没给成。

他想，再洗洗，再洗洗吧。

少先队员们催了，说老虎你摸尿个啥呢？你那脸比老婆儿的缠脚布还长？得洗恁半天？

等他们喊着走下坡，看见搓衣服的石板光光亮亮，让水洗得星土不染。他们问：咦，老虎呢？……

三头牛看见了。这就是为什么它们不错睛地瞪着老虎的原因：它们早就看透他的打算。他的打算他自己倒是在最后一刻才看清的。老牛们把人看得可透：谁悲谁喜它们一看就明白。它们一动不动，一声不吱，看着这个跪着一条腿的残疾人流泪了，然后就头冲下往水里一扎。

坡池也就是两丈多深，老虎会点儿水本来是淹不死的，不过厌生的老虎意志如铁，要沉就绝不再浮起来。

等蔡琥珀扶着哭得偏偏倒倒的李秀梅来到坡池边上时，村里几个男人已下水把老虎弄上来了。老虎灰白一个人，嘴里流出白生生的蜀黍浆、黑泥水、血液。他已死了一阵了，两只眼还羞答答地垂看着自己更加残缺无用的那条腿。

当天葡萄听说老虎投水的事就想：老虎还是仁义的，没去投井。他刚当上老虎时，到井台上打水，葡萄和他说了一个媳妇投井的事。说她害得村里人只剩一口井了，老虎一定把这事记下了，他才去投坡池的。

在史屯街上开模范会时，葡萄碰上了五合。五合把葡萄拉到一边，眼睛盯着葡萄胸前的大红纸花，笑着说："模范模范，有'馍'有'饭'了，可别忘了你五合哥呀。"葡萄叫他有话说有屁放，她还得领她的奖品呢。五合说他到陕西去找零工做，在一个农场碰见一个老头儿，和死去的孙二大长得可是像。

葡萄问："啥农场？"

"农场里净是上海、南京、西安的学生娃子，自愿到那儿开荒种地的。"五合说，"我那天从他们种药材的田里经过，见个老头儿蹲在那儿拾掇黄芪。当时有人正把我往外撵，我还叫了他几声。他没回头。过后我也好笑，叫啥叫？他还能真是二大的鬼魂不能？"

"那农场在哪儿呢？"葡萄问。

"在宝鸡那边的山里。"五合说。

"宝鸡比洛城远不？"

"咋着，你想去？"

葡萄愣住了，半天才魂不附体地扭身走了。

"天底下长得像的人可多了。人越老越像，你看老头儿老婆儿都长一个样儿！"五合对着她的脊梁叫。

这时模范们都要排队上戏台，葡萄跟上队伍，走到戏台边上，有条大粗嗓门叫唤："葡萄！"

葡萄一回脸，见叫她的是史春喜。史春喜穿着洗白的军装，没戴帽子，圆圆的脑袋一层厚头发。他跟着葡萄往前走，一边说：“我复员到公社了！”

葡萄脸一红，心里骂自己，他做那种蠢事，你脸红个啥？她嘴上问他啥时回来的。他说昨天晚上刚回来。两人说着话，她迈上了戏台的梯子，大喇叭开始唱歌：“戴花要戴大红花，骑马要骑千里马，唱歌要唱跃进歌……”歌声太闹人，葡萄听不见春喜还在说什么。春喜在说：回来就听我哥说，你给选到公社当模范啦！……

春喜看着葡萄上到最后一级台阶，拐进了幕条子里。他自己脸上还是那个热烘烘的笑容，褪不下去。葡萄穿了件蓝衫子，是自织的布，用靛染得正好，不深不浅，领子袖口滚了红白格子的细边，盘纽也是红白格的，头发梳成髻，额头上的绒绒是梳不上去的碎头发，真是好看。春喜以为当兵四年，早就把葡萄这样的乡下女人不看在眼里，可一看见她，就像又回到那个疯狂的晚上。

春喜听见戏台下的人开始拍巴掌，模范们一个一个上台领奖。史冬喜是公社社长，和蔡琥珀把奖品发给模范们。奖品是一块花毛巾，上面印了个红色的“奖”字，还盖了“史屯人民公社”的大红公章。春喜也跟着使劲拍巴掌，他主要是给葡萄拍。

葡萄站在最靠边一个位子，听见他的掌声，就把眼睛对着他瞪着。葡萄眼里的史春喜完全变了个人，起码宽出两寸去。四年前他眉眼像画脸谱画一半，马里马虎，现在脸谱勾画出来了：外憨内精，拿得起放得下，说到做到。他有了副识文断字的模样，军队倒是让他细气了一点，教了他不少规矩。

蔡琥珀介绍每个模范的事迹。介绍到王葡萄时，她说她是“科学养猪，积极革新，创造奇迹，成功地实验出科学的饲养技术和饲料……”

开始葡萄听着觉得是听天书，后来听懂了一些词儿，她还是以为在听别人的事。最后蔡琥珀说道：“王葡萄同志出身贫苦，从小给恶霸地主做童养媳，受尽剥削欺凌。这两年阶级觉悟飞速提高……”她才明白，蔡书记正说的这个人就是她王葡萄。“王葡萄同志给我们树立了以社为家的好榜样……”

高级社成立，史冬喜让葡萄给社里喂猪，交给她十个猪娃，年底每口猪都是二百斤，肥膘两寸多厚，卖了以后社里添了两头骡驹，也把头一年欠的麦种钱还上了。后来人民公社盖了猪场，葡萄一人喂二十多头猪。她在猪栏边上一天做十二三个小时的活儿，连个帮手都不要。她就喜欢听它们“吧唧吧唧”地吃，看它们一天一个样地长，这些跟蔡支书说的话有什么相干呢？不过葡萄还是乐意当模范，当了模范年底分红会多分些，就有“馍”有“饭”了。

忽然，葡萄发现台上台下都安静下来，定神看看，蔡琥珀正侧转着身看着她微微笑。这是领导的笑容，葡萄在领袖画像上老看见。

“王葡萄同志，请你呢！”蔡书记把胳膊抬起来，就像把贵客往她家堂屋里让，“给社员们说两句感想吧！”

葡萄明白一点，就是蔡支书这时是把主角让给她唱。她几步就走到台中心，看台下一片瞪大的眼。葡萄不怕人朝她看，谁看她她马上把谁看回去。

葡萄说：“光‘敢想’会中？”

蔡琥珀说：“给大家说说话，看人家说得多好？”她指指其他的模范。

葡萄说：“光说话，谁干活儿？话能把猪喂大喂肥？话把谁都喂不了。话说多了老饥呀！”葡萄说着说着，心里有了二大干活儿的模样。是二大教给她怎么喂牲口的。她小时二大就告诉她：畜牲才不畜牲呢，精着呢，你和人能作假，你和畜牲作不了假，你对它一分好，它还你三分好。她说："你对人一分好，他能还你半分就不赖，牲口可不一样，牲口可比人有数，你半点儿假都甭给它装。"说着她又想，五合那货看见的，兴许真是二大。当模范多分点红，她打张车票去宝鸡看看。她说："叫我说'敢想'，我啥都不想，就干活儿。"她又想，万一真是二大，能说动他回来不能？说动说不动，她得去一趟。

葡萄去宝鸡那天，早上和李秀梅打了声招呼。猪场还剩两只怀孕母猪和一头种猪，她把它们交代给李秀梅了。下了火车，又搭汽车，最后坐了半天的拖拉机，才到了那个叫"共青之火"的农场。到农场太阳将落，她老远就看见了在土坯房边上铲煤的二大。就从那浑身没一个废动作的身影看，她也一眼认出他来。他瘦了许多，背也驼了，头发剃得精光，也不蓄胡子，难怪五合没认准。

她走近他。他听见她脚步，把锹往煤上一插，转过身来，他马上说："是五合告诉你的？"

葡萄点点头。她想着她见了二大会高兴，可她这会儿委屈大着呢。就是不懂谁给了她恁大委屈。她说："五合给村里人都说了说。他那孬嘴。"

二大明白她是在说：你以为躲进山里就没事了？五合一张扬，史屯那边说不准会有人来这儿查哩。二大更明白的是，这个农场马上要让军队接管，临时工都得重新审查。他把葡萄领到食堂，买了两碗粥，两个馍，一盘猪头肉，一盘花生米。吃饭时他说这是他做的第三份临时工，四年里他总是走走住住，凭他干活的把式，经营的主意，总还是有人用得上他。一到查证件了，他就窜得可快。

"现在都国营，公私合营了，上哪儿都得查证件。"他说。

"咱那儿也一样，前几天村里来了几个逃荒的，第二天就叫民兵查出来，送走了。”葡萄说。

“咋还是一个人？”二大说。他头一眼就看出她没嫁人。

“谁要咱？”葡萄说。

二大笑笑。葡萄这个死心眼他是领教了。她认死理地要找着他，认死理地要他躲过“事”去。

“再不嫁，怕真没人要喽。”他逗她，笑了笑。

“可是稀罕他们要哩！”葡萄说。

第二天孙怀清让葡萄回家。葡萄说她带的是两张火车票的钱。他跟她恼，她从小就知道二大不会真和她恼，所以还是没事人一样给他洗洗涮涮，想把他火气耗下去。耗到第五天，二大听说农场干部要召集所有临时工开会，清查流窜的身份可疑分子。他打起铺盖对葡萄一摆脸，说：“我跟你走。”

火车上，葡萄像是去掉了心病，坐在地上，头磕着二大的膝盖就睡着了。对她来说，世上没有愁人的事。二大看着她颠晃的后脑勺。她和他咋这么像呢？好赖都愿意活着。

那还是孙二大从史屯出走的那年。史冬喜来牵他家的猪去街上的收购站。猪就是不肯走，吱吱地叫得人耳底子起毛。冬喜上去就给它一脚。葡萄不乐意了，一把推过猪来，往冬喜跟前送：“你踢！你踢！我让它长好膘，就是给你踢的！”冬喜哈哈地笑起来。

见他笑，葡萄更恼：“也就是欺人家是个畜牲！”

冬喜更笑：“我踢它？我还宰它呢！”

“你宰你的，我眼不见为净。在这院子里，你甭想让它受症！把你厉害的、威风的！让畜牲也叫你一声社长不成！”

冬喜愣了一会儿，那丑丑的脸看着可逗乐，葡萄不知哪里起了心，猛的喜欢上这丑脸了。她说：“别动。”

冬喜说：“弄啥？”

葡萄走过去，说：“你打了我的猪，得叫我打你一下。”

冬喜看她已经是耍闹了，很识逗地把手展成个大巴掌，伸到她面前。

“脸!”

他把脸伸过去。

葡萄正面瞅着他的脸。还没怎么样，他脸就乱了，眼睛早躲没了。她扬起手，在他腮帮上肉乎乎地拍一下，两眼守住他的脸，看他眼睛能躲多久。哎呀，躲不了了，他慢慢抬起眼睫毛、眼皮，抖得像个瘟鸡。

“打疼没?”她问他。

他要笑要哭的样子，等着挨她第二下，等着没完没了挨下去。她不打了，在他脖子上摸了摸，又在他下巴上摸了摸。他一下子偏过下巴，夹住她的手，猫一样左一下右一下地讨她的娇宠、爱抚。

“那年差点把你娶给我兄弟结鬼亲了。”冬喜突然把葡萄一抱。

这就开了头。冬喜那天卖了猪回到葡萄家，进门就拉起她的手，把一沓钞票窝在她手心里。他是真厚道，不愿葡萄喂猪白吃苦，钱是他的恩谢。他也有另一层意思：做我的女人我亏待不了你。

有了冬喜，葡萄想，我缺啥？我啥都有。我有欢喜，我有快活，我有男人暗地里疼着我。男人在暗地里怎么这么好，给女人的都是甜头。不然他那甜头也不会给他自己媳妇，也就白白糟蹋了。她有了冬喜后才明白，再累的一天都有盼头，只要晚上能和冬喜好上一回。闹上饥荒，人走路都费气，她天天盼着天黑，和冬喜往床上一倒，就不饥了。

她没想自己会喜欢上冬喜。在地里干活，她看他人五人六地走过来，通知大伙开这个会，开那个会，批评张三，表扬李四，她心里柔柔的，看着他也不丑了，连那大招风耳也顺眼了。谁说冬喜丑呢？男人就要这副当得家做得主的劲儿。男人十全十美的俊秀，那就残废了。

那天冬喜从蜀黍地边上过，她叫了他一声。他装着听不见，她就扬起嗓门说："社长，你说今天把钢笔借我的！"冬喜两头看看，见大部分人都收工往家走了，就走到她跟前。她一下子把他拉进蜀黍棵里，嘴巴叼住他的嘴唇。他唔唔噜噜地说："叫人看见！"

她装样地朝他身后挥挥手说："谢会计下工啦？"

他吓得马上推开她，扭转头往身后看，才发现是她在逗他，身后鬼也没一个。他一把抱起她来，闯开密不过风的蜀黍枝秆和叶子，把她放倒在地上。他动得又猛又急，她说："你这么野我喊人啦！"

他咬着牙说："你喊！快喊！"

"你官还当不当？"

"不当了！"

"你媳妇也不要了？"

"不要！"

她那一刻疯了一样喜爱他。她不承认自己也这样喜爱过琴师、少勇。她在兴头上就认冬喜一个，就觉着她爱谁也没超过冬喜。她把这话就在兴头上说了，说得上气不接下气，前言不搭后语。

冬喜听了以后，疼她疼碎了。他已经过瘾，躺在她旁边看画似的看她。她慢慢也喘匀了气，慢慢明白自己刚才的话只是兴头上说说的。她说那样的话和人说醉话一样，不能太当真。不过那一阵她整个一个人真的都是冬喜的，连身子带心连肝带脾带肠拐子，都是他的。

冬喜升成了公社社长后，盖了个排场的猪场，叫葡萄经管。

他来就不是来看她，是领导视察猪场。他看她在五尺宽的大锅旁边煮食，脸让热气熥得湿湿的、红红的，就憋不住对她使个眼色。她看到他眼色就明白他叫她去坟院边上的林子。他少去她的窑洞了，寡妇的门槛踏不多久就会踏出是非来。他总是在坟院边上树林子里等她，冬天冻得清鼻涕长流，夏天让小咬蚊虫叮一身疱疹。他和她野合惯了，怎样做都是藤和蔓，你攀我倚，和谐柔顺，怎样将就都不耽误他们舒服。

有时两人舒服够了，也搂在一起说说傻话。冬喜问她喜欢他什么，他恁丑。葡萄便横他一眼说谁说我喜欢你了？她有时也会说谁说他丑，或者说她可喜欢他的丑样，吃浆面条似的，越臭越吃。少数时候她会认真地说："你啥我都喜欢。"

"我有啥呀？"

"我喜欢你好心眼儿，喜欢你巧嘴儿，喜欢你手会使钢笔毛笔，短枪、长枪……"

葡萄想说冬喜的清廉，闹荒时把自己分下的救济让给孤老汉孤老婆儿。不过葡萄没想清楚她是不是为了这个喜欢冬喜。她从来不好好去想自己为什么喜欢这个不喜欢那个。蔡琥珀给她介绍的那个供销社主任她就喜欢不上。要说那人也不赖，能写会算，眉舒目展。蔡支书说着说着自己心都热了：他这工作，多实惠呀！要是把他摆在集市上给史屯公社的闺女们挑，她们还不把他扯碎，一人分一小块也是好的！葡萄你咋这憨呢?！蔡支书把葡萄总算留住了，在公社党委会办公室里等着和供销社主任相面。其实两人早就在供销社见过好几次了。供销社主任穿着一身新华达呢，闪闪发光地进来了。蔡支书亲自起来泡茶。供销社主任三十二岁，去年死了媳妇，家里有个老妈，没有孩子。葡萄看着他，心里除了来回想这几宗"条件"，什么也没有。她偷偷看一眼桌上的闹钟，说半天废话才过去五分钟。她一看自己坐的是史冬喜的办公桌。桌子是白木头的，桌上只有一瓶墨水一杆蘸水钢笔，不像蔡支书那边，又是书本又是报纸夹子。她突然看见桌子下面一双布鞋。冬喜平时舍不得穿布鞋，都是穿双水旱两用的旧胶鞋。要不就是打光脚。他只有在办公室开会时才把布鞋穿上。布鞋里有双崭新的鞋垫，绗绣的是鹊雀登梅。他媳妇给做的，他媳妇对他好着呢。他不对他媳妇好，他媳妇能花这么大功夫给他做这么花哨的鞋垫？葡萄觉得亏透了。冬喜肯定知道蔡支书给她介绍对象的事。他巴望把她嫁出去，他好收了心回去和他媳妇重修旧好。葡萄偏不嫁。她眼前什么也没了，就剩了那对红蓝线绣的鞋垫，也不知供销社主任说到哪儿了，也不知蔡支书在笑些什么。

这时史冬喜光着脚“咚咚咚”地走进来，两个腿杆上全是泥。他带人在河滩上筑坝，这十多天雨水多起来，干了几年的河涨起水，眼看要淹掉这几年造的田。葡萄已经有四五天没见他人了。

蔡支书问了一下河滩上的事，站起身对葡萄和供销社主任说：“那你们自己谈吧，我去河滩上看看。”

葡萄说：“一定好好谈。蔡支书和史社长联手保的媒，不好好谈对得住谁呀？”

冬喜一怔，看看屋里的人，慢慢说：“你们这是在介绍对象呀？”

供销社主任脸红了，直是干笑说其实也熟人了。

冬喜眨眨眼。葡萄这才发现他眼睛又小又肿，真不好看。他这样眨是忍住痛或者忍住火气。她知道他一眨巴眼就是想叫自己平静。

冬喜没好气地说：“我有闲心做媒哩，累得尿都撒不动。”话没说完他人已经出了办公室。

晚上他冒着雨来了，一身泥水地站在她窑洞里，问她：“你和那人好上了？”

“你有锅里的吃，还惦着盘里的，我就不能去找口锅？”

“你和他好上没有？”

“和你媳妇先去县政府。”

“去县政府干啥？”

“把婚离了，再来问我的事……你离不离？!”她上去搂住他，舌头在他的大耳朵上绕。她舌头一动，他浑身一抽耸。“离不离，嗯？!”她突然死咬住他的耳垂。他不动了，让她把牙尖往肉里捺。过了一会儿，她看看没指望了，把牙松开。

“离。”他说。

“把官儿也辞了。”

“什么屁官儿？把我稀罕的！”

“辞去呀。”

“明天就辞！”

她把泥乎乎一个冬喜搂得紧紧的。事过之后，冬喜告诉她他真不想干公社社长了。说是十年超英赶美，事实是一年还赶不上头一年。年年扯着红布大标语，插着彩旗在河滩上造田，造那么热闹一场大雨全白热闹了。造什么田呢？把现有的田好好种，别胡糟蹋，那就胜过造田。

他把话倒完了，躺在黑处“唉”了一声，说：“这些话就能和你说说。在外头说准叫人打我右派。城里打右派打得老恶呀！”

葡萄本想问问啥叫“右派”，又懒得问。问它干啥？过两天又该打别的了。

火车颠晃得葡萄瞌睡极了，她打算回到家再把冬喜和她的事告诉二大。

为了不碰上熟人，葡萄和孙怀清走了大半夜，走回了史屯。他们从离洛城不远的一个小站下车，搭了一段骡车，剩下的三十来里，他俩摸着黑走。下半夜又下雨了，一下就没断气，把铺盖卷泡得有百十斤沉。鸡叫头遍时，他们进了家门。花狗四年没见二大，叫了几声就成了吭唧，从磨棚里飞蹿出来，四只爪子噼里啪啦溅着泥水，舌头挂搭在嘴边上，又是抱二大的腿，又是拱他的背。他骂着、笑着，对它说："叫我进屋不叫？这孬货吃胖了！没少偷吃猪食！……"

他下到红薯窖里，见葡萄把下头修了修，在窖子口修了道土坎，堆了些干高粱秆子，把后面遮挡住了。万一有谁下来，看着会以为这是存放东西的仓库，高粱秆子是留着扎笤帚的。葡萄把高粱秆搬开，才露出里面的屋。屋潮得很，石灰也返潮了，伸手往哪儿一摸，都是一把水。

葡萄把灯捻小，自言自语地说："这不中吧？老潮呀！雨得下到啥时候？"

二大说："雨下成这样，窑洞非塌几座。"

二大的话灵验，第二天史冬喜就穿件破雨衣到处喊，叫那些窑洞没箍顶的，都搬上来，搬到小学校去。他喊一早上，谁也不肯搬，他只好一家家去查看。他拿手电照照窑洞的拱顶，有的顶已有一片湿印子，他就跟那家人说，不搬一会儿叫民兵连带大枪来强搬。他跑到晚上，小学校里还是没几家人。人人都不愿意轻易挪出自己的土窝窝，都想兴许雨快停了，哪有雨下了两个月还不停的？

史冬喜到了史六妗子家。老婆儿还没等他进屋就大声叫唤："共产党有你这样的保长呀？挨家挨户逼人哩！谁搬我也不搬，我那口材还停在堂屋呢！我今晚就挺里头睡，窑洞塌了正好！"

史冬喜看了看她家窑洞的拱顶，一摊水印在顶上画了个大地图，几片土皮已落下来了。史六妗子从土改分到那口楠木棺材后就常常在里面躺躺。她把自己几件银首饰，一个玉镯子都藏在棺材里。后来把一点白面也藏在里面。

冬喜知道要史六妗子搬出窑洞去是不可能的，除非把她的楠木棺材一块儿抬到小学校去。

晚上雨小了，到入夜时云裂出一条缝，露出半个月牙儿来。原先在小学校教室里打地铺的人把报纸、席片卷卷，都回家去了。史冬喜在学校门口又堵又截又骂街，没人理他，一窝蜂往校门外跑。第二天他叫来民兵连长，让他集合队伍去各家把人押出来。民兵们带着枪跑到社委，一查人数还不够半。连长报告史社长说，蔡书记把民兵带到河滩上抢修河堤去了。

冬喜说："造的那些田泡也泡了，修他奶奶河堤弄啥?!"

他跑到河滩上，头一眼看见的就是敲锣打镲的小学生们。几面彩旗上的标语让雨淋糟了，墨汁淌成一道一道黑泪滴。蔡支书自己把裤腿挽到大腿根，红花裤衩的边儿也露了出来。她拿着铁皮喇叭又喊又唱，修河堤成办社火了。一个洛城来的报社记者正在拍相片，高兴得满脸红亮。

史冬喜这两年常常想，革命怎么越来越像唱大戏？到处都是搭台，到处见人登场。连报上的词也成了戏词儿。他去县里参加过"反右"大会，见一个县反出上千右派来。听听他们的右派言论倒是挺实在。从军队上回来的春喜听了哥哥的牢骚告诉他，他的牢骚话能让他当个合格右派。

他在孩子群里找到自己五岁的女儿，她背着弟弟跟在小学生后面瞎欢实。他对女儿大吼一声："给我滚回家去！人家搭台唱戏，你跟着跑啥龙套?！你也想往那报上的相片里挤?!"

正在拍照的记者瞪他一眼，小声问蔡琥珀这个满口落后话的丑汉子是谁。蔡支书说："哦，他呀。咱社的史社长。"

冬喜站到石头堆上，猛一吹哨。

人们都定住，"咣啷"一声，哪个小学生把锣掉在了地上。

冬喜说："民兵跟我走！"

蔡琥珀说："这儿正抢修河堤，保卫良田！……"

冬喜不等她说完，就说：“修个卵！这还是田吗？老早泡了，再来一场雨，这儿就是老河道了！所有人都跟我去帮着搬家，雨再下一天，窑洞准把人塌里头！”

蔡支书吼道：“都别走！这是公社的田，社员们花了几年的心血围造的！”

冬喜说：“我是民兵连老连长，民兵都跟我走。哟，都不想走？都等着把你那脸挤到他相片里去？”他指指记者的相机。

蔡支书说：“老史，你要注意了……”

“书记想搞我运动呀？”

“史冬喜同志！”

“你在这儿唱刀马旦吧，蔡琥珀。塌了窑洞死了人，咱上县委对公堂去！”

冬喜扯着自己的女儿，抱着自己的儿子走去。没一个人跟上他。走了几步，后面锣、镲又响了。等他走到让雨浇坏的谷子地边上时，蔡支书又唱了起来。这个英雄寡妇嗓音又亮又左，给喇叭传送到厚厚的云里。冬喜苦笑，他是唱不过她的。

他把孩子们送回家后，雨果真来了。来得凶恶，几步外看不见人，看不见物。他跑出家门，雨点扫射在他胸口上。他带着民兵们强行把人从窑洞里拉出来。谁都舍不下家里的那点东西，有的顶着方桌，有的扛着板凳，孩子们头上扣着锅，拎着鸡下的蛋，媳妇闺女们抱着纺好的线和没纺的花，到了天黑，才算完成了一场搬迁。

冬喜带着两三个人一个窑洞一个窑洞地查看，被拴在院子里的狗在空了的村里叫，叫得直起回音。

快天亮时冬喜在小学校里按花名册一家一家查点人数。查到一个叫宝石的媳妇面前，他问：“你婆子呢？”

宝石看看周围，说：“谁知道。”

冬喜明白她们婆媳常打架，宝石的丈夫又在外当兵。他什么话也不再问，拔腿就往村里跑。天已经明了，雨还在扫射。他跑到宝石家，钻进漆黑瘟臭的窑洞就听见老婆儿口齿不清地说：“你巴不得我砸里头，你回来弄啥？”

冬喜上去把她从床上拉起来，这才明白宝石为什么把她丢下：老婆儿一身屎尿，早就半身不遂了。他把老婆儿往背上一甩，万幸她病得只剩了一把骨头。他刚走两步，老婆儿说：“我的钱！我儿子寄给我的！”

他从她枕头里摸出一些钞票，让她紧紧攥在手里，正要往外摸，顶塌了。最后一刻，他想，要是能和葡萄一块儿砸在窑洞里就美了。

正在死去的冬喜当然不知道葡萄最后一次见到他想告诉他的秘密。他渐渐停止住的脑子里还记有她最后一个歹歹的眼神，和她使那眼神时说的话：“今夜到小学校后面的教堂来。”教堂里只剩了一个嬷嬷，又老又聋，她屋外有个小棚，棚里堆的是嬷嬷们多年前装订的圣经。圣经没人要了，全堆在那里头，让虫子吃虫子住。她想和他在那里头好一回。然后她要把一件事告诉他。冬喜到永远闭上眼也没想到葡萄胆大到什么程度，在众人鼻子尖下面把恶霸公爹藏了。他也没想到葡萄看透了他，看透他是那种值得她交托秘密的人。他躺在厚厚的土底下，身上压着一个死老婆儿和一整座窑洞，他再没了和葡萄偷欢的福分，再没了为她分担那个生死秘密的机会。他闷声不响地一趴，省了县委把他当成右倾来斗争，更省了大家的事：在几年后把他打成“走资派”，给他糊纸帽子，剃阴阳头，拉他上街批斗。

冬喜给挖出来，给停放在戏台上，身边放满他最讨厌的纸花。他渐渐泡浮起来，变味变色的肉体上，还留有葡萄最后的温存抚摸。他省得和媳妇啰嗦了，不然他这时说不准正和媳妇在说离婚的事。他在追悼会堂里给拍了不少照，这也是他讨厌的事。他的照片给登上了报纸，他一死就从“右倾”转变成了

“榜样”，“优秀共产党员”，“英雄社长”。

冬喜给抬到那个他和葡萄常去花好月圆的坟院。他也没法子反对他坟墓的位置了。他的坟离他俩的林子太远，在坟院最高最孤的地位。他和葡萄做露水夫妻的林子远得他看不见葡萄又去了那里。他躺在沉重的墓碑下，无法看见葡萄一个人走进了林子，每次的欢喜她都记得起，每一次欢喜的姿势她也都记着。他每次讲的很不成体统的话她也都记着，那些话可不是“榜样”、“英雄社长”讲的。

冬喜的血肉在变成泥土，他当然不再有机会听葡萄说她的挺。不然她打算在嬷嬷的圣经库房把挺是怎么来的讲给他听。他永远也没法子知道葡萄的心有几瓣了。葡萄的心有一瓣是少勇的，有一瓣是琴师的，有一瓣是留给铁脑，最大一瓣上有他冬喜和她的挺。

冬喜的血肉滋养了黄土，黄土发出狗尾草、锅盔菜、野牵牛花。他不必对正在开始的大炼钢铁，办大食堂发牢骚了。他不知道葡萄为了煮猪食的那口大锅干下了什么，也不知道他兄弟春喜和少年时完全不是一个人。省得他去告诉春喜：嗬，你嘴皮子长进可大哩！

总之史冬喜什么也不用知道了。

社里没钱买猪食，蔡书记叫葡萄把两头母猪下的二十四个猪娃卖掉。葡萄在猪场呆坐了一天，看猪娃们啥事不懂地在母猪肚下拱奶。它们知道啥哩？这就要和它们娘分开了。挺也不知道那一回是他最后一回咂娘的奶头。没了他之后的几天，他的娘让奶涨得泪汪汪的，只要在村里逮住两三岁的孩子，把他（她）引到背人的地方，敞开怀叫他（她）咂。后来她和冬喜好上，奶才一夜之间回去了。猪娃们贪嘴呀，刚咂完，又回来，母猪都快叫它们咂扁了。

葡萄想，我能养活母猪，就能养活猪娃。她把这心事告诉了二大。二大叫她去拉酒糟子。

离史屯二十里路的地方有个酒厂，把蒸了酒的高粱米扔出来给人当肥料。葡萄用架子车把高粱拉回来，和上打回的猪草，拾回的红薯根、红薯藤、菜帮子一块儿煮。不几天母猪就习惯了新饲料。

二大又叫葡萄去火车站拉泔水。

史屯离火车站十来里，她拉架子车不到一个钟头就走到了。站上只有五六个职工，伙食开得不大，泔水不多，她和扫站台的人说好，叫他把车上扔的垃圾给她留着，她每天晚上来拉。扔的东西里有苹果皮梨皮，有臭鸡蛋、黄菜叶子，偶尔还有半盒半盒的剩饭菜。

猪娃子们断奶时，二大叫葡萄种一季红萝卜。

葡萄明白他的意思。眼下是九月，在猪场垦块地出来，种的萝卜连秧子带根都能喂猪。

这天葡萄正在灶上煮饲料，一群孩子们跑进来，说要把大锅起走。葡萄见他们脖子上都拴一块红布条子，心想这也得不少红洋布呢。她用木棍搅和一大锅煮泔水加高粱酒糟子，问孩子们他们借大锅干啥去。

"炼钢你都不知道？"孩子们说。

"小学校操场上盖了个高炉，炼钢都炼了好几天了！"孩子们咋呼。

葡萄知道社里不叫大家下地了，一打钟就出去找铁，然后去炼钢。她参加大会，鞋底子纳了一双又一双，也没弄懂为啥要炼恁多的钢。她想起去年死了的冬喜，他常说反正干啥都图个热闹。她不烦热闹，人人喜洋洋的比打这个打那个好。葡萄一勺一勺把猪食盛进大木桶，腾出锅来。

学生们催葡萄了，说："你磨蹭啥呢？快把锅给我们！"

葡萄赶紧加快动作。学生们还嫌她磨蹭，都上来帮她。他们是干惯活儿的孩子，眨眼工夫就把大锅舀空了。葡萄看他们七手八脚起大锅，问道：“钢就在这里头炼呀？那不成炼猪油渣儿了？”

学生们全笑起来，笑得手脚发软。他们说葡萄咋这么不懂科学，钢比铁结实多了，怎么能在铁锅里炼钢呢？葡萄眉毛一挑，问那他们借她锅去做啥？孩子们说炼出钢来，还她一个钢锅。他们用绳子把锅襻起来，都是行家似的。一个学生找了根粗木杠子，和另外一个学生把锅给抬起来。

葡萄说：“等等！你们可不敢把这锅砸砸去熬炼！”

“那咋不敢？社员把私人的锅都砸了砸，扔小高炉里了！”学生们说。

葡萄说：“把锅给我搁下！”

学生们说：“这不是你自家的锅！”

葡萄说：“我自家的锅你敢碰我撅了你胳膊！”

学生们说：“这还模范呢？连史六奶奶都懂：国家没钢，说话不响！不支持炼钢，就是不爱国！”

葡萄不和他们啰嗦，上去就夺抬锅的木杠。

学生们依仗人多，抽出木杠来和葡萄干仗。葡萄大声喊：“来人哪！遭土匪啦！……”

“叫她喊去吧！”学生们说，“喊烂了嗓子也没人听见，全在炼钢呢！”

其中有个年长的学生，十五岁刚上二年级，以他的老成持重当了学生干部。他上来劝葡萄说：“葡萄姐！都办大食堂了，家家都不开伙，要锅没用了！”

“谁是你姐呀？我还没听说过谁敢把锅砸砸去爱国的！你们今天甭想动我的锅，不然甭打算好胳膊好腿的出这院子！”

“叫她试试！”

“我不用试，我只管打！”葡萄抄起热腾腾臭烘烘的猪食桶，抡成一个圆圈，然后那桶连带滚烫的泔水、高粱酒糟泼出个大花儿来，一个学生躲闪不及，脚上溅了一摊稠糊的汤水，单腿蹦起老高。

她拎着满满一桶猪食一般得歇一回，才能到猪栏边。此刻她把两个大桶提在手上，就像舞绣球。她把桶舞到台阶上，背后是猪场的大门。

“谁也出不了这门！”

一个心眼好使的学生对其他学生叽咕几句。他们突然不和她对阵了，全跑到猪栏边，拉开门，把二十四只猪娃和母猪全轰出来。然后又是石子又是土块地追打满院子瞎跑的猪。

葡萄把一桶泔水照准一个学生泼下去。学生一身挂着黏糊的烂菜叶馊饭粒臭高粱米，指着葡萄破口大骂：“你是美蒋派来的特务！破坏大跃进！……”

其他学生还在满院子打猪，一边像猪一样尖声号叫，所以葡萄一点听不见那学生的骂词儿。

葡萄从台阶上下去，拾起他们扔下的粗木杠子，横扫竖扫。她太恼了，所以胳膊腿没准头，都打在了地上。学生们高兴疯了，越发追着猪打。

一只猪娃落进了粪坑，葡萄跳下去把它捞起来。她看猪娃支着一条前腿，闭着眼猛号，她轻轻碰碰那腿，猪娃蹬她两下，叫得更吵闹。她明白它那条前腿跌折了。再抬起脸，学生已把猪们轰出了大门，人欢猪号地往地里窜去。

大铁锅也不在了。

黄昏时葡萄才把猪娃们找回来。她喂了它们一些食，锁上猪场，往街上跑去。

史屯街上红绿黄蓝全是彩旗彩纸，整个一条街成了个大得吓人的花轿，还有响器班子在吹，有锣鼓家伙在打。葡萄爱看社火，不过哪回社火也没这样红火。跟她擦肩过去的小脚老婆儿们头戴红纸花，举着彩纸小旗，抬着破篮子破筐子，里面盛着铁钉、锈了的半截锹、锅铲子、大勺子、孩子们滚的铁环，没牙的嘴说个不停，全往小学校去。所有人眼神都不一样了，都亮得吓人。土改时他们也有这种眼神，不过不胜这回这么亮。他们走着，和别人大声打招呼：交废铁去呀？俺家刚把锅给献出去！明儿一早钢就炼出来了，后天运到城里造大炮飞机，打美帝蒋匪呀！……

他们说着自己也不懂的话儿，只觉着说说心里可带劲儿。有的筐里装的是从几十里外小矿山偷来的机器零件，还有从火车站附近偷的生着红锈花的备用钢轨。六十多岁的谢哲学和七十多岁的史修阳都瞪着雪亮的眼睛，记下每家献出的铁，不断写出光荣榜。

葡萄这一个来月每天在猪场工作十几个钟头，也不知人们怎么都高兴成这样。她只想找回她的大锅来。街上的人们见这个披头散发、一身猪粪的女人都想，哪儿跑来个疯婆子？他们认出是葡萄之后便相互问："王葡萄咋的了？神经出差错了？"这时刻像王葡萄这样不高兴的人，八成是神经不正常。

炼钢的炉火把一小块黑夜都染成红色，小高炉冒起的烟也是通红通红的云朵。在红色的夜里红色的云烟中动着说着笑着唱着的人们都是红红的影子，谁也不愿意耽在红色的夜晚之外，老凄冷的。人们把树砍了，堆了半操场。他们高兴了十多天了，地里的红薯也顾不上起，树上的柿子也顾不上下，枣早就沤成了酒。夜里来了一群果狸，吃了满地黏糊的甜枣都醉了，东倒西歪睡了一地，到早上鸡叫才窜回山里。人们一改过去走路的模样：拖腿拉胯，脊梁向后躲，变得伸背挺胸，步子全是舞台上的"急急风"。他们急急风往东，急急风往西，从柿子树下过，柿子熟得烘烂，绽开了口子，金黄如蜜的柿子汁落在人头上，脸上，人忙得顾不上去理会。连小孩子们也突然出息了，不像从前那样嘴长在柿树枣树上，从青果子开始偷吃。他们现在也是一个心眼想着国家大事，想着造大炮打美帝解放台湾。他们忙着到处找铁，偷铁，抢铁，从柿子树下过时，任凭那蜜汁雨点一样落到他们头上。他们抬着猪场的大锅从柿子树下走过去，一滴黄亮的柿子汁正滴在锅中间。他们想，还有鸟屙这种颜色的屎呢！其中一个学生抬起头，高声叫起来："哎呀，柿子全熟了！"

他的伙伴们全斥责他："你就知道吃！"

这个学生奇怪坏了，今年他怎么忘了柿子了？柿子熟烂了他都没看见哩！

学生们把大铁锅抬到街上，都抬不动了。一个学生建议就在这儿把锅砸砸，一人背几块儿，就背过去。

多数人不同意。一人背几块碎锅片儿显不出打大胜仗的样子来。这可是从落后分子王葡萄手里缴获的战利品。他们说慢慢挪，也得把它挪到高炉里。

他们把大铁锅挪进小学校院子里，天黑了，高炉烈焰熊熊，他们都想到课本上学的顺口溜诗句。不一会儿他们听见一个疯狂的嗓音，叫喊："把我的锅还来！"

王葡萄浑身臭烘烘地跑过来，散乱的头发让汗粘在脸上、脖子上，嘴上还有一道金黄色。"这货还顾上摘个柿子吃吃！"学生们议论道。

所有的学生们胳膊挽胳膊，挡在大铁锅前面。共产主义的神圣是什么意思，他们一直不太懂，这一会儿突然懂了。他们挺起肋巴骨一条一条清晰可数的胸，还挺起长期缺营养长出的水肚子，视死如归。

葡萄从左边往里走，他们全堵向左，葡萄向右迂回，他们在右边断她的路。一张张小脸都仰起来，用一个他们学会的叫做“轻蔑”的表情对着葡萄。他们开始唱了：“……准备好了吗？时刻准备着！”

葡萄突然把两手拢在嘴上，做了个肉喇叭，大声叫道：“我操你奶奶！”

学生们把歌声扬上去，要压住她的粗话。

她的气足，音量厚实，一口气骂了上八辈。骂得俏皮时，旁边的成年人便哈哈大笑。

这时一个圆浑的男子声音说：“这不是葡萄吗？”

葡萄也不回头，下巴一横说：“是你祖奶奶，咋着？”

那个男人走到她面前，她看见他白牙一闪，白眼珠一亮，是史春喜。

“都安静！”春喜两手伸成巴掌，在空中按一按。学生们安静下来，成年人也不乐了。还有没乐够的，用手捂着嘴，春喜扭过头，也都乐够了。

春喜简直不敢信这个疯头疯脑、又脏又臭的女人是他一年前见的模范。他一想到十七岁那年去参军，偷了她的裤衩就想吐。他在朝鲜做电话兵，那条裤衩被他缝在了棉被里，后来交旧棉被换新棉被时，他完全忘了这回事，把包含一条破裤衩的棉被交回去了。他一想到那些回收的旧军用棉被不知会在哪时哪刻，哪个地区作为救灾物资给空投下去，不知哪个人会在拆洗棉被时看见那条带女人经血痕迹、补了三块补丁的裤衩，他心里就出现一阵调皮捣蛋之后的快乐。一年前，他在模范会上见到葡萄，他还为她动心过。这时他从党校毕业回来，看见这个女疯子王葡萄，他庆幸自己没在模范会上跟她有更多表示。她出言粗野，动作蛮横，十七岁的他怎么会给她迷昏了头。也幸亏她有那么粗野蛮横，把他戳伤挡在门外。

葡萄说：“史春喜，你去把那口大锅给我抬回来！”

史春喜已听了学生们七嘴八舌告的状。他知道生铁大锅炼不了钢，但又不愿在全社几百双眼睛下站在葡萄一边。他笑一笑，叫葡萄先洗洗脸，喝口水，冷静冷静。

“就是让尿把我这活人憋死，我也不会跑一边尿去！”葡萄说，“他们转眼就敢把我的锅砸了，我二十四个猪娃喝西北风呀?!”

春喜避开直接冲突，转脸向操场上站着的人说：“大家的革命热情真高啊，听说在这儿干了几天几夜了！我在党校就听说咱这儿是全县先进哩!”他明白自己在扯谎，他在党校从来没听说史屯公社当了炼钢先进单位。

旁边的人风凉地说：“春喜，快把王葡萄那锅给人端回去。炼钢有啥吃紧呀？你端了人家煮猪食的锅，人家还当啥养猪模范呀?”

葡萄没在意这话的酸味，她在这方面耳不聪、心不灵。她以为这人是帮她的腔呢。她对那人说：“大哥你说是不是？我没锅了还喂啥猪呀?”

“模范还要往乡里、县里、市里选拔，春喜你可别耽误葡萄给选成全国模范。”

葡萄已经不去听他说什么了。大家怪声怪气地笑她也没顾得上听。她对春喜说：“你是回来当咱社干部?”

春喜还没接到正式任命，不过他知道自己至少会顶上蔡琥珀的位置。蔡琥珀提升县组织部长了。

“我回来当普通农民的。”

葡萄说：“那你喊啥‘都安静’?! 你是普通农民，上一边当普通农民去。”

春喜一股恼火上来，恨不得能扇这女人一个大耳光。但他不是十六七岁的春喜了，懂了点政治，懂得树立威信保持形象。他呵呵一笑，说：“噢，普通农民就不能管大是大非了?”

葡萄说：“你是普通农民，我也是，我用不着听你的。闪开，别挡我道，我自己动手。”

春喜心想，这女人给脸不要脸，今天威风还就不能让她扫下去。他大喝一声：“王葡萄同志！别太猖狂！”

葡萄说：“我是你妈的同志！”

她一步蹿过去，把春喜撞出去两步远。学生们没提防，封锁线让她突破了。她扑到大铁锅边上，纵身往里一跳。大家一看，葡萄已在大锅里坐着了。大锅的圆底转起圈来，像个大陀螺，王葡萄成了陀螺心儿。

她喊：“你们炼钢呀！快来呀，把我一块儿炼进去！”

站在一边看的人这时想，王葡萄兴许真是神经不正常。生坯子到成了这，就是脑筋出错了。不过他们同时又有一点儿说不出的感动，她是为那二十多个猪娃子当陀螺心儿，为它们把谁都得罪下了。一群人出来解围，说一个大锅全炼成钢能有多少？她不叫炼就不炼吧。

春喜大声说：“社员同志们，炼不炼是小事，态度是大事。王葡萄这态度，是阻碍大跃进！”

葡萄反正也不全听懂他的意思，踏踏实实在锅里坐着。更多的人上来，站在葡萄一边，说得亏葡萄养猪养得好，才还上麦种钱的。就让她留下那口锅吧。

春喜大声改口：“不是非砸她的锅，是要纠正她的思想问题。”

葡萄把眼一闭，爱纠正什么纠正去。

二十一岁的史春喜当上了史屯公社的支部书记。他常常卷着打补丁的旧军裤腿，穿着打补丁的旧军鞋，背着掉了漆的军用水壶在地边上转悠，远远看见一排撅起的屁股，他就大声招呼：“起红薯呀？”

“起啥呀，红薯都冻地里了！”一个中年男人说。

史春喜说："咱把炼的钢上交了，县里记了咱一大功，政治上咱打了大胜仗！"

有时候他也会走进地里，刨一两个红薯。霜冻好一阵了，刨起来老费气。

春喜好开会，常常在大食堂吃着饭就和大家开上会了。他一边啃馍或者一边吸溜着面条，一边和大队、生产队的干部们开会，让他们看看报上人家山西、安徽、河北的某个公社一亩地产了多少粮。一些生产队长说那是放屁，一亩地能收几万斤麦，你砍了我头当夜壶我也不信。春喜不乐意了，说那你们是信不过党的报纸喽？干部们想，也对呀，报纸是白纸黑字的，敢胡说？他们苦想不出原因，就说那是他们地好，这儿地赖，一亩地收二百斤就撑死了。

春喜说："人家大跃进，咱这儿不是天孬，就是地赖，反正是不跃进。不会跟人家学学，一亩地多播些种？"

有时他开着开着会，看见葡萄进到食堂，从厨房提出泔水桶。她干活儿看着和别人不一样，手、脚、身段都不多一个动作，都搭配得灵巧轻便。她一路走过去，谁也看不见似的，两个嘴角使着劲，往上翘又往里窝，哼唱着什么歌。每次她走过去走过来，春喜突然发现自己走神了，没听见某个大队长的发言。

春喜不单好开会，还好给社员读报纸、杂志。他年轻，讨人喜欢，在食堂开饭的时候出场，人们都众星捧月。他常常发现年轻闺女、小媳妇的眼神温温地从他脸上摸过去、摸过来。只有一个人根本看不见他，就是王葡萄。她来打饭的时候总是引起一片笑骂：王葡萄不排队！模范也得当排队模范！有时她给人硬拖出去排队，和闺女媳妇们又打又追，从春喜身边蹭过去，她都看不见他似的。她的脊梁、腰、屁股就那么从他身前挤蹭过去，把凸的凹的柔的热的颠的颤的全留在他身上，能留好久都不冷下去。他的身体又是老饥的。他也不懂，这二十八岁的寡妇凭哪点值当他为她受饥熬渴，她使什么魔怔，能让他在瞧不上她烦她厌她的同时，又把她爱死？

公社书记可以不吃大食堂的饭，另开小灶，不过他和他哥哥冬喜一样，跟大伙在一块儿特别快活，吃什么都香。何况他在食堂总能碰上葡萄。有一回葡萄来晚了，食堂的杂面条全捞完了，就剩了面汤。她和食堂的人大吵大闹，非叫人家给她四个玉米面蒸馍。食堂说她倒挺会占便宜，一碗汤面最多顶两个馍。她说她就好占便宜，便宜吃着多香？亏比糠馍还难吃。

春喜听着直乐。她倒是挺诚实，把贪婪无耻统统挂嘴上。他叫她道：“行了，葡萄！”

她吵得正带劲儿，听不见他声音。他从桌子边站起来，走到打饭窗口，对里头说：“给我做个挂面荷包蛋。”

那是史书记头一回要求吃他的补贴，炊事员马上照办。史书记对他们说：“王葡萄不是逛庙会耽误吃饭了，是让社里那一群猪给忙活的。”

他把葡萄让到自己桌上，让她先吃他那份汤面条。他心里得意能在她面前显示一下他的特权，让她悔一悔，看看当初她拿铁锨挡在门外，戳得浑身是伤的人是谁。

“大食堂越吃越赖。”她说，眼看着他大茶缸里菜多面少的杂面条。

“马上该收麦了，收了麦就好了。”他说。

“明年能吃上这，就不错。”

“明年让你吃上韭菜扁食，鸡蛋油馍。让你吃得走不动道。”他笑着说。

葡萄突然盯着他，盯得他心里起毛，手心冒汗。“你瞅我干啥？”他装得挺老练，就像在军队跟女人常交往，不稀罕女人似的。

“我瞅你呀，哪点儿和你哥像。鼻子有点像，他的比你好看些。”她眼睛直瞪瞪地在他脸上翻来搜去。

他想，七岁八岁的孩子盯人，眼睛才这样生。他心里奇怪得很，没人说他哥长得比他好看，人只说这么俊个兄弟咋有那么丑个哥。

“还看出哪儿像我哥来了？”

“叫我慢慢看。”她的眼睛移开了，移到窗子上，窗子外有棵槐树，枝叶间有一片片蓝天。

挂面鸡蛋端上来，他推到葡萄面前，说：“吃吧，看够不够。”

她说：“你要像你哥就好了。”

春喜心里更奇怪了：他这一表人才还给她的铁锨戳出口子来，要像他哥的丑样，还不让她戳死？

“我哥是个好人。”春喜说。

葡萄把碗端起来，咬了一口荷包蛋，稀乎乎的蛋黄流到挂面上。她把碗又搁下了。

春喜说：“太淡？”

葡萄说：“好久没吃恁细的粮，叫它噎了。”

春喜一连好几天没见葡萄。他想自己是个什么东西呢？怎么会挂念这个没文化、没觉悟，只知道和猪过在一块儿的女人呢？上一年的模范会上，她说的那几句蠢话把他最后的希望泼上冰水了。后来在炼钢炉前和她的较量，他已经太放心自己：绝不会再多看她一眼。这才几天工夫，他满脑子都是她。他想她领他烧砖时的模样。十五岁的他手冻了，她撩起旧缎袄，把他手揣进去暖；她叫他看着人，她去砖窑后面解手；她把他的脚捏在手里，给他比画鞋样；他脸让刺扎了，她给他挑出刺儿，又把她的口水抹到伤口上。他想，史春喜你到底是个啥货色？怎么净记着这个愚昧、顽固、自私女人的好处、可爱处呢？党校学习一年也没治住你吗？你和她走近，你这辈子可完了。

当过兵，受过严明纪律约束的史春喜相信他不会再干少时的傻事了。他会受心里那点隐情左右？笑话！他连模范都不叫她当。她养猪的事给城里的记者知道了，跑来问春喜，听说史屯公社养猪放火箭了，还是个妇女。春喜说啊，是，不过史屯不单单养猪放火箭，要报道，写写社里的麦子大丰收啊，围河造田啊，棉花创纪录啊。

记者见了葡萄之后，也没兴趣报道了。她开口便说模范顶屁用，炼钢照抬她的大锅，亏她躺到锅里才没让他们把锅砸砸，炼成一疙瘩废物。看他们炼出什么来了？不如河滩上一块石头，石头搁在坡池边上还能搓洗衣服。

后来许多公社派人来和葡萄取养猪的经，县里觉着不把她的养猪事迹报上去对县里是个损失，不太合算。因此葡萄占上了一个县模范名额，就要往省里去。县组织部长蔡琥珀一听王葡萄代表县里要到省上去参加模范会，赶紧派人把她的资料从地区往回要。这时地区丁书记已经知道了王葡萄，说这个模范哪一点儿不过硬？她不说虚话光干实事怎么就是落后？王葡萄这才正式进入了省模范大会的名单。

史春喜听了这个消息亲自上猪场找葡萄。他得口把口地教她说话，要不就教她不说话。她一说话还了得，在省里传出去都够得上右倾言论。马上让人想到他这个公社的政治教育水平低。

他见猪场大门紧锁，便从拦马墙往下看。葡萄正在下头的天井窑院里出猪粪。猪场的窑院又大又齐整，还是他哥史冬喜领人挖的。院子边上种了牛皮菜、木樨，墙上爬着扁豆、丝瓜，地上是南瓜秧子。都是些易活好长，长得快的东西。他笑着喊下面的葡萄："咋不开门？我还当没人哩。"

她把锨拄在胳肢窝，也笑着说："我不开门。"

“为啥?”

“你是来端锅不是?”

“炼钢炼完了，谁还要你的锅?”

“炼完了？大炮造出来了？明天你们炼啥哩？我敢开门?”

“你就让我在这上头和你说话？太阳老晒呀!”

他心里咬牙切齿：史春喜呀，你又犯贱了，这不是和她打情骂俏吗？心里想着，嘴巴又来一句：“你可真舍得这么晒我呀?”

她没个正经，村野女子和男人过嘴瘾的样子全出来了。她笑得俏又笑得歹，眯起眼说：“我可是舍不得。”

说着她又干她的活儿去了。

他只好站在三丈高的地位上，把她当上省模范的事说给了她。末了他说：“这回和上回可不一样！上回是乡里的，这是全省的，在郑州住大旅馆，吃好伙食还有杜康酒!”

她把粪倒进了化粪池，扬起头，撩一把头发说：“有黄河鲤鱼没有？光听说了，还没尝过。”

“那还能没有？你可不知道，为了你这个模范名额，我几夜都没睡觉。”他等她问为什么不睡觉，她却不问，只管干她的活儿，“知道为啥？你去年的发言差点把你自个儿毁了。那些话不单不模范，那是落后、消极。这回费气大了，才把你弄上去。我知道你不会在大场子说话……”

“谁说我不会在大场子说话?”她一拧脖子，还恼了，“我啥时怕过大场子？人越多我越说，我人来疯!”

“那种大场子你见也没见过。再说不是啥话都能说的。”

“那啥话不能说?”

“所以呀，你得叫我教教你。”

“你教我听听。”

“这哪是一会儿半会儿能教会的？我得给你写个讲稿，教你念熟，背在心里。这个模范会了不得，省里领导要参加呢。还要选出全国模范进北京呢！你一句话都不能说错，一个字都不能错。”

他眼睛盯着葡萄的背影。她弓下腰去，那个背影和他十五六岁看见的一模一样，又圆乎又细溜。她蹲下身去，他马上又想到在那荒院地上看到的一行尿渍，又长又直，从她两腿之间出来的。说不定她是个傻女子，她男人没开过她苞她也不明白。不然她怎么尿成“一条线”了？……

她听他说完，站直身子说：“这么费气我才当上了模范？”

“不单单我费气，蔡部长也费了不少气……”

“你们咋不来问问我再去费气？那不白费了？我又不去省里。”

“开会你不去会中？模范都得去！”

“我不当模范。”

史春喜没反应过来。她说上一句话时身体又已经弓下去了。他问：“你说啥？”

“谁爱当当去。我可不去省里。”

春喜还想说什么，葡萄大声把他堵了回去：“你们一天也别想叫我离开猪场。谁知道你们会进来干啥？今儿砸锅去炼钢，明儿抓我的猪娃拍相片儿，我一走，你们还不把它们杀杀，卖卖？”

春喜气急了：“谁敢杀社里的猪？”

“你们都不把人当人，还会把猪当猪？我高低不去省里当你们的模范。”

史春喜想，谢谢老天爷，她幸亏不想当模范，不然她去了省里说“你们不把人当人”，祸就闯大了，是给他这公社书记把祸闯大了。他也谢天谢地，她这一番蠢话蠢举证实了她无可救药的愚蠢，史春喜这下不必担心自己再为她发迷怔。

她晚上把这些话讲给二大听。二大摇摇头，自言自语：“这孩子，这张嘴。”

她把食堂打回的菜团子给了二大，自己喝掺着野菜的面汤。食堂已经通知大家，麦收前粮食不够，得凑合到麦子下来。二大去年回来，叫葡萄买了两只羊，现在每天早上都挤下一点儿羊奶。隔一天葡萄把羊奶拿到集市上换一口绿豆面或扁豆面，最不济也能换几把山药蛋。羊好喂，从猪场带些木樨也够它们吃了。二大这晚吃着菜团子又说：“还有河哩，从草到虫，到鱼到螺蛳，就吃去吧。咱这儿的人笨，吐不出鱼刺，骂鱼腥臭。”

葡萄是黄河边的孩子，小时见过人捕鱼。那天晚上之后，她再来陪二大吃饭聊天时，见二大不再扎笤帚、编苇席，或者打麻绳了。他用她纳鞋底的线编了一张网，他叫葡萄把网拦到河上，一晚上怎么也截下几条鱼来。

葡萄看着那张织得又匀又细的线网，撅起嘴说：“爹，你在这儿给我恁多主意哩！”

“还不如养头猪，猪比你爹有用。”他笑着说。

但她明白他心里可苦。

“猪会陪我说说话，给我拿拿主意？”

“猪还叫你当上模范。”

“模范顶屁。不多一块馍，不多一口饭，我要它干啥？”

“你得陪爹躲到何年何月？”

“躲呗。打日本的时候人家不是躲四川躲那些年？”

“这跟躲日本不一样。”

“咋不一样？反正人家打，咱就躲。打谁也打不长，隔一阵就换个谁打打，打打再换换。换换，换换，说不定事就换得不一样了，就不用躲了。”

“孩子，这回跟过去都不一样。”

陆

葡萄晚上把网拴在河上，早起拾了四五条半斤重的鱼。二大和她瞅着鱼发愁，不知打哪儿下手拾掇它们，也不知鱼该怎么做熟。两人把鱼翻过来拨过去，掉下几片鱼鳞来，葡萄突然就想起小时看见母亲收拾鱼的情形。她用手指甲盖逆着鱼鳞推上去，鱼鳞给去掉了一行，露出里面的滑溜溜的嫩肉来。他俩对看一眼，全明白了，用大拇指指甲盖把五条鱼的鳞刮净。地窨里腥得二大气也紧了，喉头收拢，肠胃直往上顶。他一辈子没闻过这么难闻的气味。

“咋做熟呢?”葡萄把鱼尾拎起，偏头看看它们。

“搁上水煮煮?”

“多搁点辣子?”

“有酱油可就美了。老没吃酱油了。”

“有酱油啥都吃着美。”

在大食堂入伙，各家的锅早交出去炼钢了。油瓶挂在墙上，灰土长成了毛，拿起来底朝天倒控，一滴油也控不出来。二大想了会儿，找出根铁丝，把鱼穿成一串，叫葡萄在下面架上火烤。葡萄用些碎柴把一小堆炭渣烧着，火两边放两个板凳，又把穿鱼的铁丝系在板凳腿上，鱼就悬空在炭火上方。一会儿鱼尾给燎着了，烧成黑炭，鱼身子还在嗞嗞冒血泡。二大把它们重穿一回，让铁丝从尾巴上过去。不一会儿响起了鞭炮，两人都往后窜，再看看，是鱼眼珠给烧炸了。二大笑起来："日你奶奶，想吃你这一口肉，你还放个响屁吓我！"

十个鱼眼珠响成五对二踢脚。葡萄和二大好久没这么笑了。笑得连花狗叫都没理会。听到打门声两人才收敛声气。

"谁?!"葡萄问。

"我。"外头的人大声说。

她听出是史春喜的声音。

"啥事?"她问道，眼睛看着二大的腰杆、胸、肩膀，最后是满头雪白头发的脑袋沉进了地窖。她说："恁晚啥事?"

"来客了?"春喜在外头问。

"你也算客?"葡萄拿出调笑的音调，一边往台阶上走，"等我给你开门!"幸亏墙头加高了。一般拦马墙齐人肩，伸伸头就能看见下面院子。还是当年和他春喜一块儿烧砖砌高了墙头。她拉开门栓，见他披一件带毛领的棉大衣，手里拿着一个本子。

"恁香啊！烧啥待客呢?"

她把他往里让："你不算客呀，想啥时来就啥时来。"

史书记来的路上对自己有把握得很，绝不会跟她有半点麻缠。现在见她穿着那件补了好些补丁的洋缎小袄，身上马上就活了。他浑身发烧发胀，脸还绷得紧，一口气把地委书记坚持要葡萄去省里参加劳模会的意思说了。他不让自己往她跟前去，他小时就知道离她太近他就发迷怔。

"我不去。我和你说了，谁爱当模范谁去。"葡萄说。

他眼睛往院子里、屋里看了一遭、两遭、三遭，嘴里却说："叫你去你得去哩。叫谁去谁都得去。人家是地委书记。"

"地委书记叫我吃屎我也吃?"

"你说你这人，狗肉不上席!"

"狗肉可上席。食堂吃菜团子吃老多天了，看狗肉上不上席!”没说完她自己乐起来。

春喜已经下了台阶，站在院子的桐树下了。“嗬，在做鱼呢。”他看看那串黑糊糊的鱼，笑着说，“咋不把鱼肚子剖开？下水得取出来。我在部队见过炊事班拾掇鱼。”

“我可爱吃鱼下水。”她嘴巴犟，心里却一开窍，原来鱼下水是要掏出来的。

他想，不知她是不是藏了个男人在屋里。他清理了一下喉咙，吐一口痰又用鞋底把痰搓搓，一边笑着说：“别躲啦，出来吧，我都看见啦!”

葡萄问：“你啥意思?”她抹下脸来。

他想她恼起来的模样真俏。“你那墙修再高，能挡住我这个军队里专门爬电话杆的？我听见这院里有人说话，有人笑哩!”

葡萄真恼了，指大门说：“滚。”

“他能来我不能来?”他眼睛戏弄地死盯着她。

史书记恨自己恨得出血：看你轻贱得！她也配你?！她脱光了给你，你都不稀罕！你这么招惹她算干啥?

“他就能来，你就不能来!”葡萄说着就伸手来推他。她的手抓在他大臂上，使劲往台阶那里搡。他也恼了，怎么她还像几年前那样对他？他已经是公社书记了，是全县、恐怕也是全省最年轻有为的公社书记，哪个年轻闺女不想让他抬举抬举？她还把他往外赶？他挣开她的手，兜住桐树转了个圈，就往她屋里去。她藏着个谁呢？五十个村子的男人全扔一锅里炼炼，也炼不出一个史春喜这块钢来。

他进了她的屋，里头漆黑。他从大衣兜里抽出手电就照，鬼影子也没有。他进来之前明明听见有男人声音。

这时葡萄在他身后说：“柜子里哩。”

他觉着堂堂公社书记揭人家柜子好没趣，她“噌”地一下挤开他，“噔噔噔”走过去，拉开柜门。就是这个柜子，当年作了葡萄的工事掩体，把十七岁的春喜抵挡在外。那是她婆婆陪嫁的柜子，上头雕的梅、兰、竹、菊工法细巧，上的漆都掉差不多了。土改时葡萄硬是把这柜子要到了手。春喜那时还小，不过对这柜子记得很清楚。柜子里装的是几斤麻和一包没纺的花。

“人家书记看你来了，你还摆架子不出来？”葡萄对着一包棉花几斤麻说道，斜刺刺给了春喜一眼。

“谁看呢。”他好没趣。

“咋能不看看？寡妇不偷汉，母鸡不下蛋。”

“我是来和你说开会的事。正经事。”

“可不是正经事。”葡萄拿那种不正经的眼风瞅他。

“地委书记和你认识，我咋不知道？”

“我也不知道。”

“丁书记说，打日本他就来过你家，弄钱弄粮。他说还请过你去他家坐坐哩。你咋没告诉我？”

“地委书记比你官儿大不？”

“敢不比我官儿大？”

他没见过比她更愚昧的女人。大炼钢铁的时候连小脚老婆儿都知道地委书记是多大的官儿。这么愚昧他怎么还是把她搂住了？他这时在她后首，看着她梳头没梳上去的几缕绒绒软发，打着小卷儿，在她后脖梗上。他还没来得及反应，她身子已在他怀里了。他心里啐自己，你贱呀！就配这种愚昧女人？

她也不动，不挣不蹦跶。脸对着大敞肆开的柜子门站着，任他在她背上来劲，劲头太猛，他一阵阵哆嗦。他的手电熄了，他已和她脸对脸、怀对怀。

他的手又成了十七岁的手，伸进她旧缎袄下面。十七岁那时他的手想干没干成的事，这时如了愿。他的手给摸到的东西吓了一跳，缩一下，再出手成了男子汉的手了。这一对东西咋这么好？让他明天不当书记也愿意。他的手马上就又饥了，要更多的。它开始往下走。走到最底，他差点叫出来：她推我搡我是装蒜呢！他闭上眼，手给淹没了。说不定这女子真是闺女身，自己身子馋成这样她都不明白。春喜把她抱起就去找床。上到床上，他的棉大衣已落到半路，他去捡大衣时，捡回手电。要是闺女身手电能照出来不能？他半懂不懂。

"别照了。那是你哥的。"

他跪在床上，以为自己惊得问了一声：你说啥?！其实他什么声音也没出。

"上来呀，你嫌你哥呀？人家是英雄社长哩。英雄去的地方你不去去?"

他突然抽她一个耳刮子。

葡萄哪儿是让人随便抽的？她赤着身体跳起来，又抓住门边的铁锨。自从五年前他深夜撞门，她一直把那铁锨留在屋里。他眼睛在黑暗中不顶事，她的手脚在黑暗里都是眼睛。她双手持锨把，就和他军事训练中拼刺刀似的拉开两腿，前弓后挺地把铁锨的锋刃挺刺过去。到底当过兵，上过前线，他从声音判断她出击的方向，凭本能闪过了她的武器。他已摸起手电筒，一捺，吸一口冷气，白色光圈里，这个赤身的雌兽简直是从远古一步跨到眼前的。他要的是这么个野物？"当"的一声，他的手电让铁锨挑起来，砸在地上碎了。

她疯了一样扑上来，左右手一块挥舞，把他脸打成个拨浪鼓。他没想到她撒野时劲有这么大，竟被她压在了身下。她的肉又滑又腻，他气疯了。她不嫌弃他那丑哥哥，倒不让他仪表堂堂的春喜尝尝。

不多久他以一场猛烈的快活报了仇。他想，连个愚钝女子我都治不住，我还治五十个村呢！不过等他完事时他又觉得懊恼，她瘫软地挺在床上，嘴里发出又深又长的叹气声，像小孩子馋什么东西，等吃到嘴了，煞下头一阵馋之后呼出的气。他回过头去细嚼滋味，办事中她好像还哼唧了几声，怎么弄她她怎么带劲，吭吭唧唧到最后打起挺来。他越想越懊恼，这不成伺候她舒服了？

史春喜一连几天想着这件让他窝囊的事。葡萄果真说到做到，就是没去参加劳模会。从外省也来了不少人，参观她的猪场，史书记大面上还得和她过得去。到了腊月，猪出栏了，比头一年的收入多了一倍。整天有人搭火车搭汽车跑来学习葡萄的经验。葡萄给弄烦了，对人们说，她的经验他们学不了，他们不会待猪们好。那些来学习的人都说他们一定要像她一样好好待猪。葡萄却说他们都不会好好待人，能好好待畜牲？当着一大群手里拿笔记本拿笔的人，她进了装糠和麸子的窑洞，把门在她身后一带。

史书记直跟人道歉，说王葡萄个性比较个别，不喜欢自吹自擂，她意思是说：对待猪，就要像对待亲人一样。他又替葡萄把养猪经验总结了一下，归纳出一二三来，让各省来的人用心在小本上作下笔记。最后他语气深重地说，王葡萄同志最重要的一点，是她的纯朴。她没有虚华，对任何事任何人都一样，本着纯朴的阶级感情。

他自己也让自己说醒了。葡萄的确是个难得的、很真很真的人。

这天史书记正在给来取经的人谈一二三条经验时，地区丁书记来了。他和葡萄打了个招呼，就摆摆手，叫葡萄先忙她的，忙完再说话。

葡萄“砰砰砰”地剁着喂猪的菜帮子，笑着说：“您有话快说，我啥时也忙不完，除了晚上挺床上睡觉。”

“我去省里开会，没见到你出席呢。”丁书记说。

“您看我能出席不能？又下了恁多猪娃子。”葡萄说。

“找人帮个手呗。”

“谁好好干活儿？都好运动！我这儿可不敢叫他们来运动。猪们不懂你啥运动，一运动，它们可受症了，得忍饥了。”

地委书记笑眯眯地看着她。她手上动得快，嘴皮子也动得快，全都动得喜洋洋乐滋滋。她用大铁锨把剁碎的菜铲到锅里，拎起一大桶水倒进去，搅了搅，再添半桶水，水珠子溅到她脸上，也溅到地委书记、公社书记脸上。

“看啥哩，看得人家老不自在！”她笑着撅起嘴，抽下她身上大围裙递给地委书记。史春喜笑起来。这货生得！喂猪的围裙她叫人首长擦脸，他已掏出口袋里的手帕，庆幸他昨天才换了干净的。地委书记已经接过那溅着猪食的围裙，在脸上头上擦起来。

史春喜一看，觉着王葡萄和地委书记这么随便，两人一定很熟识。原来她后台很硬。怪不得她对谁都不怕，不拿他史春喜当人物，原来后面有人撑腰。只是她愚笨可笑，不知这个给她撑腰的人是几品官。看她那个随便劲头，她八成把他当个甲长了。

史春喜聪明，留丁书记吃饭只准备了几碗钢丝面，几盘凉拌菜：豆腐、豆干、豆芽、豆丝。他只是阴着脸叫厨房把啥都给弄细法，弄干净。他从地委书记的言谈、举止断定出什么样的伙食标准会让他舒服。假如给他吃六个菜一瓶酒，肯定出力不讨好。饭开在食堂后面的小仓库，他叫人突击打扫了一下，挂上了年画、奖旗。几十个白面口袋灌的是杂豆面，他告诉地委书记葡萄有事，不能来一块儿吃晚饭。

这时他听地委书记问他，食堂做的是几种饭？他硬硬头皮回答上只做了一种，首长和普通社员吃的都一样。今晚，全社都吃钢丝面。

地委书记扭脸看着他，就像原先都没看准，这回要好好看。

“不容易呀，小史，这么年轻的书记。能在这时节吃上钢丝面拌凉菜的大食堂，恐怕不多吧？”

“书记别误会，凉菜是给你单另添的，普通社员只吃面条和鸡蛋花卤子。”史春喜说。他只盼书记别站起身往厨房跑，跟炊事员一对证他就毁了。虽然他安排了社员们早开饭，不叫他们和地委书记碰上，他还是担心露馅。社员们吃的是大麦面搅的甜汤，光稀的，没稠的，用红薯在县里换了几车萝卜，腌了腌叫他们就汤喝。过年的伙食全指望葡萄养的猪，没舍得全给收购站，自己留了一头，从腊月三十到正月十五的扁食馅，都出在这头猪身上。

地委书记听了史春喜的解释，更是赏识他。史春喜知道自己对了上司的胃口，赶忙说这四个盘里的“豆腐四世同堂”，也是食堂自己做的，豆子是地里收的，平时公社干部吃饭，懒得弄这些吃。地委书记来嘛，大家沾沾光，只不过太委屈首长了。

春喜明白自己在地委书记心里的印象越来越深。地委书记和县委书记不一样。县委书记下来，几句话春喜就知道得开什么样的饭，打什么样的酒。县委书记下来的时候，他叫人把沙和土先运到地里，堆成圆溜溜、尖溜溜的堆子，大小都差不多。然后在土堆上铺上布，布上再撒麦粒。县委书记伸手插进麦子里，春喜想千万别插太深。县委书记的手插了有两寸深，抓起一把麦粒，又往那下面是土的麦堆上一撒，说：“嗬，这真是放了火箭呀！亩产八千斤！了不起！新中国的农民创造了伟大奇迹！”

县委书记回去就奖了一台手扶拖拉机给史屯人民公社。有的大队长不乐意春喜的“火箭”，说交那么多公粮社员从秋天就得喝风屙沫。他批评他们政治目光短浅，难道山西、河北、江苏、安徽的“火箭”不是这么放的？他们放了“火箭”，也没喝风屙沫。一个大队长说，屙了敢不登报？

这年史屯公社的亩产量是全县第一，上交的公粮是全地区第一。史屯成了个热闹地方，小学生们常常要穿上彩衣，扎上绸带，到街两边去欢迎来参观的代表们。代表们看着史屯仓库里一堆一堆的麦子、小米、蜀黍，用手捧起，脸跟做梦似的笑着说：啊呀，这共产主义是不是就快实现了?！粮吃不完，不是共产主义是啥？活恁大还没遇上粮吃不完的年景哩！春喜想，幸亏他布置这些景观时经验丰富了，凡是人的手能够着的地方，他都叫人厚厚地堆麦粒、谷子。凡是让人远远瞧的地方，下头的土堆得老大，一层粮下头就是那层布。

春喜成了个最有培养前途的干部。他选了七月一号党的生日这天，和谢哲学的女儿谢小荷结了婚。谢小荷在县城读了初中，回乡支援家乡农业建设，在街上的小学校当了民办教师。她和春喜好上是大炼钢铁的时候。她领着学生们唱歌时，春喜正在院子里跟王葡萄理论。事后小荷上来说葡萄嫂子脑筋有问题，小时候她爹就说她生，叫春喜别和她一般见识。

那以后她和他就通起信来。小荷新派，头一封信就提到“爱”字。信上的“爱”字写了一年，两人就结婚了。春喜从葡萄的窑洞出来那天晚上，他好好给小荷写了一封有四五个“爱”的信。和小荷“爱”，他觉得自己是新青年，小荷和他是通过爱国家、爱党、爱公社而相爱的。所以这爱厚实，又有根源。他和小荷不单单是爱人，更是同志、朋友、战友。和小荷相爱，他身上低贱的本性就去除了。

和谢小荷结婚之后，他做了一件漂亮事，把谢哲学的会计职位罢免了，给了史老舅的三孩。谢哲学本以为做了书记的丈人，能把会计做到蹬腿闭眼，被罢免他气得差点脑充血。他从不贪污受贿，账面干净漂亮，一免职他和谁能说得清他的廉洁？史书记买了前门烟、大曲酒来向他赔罪，让他理解、支持他的策略。会计是人人眼红的职位，书记和会计成一家人，难免群众的闲话。他让谢老丈人在公社办公室当个勤杂，帮他接待一些上门参观、取经的各地代表。

代表们来得稀了，慢慢谁也不再来。学生的锣鼓声歌声也静下去。史屯大街上，时常看见的，就是嘴贴在地上觅食的狗们，肚皮一天比一天瘪，脊梁骨一天比一天锋利。到了冬天，人们从街上走，样子和嘴贴地觅食的狗很像了。他们两手拢在破袄袖子里，寻寻觅觅，不知从哪里会找到这天的食，给家里的老婆儿、老汉、孩子。他们慢慢走到公社办公室的院子门口，蹲成一排，等着史书记来上班时，借一口粮给他们。史书记总不在办公室上班。史书记在地里、河堤上、社员家上班。谢哲学告诉他们，史书记上班主要是访贫问苦，鼓励饥得太狠的人再挺一挺，等春天地上长出野菜来，榆树发榆钱时就好过了。

史书记上班还上在大路口、火车站，见背了铺盖卷，拖家带口、拉棍逃荒的社员就让民兵抓回来。他叫逃荒的人别忘了他们是先进公社的人，出去做叫花子等于是在自己的先进乡亲头上屙，脸上尿。

在公社大门口等待史书记的人从黑瘦到黄肿，渐渐明晃晃地灰白起来。他们相互说着二十碗的水席、十八盘的羊肉羊杂席、八盘六碗的史屯豆腐席。他们把孙二大当年给葡萄和铁脑圆房时办的席一个碗一个盘地回想起来：那宽粉条烧大肉多美，肥膘两指宽，嘴一抿油顺着嘴角淌！那个红烧豆腐多排场，酱油可舍得搁，香着呢，不输给大肉！那席办多大！铁脑到处跑着借板凳！吃走了一拨人，又来一拨人，二大要活着可好了，他能有法子弄吃的。

再说说，人们便满嘴跑口水，话也说不成了。就都嗬嗬地笑，互相骂：看这吃货，想吃也不管他是不是恶霸地主。一说他们又都愣怔起来：到底“恶霸”是个啥哩？

他们在公社门口说说话，晒晒太阳，好像耐些饥。他们的媳妇们可不像他们这样友好相处，常常为剥一棵榆树的皮骂架打架。河滩上有片榆林，一个冬天下来，树皮给剥得净光，只剩了树干赤身露肉地让寒冬冻着。剥回来的榆树皮都晒在冬天的太阳里，女人们守在边上，把干了的掰碎。孩子们拖着水肿的腿回家来，女人们把做熟的榆树皮粉子端上桌。孩子们说这比红薯粉子好吃哩。他们早已经忘了红薯粉条的滋味。女人们在榆树皮黑亮亮黏稠的粉子里撒一把捣碎的蒜花，再捻一撮香味蹿鼻的红辣子末儿，和上一把盐，味道是不赖，只是吃完了孩子们还是眼长在空锅里，说："我还饥呀。"

春天，桐树、枣树、柿树、香椿都发芽了，河滩上整整一个榆树林子死了。让人吃死了。剩的树皮在高处的树干上，还在被人剥着。史修阳的媳妇一双小脚也不耽误她蹦高，揪着一根小胳膊粗的死榆树枝子，人吊在上面，两只小脚荡荡悠悠，死了的树枝"嘎巴"一声断了，她一个屁股墩坐在了地下。到底五十岁了，她坐在那里等着跌散了的魂聚回来。木木的屁股开始痛了，就跟把尾巴跌断了似的疼。她想：好了，活着哩！知道疼哩！

等她又是蹬地又是打挺地爬起来，那根被她折断的枝干已在李秀梅手里。

"那是我的！"史修阳媳妇屁股也不痛了，母豹子似的横着一扑。

李秀梅说："我先看见的！"她使劲把树枝往她这边拽。

"那是我撅断的！"

"我来的时候，你坐那儿睡瞌睡，咋成你撅的了?！"

史修阳媳妇玩了个花招，把手一松，李秀梅往后趔趄几步，树枝子扎在她脸上，她眼一闭。史修阳媳妇看不见李秀梅脸上的伤似的，夺过树枝就走。李秀梅在她身后哭起来，求她行行好，叫她亲大娘，看在她四个孩子快饥死的份儿上。

史修阳媳妇心一软，想给了她算了，寡妇孤儿的。但她屁股上的疼让她心马上又硬了，她家有人张嘴等喂，她自己家没有吗？想寻食早些出门呀，懒婆娘！跟她哭那么娇有屁用？去跟个男人哭哭，说不定能哭到一块馍。她这样想，头也没回，让她哭去。

李秀梅找到一些没剥净的榆树皮，多半在高处的枝子上。回到家，孩子们已经不哭了，都躺在被絮里慢慢眨眼睛。她赶紧烧火。水煮开了，她看看篓子里还有一个鸡蛋，狠狠心把它打进锅里，搅成蛋花，然后就把前一天省下的榆树皮粉子下进去。一边做活，她一边对着窑洞里的孩子们说话："妈给做蛋花汤呢！老香呀！咱关着门吃啊，不让史小妮、史锁子吃，啊？"史小妮、史锁子是死去的史冬喜的孩子。

她没多大力气拉风箱了，得把两脚撑出去，抵住风箱靠身子和腿的劲，帮胳膊一下一下地扯。

"饭做熟啦！"她上气不接下气地对孩子们喊。慢慢地，四个孩子走到她边上，不认识她只认识锅里黑污污的饭食。李秀梅手里拿着个油瓶，瓶子都快叫灰土埋了，瓶嘴也快让灰垢封了。她把瓶底朝天地擎着，孩子们的眼睛随着瓶口滴出的油珠一上一下……三滴、四滴、五滴了，孩子们的眼珠子干瘪了，目光也干巴巴的，瞪着她的舌头成了抹布，在长满灰垢的瓶口上绕着一舔，又一舔。

她笑着说："哎呀，咱过年啦，吃香油蛋花面哩！可不敢出声，叫旁边葡萄妗子家的花狗听见，它该来抢啦！"

李秀梅一边和孩子们说话，一边把四个粗瓷大碗摆出来。又叫老大去拿辣子、杵蒜。孩子们全守住自己的空碗，眼睛仍然只认识锅里的东西，其他谁也不认识。李秀梅这时才忙活过去，顾上抬头看一眼孩子们。她吓得一哆嗦，围在饭盆边上的是四只狼崽，眼光冷毒，六亲不认。假如她今天没给他们弄到吃的，他们敢把她撕巴撕巴吃吃也难说。

她使劲忍住眼泪。是她没用，找不回个好男人，把孩子养大。她要像葡萄那么能，孩子们也不会这样受症。看那小脸，肿成什么了。

李秀梅用筷子捞那黑糊糊的榆树皮粉子。太滑，筷子不中用。她去找勺子，又想起勺子早让她捐献出去大炼钢铁了。她在黑洞洞的厨房到处瞎翻，想找出个什么比筷子好使些的家什。等她回到屋里，孩子们早就自己把盆里的东西分到了碗里，桌上地上洒了不少，黑洞洞的窑洞里冒着白色热气。她赶紧说："不敢吃快，可烫！吹吹再吃！"

话没说完，四岁的小儿子"呃"了一声，满嘴滚烫黏滑的粉已滑进了嗓子眼。他想站起来，没站起。李秀梅说："快张嘴，吐！"

她跑过来抱起他，他张开嘴，双手抓在脖子上，一边抽动肩膀。她知道来不及了，那滚烫的东西已刹不住了，进了喉管，已把嫩肉烫得稀烂了。小儿子抽抽，慢慢静下来，无神的眼睛慢慢成了两个琉璃珠。孩子活活给烫死了。其他孩子们像是不明白小弟弟已经走了，还是"稀里呼噜"地往嘴里抽送滚烫的粉子。

李秀梅带着孩子们上河滩挖刚长出的荠荠菜时，人们发现少了一个孩子。但谁也顾不得问她。人们什么也顾不得，只顾着嘴顾着肚子。连谢哲学也常常蹲在公社大院门口，听人讲吃的事。谢哲学的媳妇叫他去找找女婿，看从他那里能不能弄点粮回来。那是腊月里的事，谢哲学也吃了一阵柿糠面了。他们是斯文人家，他不许媳妇和村里其他女人一样，野在河滩上，为一点儿榆树皮骂架。他活到六十岁，一直把体面看成头等大事，再饥也得干干净净出门，脸再肿也跟人问候"吃了？——我才吃过"。好在他偷藏了一点儿首饰，是他给孙怀清做账房时置下的。他让媳妇把那点儿首饰到城里当当，换点红薯、胡萝卜。他媳妇仔细，从不买细粮，那点儿首饰换成细粮吃不多久。首饰也当光了，媳妇抹着眼泪对他说："就剩一条道了，找小荷们去吧。"

从腊月到正月，他去了史春喜和闺女家十多趟。每次一进门就跟自己说：今天不跟他们瞎胡扯，头一句话就借粮。小荷的脸也肿着，挺着怀孕的肚子，给他做一碗浆面条。叫她一块儿吃，春喜说："您吃吧，我们都吃过了。"这一晚也成了瞎胡扯。

过年前的一天，春喜在办公室见了他，把几张钞票塞在他手里，说那是他一个月的工资，小荷叫他送给爹妈过年。两人都点头笑笑，谢哲学明白他女婿在感谢他没给他找麻烦，没让他当书记的做出不过硬的事来。

谢哲学这天饥得百爪挠心。从昨天下午的一碗酸红薯叶汤，他到现在没吃过一口东西。他在史屯街上慢慢走，脚底板搓着黄土地面，搓得脚底心麻麻的。孙怀清的百货店房子沉暗，漆也掉了，青石台阶不知让谁偷走一级，拿回家垫猪槽或者盖兔窝去了。但房还是好房，大门的木头多好，那些雕花柱子得花多少工啊！大门闭着，里面又在开什么干部会。倒回去十多年，这房子里正赶做过年的糕点，光伙计都不够用，得雇人来包扎点心。点心包得四四方方，上头盖着红纸，不一会儿纸都透亮了，香油浸了出来。一条街都尝到又甜又香的气味。一包一包的糕点从案子上一直堆到天花板，五十个村的人都提着它们去走亲戚。

谢哲学想起那时候的小年夜，他拿着分红的钱和两包点心回家。十多年后的他回到家，媳妇上来问他借着点儿扁豆面没有。他慢慢把春喜给的钱拿出来。媳妇一看，知道是女婿女儿在接济他们，哼了一声说，这回还算不赖，没那么六亲不认。

媳妇把谢哲学支派到街上去买面买肉。这是年前最后一个大集，她得把过年吃的东西都买回来。饺子、馍都得做到正月十五，从年三十到正月十五不兴动厨，只煮冻饺子馏冻馍吃。媳妇一边数钱一边盘算，够买八两肉、五斤白面。多剁些酸红薯叶和煮萝卜进去，做几百饺子凑合了。

谢哲学说："老饥呀，弄点吃吃再叫我去买吧。"

媳妇端了酸菜汤来。他问能给块红薯不能。媳妇说省省吧，红薯留过年吃。她哄他似的拍拍他背，又帮他扶了扶残腿的金丝边眼镜，把他推出门去。

又想到孙家百货店的点心了。谢哲学觉得刚才喝进去的酸菜汤让他更饥，走路更费气。他走过几个卖粮的摊子都舍不得买，他们实在太狼心狗肺了，敢要那么大的价钱。谢哲学不是个会讨价还价的人，他只管往前走，去找仁慈的粮贩子。走到长途汽车站时，正好一辆车在他旁边打开门。上面的售票员没好气地说：快上快上！

他还没闹明白怎么回事，自己已坐在车上。他一辈子是听人吆喝、受人摆布的温性子人，让售票员一吆喝"快上快上"，他听了命令似的就上来了。车子是去洛城的。两小时之后，谢哲学已在洛城了。他才明白自己本来就是想来洛城。想到孙怀清做糕点的甜香气味，他已经快疯了。如果他不上洛城吃点儿什么油荤甜腻的东西，他是一定要疯的。原来他悄悄打下主意到洛城吃一顿，自从史书记把钱塞在他手里他就开始打那主意。这主意不成体统，不像他一贯为人，因此他对自己都不敢承认它。直到车子把他撂在洛城繁华的大街上，他才明白自己的无耻，偷拿了一家子过年的钱出来肥吃一顿。

谢哲学想，我一生都顾别人，凭什么不该顾一回自己？同时他又想，你个畜牲，你吃了你媳妇咋办？他马上又辩驳：什么媳妇？这年头活一个算一个，有一口吃一口。他这一想马上理直气壮，觉得谁都欠了他。媳妇只给他喝酸菜汤，女儿一次粮也没给过他，女婿更孬，叫他会计都当不成。全世界的人都欺负他谢哲学老实、厚道，与世无争。

他走进一家糕点铺，看见金丝糕、蜜三刀，还有各式酥皮点心，不知吃哪种最合算。最后他对女营业员说：“各种点心都给我来一块。”

“那咋称啊?”营业员朝他翻翻眼。

“一块一块称呗。”他口袋有钱声气也壮。

“咱这儿不那样卖。噢，称一块，算一份钱，得多少份?”

“那你咋卖?”

“要买就买一种。”

“两种中不?”

营业员把辫子一甩，扭过来，眼睛东西南北地看，就是不看他手指头点的地方。他想，人咋都成了这？在十年前敢这样和主顾说话，孙二大当主顾面就请你开路。

营业员老不情愿地为他拣出蜜三刀和金丝糕，往秤盘上一扔，他肉一跳。

“摔碎了!”他说。

她翻他一眼，懒得理他。然后她把点心包好，捆上，说：“两斤粮票。”

他问：“啥粮票?”

“粮票也不知道？一人二十八斤，有户口就有。”她上下打量他一眼，皱起眉，“你没户口跑这儿来捣啥乱？还要各式一块，得亏没给你称!”

谢哲学接下去跑了几家糕点铺，都是要粮票。他走进一个包子馆，黑板上写明一个包子要一两粮票。他一钱粮票也弄不来。他上去讨好卖乖，问他花两个包子的钱买一个包子成不成，卖包子的人冲他说，没粮票，花十个包子的钱也不成。

他走出包子馆，坐在门口的地上。十来个讨饭的朝他伸出脏手，他也不敢歇了，站起来再走。刚一起来，他什么也看不见了，两脚踏云，他想，可别揣着钱饿死。他慢慢地沿着马路走，一拐，拐进一家酱油香味扑鼻的店铺。一个大坛子上写着：甜面酱。一个“甜”字，一个“面”字，让他把甜面酱到底是什么东西全忘了。他就冲着那“甜”和“面”花了两块五角钱，买了半斤甜面酱。他走到一个背静的小巷，两头看看没人，打开甜面酱的盖子，三根手指进去捞出一把酱，舌头便上去舔。开头两口还不觉得什么，不久那咸味就成了苦味，再吃一口，舌头都咸硬了。他整个脸挤作一团，把那口酱硬吞下去，硬了的舌头却用它自己的力往前顶，“哇”的一声，他吐了出来。看着地上一摊酱色汁液，他想吐出去的大概有五角钱。

谢哲学浑身发软。看看天色，有三四点了。再不赶车回家该回不去了。他一想到赶车脚站住了。他一般想出好点子时就会走着走着冷不丁站住。好点子是火车。火车上的饭一定不要粮票。火车上都是南来北往的人，它收哪个省哪个市的粮票呢？它肯定没法子收。谢哲学到底是读过书的人，在关键时候会用知识和逻辑解决问题。

他到了火车站问一个警察，火车上吃饭要不要粮票，回答果然是不要。正好有六点的车。正是开晚饭的时间，他吃了晚饭，车也该到史屯附近的小火车站了。他只有二十块钱了，买了火车票可能不够好好吃一顿晚饭。所以他问一个检票员，能不能放他进去接人。检票员头一摆：买月台票去。月台票只要一角钱。他还剩十九块九角，足够吃了。过去火车上有糖醋排骨盖浇饭，有肉丁豆干丁盖浇饭，还有最便宜的肉丝白菜盖浇饭。他一样一样回想，在脑子里和自己商量，是吃最贵的糖醋排骨呢，还是吃两份最便宜的？他决定不吃糖醋排骨，那东西靠不住，什么排骨？万一是斩碎的骨头，上面没挂什么肉，就糊上一层稀里糊涂的甜酸汁子，那不太亏？越是靠近吃的时间，他越是虚弱。爬上火车时两手拉住梯子的扶手，把自己一副空皮囊拔起来，提上去。

车开出去半个时辰了，还没见卖饭。他问坐在长椅上的旅客，车上一般啥时开晚饭。

回答说早开过了，节约粮食，一天两餐。第二餐是下午四点开的。

谢哲学手把住长椅高高的靠背，眼泪流了出来。

“大爷，您怎么了？”一个旅客问道。

他这才明白自己是太伤心太失望，也太饥了。他摇摇头，顺势滑下去，坐在过道上，脸埋在两个手掌上，尽量安静、不碍人事地把泪流完。旅客们还是从他微微颤动的白头发和一只手拿着的眼镜明白他在闷头大哭，他们使了个眼色，其中一个叫来了列车员。

列车员上来就说：“起来起来！马上要扫卫生，你这样坐地上算啥？”

他实在站不起来，也不想让人看他哭红的鼻子眼睛。

列车员问：“你去哪儿？看看你的票！”

他更抬不起头了。一生本分的他到六十岁干下这种没脸没皮的事。他听列车员一再催促，心想他身手不灵便了，不然开了窗子就跳车摔死。

“有票没有？”列车员用脚踢踢他屁股。

旁边的旅客说：“这大爷肯定病得不轻。”

“没票？没票跟我走……不走？行，有人让你走。”列车员离开了一会儿，再回来身后跟了两个乘警。乘警没什么话，一人拽一条胳膊就把谢哲学拽走了。

谢哲学只是盼望头低得把脸全藏住。藏住脸一火车人就看不见他这个人了。乘警带他走过一节又一节车厢，他想，这是在让他游街哩。那时让孙怀清游街，他不出门去看，也不叫媳妇和小荷出门。他觉得让孙怀清吃颗子弹算了，那样多仁义。火车上这一趟比他一生走的路都长。他没数数，一共走了多少车厢。假如他数的话，会发现不过才六节车厢。到了乘警办公室，其中一个乘警说："要赖，是吧？"

谢哲学不吱声，他觉得承认或抵赖都会延长这一场官司。

"去哪儿？"另一个乘警说。

他更不能吱声。要说去史屯的话，他们一通知史屯派出所的民警，他可完了。公社书记的老丈人让警察游了街再押送回来。

"你是哑巴？"头一个乘警冷笑着问。

他赶紧点点头。但立时知道头是不该点的，十哑九聋，装哑就得装聋。

两个乘警果然笑起来。

"你要是不开口，我们只好送你到总局去。车到西安你就跟我们走吧。"

他看着两个警察一模一样的黑布鞋，然后又看他们腰上别的手枪。他们的手又黄又瘦，也是半饱半饥的人。他一直没看两个警察的脸，到了第二天上午，一个警察端了一盒大米饭上头盖着炒洋葱，他都不知道这是一个刚上班的警察，昨晚那两个去睡觉了。他吃了一辈子不知洋葱有恁好的滋味。一口一口的饭噎在他喉咙头，他得停下来，等着它咽嗵一下落到肚里，才能再吃下一口。那肚子又空又荒凉，一口饭掉进去直起回声。他不管他们给他送哪儿去，他此刻一个人只剩了一张嘴，只管张、合、嚼动、吞咽。

下午一顿饭之后，火车到了西安。他整个人让洋葱米饭暖着，肚里揣了个小火盆似的，一点儿不觉冷。就在那不生炉子的拘留室坐着，他也暖洋洋的。拘留室里有男有女，捉虱子的、睡觉的、望房梁、望地板的都有。谢哲学是惟一靠着墙便睡着的人。

一觉醒来，正是半夜。第一个念头在谢哲学心里露头的是：现在我可是成了蹲过号的人了。旁边的鼾声高高低低，他这辈子居然也跟小偷、扒手、强盗在一个号里打鼾，还不定得蹲多久。肯定媳妇这会儿把女儿叫到家来了。女婿也派了民兵满世界在找他，手电筒、狗叫、人喊，周围五十个村子这一夜算给闹腾坏了。他们要找的那个老实斯文的谢哲学给当扒手正关着呢。

说不定史屯公社还要开他斗争会。现在在队里的柿子树上摘个柿子，叫人看见都得开斗争会。开斗争会又让他的乘龙快婿露一手，对老丈人也要讲究原则，绝不姑息。他不配做小荷的爹，小荷肚里孩子的姥爷。

他叫起来，说他要尿。

这是他从昨天下午到现在开口说的第一句话。

警卫说："那不是尿桶吗？"

谢哲学说："这屋里有妇女哩。"

警卫说："妇女都不嫌你，还把你个老棺材瓤子脸皮给嫩的！"

谢哲学说："那它就是嫩，我有啥法子？你不叫我出去尿，我可闹人啦？"

警卫只好打开门，哈欠连天地跟他去院子那头的厕所。

过了五分钟，警卫在外头问："你是尿是屙？"

谢哲学在里头答道："屙。"

过了十五分钟，警卫又问："咋屙这么慢？"

里头没应声了。

又过五分钟，警卫进去。老头儿用裤带把自己吊在横梁上。他一辈子顾脸，这时两个手还耷拉在裆前，徒劳地想遮住那块从没见过天日的地方。

谢哲学的尸首是三个月后才被送回史屯的。史屯的人都没有顾上打听，他究竟怎样死的。反正死人的事不新鲜，史六妗子是在年前死的，拖带了一群老汉老婆儿去做伴。老人们都不抗饥，头一天还见谁谁在院里晒太阳哄孙子，下一天就挺在门板上了。

孙克贤的老伴死了后，他就念叨：“你看他还非不死！你看一口汤就能让他存住一口气！他活着有啥用啊！可他不死你也不能把他掐死！真掐死他他也没啥说的，就是他儿孙日后良心老沉。”

他这是替他儿子们在说话。

他的大儿子孙怀玉听着太刺耳，啐他一口说：“谁掐得动你？真有那心去使耗子药呗。”

孙克贤接着唠叨：“他就是有那心也没那胆呀，有那胆也舍不得呀。他是废物囊揣，舍不得药死自个儿，舍不得那五斤白面呀！”

孙怀玉一听，腻味坏了。孙克贤知道孙怀玉一直藏着五斤白面，要到最难的时候才吃。孙克贤老伴快不行的时候，孙怀玉和他媳妇说：“不中咱用那白面给妈搅碗汤吧？”他母亲一下子就睁开眼，坐起来，说她好着呢，就像他们这样五斤面都存不下的败家子，搅了面汤她给它泼地上。那天半夜，母亲就去了。

孙克贤一辈子尖脸高鼻，现在脸肿成了罗汉，两眼一条缝，鼻子也平了。他见儿媳妇真把面拿出来，背着儿子要给他搅面汤，他用手抓住面口袋的口子。三个孙儿孙女都不出门了，以为马上能喝上面汤，儿媳轰他们：“面汤是给你爷喝的。看你爷肿得，一手指捺下去，到下午还见个坑在那脸上呢。”

孙儿孙女们懂事地都站起来，躲出去，叫他们爷爷心安神定地喝汤。

孙克贤笑笑说：“别搅汤了，我喝不下。”

儿媳说："怀玉下地去了。"

孙克贤脖子一梗："我怕他个龟孙！我是真喝不下，就想喝碗酸汤。"

儿媳为难地在厨房里打转，酸红薯叶早掏完了。儿媳又转到村里，转到街上，回到家手里拿着用头巾兜的白土，告诉公公，好多人家都说这东西烙饼吃着不赖。孙克贤的儿媳把白土和上水，揉了揉，揉不熟，她叫小儿子回来给她摔。小儿子前几年还玩尿泥，把白土摔得又韧又光。她学着村里人把白土擀开，擀成一张饼，放在锅上烙。幸亏怀玉落后，她家的大铁锅才没献出去炼钢，不然也得像其他人家一样另置新的。食堂在去年底散伙，她家也去哄抢伙房的厨具，但什么也没抢到。

她把锅在灶上慢慢转，这白土的烙饼也看不出生熟，也闻不出焦没焦。孙克贤在窑洞里问："做啥呢？恁香！"

"还不知做熟做不熟。"儿媳答道。

"香了就熟了。一九四二年我吃过那东西。"

"咋不黄呢？"

"它不是面，黄啥？"

等第一张饼烙出来，三个孩子都回来了，无光了多日的眼睛全滋润起来。孙怀玉这时从地里回来，带回一把锅盔草。草才冒头，已叫村里人吃光了。他看看孩子们，又看看锅里白得可怕的烙饼，问他媳妇："咱敢吃这不？"

"敢吃！"他爹在窑洞里面答他。

媳妇说："都吃哩。就这一点儿还是跟人借的，明天我去弄了，还得还人哩。"

她一边说一边就来提溜锅里的饼。刚把饼拎起来，她"哎呀"叫了一声，饼落在了地上。孙怀玉看她甩着手，龇牙咧嘴。

"手叫它烧了，比炭还烫！"媳妇说。

孙怀玉把媳妇的手一下捺在水缸里，等拔出手来，手指上两个琉璃大泡。媳妇苦脸笑道：“忘了！他们告诉我，这土是做啥耐火砖的，可吸热，不敢用手抓!”

这天午饭一家人围坐在一块儿，吃着白土烙饼。白土里有盐碱，烙熟后香喷喷的，孩子们吃了一块还想吃第二块。怀玉媳妇不叫他们吃了，说看明天屙出屙不出再吃。她见孙克贤抖得厉害的手伸向下一块饼，吞吐着说：“敢吃那么多呀，爹?”

他不理她，只管撕下饼往嘴里填，吞咽的声音很大。吃完第二块饼他说：“这东西吃着是不赖。”

第二天天不明，怀玉媳妇和史屯一群媳妇上路了。离史屯十来里地修建了一座耐火材料厂，那里堆着山一样的白土。她们翻过墙头，用两手扒拉，把带来的粮食口袋灌满，扔出墙去，再一个拉一个地翻出墙来。一袋白土比一袋粮食重多了，她们到下午才把偷回的白土扛到家。路上有一个新媳妇走着走着坐下了，说她得歇口气再走。等她们回到家才想起，新媳妇一直没跟上。晚上她的新姑爷把她背了回来，已经没气了。

各家都飘出烙白土饼的香气。孩子们高兴了，像过去年景好的时候吃油馍一样，拿着白土烙饼到街上吃。狗们过来，他们便赏狗几口。吃了一阵子，各家茅房都不臭了。所有的妈都把孩子搁在膝盖上，扒下裤子，用扁树棍捅进去掏。孩子们一挣一闹，她们就吼叫或者在那些屁股上拍几巴掌：“不叫掏就跟孙芙蓉的爷一样憋死!”

孙芙蓉是孙克贤的孙女。

孙克贤的肚皮叫白土烙饼撑成了一面鼓，硬硬的，一碰就碰出鼓点子。开始孙怀玉要给他掏，他不叫掏。第二天他叫掏了，掏过肚子还是一面大鼓。孙怀玉把他用独轮车推到公社卫生所，卫生所在他肚子上敲一阵鼓之后说：“得往县里送。”

孙克贤说：“别送了，没事，叫我好好放俩屁就行。那东西吃着不赖，要搁点油就好了，屙着就不会这么费气了。”

公社卫生所的卫生员用肥皂水给他灌肠。灌了肠在他肚子上捺、挤。孙克贤成了叫驴，叫得地动天惊。叫了一个多小时，他死了。

孙怀玉回到家就把五斤白面找出来，扔在桌上，大骂他媳妇，叫她立刻给做熟。他媳妇哭哭啼啼的，把面倒进盆里，端到厨房去。他马上又追进厨房，说他一口不吃，全叫孩子们吃。

媳妇说："你不吃，你干活儿哪儿来的力气呢?"

"五斤面叫我一人吃还不够呢!"孙怀玉凶狠地回她。

"那你饿死，俺娘儿几个也是慢慢跟你去的。"她又把面往面口袋里倒。

"他们人小，饥不了多久，就让他们吃吧。"

"你不吃，我们都不吃。谁也不吃。"

"你别逼我揍你啊。"

"揍了好。揍狠些。省得你死了我想你。"

孙怀玉和媳妇哭成一团。他哄她："锅盔草都长出来了，就快出头了。别把咱孩子饿出好歹来，叫他们吃吧。"

媳妇说："能觅食的老鸟饿死了，孩子多一两口迟早不还是个饿死?"

过了三天，五斤面还是五斤面。

孙怀玉没力气跟他媳妇斗嘴，哼哼着说："蒸几个馍，熬点汤，俺们把那五斤面吃了。"

媳妇说："谁知啥时是最难的时候？光绪三年的大旱，人肉都吃！再挺挺。挺到最难的时候。"

孩子们吃了锅盔菜、萝卜糊糊还是整天叫："我老饥呀。妈，我老饥呀!"

孙怀玉躺在床上，他已经不饿了。他对孩子们说："挺床上睡睡，睡睡就不饥了。"

窑洞里不点灯，他媳妇没看见他两个通黄的眼睛。他浑身皮肉也变黄了，好像血不是血，成黄连水了。这天她觉出他身上烫，才点上灯来看他。孙怀玉又黄又亮地躺在那里，肚子咣里咣当一包水。第二天早上，孙怀玉死了。又过一天，媳妇也黄黄地死了。

三个孩子大哭大叫。哭一会儿，大孩子不哭了，到处翻找，在母亲枕头里找出了五斤白面。他拿了白面就去厨房烧水。这时邻居们赶来，问孩子们哭什么。孩子们都不说话，劈柴的劈柴，拉风箱的拉风箱。邻居们到屋里，才看见孙怀玉夫妇通黄通黄的尸首。

孩子们从此都不说话。人们猜不出孙怀玉夫妇是怎么死的，都说不是饿死的，因为家里存着五斤白面。他们想这三个孩子受了太大惊吓，哑巴了。他们上队里饲养员那儿领了死牲口肉，给孤儿们送来。

各生产队的牲口都开始死。给孙怀玉孩子们拿来的是死牛肉。那牛四岁，拉犁顶两头牛的力气。饲养员见它一天瘦似一天，去大队吵过几次，说牛饿死地就别种了。大队从公社弄了一点儿棉籽饼，让饲养员给牛补补，眼看要春耕了。

那条牯牛把头一餐棉籽饼两下吃完，哞哞叫，蹄子发脾气地又跺又踢，直到饲养员明白它没吃饱，又给了它一些棉籽饼，它才收了脾气。饲养员叫疙瘩，是个大麻子脸的光棍，五十多岁，平时和牲口们过成一家子，自己烧一锅杂面汤吃三天，倒是年年正月十六都给牲口们做一顿面条喂喂，嘴里还念叨："打一千，骂一万，正月十六擀顿面。"正月十七要是队上有人使牲口，他不叫人使，说："你过年过到十五，牲口们过到十七，人家还有一天，年才过完呢。"疙瘩此刻看着牯牛眨眼间把下一顿的棉籽饼也吃光了，任它去叫去跺蹄子也不理它。它叫出了人的声音来：饿！饿！疙瘩怕它这样闹人，把旁边一头骡子也带坏，只好再拿出一顿的棉籽饼。看它吃得得意，他拿起鞭子抽它一下，说："撑死了吧！看你有三个肚子没有！今天你爹我就陪你吃！还要不要？还要？好，再来一顿儿！喝口水？不喝？行，你也明白喝了水把肠子撑断呀？"

他喂了它五顿的棉籽饼，它还没有吃饱的意思，一停脾气就上来。第五次喂它时，它用犄角把饲养员盛棉籽饼的簸箩一挑，挑翻了一地。任他怎么抽它打它，它只管埋头满地去舔棉籽饼。吃完它还是大闹，疙瘩一看，它眼睛和昨天完全不一样，不是姑娘似的温顺腼腆，而是直瞪瞪的，又没神，像是瞎了的眼睛。

疙瘩把兽医找来。年轻的兽医给了些药，牯牛睡了一天一夜，起来又闹吃。疙瘩想着这新法兽医不灵，治不了邪病，就找了个老兽医。老兽医扯出牛舌头，在舌下扎了一针，放了些血。第二天，它闹得人都没法靠近它。饲养员只好又剁下棉籽饼给它。它一吃就是另一个脾性了，随你怎么折腾它，捺它肚子，掰它耳朵，到处插针进它肉里都不碍它事，只要让它吃。兽医检查下来，哪儿也没病。那一针安眠药起作用了，牯牛倒下来，鼻鼾把它面前的草末吹起，再吹起。它一醒，就又开始闹吃。

兽医都说看不了它这病，疙瘩又从贺镇请了个懂牲口的老汉来。他说牯牛得的是狂食症，得赶紧杀，不然它会一直吃下去，吃到撑死。

疙瘩怎么也下不了手。它是多么好的一头牛。他就让它去撑死吧。他把棉籽饼剁碎，掺些草不断地喂它。它一边吃，后面就堆积起小山一样的粪。有时它吃着吃着，下巴耷拉下来，实在吃不动了。但只要面前没食，它眼睛就阴冷歹毒地死盯住饲养员。把料往它跟前一放，它又乖又巧，一脸善良。它连反刍都免了，就是吃、屙。棉籽饼全叫它吃光了。一堆棉籽饼眨眼就从后头出来，粪堆在它身子下眼看着高起来。疙瘩蹲在一边，抽着烟袋想，牯牛从吃到屙比做钢丝面还快。钢丝面从钢管这头杵进面团，还得一点儿一点儿推，面丝才从那一头的细眼儿里慢慢出来。这可好，牯牛肚子又直又滑溜，棉籽饼在里头一会儿都待不住，噼里啪啦从后头就出来了。他见牯牛不但没撑死，还一边吃一边掉肉。他又去大队吵，吵来一堆霉烂的黑豆。他心存侥幸，想牯牛没准就是饿疯了，让它足吃一阵，兴许会活下去。他把它十来天造出的粪堆在牲口院里，等着人来拉。

牯牛把黑豆吃完，就剩了副骨架子。屙出去的比它吃进去的多多了，在院子里堆了黑黑一座山。疙瘩奇怪：难道它身上的血肉，肚里的杂碎，全身的气力都化成了粪屙出去了？那也屙不了恁大一座山呀。牯牛狂跳疯喊，疙瘩看着它抹泪；他再也要不来黑豆、棉籽饼喂它。生产队长来了，叫他马上宰牛。村里所有的孩子都围在拦马墙边上，手里都拿一个小罐、一根麻绳。小罐是接牛血的，麻绳拴牛肉。也就是这个时候，孙怀玉断了气。疙瘩抹抹眼泪，对队长说："叫我再喂它一次。"

队长请了屠夫来。屠夫在院子里支上锅，烧开了水。然后他拿出刀来蹲在那儿磨。牯牛从没见过屠夫，但它认出他就是索过成千上百牲口命的人。它的上辈、上上辈、祖祖辈辈把识别这种刽子手的秘密知识传给它。刽子手一下到关牲口的窑院它就闻到他身上的血腥。他走近了，他手上身上的血腥让它四条腿发软。扑通一下，它倒在了自己的粪山上。它是两条前腿向后弯着卧下的，那是牛们的下跪。

疙瘩端来最后一点黑豆，见它跪着流泪。牛们都会流泪，他叫自己别太伤心。牯牛把嘴摆向一边，不去碰黑豆。他说："咦！这牛好嘞！"

队长说："好个屌毛！就一张皮了！"

疙瘩说："只要它不疯吃，它啥病没有！两个兽医都检查过，说它就是瘪症。不吃，瘪症就好了！”

队长犹豫了。春耕没牛，庄稼来不及种下去，秋天还是一季荒。他问疙瘩：“敢留不敢？死了可是可惜了那些血。”

孩子们的小脑袋黑黑地挤了一墙头。他们生怕队长说：那就不杀吧。

队长说：“那再看看？”

疙瘩像自己从“死刑”减成“死缓”似的，恨不得和牛一块儿跪下给队长呼“万岁”。

正在这个时候，孙怀玉的媳妇平平静静咽了气。也是这个时候，谢哲学的尸首在西安停着，还没人认领。这时李秀梅正在淡忘死去的小儿子，和葡萄学着做蜀黍皮糊糊。也是这个时候，村里的狗让人杀怕了，都往河上游逃去。逃出去不久，有的饿死了，不饿死的就夜夜在坟院里扒，扒出新埋的尸首，饱餐一顿。饥年过去很久，这一大群半狗半兽的东西才消失。

牯牛还是死了。人们从它身上分到一块块紫黑的肉，分到又薄又透亮的肠子、肚子。它的骨头都被人用斧子砸碎，熬成汤，再砸，再熬，最后连骨渣也不见了。它的脑子里还记住最后几天的饱餐，眼珠子还含有那个刽子手的身形，都被放上盐和辣子，煮成一碗一碗，消失在人的血肉里。它那一座粪山代替它雄伟地挺立在一点活气也没有的牲口院里。头一批苍蝇来了，哼哼唱唱地围着粪山。苍蝇们还是又黑又小，还没泛出碧绿的光。它们靠着这座粪山一天肥似一天。

终于有个人发现蚂蚁成群结队地从粪山驮出一粒粒的棉籽和半颗半颗的黄豆。原来牯牛吃了就屙，上好的东西咋进去就咋出来了！他把粪在水里淘，淘出一把一把的粮食。他本想秘密地干这件事，但满处跑着找食的孩子很快就来了。一座山的牛粪马上消失了，被几百孩子瓜分了去淘洗。淘出的黄豆渣、棉籽仁，眨眼也消失在他们血肉里。各生产队的牲口粪都改了用途，都被孩子们装走去淘洗，做成晚饭。

不管怎样，他们活过了一个冬天，一个春荒。树上的白椿芽被吃光了，人们不管白椿芽让他们脸肿得有多大，还是眼巴巴地盼着新白椿芽发出来。

桃李树开过花，叶子长大长宽，人们在上面寻觅一个个长圆的绿苞子。那绿苞子放在锅里煮煮，搁上盐拌拌，滑腻润口，就像嫩菜心包了一小块炖化的肥肉。有人明白它们是树上的虫卵，那也是一口肉哩。

柒

还得回到一年多前，回到饥荒才开始的时候，回到葡萄和春喜第一次交欢的那个夜里。等春喜走了之后，她回到院子里，把五条烤熟的鱼摘下来，在地上轻轻摔两把，把烤成黑炭的地方摔下去。鱼肉是真香，她和二大奇怪，这么腥臭难闻的东西做熟之后咋会香得恁馋人。

他们用筷子把鱼肚子挑破，里面还是腥臭的鱼下水，不像熟了的样子。鱼下水掏了，葡萄挑下一块肉，雪白粉嫩。她用牙尖尖咬了咬，咂咂嘴，点点头。二大一直看着她，见她点头，手才伸下去，掰了一块鱼尾，一口下去，满嘴是刺，他嚼也不是吐也不是，半张开嘴，不知下面该咋办。葡萄也不知该做什么，看他的嘴为难成那样，说："啊呀，快吐了吧！"

二大把那一口鱼肉吐在地上，花狗蹿上来一下舔了去，不久喉咙直了，又咳又喘，爪子上去在嘴边乱挠。两人一看，都明白它喉管上扎了刺。葡萄着急，想看看它还会不会吃东西，扔一个糠菜团子给它。它嚼也不嚼，咕咚一下吞了半个菜团，安静下来，把剩的半个菜团吃了，稳稳坐下来，仰脸等下一口食。二大说看来花狗喉咙粗，咽一口菜团子，就把鱼刺儿给杵下去了。

明白了这道理，两人还是不敢把鱼吃下去。第二天，葡萄去集上卖了两丈大布，买了个新锅回来，把烤得半生不熟的鱼扔进去炖。汤像稀奶汁似的，调些盐一尝，真还不难吃。二大皱眉喝完他的一碗汤，笑笑说：“咱这胃口还是没见过世面，咋还是恁想吐！”

过了两天，钻在网上的鱼有七八条，葡萄把它们收回来，用篮子挎到小火车站上。伙房的师傅一见就乐了，问她鱼卖什么价。葡萄说她不卖，她要换粮。

师傅舀了一碗小米给她。第二次，她换回一斤红薯粉。到了入夏，师傅说他们这儿缺粮也缺得狠，再不敢换粮给葡萄了。她说那她也不想挎回去，老沉的，就送他们吃吧。师傅马上叫她等着，他做熟让她带两条回去。

葡萄等的就是这句话。她从师傅剔鳞、剖肚子开始往心里记。然后她记下他怎么用油煎，用葱、姜、酱油、醋煮。下一趟她又去送鱼，师傅为难极了，说这会中？光吃她的鱼。葡萄就说不中就给点酱油、醋吧。

葡萄挎着一小瓶酱油，一小瓶醋往家走。有多久没吃酱油和醋？她都想不起来了。她走走，实在让醋那尖溜溜的香气弄得走不动了，就拔下瓶盖，抿了一口。酸味一下蹿进她鼻子，她流出泪来，可真痛快。从七岁就闻惯的酱油、醋作坊的味道，在她嘴里、舌头上跑。二十年的记忆都在她嘴里跑。她想，天天叫我吃点儿酱油、醋，活着就美了。

用酱油、醋做的鱼汤味道好多了。她和二大慢慢习惯鱼腥气，还是不敢沾鱼肉。用筷子把鱼肉在碗里拨拉开，里头满是比绣花针还小还细的刺儿。吃那一口肉，等于是吞一把绣花针，他们的喉咙可不像花狗那么粗。

村里人发现葡萄天天在河里放网。他们跟在她后面，看她从网上摘下鱼，都问她敢吃不敢。她告诉他们敢吃不敢吃，自家去做熟尝尝。问咋做，她说煮煮呗。

人们也学她的样逮了一些鱼，回家一煮就大骂葡萄：那东西吃一口，得花俩钟头去咯刺儿。有的刺儿扎在嗓子眼上，怎么也咯不出来，到卫生院让卫生员使镊子镊出来才罢。

初入夏鱼草被人捞上去吃了，河水秃秃的，鱼越来越瘦小。这是个旱年，五月份河干了，和前几年围造的田连成一片，裂得口子里能跑田鼠。

葡萄和二大商量，认为该去找日本人藏罐头的山洞了。

葡萄等着人们把猪场的种猪、猪娃全杀杀吃了，她空闲下来，天天在离史屯十七八里的山里找。找得人也晒成了炭，什么也没找着。这天她正找着，听身后有一群人说话。这群人是贺镇的，中间双手上着手铐的是刘树根。她跟他们打招呼，他们的样子恶得很，不叫她在附近转悠。葡萄从来不给人省事，越不叫她干啥她越干啥。她就像没听见他们的呵斥一样，跟刘树根搭话："树根叔，老久没见了，咋戴上铐子了？"

刘树根眼一低，点点头。

旁边背长枪的人说："这货是美蒋特务，在村里散布谣言，你往他跟前凑啥凑？"

葡萄问刘树根："你散布啥谣言了？"

刘树根死盯着脚尖，装听不见。

背枪的人用枪托子吓葡萄："你再不走把你也铐上！"

葡萄说："这地方是你家的，兴你走不兴我走？"

她想，刘树根肯定在带他们找那个日本仓库的门。现在谁能找来吃的，谁就是菩萨，刘树根能把那些罐头找到，不但没罪了，还有功。她不再明着跟他们，躲进草里，猫腰往前走。这山里每根草每棵树她都认识，不一会儿她已抄到了那群人前面。

刘树根说："就是这儿。"

原来的那棵大橡树让雷劈倒了，地上长出一群小橡树来。

葡萄等他们把洞口封的水泥、木头撬开，迎着他们站起来说：“你们贺镇想独吃呀？这仓库里的日本罐头有史屯一半。还有皮靴，皮带。”

她一看这群人的眼神，就明白他们心里过着一个念头：把她就地干掉算了。

贺镇的大队长说：“哎哟！这不是王葡萄王模范吗？”

他装得可不赖，就像她葡萄是女妖精，刚刚变回原形，让他认出来。

大队长说：“日本人的东西，咱都不敢留，都得上交。”

葡萄说：“那可不。”

大队长说：“找不找着，是考验这个隐藏的阶级敌人，看他是不是真有立功赎罪之心。找着了，咱国家在困难时期，多一批罐头，是个好事情，啊？所以一找着，我们就上交国家。”

葡萄问：“国家是谁家？”

大队长不想跟她麻缠下去，他急着要盘点里头的吃食。有了这一仓库吃的，他们大队怎么都熬过荒年了。他要争取做逃荒户最少的先进大队。他想，回头打发她几个罐头，她嘴就封住了，女人嘛。

日本人把一个山洞掏成仓库，堆放的东西贺镇的一群人运不走。大队长叫一个人回去搬兵，葡萄说：“顺道叫史书记来！”

大队长脱口就说：“叫那祸害来干啥？”

葡萄说：“那祸害就在这儿给你打张收条，不省得你搬这半座山回村去？”

大队长知道葡萄要跟他纠缠到底了。他见过地区丁书记和葡萄在猪场里说话，又家常又随便。他说：“好吧，把史书记请来吧。”

史书记不是一人来的，他带着所有的大队长、支书、会计、共青团书记、党员，一块儿上了山。老远就扬起滚圆的嗓门：

“太好了，咱公社有了这批罐头，有劲儿干活了！”

葡萄心想，春喜有三条嗓门，一条是和众人说话的，那嗓门扬得高，打得远，就像他喉管通着电路，字儿一出来就是广播。第二条是和领导说话的，那条嗓门又亲又善，体己得很，也老实得很。第三条嗓门他用了和她葡萄说话，这嗓门他从十六岁到现在一直私下存着，不和她单独在一处，他不会使它。它有一点儿倚小卖小，每句话都拖着委屈的尾音，又暗含一股横劲和憨态，是一个年轻男人在年长女人面前，认为自己该得宠又总得不到的嗓音。

大队长跟史书记又握手又让烟，也忘了他是怎么个祸害了。他把史书记往洞里面让，一副献宝的样子。

史书记用他的手电往仓库里一照，嘴合不上了：里面成箱的罐头一直摞到洞顶。

史书记那样张嘴瞪眼地在心里发狂，站了足有三分钟，才说出一句话来：“日你日本祖宗，你可救了我了！”

葡萄看看他那汗涔涔的侧脸。汗水从他黑森森的胡楂里冒出一片小珠儿，他可是不难看。再看他两条直直长长的腿，叉得那么开，站成一个毛主席或者朱总司令了。她看他伸出手臂，手指伸进木条箱的缝里，去摸罐头光溜溜的铁皮。他的手也不难看，就是太狠，抓上来要把她揉稀了似的。他高兴得年轻了好几岁，就像当年他和她一块儿烧成了第一窑砖。

“日他日本奶奶！咱公社这下有救了！恁些肉罐头还怕度不了荒年？吃罢日本罐头，咱硬硬朗朗地打美蒋！”

“是刘树根找着的。”一个民兵说。

“免罪免罪。”史书记大方地打哈哈，“解决全社的吃粮，就是救人救命！就是杀人的罪，你救下一条命来也抵了。谁把刘树根的铐子给打开？”

命令马上就落实，刘树根扑通一下跪在史书记面前：“青天大老爷!”

史书记大方地抬抬手：“起来起来。我不但不治你罪，还奖赏你几个罐头。你们谁，现在就把刘树根的奖品给人家!”

大队长在旁边看着，一股股冷笑让他硬捺在皮肉下面。这祸害让他们下面堆土、上面堆粮地放亩产“火箭”，跟国家大方，现在又拿他们费气找着的东西大方。

史书记叫人把山洞仓库看上，好好清点一遍，然后就让全社的人来这儿，把罐头化整为零。不然人都饥得肚子胀水，两腿麻秆细，到什么时候能把这些的罐头运下山去？有二十多里山路呢。

晚上，全社几千人打着火把、电筒上山来了。大伙比当年分地主的地和浮财还欢闹，火把下电筒上的黄肿面孔一个个笑走了样。学生们也跟来了。这么长时间，他们第一次有力气走路。学生们都不知什么是肉罐头，问他们的爹妈，爹妈们也说从来没吃过，小日本吃的东西，赖不了。二十多里山路，他们走到凌晨便到达了。天微明的时候，山里的鸟叫出曲调，人们身上都被汗和露水溻得精湿，没一个孩子闹瞌睡。

史书记披着旧军装上衣，一身汗酸气，和一群干部们布置领罐头的方案。各大队站成队伍，由一个代表进洞去把罐头箱往外传。

史书记像在军队一样，领头喊劳动号子。下面的人起初臊得慌，都不跟他的号子喊。过不多久，见史书记和他媳妇一点也不臊，越喊越响亮，便慢慢跟上来。他们一边喊史书记军队上学来的劳动号子，一边把罐头箱手递手传出来。太阳升到山梁上的时候，他们把山洞搬空了，这才觉出耗尽了最后的体力。

“这是咱公社的一次大丰收!”史书记在累瘫的人群边上走动着，“再鼓一把劲，把里面的皮靴子也搬出来，咱就在这儿分罐头！大家同意不同意?”

人们再次站立起来，靠头天的榆钱、槐花、锅盔草给身体进的那点滋补，又开始第二轮的搬运。装皮靴的纸板箱已沤烂了，里面的黑皮靴成了灰绿皮靴，上面的霉有一钱厚。人们用身上的衣服把霉搓下去，下面的皮革还没朽掉，尤其那厚实的胶皮底子，够人穿一辈子。人们把多日没洗过的脚伸进日本皮靴，又打又笑地操步。不过他们都相互问：你穿错鞋没？

所有人都发现他们穿错了鞋：两脚都穿着右边的鞋。问下来他们明白这一仓库的皮靴都是右脚的。他们猜日本人专门造出右脚的鞋来给左边残肢的伤兵。又想，哪儿就这么巧呢？锯掉的光是左腿？那是日本人的工厂出现了破坏分子？最后他们猜是日本人太孬，把左右脚的靴子分开入库，左脚的靴子还不定藏在哪个山的山洞里，就是一个仓库让中国人搜索到了，也穿不成他们的鞋。

人们说他们偏偏要穿不成双不结对的鞋，中国人打赤脚都不怕，还怕“一顺跑儿”的鞋?！于是他们全恼着日本鬼子，转眼就把靴子分了，穿上了脚，不久暑热从那靴子里生发，凝聚，蒸着里面长久舒适惯了，散漫惯了的中国农民的脚。史春喜笑嘻嘻地迈着闷热的“跨跨”响的步子，检阅着正在分罐头的各个大队。他的脚快要中暑了，但他喜欢那步伐和脚步声。人们一点儿也不打不吵，没人骂脏话，罐头安安生生地就分到了各生产队，又分到了各家各户。他站成一个标准、漂亮的立正，两个脚尖却是都朝一个方向，他这样立正向人们说：“我希望大家细水长流，啊？别一顿把恁些罐头全吃了！咱要靠它坚持到麦收！”

葡萄抱着她分到的三个罐头，看着春喜也会像老汉们那样从烟袋里挖烟草，装烟锅，她心就柔融融地化开了：他装烟的手势和他哥一模一样。他穿着“一顺跑儿”的日本皮靴正和一个老婆儿说什么笑话，帮她挎起装了五个罐头的篮子往山下走，老婆儿的孙子孙女前前后后地绕在他身边。

不少人说得先吃一个罐头才有力气走二十里路。他们找来锹、镐，砸开了罐头，有人说不对呀，闻着不香嘛。

从砸开的铁皮口子里冒出的是白的和绿的酱酱。日本鬼再吃得奇异，也不会吃这东西吧，大伙讨论。一个人用手沾了一点儿白酱酱，闻了闻，大叫一声："这是啥肉罐头？这是油漆！"

没一个人走得动了。孩子们全哭起来，他们爬的力气也没了。贺镇的人想起什么了，叫道："美蒋特务刘树根呢？快毙了他！他想叫咱喝油漆，药死咱哩！"

人们这才想起刘树根来。他的阴谋可够大，差点让大伙的肠子肚子上一遍漆！就差那一点儿，史屯整个公社的人都毁了。他们到处找刘树根，人人的拳头都捏得铁硬，他们已经在心里把几十个刘树根捶烂了。这个兵痞，壮丁油子，从土改分掉了他的二十多亩赖地就盼着美蒋打回来。人们说：捶烂他！剁了他！给他氽成肉丸子！下油锅炸炸！……哎呀，那可费油！多少日子没见过一颗油星子了！

刘树根就是没了。他家窑洞上了锁。他和他老婆、孩子都没了。人们不知道，刘树根那天得了五个罐头的奖励，回到家找刀开了一个罐头，当场昏死过去。老婆又泼冷水又扎人中，他醒过来说："村里人马上就要来了，他们非捶烂我、剁了我不可！"

老婆说："你也不知那罐头里装的漆呀！"

刘树根说："我是不知道。可我也不是美蒋特务，他们说你是，你就是了呗。他们一开罐头，见里头不是肉，非把我剁剁，氽成丸子……"说着他就瘫成一摊，等着挨剁了。

老婆做过窑姐儿，见识比村里女人多，赶紧收拾了衣服、铺盖，趁全村还在山上喜庆罐头大丰收，她拖起刘树根就走。通县城的路上一个人影也没有，两边是被人吃秃的草，吃死的树，一条瘦狗被谁家扔了，死在路沟里，扁薄得像一条狗形毯子。走了一程，新坟上的老鸦们见人来了，盘旋在人的头顶。它们想，盘旋不了多久，就可以俯冲下来。它们常常这样撵着暂时还在挪动的肉，狗也好，人也好。

种麦之前，史春喜把全公社的党团员、劳模、积极分子、干部、复员军人全叫到原先的孙家百货店开会。

春喜一下子老了十岁，眼光都有点花似的，眯细眼对人们宣布，最危急的时刻到来了。

葡萄的脸也肿得发木，手里还是照样忙得很，用个线拐子打麻线。她能把碎烂的断麻全打成光溜牢实的麻线。她胳膊上下舞，想抓紧开会的时间把一团烂麻打出线来。

麦种、牲口，都是大问题。咱公社的牲口死得差不多了，麦种钱也还没落实。春喜说着，迈开老汉的步子，在前台来回走。公社在这年春天把麦种全借给社员们吃了。

听了一小时，大家听懂了史书记的意思：他卖了自己的手表、小荷的缝纫机，凑出一份子钱给社里买麦种。他从军队复员，领的复员费置下的几件东西都献给社里了。大家明白，这是该他们献的时候了。他们中没一个人有缝纫机、手表可献。家里就一口锅一把勺，还献出去炼成了钢，到现在还没把锅勺置办齐。

葡萄的手舞动得更快，知道史春喜的眼睛在她身上一会儿照亮一下。冬喜不会把土堆在下头，盖上布再铺一层麦，最后把麦种也当“火箭”放上天去。不过她还是死心眼地在春喜的每一个神情、每一个动作里找冬喜。找到冬喜的一个挥手，一个垂眼，一个皱眉，她就迷了：那是冬喜借春喜还了魂。在葡萄犯死心眼的时候，她会心疼春喜：为了点麦种，把他愁得比他哥还老。

春喜的说话声音和在了葡萄线拐子飞转的声音里，听着就是冬喜啊。她抬起头，用肿小了的眼朝他看着。她好久没这样做梦地看一个男人了。麦种麦种，那时她和琴师朱梅看着抹窑洞的新泥和着的麦种发出麦苗来，对看了一眼。洞房里的红蜡烛吐出肉肉的火舌，温温地舔一下，又舔一下。那被舔臊了的空气动起来，把墙上的青嫩麦苗弄得痒痒的，贱贱的，一拱，一闪。琴师就和葡萄做起同一个梦来。

她现在身上也痒痒的、贱贱的。她想春喜和她咋就这么冤家？她为啥就非得在他身上找到冬喜才不恼他？她的眼光没有空抛，散会时冤家来了，用他第三条嗓音对她说："开会不准迟到，不准盯着我脸看。"

她就像听不懂他在说什么。他皱起眉毛。葡萄心一软，衬着土黄的脸，他那眉毛都长荒了似的。

"借到钱，买下麦种，再买几个猪娃。"她说。

他嘴角挑动一下，明白她的意思是说：我还是有一点儿喜欢你的。她一看这个大店堂里只剩了脸对脸的他和她。

"现在哪有东西喂它们？"春喜说。他的意思她也听懂了：我现在就想你哩。

"给我把猪娃引来，我保准饿不死它们。"她说。他听的是：我也想你。我身子老想你呀。他又说了几句关于庄稼、牲口的愁话，其实是说：你呀你，总算想我了。她也说了一两句宽心的话，眼神却告诉他：我身子喜欢你，心还恼你。

春喜懂了她这句后，突然垂下眼睛。

"你到底恼我啥呀，葡萄？"他问，猛不丁地。

葡萄愣了。她从来没想明白她恼他什么。她就是恼他。她说不明道不白他哪一点儿孬，但她的心明白，她的心不把道理告诉她。

春喜上来抱住葡萄。她的嘴抿得跟刚长上的刀伤似的。他用舌头撕开那伤口。他知道他委屈有多大，他知道她身子明明敞开了，等他等得作痛。

葡萄等他把她搁在条桌上，把她罩在他身子下，她才什么都忘了。黑灯瞎火可真美，她管他是谁，她身子喜欢就行。

从那天晚上之后，葡萄和春喜常常在坟院旁边的林子里欢喜。她想，他哥哥是疼他兄弟的，也疼她葡萄，不会让他和她肚皮饥身子也饥。这么饥的日子，没这桩美事老难挨下去。春喜每回完了事，和她说话，她就把汗津津的手搭在他嘴唇上。她和他是说不到一块儿去的。

种麦是靠人背犁的。公社书记成了史屯公社的头一条犍牛，跳进地里，把套往身上一套，跟大家说："苏联龟孙想逼咱债，能叫它逼死不能？"他说完上身向前一探，脖子一伸，两条腿蹬开了。

史书记当了几天的牛，下面带出一群好牛来，麦子总算按时种下去了。背一天犁，他一看到葡萄的身影就又有了力气。他和她钻进北风吹哨的林子，直欢喜到两人都热得像泡澡堂。

葡萄的肿消了，脸色红润起来，扁了的胸脯又涨起来。她每天饥得心慌意乱时，想到晚上这一场欢喜在等着她，就像小时从地里往家走，想到一个井水冰着一根黄瓜在等她，马上什么都美起来。

天色往下沉暗，她把一篮子桐树花倒进刚开的锅里，坐下扯起风箱来。锅又开了，她揭开锅盖，把烫软的桐树花捞起来，一股清香。桐树花好好做熟味道不赖。捞起来的桐树花倒进盆里，她又舀了两瓢冷水进去。得泡上一天，才能把它熟来吃。昨天泡的花泡成了，用手撕撕，倒进锅里。煮一阵子，清香不清了，有了点儿油荤的香气从锅里冒上来。

葡萄用两个大碗把做熟的桐树花装进去。她摸黑摸出盐罐，里面有把断把粗瓷勺。她用勺子在盐罐上使劲刮，刮了一周，又刮一周。盐罐是分家时分到的，不知哪个懒婆子用的，一定是连汤带水的勺儿筷子都插进去舀盐，干盐巴浸了水，年头长了结成一层硬壳，现在葡萄把盐吃完了，只能靠刮那盐罐。

盐和辣子一撒，再拌拌，她用筷子夹起一块，送进嘴里。味道真是鲜得很，有点儿像鸡丝哩。不过葡萄早就忘了鸡丝是什么味道。她把自己碗里的桐树花又往二大碗里拨了些，把两个碗装进篮子，挎起来下到地窖里。

她摸黑摆好碗筷，又摸黑把凳子放好，嘴里问二大："桐树花咋会恁鲜？吃着像鸡丝。"

二大嗯了一声，手把棉袄摸过来。

她一听他的动作，就说："爹，冷得不行吧？"

二大又嗯了一声，手去揭被子，把当褥垫的草碰响了。她听着听着，想这个抖法，不是冷了。她的手准准地伸过去，摸在他额头上，就和摸了一块炭一样。她说："爹，你啥时病的？早上咋不告诉我?!"

二大一张嘴，上下牙磕得可响，他说："没事。"

葡萄点上灯才发现二大看着比听着吓人多了。他脸色苍黄，两只眼成了狸子的黄眼，白头发白胡子中间搁了个肿得有盆大的头。这时他要是逛在史屯街上，谁也认不出他就是十年前给毙了的孙怀清。

葡萄赶的是去洛城的晚班火车。小火车站的伙房师傅见了她，塞给她一个扁豆面的韭菜盒子，又把她交代给了火车上的伙房师傅，说葡萄是铁路上的家属，托他把她搁在餐车里捎到洛城。身无分文的葡萄晚上九点到了洛城。赶到孙少勇家时，已经十点了。

少勇开了门，把她往里让，两眼不离开她的脸。他问她怎么这么晚来，有急事没有。

"可是有。"葡萄说，见他让了椅子，也不坐下去。

"坐下说。"少勇拿出一个干巴巴的杂面馍，又给她倒上水。

“不是来跟你要饭的。”

他见她脸色不差，也不太肿。就是两眼的目光和从前不一样了，好像她一边和他说话，一边在想自己的心事。

“坐下慢慢说。”

“没空坐。你跟我回去一趟。”

“啥事？”

“有个人病了，病得老重。”

“谁？”

“回去你就知道了。”

少勇盯着她看。看出来了，那人是和他也和她有秘密关系的。是他们的孩子？是，肯定是。她一直把挺藏在什么地方养着，这个叫葡萄的女子干得出那种好事来。

少勇从衣架上拽下围脖、棉大衣，又从抽屉里拿了些钱。他一扬下巴，叫葡萄先走。

出门后葡萄才想起来问：“没和你媳妇说一声呀。”

少勇只管闷头往前走。他到大门口的公用电话拨了号，不一会儿接通了，他说他得出趟急差，老家人病重，得用用医院的车。他说他按标准付车钱和司机的夜班费。

少勇和葡萄是乘一辆破旧的救护车回史屯的。救护车已退了役，但年长日久的消毒水气味还浓得很。它就是少勇身上的气味——葡萄早先觉着他清洁得刺鼻醒脑的那股气味。

少勇上车半小时才说话，他说：“孩子啥症状？”

葡萄嘴一张，没出声。他以为病的是他儿子。他到现在也相信他和葡萄有个儿子，正在哪个他瞧不见的地方一天天长成个小少勇。为了这儿子他连他媳妇也不顾了，半夜三更出远门连个话也不丢下。

他又问：“是饥坏了？”

葡萄又张了一下嘴，没出声。他捏住她手，龇牙咧嘴地说：

“咋不说话？死了?!”

“一身发黄，眼睛成猫眼了。脸可肿，老吓人。”葡萄说着，眼泪吧嗒吧嗒掉下来。

他甩下她的手。

“你老狠哪，葡萄。”

她明白他是说她做得太绝，把个孩子独占着，不到他病死她不叫他见。

少勇叫司机把车开回医院。他把病状也弄明了一大半，回去取针取药，顺便取白糖、黄豆。他们又上路时，他直催司机开快些。

路上他问葡萄：“挺长得像我不?”

“嗯。”她想到最后一次见到挺时，他齐她高了，会吹口琴、拾柴了。

“哪儿像我?”少勇问道。

“哪儿都像。”

“眼睛像谁?”

“吃奶的时候，看着像我。大了看看，又不像了。再长长，长成咱爹的那双眼了，老厉害。”

少勇随着车颠晃着。他的儿子可不敢死，他就这一个儿子。朱云雁整年忙得顾不上家，不是下乡蹲点就是上调学习。他慢慢发现成了干部的女人实际上不是女人，把她当个女人疼爱，她会屈得慌；把她当个女人使唤，那是想都不要想的事。少勇敬重朱云雁，可一男一女光剩了敬重怎么过成好日子？朱云雁一到他想要孩子就说：再缓缓吧，眼下大事多少啊？再逼，她就翻脸了，说少勇是什么干部，医生？和落后农民有啥两样？少勇靠让着她敬着她过了一年又一年。后来他也凉了，就把朱云雁当个合法睡一床的女同志，反正睡下去、站起来，说的都是一种话。再后来睡下去话也不用说了，背靠背，各扯各的鼾。

一个床上两床被，常常只剩一床。她的被老是用麻绳捆上，让她背去这儿蹲点，去那儿访察。

“挺有多高了？”少勇又问。

“高。像咱爹的个头。比你和铁脑都能长得高。”葡萄说。

“你到底把他搁哪儿养的？”

“世界恁大，挺才多大点儿？”葡萄说。

“你说他看见我，会认我不会？”

葡萄看着车窗外头黑色的电线杆一根根往后退，她笑笑：“谁知道。他好就行，活着就好。认不认我，随他。”

“挺不认识你？”

“认识不认识，只要他活蹦乱跳，我就可高兴。”

“他离你远不远？”

“远。挺都不说咱的话了。他说人家的话。”

少勇看着葡萄。葡萄看着窗外。车子一蹦老高，把她扔起来，他把她扶住。他想，既然葡萄把挺给了很远的人家，怎么又把他往史屯带？

车已经进了村，葡萄让他和司机说，叫他把车就停在村口。她和少勇往她家走时，她说：“生病的这个人不是你儿子。”

少勇站在一棵槐树下，月光把槐枝的影子洒在他脸上。“是谁的儿子？”他问。

“是你爹。”葡萄知道他会给惊坏，上来搂住他肩。

少勇把她的话当疯话听。葡萄常有说疯话的时候。她的额头和太阳穴上的茸毛碰在他腮帮上，多年前那个葡萄又回来了。他每一寸皮肉都认得那个葡萄。“为啥你总说剜人心的事，葡萄？”他情话绵绵地说，个个字都进到她头发里。

“二哥，提到爹真剜你心吗？”

她的脸仰向他，月亮把她照得又成了十四岁、十六岁，两眼还是那么不晓事，只有七岁。

“你不懂，葡萄。那时候我年轻。现在想，心是跟剜了一样。”

她点点头，承认她是不懂。

“二哥，你别怕。”

少勇看着她。她把他的手拉着，往前走。走两步，她把他两手夹进自己的胳肢窝。她又说：“你啥也别怕，有葡萄呢。”

前面就是葡萄的窑院了。少勇的手给她焐得发烧。一声狗叫也没有。不远的坟院里蹲蹲站站的，是夜夜到坟院碰运气的野狗。少勇不用看，也知道这不再是曾经的史屯了，他熟悉的村子给饥荒变野了，生了，不再认识他，他也不认识它。

葡萄是怎么度过近三年的饥饿时光的？他心里骂着自己，见葡萄打开了门锁。花狗倒还活着，瘦得尾巴也摇不动，它早就听出了葡萄的脚步，门一开，它已上到最高的台阶上。

少勇一进院子就屏着气四下听，眼睛也闪过来闪过去地看。他实在猜不透葡萄的把戏。

葡萄上了门，又扛了根碗口粗的棒子抵在门上。她还没转过身，就说：“二哥，你是医生，你只管治你的病人。啥也别怕。”

他觉得她不是在说疯话了。事情一定不是闹着玩的，不然她为什么哄他到现在，叫他“别怕”？他也不再问，反正什么都该有分晓了。葡萄往屋里走，他跟进去，见她在点灯。然后，她从怀里掏出一张小照片。他凑上去，这就是他儿子。八岁的挺戴着红领巾，呆呆地瞪着眼前。他也像少勇小时一样爱板脸，见了生人就板脸。

他四下看一眼。床空空的。柜子油得雪白，上面的花描成绿色。他一边看一边问：“孩子在哪儿？”

“孩子在陕西。”

他怕问下去她会说“已经病死了”。所以他什么话也不问。

“孩子啥病没有。病的是咱爹，二哥。”

“谁爹?!”

“咱爹呀。咱有几个爹?”

“孙……怀清?”

“你先别问他咋活到现在。你只管把他当你的病人，给他治病下药。”

“葡萄?!……”

“多问没啥用。二哥，这时叫你把咱爹供出去，让人再毙一回，你供不供?”

少勇看着葡萄。她让他钻进一个噩梦里来了。

“你不会供了。我知道你不会了。要是供的话，挺就没了，你一辈子别再想见他。”

他还是看着这个女妖葡萄。

“你记着，你要再做一回逆子，你就当你没那个儿子。你杀你爹，我就杀你儿子，现世现报。”葡萄说着，抓起他的包，里面有药和针管，领他往院里去。

孙少勇没有想到他见了父亲会哭。当葡萄点上灯，照在奄奄一息的父亲脸上时，他的眼泪流了出来。要是父亲被抬到医院，躺在急诊床上，求他来抢救的话，他肯定以为他自己救了条陌生的性命。他不断侧脸，把泪擦在两个肩头上，把针剂打了下去。十八年前，父亲和母亲一块儿去西安看他，那时他刚刚毕业。父亲打哈哈地说老了不怕病了，儿子成洋大夫了。

父亲已经昏迷不醒。少勇直庆幸父亲饶了他，不给他来一场最难堪的父子相认。西安大街上，父亲领他走进一家商店，给他买了一支金派克钢笔。他直说买那么贵的笔弄啥?

父亲只管往外掏大洋，说我养得起马，难道配不起鞍吗?医生做成了，还掏不出一支排场钢笔给人开方子?母亲也撅嘴，说那笔够家里买粮吃半年了。二十二岁的少勇挑了一支便宜笔，说他中意它。父亲说它太轻，说给人开药方，手上得掂个重东西。

孙少勇给父亲查了心、肺，看父亲两个厚厚的眼泡明晃晃的，他想，三分人、七分鬼的老父亲要能活过来，不知会不会问起那支金笔。父亲和母亲前脚离开西安，他后脚就把那笔给典了。典的钱和父亲给他留下的三十块大洋一块儿，交到了地下党组织手里。他已记不太清当时父亲给他钱时他有没有推让。按说他是会推让的，因为他知道父亲的积蓄都给他哥儿俩求学了。正因为父亲只是能写几个字算算账的半文盲，他才巴望他的儿子们成大学问。

不过父亲可能再不会醒了。

一连几天的输液，他明白那场过堂一般的父子相认他休想躲过了。父亲身上和脸上的黄疸已退了下去，眼睛的黄疸也浅了。这天晚上，他下到地窖，见煤油灯的火苗捻得老高，小桌上摆了两个杯子一个茶壶。父亲躺在灯光那一面，头发、胡子已剃去，虽然还不是活人的脸色，至少不像鬼了。他知道父亲闭着眼却是醒在那里。他的下一步，就是跨进油锅受熬炼。

这时忽听父亲说："葡萄，医生来了？"

葡萄嗯一声。少勇看着她：难道父亲一直不知道治他病救他命的是他的逆子少勇？

父亲说："给医生沏茶了没？"

"沏了。"葡萄的脸上有一点点诡秘的笑，把他拽到板凳前，捺他坐下。

父亲的嗓音气多声少："那你告诉他，我就不陪了。我得闭上眼，睁眼老费气呀。请医生该咋诊病就咋诊。跟他赔个不是，说我怠慢他了。"

葡萄又诡秘地朝他笑笑，说："爹，哪儿有医生跟病人一般见识的？不想睁眼，不睁呗。"她把茶杯塞到他手上。他僵得手也动不了，茶杯险些打碎。她的手把杯子递到他嘴边，他木木地、乖乖地喝了一口被父亲叫成茶的白开水。开水一直烫到心里。

他问诊时，父亲也不直接回答，都是说："葡萄，告诉医生，我肚里的水像下去不少。"或者："问问医生，咋吃啥都跟药似的，那么苦？白糖水也苦着哩。"

少勇收了听诊器、血压器，父亲说："跟医生说，葡萄，明天他不用来。六十里地，跑着老累人哪。"

少勇也不知说话还是不说话。他张几次口，那个"爹"字生涩得厉害，怎么也吐不出来。父亲为他行方便，不让他过那场父子相认的大刑，他只好一再把"爹"字苦辣地吞咽回去。他朝葡萄使个眼色，叫她跟他上去。葡萄把纳鞋底的麻线往鞋底上一缠，站起身来。

"告诉医生，我就不跟他道别了。"父亲说，声音更弱，已半入睡了。

两人站在桐树下。一个好月亮。少勇两眼云雾，飘到这儿飘到那儿。葡萄不说话，等他魂魄落定。他嘴动了几次，都摇摇头，不说也罢地叹口气。葡萄知道他想问她怎样把他们的爹救回来，一藏十年。见他眼睛沉稳了，不再发飘，她想，他魂回来了。她只几句话，就把它讲完了，就像讲她去赶集卖鞋底、赶会赛秋千，若她和他真做成寻常恩爱夫妻，晚上闲下来，她都会和他这样说说话似的。

少勇觉得这就够了，不能多听，听这点已经够痛了。葡萄讲得淡，他的痛便钝些，她讲得简略，他痛得便短些。这样猛的痛，他得慢慢来，一次受一点点。他每次来看父亲，都从葡萄那里听到这十年中的一截儿，一段儿。葡萄讲到他们爷儿俩如何做鱼吃，又怎样咽不下带刺儿的鱼肉。她每次都是三言两语，好像哪件事的由头，让她想起十年中的一个小插曲儿。假如少勇问她：这样藏下去是个事不是？她会说：啥事都不是个事，就是人是个事。问她万一给发现咋办，她会傻一会儿眼，好像从来没想过那么远。要是说：藏到啥时是个头呢，葡萄？她会说：咳，这不都藏这些年了。

每回少勇来，都睡在堂屋的旧门板上。这天夜里听见花狗叫起来，又听见葡萄的屋门开了，她穿过院子去开门。不久就听见葡萄和一个男人在院里说话。听着听着，男的嗓音厉害起来，像是责问葡萄什么。葡萄可不吃谁厉害，马上凶几句，过了一会儿，手也动上了。那男人动起粗来。

少勇把自己屋的门一拉，问："谁?!"

男人马上不动了。葡萄趁机又上去挠了他一把。男人转身就往门外走。少勇又叫："我认出你来了，跑啥跑?!"其实他什么也看不清。

男人给少勇一诈唬，心虚了，便站在台阶下说："和嫂子说昨天出工的事呢……"

少勇说："几点了，说出工的事？明明就是你见不得寡妇家门下太清静！早知道你没安好心！……"

其实少勇只是怀疑来的这个男人是谁，但还不敢确定。

男人说："那二哥你咋会在这儿？六十里地都不嫌路远，隔两天往这儿来一趟？"他说着人已经走过来，迈着穿皮靴的大步，一边把肩上披的军衣往上颠。

少勇想，果然是这小子。最后一次见春喜的时候，他还是个青愣小子，这时一脸骄横，人五人六的成公社书记了。

葡萄抬着两个胳膊把头发往脑后拢，看看这个男人，又看看那个男人。

"我来咋着？"少勇说。

"来了好，欢迎。是吧，嫂子？给二哥配了大门钥匙了吧？"

少勇不知怎么拳头已出去了。他没有想清楚自己为什么恨春喜，而且也不止是为了葡萄恨他。春喜从几年前就把这个史屯闹得闻名全省，眼下的饥馑也全省闻名。春喜没想到会挨少勇这一拳，手抹一把鼻子淌出的血，借月光看一眼，突然向少勇扑过去。少勇年纪毕竟大了，打架也打得差劲，马上给打得满院子飞。花狗跑过去跑过来，想给人们腾场子，好让他们好好地打。

葡萄突然大叫："来人哪，出人命啦！快来人哪！……"

她声音欢快明亮，在水底一样黑暗安静的村庄里传得很远，先是在麦苗上滚动，又上了刚结绒绒果实的桃、杏树，慢慢落进一个个几丈深的窑院。

春喜不动了，站直身到处找他打架时落在地上的旧军衣。

少勇觉得肋巴已给他捶断了，抄起地上劈柴的木墩子时，疼得他"哎哟"一声。他突然觉得父亲给他的那支金笔，他是交给了春喜了。是给了春喜这样的人。春喜不明不白地把那贵重的笔弄得没了下落。他忍着疼，把木墩子砸过去，砸在春喜的腿上。

春喜得亏穿着日本大皮靴，腿没给砸折。他军衣也不找了，操着军人的小跑步伐往窑院的台阶上跑。李秀梅正一手掩着怀从家门跑出来，见春喜便问："是史书记不是？"

春喜不答话，撒开两只一顺跑儿的皮靴，"跨跨跨"地往村里跑。这时葡萄的喊声才煞住。

第二天葡萄在春喜的军衣口袋里发现一块女人用的方头巾，桃红和黑格的，里面包了一封信。信只有几个字：葡萄，你叫我想死吗？我天天去林子里等你，等了一个月了。信还有个老老实实的落款，葡萄抱着围巾和信笑了：这货，上了心哩！她葡萄和他不一样，动的不是心，是身子。她葡萄能把身子和心分得好清楚。要是她的心能喜欢上春喜，她就不会把他的信和军衣收起来，防备着哪一天，她用得上它们。她想来想去想不明白自己，她到底不喜欢春喜哪一点。

麦收扬场的时候，春喜见了葡萄，她头上扎的正是那条桃红色头巾。他抓起一个大铁锨，一面笑呵呵地叫着“大爷”“大娘”，一面接近了葡萄。看两人能说上悄悄话了，他问她要他那件军衣。

葡萄大声说：“啥军衣？”

春喜赶紧把麦子一扬，走开了。再瞅个机会过来，他说：“把衣裳还给我。”

葡萄说：“你衣裳借给我了？”

他见她狐眉狐眼地笑，明白她就是要和他过不去，又走开了。

这是三年来葡萄头一次吃上白面馍。她把馍从笼里拿出来，拌了一盘腌香椿。她给了花狗两个馍一盆汤，挎着篮子把饭送下地窖，在窖口就叫道：“爹，新面蒸的馍来啦！”

她这天忘了闩门，一个人伸头进来，正听见葡萄刚叫的那句话。花狗饿了这些年，头一回吃馍，连生人来它也顾不得叫了。

这人是史五合，村里人都不敢理他，都说他媳妇饿死后让他吃了一条大腿。谁也没亲眼见到他媳妇的尸首，是一群孩子们传的故事。孩子们天不明出去拾粪，正见一群野狗把一个尸首从新坟里刨出来。孩子们打跑野狗，见那尸首只有一条腿。他们用粪叉子把尸首的上半身扒拉出来，认出是史五合的媳妇，头天饿死的。之后村里人就都躲开史五合了，说你看看史五合的眼，和野狗一样样，都冒血光。

五合在门口听了葡萄叫的一声“爹”，心里纳闷，本来想偷点什么，也忘了偷，边走边想，王葡萄哪里来了个爹呢？

这事一直让史五合操着心。过了几天，他想，他一直操心的这事得解决解决。他在一个晚上悄悄跑来拍葡萄家的门。葡萄开门便问：“麦吃完了？”

“不叫我进去坐会儿？”五合的脸比花狗还巴结。

“有屁就在这儿放。”葡萄说，嘴角挑起两撇厉害的微笑。

“咱还是师徒关系呢……”

“谁和你‘咱’呢？”

“我有话和你说。不能叫人听见的话。”

“和你说‘不能叫人听见的话’？”她咯咯咯地乐起来，不一会儿就扯住袖头擦乐出的眼泪。

五合看着这个女人笑起来露出的两排又白又结实的牙，个个都在月色里闪动。要能贴在她又干净又光滑的皮肉上，那可是消暑。

“咋就不能和我说说话儿？”五合伤心地一闪红红的眼睛，往她跟前靠靠。

“落臭名声我也找个是模样的。史老舅家的二孩、三孩，我要跟他们落个腐化名声，心也甘，冤枉我我甘心。人家扯起是个汉子，卧倒是条豹子。和你，值吗？”葡萄笑嘻嘻地看他一点点儿往她身边挤，等他挤上来了，突然抽身，手背掴在他下巴上，下巴险些掴掉在地上。

五合一手捧下巴，一手指点着葡萄，成了戏台上的小生：“好哇，打得好！再来一下！……”

葡萄说：“回头还得浪费肥皂洗手！”

“再来一下！我看你敢！你再来一下，我啥也不说了，咱直接找民兵连长去。”

“找呗。”

“他们天天忙着抓捣乱破坏的地主、富农，漏网反革命。”

“抓呗。”

“你别以为你把他藏得多严实。”

五合说这话是想诈诈看。他红光四射的眼睛罩住葡萄脸上的每一点儿变动。葡萄的脸一点变动也没有。他心里一凉，想讹点什么的计划恐怕要落空。

“我藏啥了？”她问。

五合头皮一硬，嘴皮一硬，说：“那天我可看见了。你以为我没看见？”他想，诈都诈到这儿了，接着往下诈吧。

“看见啥了？”

“你说看见啥了？看见他了呗。你给他蒸了新面馍。你能把啥藏得住？我马上就能叫巡逻的民兵过来。”

麦子收成好，民兵们夜夜巡逻保卫还没收的麦子。这时就听见两个民兵在不远处聊着笑话，从地边往这儿走。

“不给人，给粮也行。”五合说着，活动了一下下巴、脖子。

“你刚分的麦呢？”葡萄问。

“俺家借的粮多，还了就不剩多少了。”

葡萄叫他等着，她把门一栓，进去提了十来斤白面，又打开了门缝，把一袋面扔出去。她听五合在门外说：“多谢了！”她想，那一点儿面够这货吃几顿？吃完又该来了。到了秋天，她的白面也吃完时，她只能把喂了五个月的猪卖了，换了些高粱米。榆树又挂榆钱时，她吃尽地上、水里、树上长的所有东西，把粮省下给二大和五合。她已经习惯吃鱼剔刺了。腥臭的鱼肚杂她也吃顺了嘴。这时，喂了一冬的羊开始产奶。葡萄走到哪里人们都吓坏了，说这个女人吃了什么了？怎么水豆腐一样嫩，粉皮一样光呢？光吃鱼、喝羊奶的葡萄远远地看，只有十七八岁。

眼看麦子又要收了。到处都贴着红绿标语。葡萄想，又是什么新词出来了。新词是“三自一包”。她的“三自一包”是猪场。村里的人又开始闹社火。梆子剧团来了一个又一个。一天戏台下有人喊：那不是刘树根吗？刘树根不见了几年，回来成了团圆脸，老婆也挂起双下巴。两人刚下火车，还没归置家就看戏来了。他和老婆逃出去之后，在山西和一群各省的流民落荒到一片山地上。他们烧了林子，垦出地，种了一季红薯。那年的红薯结疯了，吃了一冬都没吃完。第二年他们种了甜菜、大麦、高粱。又正碰上厂家大量收购甜菜。第三年他们碰见一个史屯公社的乡亲，说公社用刘树根找到的油漆在河堤上、山坡上写了大标语，都是支持党的新政策的口号，那些标语在飞机上都能看得见，正好这天有个中央领导和省里领导乘一架直升机参观“三自一包”的成就，中央领导说：“那是哪个公社?”

省里领导马上派人传达这句话。传达时这句话就成：“那是哪个公社？搞得不错嘛!”

传到县里时，升任县委书记的英雄寡妇蔡琥珀再往下传，就成了：“那个公社搞得很好嘛!”

这样史春喜就被叫到了省里，参加了一次经验介绍会。他讲着自己公社怎样战胜三年自然灾害，走出大饥荒时，忽然想到，他能有这份荣幸，得记刘树根一功。没有那些油漆，他们不会刷那么大的标语，也不会被飞机上的首长们注意到。那些油漆把整个史屯街上的门面房油了一新，各级领导们看到一色的白门窗绿门窗，精神振奋，忘了这是个刚刚从饥饿中活过来的村庄。当时看刘树根找到的油漆毫无价值，长远的价值却不可估量。社会主义革命更是精神上的，灵魂上的，所以那些油漆漆出的东西具有灵魂的价值。史春喜把这些话在公社干部会上讲了。这些话被传出去，传到了山西的刘树根耳朵里。

吃晚饭时，葡萄把刘树根回来的事告诉了二大。她的意思二大听懂了。她其实是说：那时刘树根给捶烂也就捶烂了。他躲了事，也就啥事都没了。事都会变，人不会变。把人活下了，还能有啥事哩?

二大看她香喷喷地喝着鱼汤，心想，这闺女，好活着呢，给口水就能活。

二大说：“别老去偷青麦。吃了多可惜!”

葡萄说：“叫别人偷去不可惜?”她笑起来。村里常有偷庄稼挨民兵揍的。葡萄偷的手艺好，地头蹲下尿一泡尿，身上都能装满青麦穗。她做的青麦馍、青麦汤也不胀肚。用钝磨多推推，多掺些萝卜糊、锅盔菜，口味也不赖。做咸汤时，葡萄用鱼汤搅面，多放些葱姜，二大就吃不出腥臭了。

二大说："往年没人偷庄稼。"

葡萄说："往年不是公家的庄稼。"

二大说："谁的庄稼也不该偷。"

葡萄说："不叫抓着就不是偷。"她把碗筷收拾起来说，"爹，今天晚上上头可凉快，上去坐坐吧。"

二大和葡萄坐在院子里。有飞机飞过，两人都停下抽烟、打麻线，抬头看那小灯一闪一闪从星星里穿过去。葡萄告诉了二大，洛城修了座机场，离史屯只有三十里地。有一天她看见少勇坐的飞机飞过去了。少勇当医疗队长到黄泛区治病，立了功，上西安去开会就坐飞机去的。去西安之前他来和葡萄打招呼。那天葡萄看见一架往西飞的飞机。每回她说少勇的事，二大都像听不见。

第二天五合到猪场来找葡萄。他说他见到一个鬼。是给毙了十多年的孙二大的鬼。"我晚上搬了个梯子，扒你墙头看的。"

葡萄说："你想要啥？"

五合说："粮我不缺。有青麦偷哩。"

葡萄手里掂个搅猪食的木棒，有五合的瘦胳膊粗。木棒在她手上一抽一抽的，就像硬给捺回去的拳头。木棒懂她胳膊的意思，她胳膊懂她心的意思。

"那你想要啥？"

"你先说他是不是个鬼？"

"是不是你不是看见了？"

"我得让史书记，民兵连长，带着民兵去看看，他是个鬼还是个人。"

葡萄手里掂的木棒抽搐得狠着呢。她要不扔下它，它马上就要蹿起来了。她把木棒往锅里一插，开始搅正开锅的猪食。史五合上了一步，把葡萄拽进怀里。

她看着这个一无用场、不长出息的男人花白的头在她怀里拱来拱去，像拱到奶的猪崽似的马上安静了。她看着她自己的衣服给那可怜巴巴的手扒下去。猴急什么呢？把纽襻都拽脱了。她看她自己的背抵着嘟嘟作响的锅，看着那只没干过一件排场事的瘦手上来了，掰开了她。是不是强奸？她给他拖到撒着糠米儿、麸皮、黄豆渣儿的地上。花白发的脑袋已软下来，软在她颈窝里，一股汗气让她张大嘴呼气。这是个活着没啥用的东西。他媳妇死都死不囫囵。

他自己亏空了不知多少似的，又是汗，又是鼻涕，气还没喘妥就告诉她，他每天得来找她一回。

她说："找呗。就别上这儿来。"

"那上哪儿？"

"这儿多脏。"

"你还挑干净呢？"

"干干净净的，美着呢。"

"那我明天上坡池里洗洗？"

"别糟蹋一坡池的水吧。牛们还饮呢。你下回来，我带你上一个地方。"

史五合五十岁来了这场艳福，高兴得连吃新麦都不香了。他等葡萄带他去风流，天天打水又冲又洗又刮脸。到了这天，葡萄领他往河上游走，叫他别跟近。他远远跟着，口哨吹着"秦香莲"的段子，多高的调都吹了上去。走到晌午，走到一个小庙边上。他从来没见过这么矮的庙，不像是荒庙，窗玻璃擦得晶亮，还有焚香的烟冒起来。他见葡萄只穿件没袖没领的小衫子。那是块旧洋缎，缎面的光彩在阳光下还耀眼，把她身上凸的凹的都闪出来了。

她回头冲他一笑。他刚上去搂她，她突然翻脸，尖叫着：“救命啊！……畜牲！畜牲！……”

他恼坏了。手一用力，那缎子小衫被他扯碎了。他像条大肉虫似的在她身上又爬又拱。她叫得惊天动地。不一会儿他觉出什么动静，扭脸一看，小庙里出来了一大群侏儒，愣在那里。突然从门里冲出一个十来岁的男孩，扑到史五合身上就咬。史五合一把把男孩扔出去，侏儒们这才抄起棒子、石头，举着铜香炉朝他来了。

五合不会知道这个名叫挺的男孩了。那些木棒、石头砸在他肉上、骨头上，发出闷响、脆响，砸在骨头上的声音让他觉着整个身子是个空壳儿。他看着自己的鲜血发了山洪，隔在他和侏儒们之间。那滚烫的山洪从他自己头脸上冲下，把侏儒们一模一样的扁脸慢慢淹了。他不知道叫做挺的男孩是谁，打哪儿来的，也不知年年收罢麦葡萄就上到这山上来，来看这男孩，照例搁下药片、药水；治头痛脑热的，治泻肚上火的。她还按男孩长大的尺寸每年给他做一套衣服一双鞋。五合听见一个蚊子似的声音说：“别打呀，我还有七十老母……”他发现自己是这只求饶的蚊子。他从来没见过这么多矮子怪物，那半尺长的腿们踢他踢得狠着呢。他来不及想自己会不会丧命在这几百短腿怪手里，热血的山洪就把他眼前最后一点儿天光淹没了。他不会知道葡萄和叫挺的男孩是怎么相处十来年了。她和他没说过话，就互相看两眼。他在庙边上跑着掏鸟窝、抓蝈蝈、吹口琴时，会突然站住，一动不动，脸对着那片杂乱的林子瞪大眼。他有时还会朝林子走几步，就是不走进去。挺明白林子里有双眼睛和太阳光一样照在他身上。

五合快要咽气了。他已经不是个人，是个人形肉饼。最后的知觉里，他听见一个女人的声音说：挖个坑埋埋吧。他那一摊血肉人渣儿给人七手八脚地拾了拾，七零八碎地给搬起来。

镐头在他旁边刨，刨一下他的渣儿就更散开一些。五合那个享过艳福的东西在刨地的震动中一抖一抖，他不知它正被那叫挺的男孩瞪眼看着。那个男孩脸上露出恶心的神色。从五六个省、市集合到这里的侏儒们种自己开的地，吃自己打的粮，看自己唱的戏。人们嫌弃他们，他们也瞧不上人们。因此他们没有人饿死。叫挺的男孩管他们叫“爹”、“妈”、“大爷”、“叔”、“婶”。

五合不知道任何事了。那些他不知道的事包括叫挺的男孩年年都是三好学生，年年都把奖状带到这里，搁在庙门口。他们全进庙去的时候，有个女人会来细细看那奖状。上一年，奖状里包了张一寸大的照片，叫挺的男孩在上面呆愣愣地瞪着眼。那双眼很英气，被人说成“眼睛看着老厉害”。

五合稀烂的肉体还没死透，滚进大坑时肉还最后疼了一下。是那些半尺长的腿把他踹下大坑的。是叫挺的男孩瞪着他这堆血肉渣子滚上了第一层黄土，就像庙会上卖的甜点心滚了一层豆面、糖面、芝麻粉。五合知道的事不多，知道他十多年前打洞打进孙家百货店时，孙二大手里的铡刀是仁义的。他还知道他去葡萄身上找舒服时，葡萄并不恨他。葡萄像是可怜他。他知道的不多，但知道葡萄胆大妄为，敢让一个毙了的人复活，让那人一活十多年。

史五合从这世上没了。他知道的那点儿事也没了。

谁也不觉得缺了他。

这个人站在史春喜身后，乱糟糟一个头，皱巴巴一条围巾，灰蒙蒙一双皮鞋。脸是整齐的，眉眼一笔一画，清楚得像印上去的。三十来岁？恐怕不到？

史书记介绍他是省里派来的四清工作队同志，是个作家，写过有名的书和电影。葡萄把他里里外外上上下下看过了。春喜对葡萄说，朴同志就安排在葡萄院里住，饭派到各家吃。全村最数王葡萄家干净整齐，才安排他住这儿。

葡萄转身往屋里走。史书记在她身后叫：“王葡萄，你听明白没有?”

葡萄说：“不支床老扛着被子?”她下巴一斜，指指春喜肩上的被包。

史春喜说：“我话没说完呢!”

“说。”葡萄在窑洞里应着。

那个叫朴同志的男人赶紧进了窑洞，帮葡萄一块儿把两摞土坯摞齐，再把那块靠着墙的门板扶下来，搭在土坯上。他不会干活儿，葡萄搬土坯，他就上来和她抢，弄得四只手四只脚乱打架。葡萄扛门板，他搭的那只手也吃不上力，虚扎着架势，不过心是好心，眼睛担惊受怕地看着葡萄弯腰、起身、绷腿、挪脚、咬嘴唇。见他担惊受怕，葡萄斜在门板下朝他咯咯地笑起来。“怕啥呢? 我连你一块儿都搬得起。”她笑着说，一边缓缓跪下一条腿，把门板卸下，搁在土坯上。

史书记进来了。窑洞窗上的小方格子透进来光亮。窗上糊的纸黄了，红色窗花还红着。葡萄爱拾掇家，地上的砖扫得泛青光，墙上漆了一圈绿漆，往下是白漆，往上是旧报纸旧画报糊的墙和拱顶。

史书记跟葡萄讲着好好照顾朴同志之类没用的话，朴同志也跟葡萄讲着以后要添许多麻烦之类没用的话。葡萄说麻烦也没办法呀。她笑嘻嘻的，两个男人愣住，不知她是俏皮还是发牢骚。

“麻烦工作队要住，不麻烦工作队也要住。”她说着，就拿起朴同志网兜里的花脸盆，对着光看来看去。

史书记说：“她这人直，朴同志别往心里去。”

“工作队这回要改啥呀?”葡萄问道，“上回是‘土改’，这回是啥改?”

朴同志说："这回是'四清'。清理地主、富农……"他扳下俩手指，扳不下去了，张口结舌地想着。

史书记马上接下去："还有坏分子、右派。"

葡萄说："和上回一样。"

朴同志懵懂了，问她哪回。

葡萄说："上回也打地主、富农。我当这回是啥新工作队呢。和上回一样。"

她已拿着盆走到院里，从缸里舀了两瓢井水。朴同志直说"我来，我来"，还是插不上一下手。他把毛巾投进水里，胡搓乱拧，水淋淋地就擦到脸上。葡萄觉着他连搓洗毛巾也不会。洗衣服咋办？真愁人。她看他两只马虎手又在盆里瞎搅，愁愁地笑起来。

史书记说："王葡萄，你这觉悟可成问题。"

葡萄想，连"觉悟"这词儿都和上回一样。

"工作队吃恁大辛苦，这么大名作家上咱这儿蹲点，就为了提高你这样人的觉悟。"史书记伸着一个手指头敲木鱼似的点着葡萄。

"觉悟觉悟，给记工分吗？"葡萄说。

朴同志一听，哈哈大笑。他这一笑葡萄放心了：是个鲁莽汉子，一点儿不酸。葡萄和他对上一眼。朴同志嘴张在那里，笑容干在脸上。他从来没见过这样的眼睛，浑顽未开，不谙世事。是胆大妄为的一双眼。眼睛又厉害又温柔，却是不知有恨的。这双眼最多六岁，对人间事似懂非懂，但对事事都有好有恶。怎么会有这样矛盾的女人？

葡萄把他拧了没拧干的毛巾接过来，肩膀挤他到一边去，自己把毛巾搓了两下，脆利地拧干、抖开，交到朴同志手里，端起脸盆走到院子那头，把水倒进一个木桶。朴同志看她的一个个动作，觉着她身手漂亮，天生就会干活。

第二天他发现葡萄从红薯窖上来，挎一篮子花生。她说：“炒花生给你吃。”又过几天，他夜里躺在床上，听她出屋。不知为什么，他起身扒在窗上看。他见她又下红薯窖了，上来下去手里都挎着篮子。

朴同志有天晚上开会回来，她给他开大门。那天他忘了带手电，步子滑了一下，从台阶上摔下去。她给他敷药时他说要在门上装个灯就好了。

“装啥灯？反正你们又耽不长。”

“谁说我们耽不长？”

“我说。”

“你为什么说我们耽不长？”他有点和孩子胡逗的样子，看着她笑。

“谁都耽不长。”她想说给他听过去十四军来了，驻下了，后来又走了。八路军来了，也走了。土改队住了一年，还是个走。过去这儿来过的人多呢——洋和尚，洋姑子，城里学生，日本鬼子、美国鬼子，谁耽长了？你来了说他投敌，他来了说你汉奸，又是抗日货、又是日货大减价，末了，剩下的还是这个村，这些人，还做这些事：种地、赶集、逛会。有钱包扁食，没钱吃红薯。不过她没说。葡萄觉得自己现在心眼多了，不愿意把话给人说透，说透别人高低也明白不了。

“我们这回可是要长耽。”朴同志说。

“耽不长。”葡萄说，用旧布条把他腿包上，“你们不喜欢俺们这儿。俺们也不喜欢你们住长。”

“你不欢迎我住这儿？”朴同志还逗她。

“你们来，问过我们欢迎不欢迎了吗？”她眨着眼。她是特别耐逗的人，不动声色已经把对方逗了。

朴同志当晚就把葡萄作为人物速写记在本子上了。朴同志白天下地和社员一块儿锄麦，锄几下社员就把他们十几个工作队员劝到一边去，叫他们读报唱歌睡觉发呆，反正不愿看他们硬着腰板、直着胳膊腿锄地，看的人比干的人还受症。朴同志把本子带到地头上去写，跟锄地的人打听这家老汉那家闺女，把葡萄的底细全问了出来。连她十四岁那年守寡也打听得仔仔细细。他心里没法给葡萄这女子定型。她到底是个什么类型的人？他想多和葡萄说说话，可工作队忙死人，到深夜才开完会才回家。

三个月之后，全公社开大会，几千人到了史屯小学校的操场上，有的坐在鞋上，有的坐烂苇席，有的就坐在黄土地上。葡萄坐着自己的鞋，一针接一针地纳鞋底。她看看黑麻麻的人头，看看衣衫不整的脊梁、前胸，这不和十多年前一样？连人坐的东西都一样，还是鞋、烂席、黄土地。不一样的是台上的毛笔大字。乍一看也看不出啥不同来。

被斗争的人是刘树根的媳妇。斗的是给十四军一个连长做姘头。刘树根媳妇暗藏了很多年，拉拢腐蚀了刘树根和生产队、大队许多男人。

葡萄扯着手里的麻线，眼睛一下也不往刘树根媳妇身上扫。刘树根媳妇有啥看头？回回赶集都看。她眼睛盯在朴同志身上，朴同志的衣裳扣错了一个扣子，下摆一长一短。她听朴同志告诉她，他是个孤儿，也不是中国人。他的父母从外国到中国来抗日时把他养在中国老乡家的。后来他父母都打仗打死了。朴同志做啥事都乱七八糟，胡乱凑合，就是没有妈做给他看。她的挺长大了会不会拧毛巾、扣衣服？

葡萄眼泪流出来了。朴同志隔在眼泪那一边眉眼也不清楚了。

朴同志没发言，就站在一边看工作队其他人发言，又看史书记和社员代表发言。现在台上伛腰缩头站的不止一个刘树根媳妇了，还有贺镇一个老师，是右派，还是“漏划”。另外就是几个过去挨过斗争的地主、富农。他们已经多少次见这么大的场面，所以台下看他们，他们也看台下。因为他们知道下了台他们和台下的人又是互相问：“吃罢了?”“正做着呢。”

最后上台的是史老舅。史老舅落后话太多，给他挂了坏分子的名号。

朴同志的眼睛东看西看，漫不经心。他突然看见坐在台下不远处的葡萄。葡萄在流泪。他用眼睛问了她：“哭什么?”葡萄笑笑，用手掌下端把眼睛抹了一下，然后指指自己衣服前襟。

朴同志盯着她的衣服前襟研究半天。那是件白土布褂子，滚着蓝底白花的边。葡萄的衣服再旧都合体可人。她又指指自己前襟，他便想加深研究她的胸。他脸红了，心里骂自己：你小子想哪儿去了?!

会开完了，几千人在操场上拍打鞋上、席上、屁股上的黄土。这地方的黄土好啊，又细又软，天都遮黄了。所有的女工作队员都掏出粉红、粉黄、淡绿、淡蓝的小手绢捂住鼻子、嘴，只有朴同志傻愣愣地看着半天高的好黄土。他从来没见过这样遮天蔽日的黄土，黄土也像黄水一样长大潮，把人淹在里头。

等他低下头，葡萄站在他面前。他看着她的眼，还是用眼睛问她：你刚才哭啥?

她看懂了他眼里的问话，她说：“眼叫土迷了。”她的意思是：我能告诉你真心话吗?

她还想说什么，笑笑，走了。

他懂了她的话，跟她往回走。走到地边，人群稀了。她转过身，把他扣错的纽扣解开，发现原来少了一颗扣子。

“脱下。”

朴同志想，有叫不熟识的男人“脱下”的吗?

“脱呀！我找个扣儿给你钉上。”

他里面是个烂背心，一边背带断了，露出半个胸脯。他赶紧把那根背带手提着。他笑着说："你钉不完，我哪件衣服都少俩扣子。我走路不看道，天天让树枝挂，让钉子扯。"

她说："咋和我那挺一样呢？"

"挺是谁？"

"是我孩子。"

她自己一点儿都不吃惊，把真情吐露给这个萍水相逢的人。

"没见他呀。"朴同志倒是大吃一惊，半天才搭上话来。他听说葡萄一直守寡，一个人过了二十年。

"你咋会见着他。他在陕西呢。说不定在河北。"她知道他想往下听，心急得油煎一样哩，她说，"谁也没见过他，他爹也没见过他。这村里的人谁都不知我有个挺。"

朴同志明白了。他感到这事很凄凉又美。一个年轻寡妇守着一段秘密儿女情，就一个人过了。他不打听孩子的父亲是谁，他不是那种俗人。

"你见得着他吗？"

"嗯。俺们见面不说话。"

朴同志一手拎着肩上的断背心带子，沉浸在这叫葡萄的乡下女人的故事里。他看一眼她的侧面，那是个完美的侧影。朴同志不知自己是怎么了，手上到她背上。她的背紧绷绷的，一直到腰，到臀都紧绷绷的。

"他知道他是你的孩子？"

"嗯。他是肚里啥都明白的孩子。"

他们谁也不说话地走了一程，高粱高了，蜀黍肥了。

葡萄又站下。他在她身后只隔半步，她一停他就撞在她身上。她说："你咋和他们不一样呢？"

"和谁们不一样？"

"赵同志、王同志们呗。"

"哪儿不一样？"他笑起来。朴同志和女人总是处得别扭，时间一长他身边总是没女人。地位和钱都帮不了他忙，三十几岁还没人给钉扣子。他在葡萄面前又瞪眼，又晃头，好像他不在乎给她评判似的。

“不一样。”葡萄说。

“你和人家也不一样。”朴同志说，一只手还拎着背心带子。他心里觉得自己滑稽，把缺纽扣的衬衫问她要回来穿上，不就不用这样难为自己了？可他愿意在她面前笨拙、滑稽。到了家，她找出一个扣子给他钉，说：“我每回下地窖你都扒窗上看。”

他想自己的那个行为挺丑，赶紧摇头：“只看了一回！”

“那里头没藏着我孩子他爹。”她笑着说。

“那是红薯窖，我知道。家家都有。”他脸挂不住了。明知是红薯窖，那你偷看她干啥？

“家家都有，可谁家也没我家的大。下去看看不？”葡萄下巴一扬，指那红薯窖，还是笑，“下去看看吧，我陪你下去。”

朴同志不说话，看她把扣子上的线头咬断。她抬起头说：“脱下吧。”

他说：“啊？”

“就这样揪着它揪一辈子？”她指他的手一直揪着的背心带，“回屋换一件呗。”她说。

他回屋去了，转一圈出来，手还揪在背心带上。他笑着说：“这件也是断的。”

她说：“那就光着吧，光着凉快。”

他两把就把背心从头上扯下来了。他说：“是凉快。”他活到三十几岁还没这样听女人话过。

以后葡萄进朴同志的屋去扫扫抹抹，就翻翻朴同志写的书。那本书是讲他自己的故事，里头的男孩子不姓朴，葡萄也知道那就是他。他讲的故事太深，她不认得的字也太多，但她觉着看懂了他的故事。她把他从三四岁到十七八岁的事都弄明白了。

朴同志很少在家，夜深人静才回来，她想和他说说话，又心疼他缺觉，就拉倒了。他的书天天让她看，蘸着唾沫的手指把书页都翻得不平展了，书一天比一天厚。这天夜里，她给朴同志打开大门，朴同志说："看完了？"

"啊。"

"好看不？"

"要没那些不认识的字就更好看了。"

她和他说话越来越省事，都知道对方在说什么。他从书页被翻动的情形看，就知道她读他的书了，读到哪一章节了。

"识不少字嘛。"

"是俺二哥教的。算盘是俺爹教的。"

"你爹不是早去世了吗？"

"俺有两个爹。早去世的爹不识字。"

她眼睛看着朴同志。一进门他那张了口的皮鞋就叫她看见了。他裤子上全是泥，下半截裤腿是湿的。他是踩到水沟里了。他天天闯祸，糟蹋自己的东西。有回下到河里去洗澡，手表也让水泡停了。葡萄觉着自己的心要分一瓣儿给朴同志了。

"看完书怎么想？"朴同志笑眯眯地问她。

"啥都不想。"葡萄说。她心里说：连你心里的东西都看明白了，还用想啥？书上的朴同志和眼前的朴同志是个什么样的人，有颗什么样的心，葡萄全懂，但她说不出。

"地窖里藏的人是我爹。"葡萄说。

朴同志心里嗵嗵一下，表面和她一样，就像家常夜晚说淡话。他知道葡萄说的"爹"是谁。人们常常说漏嘴。说：孙二大活着的时候，咱这儿啥都有卖。或者：孙二大活着就好了，他能把那孬人给治治。朴同志在这里呆了三个月，心里慢慢活起一个叫孙二大的人：精明、果敢、爱露能、得理不饶人。他发现村里人渐渐忘了孙二大是个被他们斗争、镇压的人，他们又把他想成一个能耐大的长辈，遇到事，他们就遗憾不再有这样的长辈为他们承事了。开始他觉得葡萄在和他逗，但一秒钟之后，他相信她是那种妄为之人。她把窝藏一个死囚和偷公家几棵蜀黍看得差不多，都没啥了不得。

“我爹在下头耽了好些年了。你们工作队不来，他还能上来见个太阳、看个月亮、听个画眉叫。”她凑到灯下去引针。

朴同志哑下嗓子说：“这事可不得了，你懂不懂？”

“懂。”她马上回答，抬头看他。

他一看就知道她说的“懂”是六七岁孩子的“懂”，不能作数。

“你……你为什么要这么做？”

“他是我爹呀。”

“可……可是他是个犯死罪的人！”

“他没杀人没放火，犯的是谁的死罪？你心里可明白了，他不是犯死罪的人。”

朴同志愣了：“我心里怎么明白？”

“你明白。”葡萄把这三个字咬得很痛。

“你告诉我这么大的事，我非得报告上级不可。我不报告，我也死罪。”

“报告呗。”她把针尖在头发上磨磨，继续手上的针线活，“打着手电去报告，别又踩沟里了。”她下巴指指他的鞋，笑笑。

朴同志真不知这个女人是怎么回事。他拿出烟来抽，两手浑身乱摸。“啪”的一声，他的打火机过来了。他看看葡萄大大的手，长长的手指把打火机往他面前又推一下。他可让她害苦了，把一个生死闸把交在他手心。他不知自己下一秒钟会不会跳起脚冲出屋，站到院子里大喊：“来人哪！抓逃犯哪！……”

他又清楚自己是多么没用的人，假如刚听到她说这事的时候没趁着意外、刺激、惊吓跳起来去喊，往后喊是很难的。他一喊不仅出卖一条性命，他要出卖两条——这个浑头浑脑的王葡萄不久他就看不见了。

他是不能看不见她的。三个月他在外头开会、调查、斗争，回来见到她，就感觉安全了。外面总是凶险，斗来斗去，一句话说得大意，就会给斗进去。他是个马虎惯了的人，常说马虎话，只想博人一场哄堂大笑，可是人们笑过之后他觉出不妙来，觉出紧张来。他变成一个每句话说三遍的人：头一遍在心里说，第二遍用嘴说，第三遍是用记忆说，检查嘴巴说出去的哪个字不妥。说了三遍的一句话，落在人群里，他还是发现不妥。就像他走路行事，无论他怎样仔细，天天挂烂衣服踩湿鞋，天天看见身上有碰伤的绿紫青蓝，想不起什么时候碰痛过。

每回他惊心动魄地回到葡萄的院里，看见她拉开门栓，淡笑一下就扭头下台阶，让他跟在后面下来，免得又踩错哪一脚，他就觉得安全了。葡萄这里全是见惯不惊的，大事化小的。她三十四岁，像个几岁的孩子不知道怕，也像个几百岁的老人，没什么值得她怕。只要把门栓一插，她这院子就是她的，就安全。

这下她的院子不安全了。她揣着一颗定时炸弹哩。

揣着一个定时炸弹，她还能这样安全，他实在懂不了她是怎么回事。她讲着她公爹如何生病，她怎样给他求医，而他听一小半漏一大半。等她停了，不讲了，他又来追问那些漏听的。他太魂飞魄散了。有一点他弄明白了：叫挺的男孩是这桩事情的牺牲。

他突然问："你和你儿子的父亲，很相爱吗？感情很深吗？"

葡萄看着他。这是什么话呢？这成唱歌了。她的笑把他打趣了。

他想那一定是很像歌的。他发现有头有尾的男女故事全一模一样，至少结尾一样。他和葡萄的事也就好在没头没尾。

他和葡萄当然是没事的。他又不疯，去和一个乡下女人有什么事。

他想总有一天葡萄的一生要成一个大故事。也许是很短的一生，只有三十来岁。这故事他不写也会有人写。就是只写到她三十四岁，也够大了。这么好的三十四岁，谁来了结它？是他？他趁她回屋去睡觉，悄悄走过院子，摸黑爬上台阶，贼似的拉开门栓，跑到四清工作队长家，让他赶快领人来包围这个让他舒适、安全的小院子，捉走他喜爱的葡萄和地窖里的逃犯？

他不行。干不了这事。

朴同志不知道葡萄比他更早明白他干不了这事。从他一进这院子，你来我去的几句碎话几瞥眼光，她就知道他是谁了。再就是从他的书，他的身世里，她比他自己都知道他是谁。他是那种掂着人家性命不轻易撒手的人。

他抽了一夜烟，鸡叫时打好行李。就是对葡萄的秘密装聋作哑，他也得搬到别处住去。他被迫做了知情者，他不能再被迫做个合谋。

他得等天亮再走。不然话不好说，一院子关着一男一女，还都孤的孤寡的寡，冷不丁一个人半夜卷了铺盖，那不是叫另一个打出门去的？

他听见葡萄起身了，去院子里放鸡，又舀了水去厨房烧。他每天都有热水洗脸，还有一缸子热茶。他看看表，五点半，他拎着行李卷走到院里。

葡萄从厨房出来，马上就乐了。她指着他的行李卷说："你这铺盖卷拎不到门口，就得散。"

他看看，她说得没错。

"搁下。"

他搁下了。

她拎起那油酥卷一样松软的被包，回到他屋里，抽下绳子，重新把里面脏的、干净的衣服叠好，齐齐地码在被子里，再把被子叠成紧紧的四方块。她跳到床上，一只膝盖压在被子上，两手扯绳子。他左伸一下手、右伸一下手，都伸错了时候、伸错了地方，不帮忙反而碍事。

“给你做了点儿干鱼。你拿上吧。”

他跟她去了厨房。

“俺们这儿的人吃不懂鱼，我也才学会吃。吃惯了不赖。听说养人哩。”她一边说一边从锅里拿出煎得焦黄的咸鱼，上面撒了干辣椒末儿。

“这么多?”

“你在人家家里吃派饭，没赶上派到我家哩。给你带上，吃呗。”她看他一眼，“昨天晚上给你做下的。”

他看着她。她的话他是这样听的：昨天就知道你会走的。和你说了那事，你还不吓跑?

“好吃这鱼，再给你多做。”她眼睛说：你走也没用，你已经知情了。

“别做了。”他眼睛说：我胆小，再多的秘密我就承受不住了。

她找了张旧报纸，把鱼包起来。一会儿油就透过来了。她说：“为啥不做？只要你好吃它。”

“我好吃它。”

两人都明白对方说的是什么。一个说：不知为啥，我就是信赖你；另一个答：被你信赖上了，我还有什么办法?

一时间他觉着把她孤单单撇下了。他想也不敢想这十多年的每一天她是怎么过的。饥荒、运动、寡妇避不了的是非。她还水灵灵地活着。他母亲把他丢在老乡家是偷偷丢的，喂了他最后一次奶，留了几块光洋，趁他睡着了把他留在最富足的一个老乡的大门廊里。母亲想，这个老乡该有足够的米汤来喂大她的儿子。那个富有的老乡真是有足够的粮，把他喂到十四岁。母亲和父亲的部队找回他，把他带走了。他听说那个养他的老乡被分了地、分了牲口，成了那个村最穷的一户老乡。然后他长成一个小伙子，穿上军装，去分富老乡的地给穷老乡。他的书真正的故事，只有葡萄看懂了。他抱住了葡萄，恨不得藏到她身体里去。

朴同志告诉四清工作队长，会议他参加不了了，他胃出血。工作队的人一点也不怀疑朴同志，因为大伙知道他有慢性胃病。就在葡萄把二大的早饭和洗脸水用篮子挎下地窖时，朴同志坐上史屯公社的“轿车”——那台奖来的手扶拖拉机去了火车站。朴同志一头蓬得老大的浓黑头发给风吹成了个大背头，成了他一生中最规整的发型。他已经把葡萄想成了他的书中人物。一直到他老了，他都在等待机会把这部小说写出来。他老了之后，说话也不莽撞动作也不莽撞了，所以他觉得写葡萄的故事是妄为，时机太不成熟。

老了的朴同志常常想再去遥远的史屯，看看老了的葡萄。看看她身子脸蛋都老了眼睛还是不是只有六七岁。可他总是没去。老了的人对许多事都是一想而已。到那时朴同志一头压不平展梳不驯服的黑发也平展了，因为差不多只有贴在头顶的一薄层了。他觉得葡萄这个故事一定要等时机成熟才能写。包括他对葡萄，也老是认识得不成熟。已经是二千零四年了，他的故事其实已熟过了头：学校里的孩子谁还愿意知道“土改”、“反右”、“四清”？孩子们一听说“文革”就说：哎呀早听了一百遍了！他们听一百遍都没听懂，所以不懂也罢了。

不过朴同志还是把写葡萄的故事当成他一生最壮大的一个事。想到这些，他也难免想想他和葡萄有过的机遇，有些不成气候，有些错过了。他到老才不羞于承认自己就是喜爱这一个乡下女人。他想到自己从四清工作队跑回城之后，压了半年的惊，写出一本关于农民过人民公社幸福生活的小说来。那里头全是折子故事。有一个折子就是写葡萄的，写她是个养猪模范，泼辣能干，一心为公社。他连一本书都没留在自己书架上，太丢丑了。不过那本书给了他更大的名望，更多的钱，还给了他一个漂亮年轻的妻子。

那时的老朴同志想到多年前的自己，不可一世，全省惟一一家用冷气、暖气。夏天家里冷气一开，就成了俱乐部，来聊天、下棋、喝茶的人从早到晚热闹在客厅里。一个死了老婆的同事天天带儿子来做暑假作业。那时他是人王，随便把客厅里的人差成店小二：去，买两包烟。去，弄几瓶啤酒，冰镇的！……

捌

他在最红的时候连史屯的人都知道他。史屯的人除了毛主席、周总理、朱老总之外，谁也不知道，倒是把朴同志和他的书给知道了，一说就显摆得很：就是“四清”来咱村的朴同志嘛，衣服老扣错扣子，掏根烟出来准掉下几分钱到地上去的那个朴同志！就是住在王葡萄家的朴同志嘛！

朴同志在头发全白的岁数想起他回到史屯的那天。他在村口就被人围上了。他对人群外的小孩说：“去，叫王葡萄来！”人把他堵得走不动，他掏出多少烟天女散花地散还是走不动。朴同志的名声只在毛主席、周总理、朱老总之下了。人群轰隆隆地向前滚，越滚越大，路哪里够走？都踩到旁边地里去了，踩倒两大溜麦苗。不过老了的朴同志记不清那是几月，踩倒的是麦苗还是豌豆苗。豌豆苗淡紫的花铺成路，朴同志和人边走边开玩笑，开那种领袖和老百姓开的玩笑。

葡萄来的时候身上扎个黑胶皮围裙，身上穿着短袖印花衫。朴同志脾气挺大地叫人“让开让开”。葡萄两肩一松，笑起来说：“我说谁呢，叫我快点儿快点儿！是你呀！”

他从口袋摸出那本让他大红大紫的书。葡萄接过书时，旁边的人说：“哟王葡萄，还得现学认字吧？”

葡萄随随便便把书往胳膊下一夹，对朴同志说：“我得把猪娃子洗洗，天太热。你闲着不闲着？闲着就来猪场，咱说说话。”

大伙都笑起来，对朴同志说：“就她一人不知道你朴同志老有名。”

葡萄看看他们，又看朴同志。

朴同志说：“行，我帮你剁菜去。我这笨手也只能干那个。”

他替她剁菜的时候，猪场拦马墙上几层人脸。史屯公社有了中学，中学语文课本里都有朴同志的文章。中学老师听说朴同志到了，马上下课，叫学生们跟他去看朴同志。朴同志拿把烂菜刀剁老菜帮子也是好看的，中学生们一排一排轮流扒到墙头上看。朴同志一边剁一边向上头的脸们招手，菜剁得横飞。

葡萄奇怪地问他：“他们看啥哩？”

朴同志笑笑。她真不明白他有多著名。

晚上公社史书记设宴招待他。他说：“上回和四清工作队来，天天各家吃派饭，葡萄的饭我都没尝过，这回我空下肚子专门来吃她的饭。”

史书记对干部们说：“那就把酒和肉都补贴给王葡萄，晚上咱一块儿在她家陪朴同志吃饭。”他对葡萄说：“王葡萄你给好好做，洛城宣传部长、地委书记一会儿都要来看朴同志，陪他吃晚饭。用多少油，只管报账，该炸就炸！该煎就煎！”

朴同志说：“酒肉我不欠。我专门来吃葡萄做的面汤、干鱼。吃过了再接受领导们的接见。跟领导说，我想和他们吃饭，我肠胃不想，就代我肠胃向各位领导道歉。”

二〇〇四年的朴同志记不清一九六五年的朴同志在葡萄家吃的是什么饭。那时他不是图吃。他想和葡萄单独坐一会儿，说说话，或者不说话。好日子更让他不安全，他想在她身边找点儿安全。老年的朴同志还想起来，他那时去看葡萄，心怀一个目的：想看看她是不是还把一切都好好藏着。他一进村就大声喊葡萄，是因为他一直为葡萄提着心。

他和她好像没说什么话。他一个字也没提她地窖里的爹。她好像说了一句："吃胖了。"

那是他最胖的时候。再去史屯他不胖了，头发剃成了黑白花狗。马虎了一辈子的人这时也觉得花狗头见不得人，所以他一见到葡萄眼泪差点流出来。葡萄多大？三十六？三十七？对，三十七。还是紧绷绷的背、腰，还是一副自己乐自己的样子。她从猪场的门里出来，见到一个花狗头的朴同志，对旁边的人说："谁把你糟蹋成这样了？"

旁边是押他来的红卫兵。都是惹不起的人，连军人都不惹他们。朴同志坐了半年监又给他放出来，找个苦地方叫他吃苦去。朴同志在晚年时很佩服中年朴同志的机智，他一听要送他下乡监督劳动马上就叫：你们送我去哪儿都行，就别送我去史屯那鬼地方！那鬼地方饿死过多少人哪！叫完他心里就踏实下来。不几天红卫兵果然扔给他一个被包，叫他滚起来，他们要送他去他最仇恨的史屯。

现在葡萄对剃着花狗头的他，问他闲着手不，闲着帮她扯风箱去。她已从他手里拎过那打得像油酥卷一样松软的铺盖。

红卫兵们一下子反应不过来，看着陪来的公社革委会主任史春喜。史春喜说："那也中，先让他在猪场累累、臭臭！"

红卫兵们反应过来了，举着白生生的小拳头喊口号，要打倒朴同志，要朴同志永世不得翻身。

葡萄说："又打上了。过一两年换个人打打。"

朴同志生怕红卫兵把她的话给听见，赶紧推推她，自己顺着猪场台阶往窑院下。脚又乱了，一出溜坐在了台阶上。屁股跌碎了，他见到葡萄时憋在眼里的泪，这下子完了，全淌下来。围墙头上还是几层人脸，还是中学生们，还要轮流爬上墙看。葡萄对他笑着说的话他一点儿听不见，因为几层人脸都在喊打倒他的口号。葡萄拿出一块白羊肚手巾，叫他擦擦泪。见他拿起刀来剁菜，她一把把刀夺下，搬了个椅子，又把他捺下去坐。

中学生们看不下去了。一会儿猪场里全是戴红袖章的胳膊。在他头顶挥动，又对他鼻尖指点。葡萄拿了根扁担上来，叫他们出去。他们说："红卫兵你都敢撵?!"

"红卫兵是啥军？十四军我都撵过！"葡萄说。

看热闹的成年人见红卫兵们不明白，告诉他们十四军是国民党的军队。红卫兵们一听，是打过国民党的女英雄呢！也不把她当敌人了，只是围着朴同志喊口号。

葡萄把扁担一横，往红卫兵们腿上扫，红卫兵们双腿蹦着躲。她变成带他们玩了。葡萄撵不走红卫兵们，扔了扁担，回到灶台前剁菜，剁的是"咚咚咚咚锵，咚咚咚咚锵！……"的高跷鼓点子。她对朴同志使个偷乐的眼风，叫他扯风箱。

红卫兵们把灶台围成了个小炮楼，密不透风，一上来口号喊得嘹亮整齐，慢慢不齐了，有人只是抬抬手张张嘴地瞎混。葡萄该干什么干什么，添水，加柴，煮菜。红卫兵们变着词儿地喊口号，喊朴同志"臭文人"、"黑笔杆"、"反党大流氓"，"地主干儿子"。开始他们喊一句，他就在板凳上矮一点儿，后来见葡萄抬头看天，他跟着抬头，见一个人字形雁阵从北边飞过来。葡萄眼睛看雁也专心地发直，嘴唇半开，完全忘了正给锁在一个人体筑的小炮楼子里。他慢慢也把几层人脸人头拳头胳膊给忘了，一下一下地扯着风箱。火烧得好着呢，他眼前脑子里只剩下稳稳烧着的金黄的火。过一会儿，他一张嘴，一个哈欠出来了。他抬起头，见一个喊口号的红卫兵也跟着打了个哈欠。又是一会儿，好几个红卫兵都打起哈欠来，只不过打得很贼，把鼻孔撑大，叫哈欠出来，不耽误嘴里喊口号。

朴同志在七十二岁时回想那一天，觉得是很好玩的一件事。当然，他不知道人都是这样，记不住羞辱；痛苦只有变成了滑稽荒唐的事才会给人记住。人要把他一生遭受的羞辱都记住的话，是活不长的。就好比朴同志，假如不具备人共有的那种不记仇的本事，朴同志回忆起来的场面，就不会像个闹剧戏台。人这个不记仇的本事其实是为自己好，对自己有利，不记得自己怎样地惨过，丢过丑，所以他才有脸见自己。有没有脸见人不重要，顶重要的是有没有脸面见自己。所以给害得最惨、受最多侮辱的人，最不记仇。朴同志给人叫了八年“反党老朴”，叫得他忘了自己真名，他也不记仇。到七十二岁想想，一切都很好玩。把痛苦、羞辱记成了好玩，那些真实发生过的场景场面当然是给他的记忆编排过的，编排得很写意、很漫画式，一层层的年轻红卫兵都没有眉目，只有大喊大叫的一张张大嘴。拳头比实际上多得多，红卫兵们全是千手佛，一人伸出几十个拳头，竖在他和葡萄四周。他记得那天下午，他就在拳头中间把自己扯得像风箱一样又深又长，那个沉重的大风箱成了他的丹田。他扯得经络通畅，性情平和。红卫兵们最后怎么离开了猪场，七十二岁的朴同志已一点儿也不记得了。

朴同志记得的是葡萄的手。她的手插在他腋窝，把他向上一提，说：“都走啦，起来去洗把脸。”他一看，一个红卫兵也没了，灰下来的天下着箩面雨。她在猪场清理了一间装饲料的窑洞给他作屋。洞顶上吊满半寸长的面虫，等于一个肉顶棚，火光一照，一个顶棚都在拱动。她点上火把去烧虫们，他也跟着她举了个火把，窑洞马上嗞嗞啦啦地响，烤猪油渣的气味漫开了。两人都戴了破草帽，只听虫子砸在帽子上，下雨一样。她在晃动的火光里笑得像个陌生人，像个野人。

他们两人都笑得止不住，从来没见过这么多的虫！顶棚干净了，地上又满了。他们忙到深夜才把床支好。窑洞已经是一股红薯面的甜香，葡萄用红薯面打了糨子把撕下的大标语糊了墙和顶棚。大标语的字给拆开，又重拼，拼成了天书。她说过两天去公社革委会偷点白纸再糊上，就漂亮了。她走时在窑洞门口站下了，看看他的这个新屋，愁愁地笑着说：“哎呀，这敢住人不敢？”

他明白她是不能把他带回家的。因为她知道朴同志不想给扯到她那个可怕的秘密中去。他和她处下来，说话行事全绕开那个大秘密。他们多亲近她也不能让他成个同谋。他和葡萄的亲近是早就开始的，谁也不碰谁就亲近得很了。老了的朴同志想，可能是他头一次住进葡萄的院子，她说起她的儿子，他就和她亲近起来了。可能还更早，从她斗争会在台下流泪，让他看见，他心里出现个不干不净的快乐念想——从那时就开始了。他们的亲近发展得比种一棵樱桃还慢。突然樱桃满树是花了，他才明白两人谁也没闲着，都在偷偷上肥浇水。花季是给天天来斗争他的人催来的。他们不是拖着他上街去游着斗，就是拖他到中学的戏台上去站着、跪着斗。每次学生们穿军装的绿影子遮天蔽日地一来，葡萄就对他说：“歇歇也好，不用你打草去了。”见红卫兵们拖他，她说：“他腿好使，你们用拖他吗？”有几次斗争会她陪了他去，站在台下呼啦呼啦地纳鞋底。一个红卫兵干部上去讲家史，掉了泪，指着朴同志说：“这个反党作家，就是要我们贫下中农吃二遍苦受二茬罪！”

葡萄在台下看着看着，对红卫兵干部说：“等等，你那牙上又是红辣椒又是绿韭菜，不剔干净就上这儿来发言？”

下面看大戏的人哄笑起来。葡萄瞪眼看着笑的人们，又说：“笑啥？这叫不爱国。”

红卫兵干部气愤了，问她说谁不爱国。

“还能说谁？你呗——爱国卫生，都不懂？”葡萄把麻线在手上绕了几圈，用力一紧针脚。

朴同志都憋不住要笑了。他看看红卫兵们，也没话可回，葡萄说得正确呀。回到猪场他对葡萄说：“你以后别陪着去了。”

葡萄说：“这里常斗人。过一阵换个人斗斗。台上的换到台下，台下的换到台上。前一阵把个老嬷嬷斗了一阵，老嬷嬷又聋又哑，不知人家都说她啥了，后来斗别人了，老嬷嬷又站在台下看，还是又聋又哑，见人举拳头她也举举。过一阵，你也该到台下去了。也跟着举举拳头，弄个啥口号喊喊。”

她是认真说的，朴同志却笑起来。

朴同志这么多年了还记得，他笑完猛地把葡萄搂住了。他搂着她说：“我不会了。从这回之后，再不会去跟人瞎举拳头了。”

那是朴同志第二次搂葡萄。第一次是他离开四清工作队的清早。那一次的搂不成熟。好也好在它的青和涩，他们都有个盼头。盼头其实是后来他硬编排上去的，假如没有文化大革命，他还是在有暖气、冷气的客厅里养食客，也养自己的一身肉，他才不会盼着再次搂住乡下女人王葡萄呢。放着一个细瓷般的美妻给他搂，他想葡萄干吗？人到老年坦然了，朴同志想到自己最张狂的时候搂着妻子时，他也没老实过，他把妻子搂着搂着就想歪了，想到他半生中搂过的无数女人中谁让他搂得最舒服。他想到了乡下女人王葡萄。他一搂就知道，葡萄的身子和他是有答有应。他在第二次搂葡萄时，告诉她他的美妻是怎么回事。美妻是头一个斗争他的人。葡萄听他说，说完她淡淡地来了一句：“她也是斗斗就完了。人都斗，她不斗，不中。叫她斗斗，完了就完了。”

朴同志活到老这几十年，老想葡萄的这句话，乍听是混乱的，细想很有趣。果然是她说的那样，妻子斗斗就过去了，过了两年还来史屯看他。和什么事也没发生过一样。只是那时他还年轻，认真，很多事没像葡萄那样看开，就是不理妻子。妻子再来把两个孩子一块儿带来，非要和他一块儿落户在史屯。那个时候他身子已不认识妻子的身子了，两人脱光了他起一层鸡皮疙瘩，他怎么会和这样一个冷冰冰的身子搂了几年，搂出了两个孩子？他的身子从一开始就和葡萄的身子熟，两个身子是失散了又聚拢的。他从葡萄身上明白，原来身子给身子的，也都是懂得。人们大概把他妻子那样的人叫尤物，男女门道很精的朴同志明白，真正的尤物是葡萄。

老年的朴同志想，不知尤物葡萄还活着不。不知她和儿子挺认了母子没有。不知她还上不上高高的秋千去和闺女、媳妇们赛了。

后来史屯人说起来就说：那是“反党老朴”来的那年；那是“反党老朴”来的第二年……史屯人把“文革”就记成了个这：“反党老朴”来的那些年。第二年谁都把“反党老朴”叫顺嘴叫热乎了。家里的孩子做作业做不成，也拖到“反党老朴”的猪场窑洞去，让老朴给说说课文、应用题。学文件写批判文章，团支部的小青年也来找老朴出新词。村里要嫁闺女娶媳妇，都要叫老朴给写喜讯，贴在公社的宣传栏里。史屯人识文断字的人越来越少，中学生毕了业连报上的字也念不全。爹妈们想，不如撵到地里挣工分去。老朴乐呵呵地做全村人的“代写书信”先生，也做他们的春联撰写人。村里没什么文化人，原先的谢哲学、孙克贤、史修阳们都死了，有些年头不贴春联了，老朴来的第二年，家家窑洞前又贴起了春联。

到“反党老朴”来的第三年，村里来了城市的学生，叫做“知识青年”，他们看不懂老朴写的春联啥意思，说这些春联在城里早不叫贴了，全是“封资修”。他们把话说给了公社革委会的史书记，史书记挨家挨户地走，念着春联：“两岸猿声啼不住，轻舟已过万重山”、“人生得意须尽欢，莫使金樽空对月”，像旧戏台上的戏文。他找到老朴，和他商量，是不是能写新春联。老朴什么都好商量，马上就写“戴花要戴大红花，骑马要骑千里马”。写多了，这类歌里零拆下的句子也用完了，他就写“西哈努克走访新疆自治区，周恩来总理接见宾努亲王”，“毛主席会见马科斯夫人，陈永贵同志参观四季青公社”，横批不是“人民日报”就是“红旗杂志”。史春喜觉得不太带劲，觉得老朴有点作弄史屯人。他又把老朴找到，说：“老朴啊，可以写写‘梅花欢喜漫天雪’，‘雄关漫道真如铁’嘛。”老朴说他已经给几十家写“梅花”“雄关”了，不能几百户人家贴两种春联吧？史春喜搔搔又粗又硬的头发，从猪场走了出去。他顾不上春联的事了。

叫春喜看愁人的事多着呢。城里来的“知青”祸害得整个公社不得清静，一会儿打群架，一会儿偷庄稼，一会儿泡病假。更让他愁的是两年大旱，眼看又要闹饥荒。马上要过年，集上没什么生意，一个卖馄饨的摊子飘起的油荤气把上学下学的孩子们都引过去。孩子们像看捏面人一样看卖馄饨的用一个窄木片把馅子挑起，搁在黑黑的馄饨皮上。来吃馄饨的，多半是那批从城里来的知青。他们吃完说唉，刚才吃的馄饨是空心儿的。卖馄饨的说明明包了肉进去。知青们说他们来时就见这半碗馅，包了那么多馄饨还是半碗馅。卖馄饨的说有这就不赖——现在老母猪放个屁就是大油荤。学生们和当年十四军的官兵一样，钱也不给就跑了。

这天“反党老朴”走到集上，想买点儿什么过年。他怎么也得给葡萄买点什么，葡萄是他暗地里、实际上的妻子。他转到长途汽车站，见一个人的面前搁着一个土灰色的东西，有锅那么大。

那人一见他模样是城里人，马上说：“买了吧，补补身子！你们城里人都把这货看得金贵着呢！”

老朴看不出那灰色的扁圆东西是什么，问他：“咋看着有点儿像鳖？”

那人说：“是鳖呀！”

老朴一蹦老远。他从来没见过这样大的鳖。他得意时是吃过鳖的，也懂鳖是马蹄大的最好。他走近，蹲下，两手缩在袖口里，头歪来歪去地看这只鳖精。卖鳖的叫他放心，它活得好着呢。它也怕冷，要是头伸出来脖子老长，多冷得慌。老朴问价，他伸了五个冻得紫黑的手指头在破烂袄袖口上，又翻了一翻。

老朴口袋正好只有十块钱。可买了这个别的都买不成了。卖鳖的对他说这只鳖顶头小猪，省着吃能吃到正月十五，熬它一大盆汤，煮萝卜、红薯叶、榆树皮粉子也香死啦!

老朴还是想和老鳖照个面稳妥些。万一是死货多晦气。他捡了根树棍，在鳖的头前拨了拨，鳖不理会，老朴说："你可是知道伸头一刀，缩头还是一刀哩!"

卖鳖的汉子把树棍拿过去，捅了捅，一点儿动静也没有。卖鳖的是个三十多岁的汉子，这时也紧张了，怕它真死了。他又捅得狠些，鳖不伸头，爪子动了动。他又要捅，老朴把树棍夺过来，怕他真的捅死了鳖。他手伸到口袋去掏钱，裤子口袋是漏的，他心里一惊，心想钱一定漏没了。他突然想起什么，抽出衣袋上的钢笔，从里面抽出卷得细细的钞票。那是他临出门时葡萄给他藏的。他说："怎么把它拎回家呢?"

卖鳖的汉子告诉老朴，鳖是他家养的，他爷爷就开始养它了。他家那时挖一个窑塌一个窑，请了风水先生，说得养只鳖。现在他爷爷死了，他爸两天前也死了，他要不是过年揭不开锅，也不会卖它，养了几十年，也养成家里一口子了，自己怎么也把它吃不下去。老朴慢慢站起身，说他不买了，他也吃不下去他家这一口子。

汉子脸也急白了。他一早来蹲在长途汽车站，就想碰个外地人。本地人都不敢吃鳖，好不容易等到黄昏，才等到个买主。卖了鳖他得去称面，他家八口人全指望卖这只镇窑的精灵过年，家里一口粮也没了。

老朴还是摇头。既然他知道鳖的故事，他说什么也吃不了它了。

“那就八块钱?”

“不是钱不钱的……”

“七块，行不? 算你救济俺全家了。七块钱咱全家能吃上半月面汤，都忘不了您!”

老朴心动起来，七块钱，买了一堆鳖肉，还余下三块，说不定够给葡萄买点儿好看的，好玩的。他说：“那就七块钱。你得给我推家去。”他指指汉子的独轮车。汉子一嘴的：“是! 是! 是!”

两人低下头来搬鳖时，老朴失声叫出来。鳖正伸出它苍老的头。那是个黑里带绿的头，头上有一些绒毛般的苔藓，头颅又大又圆，一条条深深的抬头纹下面，一双阴冷悲凉的眼睛。老朴叫，就因为被这双眼瞄上了。谁被这双眼瞄上也怕。

老朴说什么也不买那只鳖了。

汉子在街上追老朴，嘴里直喊：“六块，六块!”鳖看着这两个追来追去的雄性人类成员，觉着没什么看头，又把它那颗古老的头脸缩了回去。

汉子说：“你要我给你跪下不?”

老朴站下来。老朴这时想到了葡萄的公爹。他也不知道什么让他莫名地悲哀成那样。他去给穷农户分富农户的田地、浮财时，末了还是让他看见这样的穷农户。穷农户还是让他满心酸胀。他自己的浮财也叫人分了，满世界还是这种让他惨不忍睹的穷农户。

老朴把钱给了他，有气无力地说：“你也别找了，全拿去吧。”

穷农户汉子突然叫：“哎呀，毛主席万岁!”眼圈都红了。他迈开耍龙灯的云场步子，把独轮车“吱扭扭”地推进了史屯。他说老朴一定杀不了这鳖祖宗，二十多斤呢。他推荐自己做鳖屠夫。

可是葡萄、老朴、汉子三人守了一晚，鳖就是不伸头。卖鳖的汉子说："还没我就有它了。"他蹲在地上，手慢慢摸着它厚厚的甲壳，上面的纹路和山上岩石一样。汉子对鳖说："你知道我心思，是不是？知道我不怀好心，把你卖给别人，要宰你了，是不是？"

汉子对老朴和葡萄说："俺爷在世的时候，这鳖和他可亲，他走它就走，他坐下它就卧他边上，他在院里晒太阳，它也晒。"

老朴说："它不伸头，咱也拿它没法子。"

汉子说："要不烧锅水，咱就把它活煮？"

葡萄说："那会中？烫着死得死老半天，恁厚的壳呢。那可是疼！"

三人都不吭声，油灯里的油浅下去，烟起来了。

老朴叫汉子先回。汉子为老朴不让他找的四块钱心虚，不过还是走了。

第二天过小年，老朴帮人写春联写到夜里十点才回来。一进窑洞见葡萄旁边坐着个陌生女人，再看，陌生什么？是他妻子。土坯搭木板的床上，躺了两个孩子，脚对脚睡着了。妻子穿件呢子短大衣，里面一件棉袄，头上裹着又厚又长的羊毛围巾。一向图漂亮的妻子这时把自己捆成了个毛冬瓜。葡萄只穿件薄棉袄，蓝底白细条子，自织的布，几十年前的样式。她在屋里生了个炭炉，上面坐个花脸盆。水汽把她脸缭得湿漉漉的。一个屋里的人，过着两个季节。

葡萄说："先挤挤，中不中？"她拍着手指上的炭灰往外走："明天锯块板子，把床再搭搭。"

第二天晚上，葡萄把两块木板用推车推来了。板上还有一层层的大字报，有几十层厚。老朴的妻子也不会干活，在一边虚张声势，"我来我来！往里往里！……往这边往那边！"老朴知道葡萄做活一举一动都有方圆，别人插手，她反而累死。所以他没好气地对妻子说：“这儿没人看你积极表现。”

妻子拿出过去的斜眼翘嘴，以为还能把他心给化开。他看也没看见。他眼睛跟着葡萄手脚的起落走，一时吃紧，一时放松，只是在他确定她需要多一双手搭把劲时，才准准地上一步，伸出手。

不会干活的老朴这时明白他每回伸手都是地方，合时宜，都博得葡萄的一个会心眼神。在老朴妻子和孩子的眼皮底下，老朴和葡萄的亲近还在发展，动作身体全是你呼我应。妻子什么也不明白。她相信老朴只会爱她这种纤细白嫩的女人。活得透彻的老朴这时已搞清了许多事：娶妻子那种女人是为别人娶的，和妻子的郎才女貌的幸福生活也是过给别人看的。光把日子过给人看的男人又傻又苦，和葡萄这样的女人闷头乐自己的，才是真的幸福生活。可人只要有一点儿得势得意，马上就要把日子过给别人看。老朴此刻和葡萄把另一张床支起，他不敢担保万一自己走出眼下的落魄境遇，会不会又去为别人过日子。

老朴妻子带了些腊肠和挂面，还带了些糯米和白糖。所以不用宰老鳖也能过年了。开春的时候，孩子们已和老鳖玩起来，小女儿两岁，个头分量只有一岁，她坐在鳖盖子上，由四岁的哥哥赶着巨大的鳖往前爬。只要成年人一来，鳖头就躲进甲壳里。到了三四月间，鳖的甲壳油亮照人，返老还童了。

葡萄把鳖的事讲给二大听。二大牙齿掉得只剩上下八颗门牙，腮帮也就跌进了两边的空穴里，须发雪白，乍一看不是老人，是古人了。只有他的身板还像十几年前一样灵活有劲，起身、弯腰一点儿都不迟缓。他一天能扎十多把笤帚，打几丈草帽辫，或搓一大堆绳子。葡萄的三分自留地收下黄豆，他把豆磨成浆，又点成豆腐。他说：“一斤豆腐比三斤馍还耐饥。”葡萄这才明白为什么二大叫她种黄豆。

葡萄把一碗挂面搁在他面前，他说：“来了就不走了。”

葡萄说："说是不走了。连大人带孩子四口子，住不下那窑洞，要搬街上哩。"

"把咱的豆腐送给他们。"

"送了。"

二大不问老朴妻子来了，葡萄该咋办。葡萄早先告诉他，四清派到咱家住的朴同志又回来了。二大也不说：那是他为你回来的，闺女。二大从葡萄嘴里知道老朴写过书，有过钱，有过轿车。他也从她嘴里知道老朴知道他藏在地窖里，不过老朴仁义，知道后马上跑回城里，生怕他自己撒不了谎，把秘密吐露了。二大明白，一个男人只有心里有一个女人时，才肯为她担待恁大风险。二大从此把这个从没见过的老朴看得比他儿子还重。起初他听葡萄说老朴的媳妇不和他过了。他为葡萄做过白日梦。后来听葡萄说老朴媳妇来了，住在街上招待所，老朴只当不认识她。二大为葡萄做的白日梦越来越美，把梦做到了葡萄和老朴白头偕老。这天葡萄拿了一碗白糖水叫他喝，他一喝就问谁来了。葡萄说是老朴媳妇给的白糖，他们一家四口在猪场窑洞里刚落下脚。二大嘴里的白糖水马上酸了，他为葡萄做的白日梦做得太早，做得太长。

二大的地窖让葡萄收拾得干净光亮。她弄到一点儿白漆、红漆、黄漆，就把墙油油。史屯穷，找粮不容易，漆是足够，一天到晚有人漆"备战、备荒为人民"，"农业学大寨"，"广阔天地，大有作为"，"毛主席最新指示"。她天天晚上都坐在二大对面，和他说外头的事。说叫做"知识青年"的学生娃在河滩上造田，土冻得太板，一个知识青年没刨下土，刨下自己一个脚指头。还说猪场的猪全上交了，要"备战"哩。二大问她这回和谁战，她说和苏联战。过一阵问战得怎样了，她淡淡地说："战着呢——在街上卖豆腐，街上过兵哩，我蹲在豆腐摊上闹瞌睡，醒过来兵还没过完。眼一睁，腿都满了。"又过了一阵子，她和二大说毛主席弄了个接班人，这接班人逃跑，从飞机上摔下来摔死了。二大问她接啥班。葡萄答不上来，说："谁知道。反正摔死了。死前还是好人，整天跟在毛主席屁股后头照相片。摔死成了卖国贼。咳，那些事愁不着咱。他一摔死街上刷的大字都得盖了重刷，就能弄到漆了，把上回没油的地方再油油。"过了几天，她找的红油漆就是刷"批林、批孔"大标语的。有时她也把村里人的事说给二大听。她说县委蔡书记让人罢了官，回来当农民。葡萄有回见她在地里刨红薯，和她打招呼，叫她甭老弓个腰低个头，蔡琥珀说她只能弯腰低头了，前一年腰杆让红卫兵打断了。后来蔡琥珀又给拖着游街，弯腰驼背地走了几十个村子，是偷庄稼给逮住了。

两年大旱，史屯人都快忘了他们曾经有过十七盘水磨。河床里跑着野兔、刺猬，跑着撵野兔、刺猬的狗和孩子们。葡萄对二大说："造的田里撒了那些种，够蒸多少馍。"她出工就是打石头、挑石头、垒石头。二大问她打那些石头弄啥。她说打石头不叫打石头，叫"学大寨"。学大寨就是把石头在这边打打，挑那边去，再垒成一层一层的，看着真不赖。二大仍不明白这个"学大寨"是个什么活路。这里不算一马平川，也是坡地里的小平原，地种不完，还去折腾那净是石头的河滩干吗。这天葡萄把上年的蜀黍皮泡下，又把蜀黍芯放在大笼上蒸。猪场关门后，她把猪场的锅、蒸笼、小车都拿回自己家。她问二大："蜀黍芯儿得蒸多久？"

二大说："只管蒸。"

蒸到天快明，葡萄把蜀黍芯儿倒进一个大布袋。二大抓住布袋一头，葡萄抓住另一头，蒸酥的蜀黍芯儿就给拧出水来。连蒸了几夜，拧出的水淀成一盆黑黑的黏粉，掺上已是满山遍野的锅盔菜，少撒些盐，一入口满嘴清香回甜。

二大说："吃着真不赖。"

葡萄说："嗯。那时都叫猪们吃了，老可惜。"

到了夏天，葡萄对二大说："今年没听知了叫了。"

二大说："那是孩子们去年把地下的蝉抠出来吃光了。他们饥哩。"

葡萄说起斗争会。驼成一团的蔡琥珀在台上交待她偷油菜根，偷青麦子，身上让人扔得全是牛粪。蔡琥珀口才不减当年，把人逗得一会儿一阵大笑。蔡琥珀交待完，公社革委会书记史春喜就领头唱"不忘阶级苦"，唱完抬出一筐一筐的杂面和野菜捏的"忆苦菜团子"。每人领到两个菜团子，知识青年说他们要吃双份忆苦饭，因为忆苦饭比他们平时的饭香。史屯人那天以后就盼着开斗争会，开完吃忆苦饭。

葡萄不舍得吃忆苦饭，总是带回来给二大吃。她见二大脸又泛起虚肿的光亮，怕他撑不到打下麦子。二大从少勇救了他命之后，就再不准少勇来看他。所以每回葡萄提到去城里找少勇弄点儿粮，他就说："找谁？"葡萄马上明白他在心里还是把这个儿子勾销掉了。

这天二大做了几个铁丝夹子，叫她把夹子下到河滩上，捕兔子、刺猬。

天不亮葡萄到河滩上，一个个夹子都还空着。这时她听身后有人过来，一回头，是老朴。

老朴一看就明白了。他和葡萄很久没单独见面，这时发现她黄着脸，身子也缩了水似的。他知道她一定是为了地窖里那条性命苦成这样。只有她的笑还和孩子一样，不知愁。她见到他一下子就咧嘴笑起来。她把手里的空夹子扬扬，说："兔们精着呢！"

老朴知道地窖里那个人一定饿出病了。他工资停发了几年，每月领十二块钱生活费，还有孩子妻子。就是他有钱，集上也买不来肉。他揣着五块钱，在集上转，见一个老婆儿卖茶鸡蛋，买了五个，花了一块钱，又去供销社称了两斤点心。他一听那点心砸在秤盘上的响动，就知道点心都成文物了。这里谁买得起点心?

他刚走到供销社门口，见妻子怀里抱着女儿，手里牵着儿子走了过去，牵着的那个一定要进供销社，被妻子硬拖着往前走，走不多远，孩子哭叫起来。他不知怎么就已经把一包茶鸡蛋和一包点心塞在了孩子手里。

晚上他坐在门口看两个孩子在屋里和老鳖玩。这是公社革委会的一间办公室，腾出来给老朴一家住。屋子大，只摆了两张床，孩子把老鳖引出来喂，又坐在它背上赶它往前爬。老鳖像个好脾气的老人，爬不动它也一再使劲撑住四个爪子。它已经和这家人过和睦了，眼光不再那么孤僻。它知道这家人会把它养下去，养到头。因此当老朴对着它古老的头举起板斧时，它一点儿也不认识这件凶器和人的这个凶恶动作，它把头伸得长长的，昂起来，就像古坟上背着碑石的石龟。它也不知两个天天和它玩耍的孩子们哭号什么。孩子们给他们的母亲拖到了门外，在院子里哭天抢地，老鳖听不懂咆哮些什么：爸要杀老鳖！爸爸坏！

老鳖见那冷灰的铁器落下来。它脖子一阵冰冷，什么也看不见了。老鳖古老的头断在一边，慢慢睁开眼。它看见自己的身子还在动，四爪一点儿一点儿撑起来，它看着它血淋淋的身子爬着，爬到它看不见的地方去了。老鳖眼睛散了光。

老朴在闷热的五月浑身发出细碎抖颤。他看着那个无头老鳖一步步往前爬，向床的方向爬去。孩子们在外面哭叫打门，老鳖无头的身子晃了晃，没有停，接着爬，拖出一条红漆似的血路。他一步跳过去，拾起刚才砍得太用力从手里崩出去的板斧。他追着老鳖走动的无头尸，再次举起板斧。可对一个已经被斩了首的生灵怎样再去杀害，老朴茫然得很，板斧无处可落。

他只能眼睁睁看着老鳖的无头尸爬进床下。床下塞着旧鞋子旧雨伞旧纸箱，老鳖在里面开路。老朴听见床下“轰隆轰隆”地响，老鳖把东西撞开，撞塌，撞翻。藏在床下的家当积满尘土，此时灰尘爆炸了，浓烟滚滚，老朴站着站着，嗯嗵咽了一口浓浓的唾沫。那个毛茸茸的长着年代悠久的苔藓的头已经早死透了，它的身子还在惊天动地地往最黑暗的地方爬。

孩子们已经安静了。他们进了屋，在母亲举着的煤油灯光里，看见父亲瞪着床下，脸上一点儿血色也没有。母亲说：“死了？”

老朴不摇头也不点头，指指床下。

又过一个多钟头，孩子们已睡着了，老朴和妻子听听床下的死静，把床板抬起。老鳖几十年的血流了出来，血腥浑厚。老鳖趴在自己的血里，看上去是一只古石龟。

老朴把它搬出来，搬到独轮车上。妻子知道他是为了葡萄杀这只鳖的。妻子对老朴和葡萄是什么关系，心里一面明镜。妻子说：“给孩子留点汤。”

老朴把身首异处的老鳖送到葡萄的窑院。葡萄一见那小圆桌一样的鳖壳，问他：“谁杀的？”

老朴说：“我。”

两人把温热的老鳖搬进院子。葡萄取出猪场拿回来的大案板，把老鳖搁上去。砍完剁罢，她的柴刀、斧头全卷了刃。煮是在猪场的那口大锅里煮的，葡萄拔了一大把葱，又挖了两大块姜，把罐里剩的盐和黄酱都倒进了锅里。煮干了水缸里存的水，鳖肉还和生的一样。井被民兵看守着，每天一家只给打半桶水，就半桶水也让牛眼大的井底缩得只有豌豆大了。老朴和葡萄商量，决定就打坡池里的臭水，反正千滚百沸，毒不死人。

院里堆的炭渣全烧完了，鳖肉还是青紫铁硬。老朴吸吸鼻子，说：“这味道是臭是香？”过一会儿他说：“嗯，是香！”

葡萄盛出半碗汤来，问他：“敢喝不敢？”

老朴把碗拿过来，先闻闻，然后说："闻着真香！我喝下去过半个钟头要死了，你可不敢喝。"

他们听见花狗在厨房门口跑过来、跑过去，嗓子眼里出来尖声尖气的声音。花狗从来没有这种嗓音。

葡萄一听，一把把碗夺回来。她点上油灯，把半碗汤凑到光里去看。汤里没一星油，清亮亮的，发一点儿蓝紫色。葡萄把汤给了花狗，一眨眼碗就空了，让狗舔得崭新。

"明晚再煮煮，肉就烂了。"老朴说。

"烧啥呢？"葡萄说。

老朴想，是呀，炭渣都耗在这一夜了。他清晨借了一辆板车，走到小火车站，用两块钱买了半车炭渣。这一夜老朴抵不住瞌睡，进葡萄的屋睡去了。天刚刚明，他让葡萄叫醒。她拉着他，上了台阶，走到大门口。她说："听见没有？"

老朴说："什么？"

葡萄打个手势叫他听门外。他这才听见门外有什么兽在哼哼。葡萄把他推到门缝上。门缝透出一个淡青的早晨，几百条狗仰脸坐在门前，发出"呜呜"的哀鸣。老朴从来没见过这么多狗排排坐，坐的姿势这样整齐划一。熬煮鳖肉的香气和在早晨的露水里，浸染得哪里都是。狗们的眼全翻向天空，一点儿活光也没有，咧开的嘴岔子上挂出没有血色的舌头。老朴看见每一条狗的舌尖上都拖下长长的涎水。涎水在它们面前积了一个个水洼子，一个个小坡池。

狗们从头一夜就给这股香气搅得不得安睡，它们开始寻找香气的源头。第二个夜晚，香味更浓了，钻进它们的五脏六腑，搅得直痛。它们朝这个窑院走来，一路有外村的狗汇集而来。坟院的一群野狗远远坐着，它们不敢在这个时候接近家狗的地盘。

老鳖被熬成膏脂的时候，启明星下，一大片黄中透绿的狗的目光。

狗们在上工钟声敲响的时候才解散。

史屯人不知道的事太多。他们不知道的事包括一个叫香港的地方。假如有人告诉他们香港是中国地盘又不是中国地盘，他们会听不懂。假如有人告诉他们，香港住的中国人不受中国管，他们会更不懂。他们不知道香港有个阔佬是从史屯出去的，到史屯来看了一下，回洛城去了。这个香港阔佬名望很大，帮着中国做了许多大买卖，给闹饥荒的中国送过成船成船的吃的。他点着史屯的名，要求把粮运到史屯，后来他问史屯人吃到他送的粮没有，回答是几张史屯人的大照片，一张上头有出栏的肥猪和养猪女模范，一张上面有公社书记站在冒尖的粮囤边上，另一张是一个没牙老婆儿坐在棉花山下。照片上的三个人香港大佬都认识，他笑着说，嗬，葡萄成模范了，史六妗子还挺硬朗，小春喜出息恁大哩！又过十年，香港大佬决定回来看看。他一直不回来是怕回来得到一个证实。果然他得到证实了：他父亲孙怀清并不是病死的，是一九五二年被政府枪决的。

史屯人一点儿也不知道这位香港大佬是怎样呆坐了半小时，看着他轿车外面破旧的史屯大街，那个早先最排场的大瓦房给一层层糊满标语，又给一层层撕烂，撕烂得东飘一块西飘一缕，看上去孙家百货店像是穿了件叫花子的烂袄。街上一个人也没有，陪他来的省城领导说：社员们全在抗旱。

香港大佬说他要去看看抗旱。陪同他的人都很为难，相互紧张地看一眼，一个笑着对他说事先没安排，怕孙先生不方便。香港大佬说有什么不方便？村子里的老柿子树老枣树都认识他。陪同他的人说孙先生离开二十五年了，变化很大，怕他不安全。香港大佬弄明白了，因为这里的人从来都把海外想成敌方，所以很难说社员们会对他这个香港来客怎样。而且一切安排都要通过有关部门，没有安排的事最好不做。

他们把车开到了村外，停在一棵大槐树下。

史屯人不知道那天他们排着长龙一样的队，从二十里外的水库用桶、用车、用盆、用罐接上水，走回来浇那些给晒焦了的谷子、蜀黍时，远处停的车里坐着一个香港来的阔佬，正用望远镜看他们。

他的望远镜把他们一张脸一张脸地看，好好地看了一遍。他用望远镜找他想见的人。他想见的是葡萄。葡萄没在队伍里。他看见了史春喜，推着一辆小车，车上装着四桶水，一步一步走在队伍旁边。不一会儿停一下，给队伍起个头唱歌。香港大佬听着他们那没有调门的歌，心想他们是快活的，不然哪能有恁多歌唱。他们衣裳穿得和过去一样破旧，样式不一样罢了。看着还是穷苦，不过也穷得比过去乐和。恐怕人人一样穷，一个富的也没有，就乐和了。只要绑一块儿，做再没名堂的事，再苦，也乐和。就和这个队伍一样，这样的旱能靠一桶一盆的水去抗吗？是件没名堂的事。可他们多乐和呀。没名堂的事恐怕是他们借的一个名目来把大伙凑一块儿乐和的。香港大佬这一下倒觉得自己孤单了，苦闷了，不能参加到他们上千人的乐和里去。那乐和多公道，不分男女长幼，人人有份。

叫做孙少隽的香港大佬心里很孤清地离开了史屯。

到了七月，还是没雨。水库也见了底，鱼苗子死得一片银白肚皮。

史屯的老人们都说，得敬敬黑龙。他们说的这句话和住在地窖里的孙二大说的一样。孙二大在五月就自言自语，敬敬黑龙吧。

黑龙庙在离史屯六里地的山洼子里。黑龙住的和人一样，也是窑洞。半圈庙墙上的飞檐都破了，长出蒿草来。院子里的草有人肩高，人走进去踢起一个个小骷髅头，是野猫的或者黄大仙的。

人们用刀把草砍开，重开出一个庙院来，按老人们的指点给洞里的黑龙爷敬酒。两面大鼓四面大锣八片大镲在洞的两边敲打了一天，响器也吹到黄昏。人们回去后，等了三天，天上万里无云，早起太阳就烫人。走在地里，听见让太阳烧焦的谷子和蜀黍叶儿嗞嗞地打卷。人们再次聚到了黑龙庙。这回连知青们也来凑热闹。他们说求黑龙有啥用，打它一顿它就乖了。

史屯的人这时也是恼黑龙恼透了，说打是不能打，把它弄出来晒晒，叫它也尝尝旱是啥滋味。

鼓乐齐鸣，十二个精壮汉子进了黑龙的窑洞，把黑龙的泥像从神台上起下来，抬到院子里。黑龙青眼红舌，半人半兽，在洞里受潮太久，一见太阳泥皮全裂开了。人们还是不敢失敬，跪着求它布恩。等人们抬起脸，黑龙身上已没一块好皮，裂口地方全卷了边。村里一个汉子见过麻风，这时说哎呀，黑龙爷得麻风了。

这回村里的老人们一个没来。他们怕热死、渴死在路上。来的是中、青年的男男女女，也图凑在一块儿逛一回。他们听那汉子说黑龙爷得麻风，全乐了。接下去一个知识青年小伙儿指着黑龙说："你这不是破坏吗？你不知道咱现在'批林批孔'批完了，尼克松也来过了，咱得'抓革命，促生产'了？"

不久人们都发言了，说黑龙爷罢一年工，搞搞斗争也就行了，还老罢工！有人说黑龙爷你打算旱多久？你旱我们、我们也旱你，你看看旱你这一会儿就脱你三层皮了，你要再旱我们，你就在这儿晒着，非把你晒成灰！

人们把敬黑龙神变成了批斗会。黑龙红嘴红舌上的漆皮一片片卷起，一片片落下，蓝眼珠也瞎了，成了两个泥蛋，脚爪像真长了鳞片，又都给剔得翻起来。

人们越看它那样子越恼，也就批斗得越狠。也不知谁先动了手，大家用石头、瓦片、树枝把黑龙一顿痛揍，揍得都快中暑了，才歇下。回村的路上，没人唱歌、说话了，全都在后怕。他们可把黑龙得罪下了。几个知青还是乐和，不是吹口哨就是唱小调，有人呵斥他们一句，他们就像没听见。十多个人一块儿呵斥他们，他们嘴孬得很，拐弯抹角把人都骂进去了。大伙想就是这帮人挑起他们斗争黑龙的，不然他们和黑龙祖祖辈辈相处，黑龙再虐待他们也没人和黑龙翻过脸。史屯人没有外面来的人活得不赖，只要来了什么军什么兵什么派，就没安宁了。这几个不安好心的城里杂种，跑这儿来干过一件好事没有？现在挑唆得他们和黑龙爷也闹翻了。他们中的几十个人和知青们吵起来。知青们有些奇怪，心想他们更坏的事也干过，也没把他们恼成这样，今天是怎么了？他们相互丢了个眼色，惹不起这些泥巴脚，躲吧。史屯人一看他们惹下祸就要躲，大叫站下！史屯人一下全明白了，这些外地人进史屯专门挑唆：挑唆他们和孙怀清结仇，挑唆他们分富户的地和牲口，挑唆闺女、小伙们不认订下的亲事，挑唆他们把那只可怜的瘸老虎逼到坡池里去了。现在可完了，他们挑得一个村子和黑龙爷打起孽来了。

知青们撒开他们穿白回力、蓝回力的脚就跑。史屯人扯起他们赤脚的、穿烂鞋的、穿麻草鞋的步子就追。白回力、蓝回力在这坡地上哪里是对手，很快被围起来。城里知青都不经打，一人轮不上一拳就都趴下了。

第二天夜里，县公检法来人带走了打知青的要犯。其中一个是史六妗子的大外孙史良玉，学大寨的青年突击队长，学毛选积极分子。

带走史良玉的当夜，雨来了。那时葡萄坐在地窖补二大的汗衫，和二大谈头天村里人和知青打架的事。她说：“你看，又打上了。”然后就有一股新鲜的凉风灌进了地窖那个巴掌大的气眼，跟着进来的是一股泥土腥气，是黄土让太阳烧烂的伤口受到雨滋润的浓腥。

二大走到那个巴掌大的气眼下，大铜板一样硬一样凉的雨掉了下来，落在他手心。他的手像死去的手，青白青白，看着都没热度。他的手有好多日子没见过日、月，没沾过地里的土、禾苗，没碰过一个活物。雨滴掉在这手心上，手活转来。二大上到地窖上，雨点密了，更大了。他仰起头，脸也活了。

雨是夜里十一点四十分降到史屯的，十一点四十六分降在洛城。洛城的一家大旅店里住着那个香港大佬。他正在床上读报纸，跳下床推开阳台的门，看着憋得老粗的雨柱从天上落下来。他高兴得连自己赤着脚都不觉得。他为史屯的人高兴，他们那样穷苦，那样乐和，到底让他们把又一个大难渡过去了。他知道，史屯今年的谷子、蜀黍会收成不赖。

人们从老朴的妻子一来就盯上她了。史屯人和城里人看美女眼光是一个东一个西。史屯人说起美女就说铁脑的妈，人家那才叫美女。后来葡萄长得水落石出了，人们又说葡萄也不丑，赶她婆子还差一截，太瘦。城里人把李秀梅那样的说成俊俏。史屯人发现城里人说的俊俏都多少带黄大仙、狐狸的脸相。假如有人告诉史屯人老朴的妻子是城里的标准美人，史屯人会说那是戏里的人，光是看的。和纸糊灯笼，银样镴枪头一个尿样。有的人说她是好看，就像白骨精一样好看。

老朴一家子在史屯街上住长了，人们也敢和老朴妻子打招呼了。只有这个时候，他们才相信她是个也要吃喝拉撒的真人。“反党老朴”招人喜欢，史屯人没事时都在老朴家对过蹲着，看他进去出来。老朴和他妻子不认识街对过蹲着的抽烟、喝粥、吐痰的史屯人，不过他们不认生，进去出来都问候：“吃晚饭呢?”“下工了?”“歇晌了?”老朴现在不出工了，帮着公社写广播稿。公社广播站的女知青把老朴写的“快板书”、“打油诗”一天广播三遍，念的错别字也是一天错三遍。抗旱的时候，老朴家里的水缸是满的，孩子们给他打满的。只要老朴说哎呀没烟了，马上有六七个孩子一块儿站到他门口，要给他去买烟。有时老朴走进村，和葡萄一块儿去坟院边上的林子里拾柴、拾橡子，他对跟在后面的孩子们说："我和你葡萄婶子说说话儿，秘密的话，不想叫人听见，你们把守好了，甭叫人进去。"孩子们一步也不动地守在林子边上。

所以史屯人都觉得老朴这么好个人，怎么找那么个媳妇？那能管啥用，两晚上还不就弄坏了？抗旱那年，史屯又成全省先进了，史春喜成了县革委会副主任，他在史屯的职位要群众选举新人去填充。把几个候选人往黑板上一写，下面人不愿意了，说怎么没有老朴呢？

主持选举的干部说，这可是选公社领导。下面人说对呀，所以咱选水平高的。老朴水平高啊。主持人问他们叫老朴什么来着。下面人这才闷住了。他们是叫他"反党老朴"的。

就那也不耽误他们喜爱老朴、可怜老朴，觉着老朴该有个别看着就要坏的纸糊媳妇。

对老朴的媳妇亲起来是抗旱那年冬天。老朴遵照史春喜的指示，写了个有关抗日的革命现代梆子戏，让史屯的业余剧团演演。公社的知识青年里头，有能歌能舞的，也有会弹会吹的。老朴的媳妇是省里戏剧学校的教员，这时就成了业余剧团的导演。人们挤在学校的教室窗子上，看老朴的妻子比画动作，示范眼神，他们全想起过去的戏班子来。老朴的妻子才是正宗货，比他们看过的哪个戏班子里的花旦、青衣都地道。老朴的媳妇再拎个菜篮子、油瓶子从街上走，人们都笑着和她说："老朴福气老好呀，有你这个文武双全的媳妇。"

快过年的时候，人们听说戏要开演了。公社怕小学校的操场不够盛五十个村子来的人，就决定把戏放在中学的球场上演。

到了要开演的时候，有人说这怎么唱戏？观众坐得比演员高，演员换个衣服、梳个头都让观众看去了。多数人同意把戏还搬回小学校去，好歹那里有个戏台子。

五十个村子来的人都挤在街上，谁也打听不准戏到底在小学校还是中学校唱。史屯中学在街的西头，小学在东头。不断有误传的消息出来，人群便卷着漫天黄土一会儿压向东，一会儿压向西。几个维持秩序的民兵拿着铁锹把子一会儿敲这个脑袋，一会儿戳那人肩膀，嘴里叫着：挤尿啊挤！他们告诉大家一旦决定在哪里演戏马上下通知，不然这样胡挤非踩死谁不可。人们哪里肯相信他们的话，都说他们向着史屯的人，先让史屯的人占好位置。他们有多年没看梆子戏了，天天听广播里的“样板戏”，听得烂熟，公共厕所半堵墙，男声在这边唱一句，那边准有女声接下一句。这回总算有新戏看了，还是他们自己的梆子。他们有的住得远，看完戏还得有十几里路哩！

风硬得很，在人的鼻子上、颧骨上划过去，拉过来。不知谁喊起来：看老朴媳妇！她往小学校去了！人们像塌了的大寨田似的，连石带土向东跑。孩子尖声哭叫，女人们劈开嗓门唤孩子。几千双脚把黄土街面踢肿了，又踩瘦了。没有路灯的黑暗里人们打着电筒奔跑，手里拽着背上背着怀里抱着大小不一的孩子。刚跑到小学校门口，有人大喊：中了共军的奸计啦——中学球场上戏已经开演啦！人群连方向都没完全转过来，就又往中学跑。迎面来了个带牛犊子来找兽医的，来不及躲闪，被人群撞倒在地上，等他成个泥胎爬起来，他的牛犊子没了。一小时后他看见牛犊子死在地上，让人踩死了。他养一辈子牲口头一次遇上人踩牛的。

中学的球场四周都坐满人。所有的碎石烂砖土疙瘩都给人垫了脚。墙头、教室窗台也都成了好座位。坐在球场一侧的人看了一晚上演员们的后脑勺、背梁、屁股。

驼背蔡琥珀给人挤得站不是坐不是，葡萄一把把她拉到自己跟前，叫她坐在自己位置上看，她去台边上找老朴想办法。老朴给戏打小锣，葡萄叫他，他听不见。她怎么也挤不过去，只好将就缩在一边，看小半个戏台，看大半个观众席。她看着看着明白戏唱的是什么。戏是三十年前史屯的年轻寡妇保护老八游击队员的故事。老朴把戏改成了七个寡妇，个个都是女知青扮的，化出妆来七张脸一个模子。

老朴打小锣很认真，不然他一走神就能看见葡萄。葡萄见他穿着一件蓝棉袄，打锣时袄袖一甩一甩的。那是什么袄子？这么薄！和过去史修阳的棉袍似的，夏天把棉絮抽了，袖子就会这样乱甩打。也不合身呀，袖子太宽了，那不进风透寒？老朴媳妇坐他边上，不知看不看出老朴冷。她也不知戏演到哪儿了，就想着老朴那呼扇呼扇的棉袄袖子。老朴的手老挨着冻，他怎么写出这本戏的？

她一扭脸，见蔡琥珀抽着驼背正哭。戏里的七个年少寡妇中，背上背孩子的就是蔡琥珀。蔡琥珀那时刚生下她儿子。儿子还没满月她就把儿子爹给捐献出去了。葡萄记得蔡琥珀当时出去救老八游击队员时没背儿子。她把儿子交到了婆子手上，才站起身来的。她婆子在她身后压下嗓音叫了一声：“琥珀!”婆子知道她会干什么，想叫住她。葡萄想那时的蔡琥珀一身圆圆满满，衫子前襟上让奶汁湿了两大片，一头头发多好，梳在脑后像个红薯面大窝头。那样一个琥珀就从日本鬼子鼻子下走过去，救老八去了。

蔡琥珀穿着男式中山装。她当县委书记一直穿男式衣服。她用中山装前襟擦眼睛擤鼻涕。谁也不知道那年她救下老八游击队员后回到窑洞里就昏过去了。是她婆子用纳的鞋底把她打醒的。婆子打得她一泡尿尿在了身上。是她婆子把她打革命的，打成了个秘密女老八。革命后她才明白她爹娘把她说给一个没见过面的男人做媳妇是不对的，是封建。她爹娘用她换了三斤棉花一石小米，她婆家花出去三斤棉花一石小米换了她这两条腿的牲口。不过在她婆子用鞋底把她打跑之前，把她打到革命队伍里去之前，她不知道自己是两条腿的牲口。蔡琥珀哭得好痛，看戏台上的自己在那里扯着嗓子唱戏词儿，骂日本鬼子、骂汉奸。戏台上的她穿枣红衫子，拧着水蛇腰。那时她婆子不让她穿一点儿带红色的衣裳。驼了背的蔡琥珀想，戏台真好，演错了重演，光演最风光的一段。她看了戏之后，把戏台上的自己敬重了一番。她的一生能重演的话，那一段她还会照原本子演，后来这一段，要能改写多好。把她偷庄稼、游街、挨批斗的一段从戏本儿里删掉。她要有老朴那支笔就好了，把戏本儿中最后一段改成蔡琥珀宁愿饿死也绝不偷社里的庄稼。特别是要把游街的场面好好改一改。她胸前挂的牌子上写着“偷粮贼、社会主义蛀虫蔡琥珀”，她走在民兵后面，庆幸自己驼了背，脸朝地。蔡琥珀把戏本儿的最后一段改成了这样：一个人民的女焦裕禄书记，在大荒年时把自己的口粮全省给饥民，自己病、饥交加，英勇死去。蔡琥珀哭得痛，因为她没有那个机会去为人民省下自己的口粮了。她革命到底的机会给剥夺了。

她哭得那么痛，让葡萄在一边也鼻子酸起来。葡萄当然不知道蔡琥珀哭什么。她在散戏的时候走在蔡琥珀边上，怕人们把她踩着。

“好戏啊！”蔡琥珀说，一个县委书记又在她嗓音深处了，“这样的好戏该多演演，让群众记住，谁打下了江山！”

葡萄挡着疯野退场的人群。蔡琥珀矮了人一头，胡踏乱踩的人群万一看不见她，非踩烂她不可。

走到街上，人群发黄水一样涨到街沿外，冲着两边的房屋。葡萄护着蔡琥珀，把她送到公社革委会院里的一间偏房。那是蔡琥珀的宿舍。她说：“琥珀，啥事一会儿就过去了。”蔡琥珀心想，现在轮到这个没觉悟的来开导我了。

葡萄看见人把老朴两口子围在院子里，史春喜的嗓音更圆厚了，笑出一个大领导的气魄来。老朴看见葡萄，刚说什么，马上又给别人分了神。人们把他拽到公社招待所，那里给他两口子和女主角摆了两桌。葡萄看人群抬轿驾车似的轰隆隆往前滚，老朴两口子乘坐着人群走了。

她回到地窖里，见二大还在扎笤帚。她坐下来，也不说看戏的事。二大也没问戏怎样。二大什么都不问，就知道老朴要时来运转了。从葡萄这半年一句半句的话里，他明白老朴的处境在变。省里有人要他去写稿子，给他将功赎罪的机会。老朴一直不答应，不过越不答应人越看重他，要给他恢复工资了。这全是半年当中二大从葡萄的零碎话里听出的整块话。他心里想，一个好人，又和葡萄错过去了。

二大说："他不是咱中国人呢。"

葡萄说："爹妈不是。"

二大说："是高丽人。"

葡萄想二大忽然又说起这干啥？他早就知道老朴的身世。她马上明白了，二大的意思是，那样远来的，不是机缘又是啥呢？不打日本，他爹妈就不会来；不来，他也没有那个中国爹，后头也就没他写的那本书，再后头他也不会为那本书倒霉。不倒霉他能在咱史屯吗？

他手里慢慢拨弄着高粱穗，慢慢插进线，慢慢紧线。早已不是过去那样利索快当的一双手了。他这双手现在做什么都是老和尚拨念珠，拨着拨着，他银发雪眉，满面平和。他垂下眼皮时，就像一尊佛。葡萄不懂，二大的样子是不六根清静得来的？她觉得他越来越少笑容，也去尽了愁容。有时她讲到村里的事，谁和谁又打闹了，谁又给拉上台斗争了，二大就扯开话去，说家里几十年前一件事，说铁脑奶奶、爷爷的事，有时说得更远，说他自己奶奶、爷爷、老奶奶、老爷爷的事。说到孙家从哪里来，原先怎样穷苦。葡萄有时碰巧在小油灯光里看见他的目光，那目光散散的，好像什么也用不着他看见了。

二大说："还有那只老鳖，也是奇物。"

他的意思是老朴那天不在街上转悠的话，就不会碰上这个卖鳖的汉子。汉子碰上史屯任何一个人都是白碰，只有老朴敢买、也买得起那只老鳖。后头二大身体的变化，兴许都和吃那只老鳖有关联。葡萄把鳖汤鳖肉放了有半斤盐，把它盛在一个瓦盆里，上面盖着油纸，放在地窖里，每天给二大盛一碗，添上水去煮。他吃了两个月之后，浑身长出一股温温的底气。又过一阵，他肿大的关节全消了肿，断了的指甲也长出来了。慢慢的，他的动作缓下来，去掉了生性中的急躁。他一下子宽了心似的，对世上的、村里的所有人和事都不图解答，不究根底，最后他连知道也不想知道了。

他顶不想知道的事里就有少勇的事。葡萄和少勇一年见一两回面，都是去河上游看看挺。葡萄回来带些糕点奶粉给二大，并不说那是少勇给他买的。她只说："爹，他当医疗队队长，到哪处大山里，给人开刀开出个六七斤的大瘤子。""爹，人家把他的事写成文章登上报了。""爹，他弄了个啥叫做针灸麻醉。"他一句话不答，让葡萄的话在他耳朵口上飘飘，就过去。有时有两三句飘进去了，飘到他心里、梦里，他在醒来后会伤一阵神。有回葡萄带回一根高丽参，说是少勇的病人送少勇的谢礼。最近一回，她说："爹，他媳妇走了。"他没问，走哪儿去了。她也知道他不会问，便说："是知道我和他有挺，才走的。"他也不问，他媳妇咋知道的？她接着说："他媳妇见了挺的照片。他给藏在他工作证里。他媳妇问这孩子是谁，他就照实说了。他说他媳妇连个下蛋母鸡也不如，他还不能和别的女人生个儿子？他媳妇叫他把儿子带回来，他说带不了，是葡萄的。"葡萄说到这儿，不说了。过了好多天，她才又说："他媳妇那次还说，她要去医院告他。"二大没说，那不是把少勇毁了？他什么也不说，这个叫孙少勇的人和天下任何一个人一样，和他没有关系。他只是在葡萄说老朴时，会搭一两句茬。

二大原先想看看这个老朴。后来他心宽了，想，人干吗非得见个面才算认识呢？认识人不用见面，见了面的人也不一定认识。不见面，老朴以后走了，把这儿，把葡萄忘个净光，他也不跟着寒心，他也就不怪老朴。所以老朴临走时，他不叫葡萄把他带下地窖来。

老朴走的那天，葡萄在街上和一群知青闺女赛秋千。她回来和二大说，老朴在下头看，她在秋千上飞，就这样，他转身上了接他的黑轿车。黑轿车后面窗子上透出他媳妇的雪白毛围脖。她在秋千上，人飞得横起来，看老朴蓬得老大的花白脑袋挨在他媳妇的雪白围脖旁边了。黑轿车朝东开，和少勇每回走时一样，乘朝东开的长途汽车。黑轿车开到史屯最东口时，葡萄的秋千正飞成和地面平齐，她脊梁平平地朝着地，脸正好全朝着天。她没有看见黑轿车最后那一拐。

她说："爹，我手把绳子抓得老紧。"

他听懂了，她假如抓得不那么紧会把自个儿摔出去，把身子和心都摔八瓣儿。他知道葡萄，葡萄是好样的。她再伤心伤肺都不会撒手把自己摔出去摔碎掉。她顶多想：快过到明年吧，明年这会儿我就好过了，就把这个人，这一段事忘了。

葡萄把油瓶拿起来，给油灯添油。她这时心里想，要是现在是三年之后该多美，我心里说不准有个别人了，不为这个老朴疼了。

她忽然听见二大说："别点灯了，我能看见。"

她想，灯一直点着呢。她把灯捻亮些。

她见扎好的笤帚齐齐摞在一边。二大的手慢慢地、稳稳地摆弄着高粱秆、高粱穗，他的眼睛不看手里的活儿。高粱秆、高粱穗在他手指头之间细细地响动，“刷啦、刷啦、刷啦”。她把手伸到他脸前晃了几下，手停在空中。

二大瞎了。她想问问，他啥时开始看不见的。但她没问。

玖

少勇从村口进来时，看见史春喜的吉普车。史春喜和几个大队干部正说着话，笑声朗朗，见少勇拎着个黑皮包过来，笑声错了一个板眼。不过也只有少勇听得出来。要搁在平常他会风凉一句：“哟，史主任不坐拖拉机了？”这时他心里有事坠着，直着就从吉普车旁边走过去。

黄昏去一个寡妇家当然让吉普车旁边的干部们全安静下来，盯着他脊梁。少勇感觉许多鬼脸、坏笑落在他脊梁上，等他走下田坎，后面不安静了，笑声像翻了老鸹巢似的哄上天去。搁在过去，少勇会心里发毛，这会儿他把自己的身板竖得直直的，把已经稀了的头发叫风吹得高高的。没了朱云雁，闲话都成废话了，再也说不着他。他和寡妇王葡萄搂肩搭背打锣吆喝地从村里、从街上走，也没人能把他奈何。这些年下来，孙少勇除了对治病救人一桩事还认真外，其他都在他心里引出个苦笑。

他知道现在干部们快要看不见他了，从史春喜母亲家一拐，就是李秀梅家，再往前走，就是葡萄那高高的院墙了。葡萄这些年在院里种的树冒出院墙一截。就是秋天少勇也认出那些树梢是杨树、桐树。桐树种得多，夏天能把深井一样的窑院遮出一大片阴凉，也遮住想朝里看的眼光。

他看见史冬喜的儿子和他妈推一车炭渣在前头走。男孩有十几岁了，拖着两只一顺跑儿的大皮靴。冬喜死后，他家成了全村最穷的人家，这穷就成了春喜廉洁的招牌。少勇是明白透亮的人。他知道冬喜和春喜做派上很像，都不贪财，都领头苦干，但哥儿俩的心是不一样的。

少勇站在葡萄的门口了。花狗死了后，又引的这只黄狗不认识他，在院里叫得快背过气去了。这天一早，葡萄从耐火材料厂扒车进了城，到医院找到他，对他说："咱爹瞎了。"晚上下了班他就赶来了。

他黑皮包里装的有检查眼睛的器具。

葡萄开了门，身体一闪，把他让进去，让在她前头下台阶，俩人连"来了？火车来的汽车来的"之类的话都没说。他把外衣脱在葡萄床上，从裤兜里掏出个小瓶和十斤粮票一斤油票放在柜子上。葡萄知道小瓶里是给二大的补药，粮票油票是他省给他们的。少勇每回来总是撂下些钱或者粮、油票。

两人一前一后下到地窖里。葡萄把油灯点上，把火苗捻大。

二大说："葡萄，叫你别找大夫。"

葡萄不说话，端着油灯让少勇从皮包里往外取东西。他拿出一个特制灯，一拧，把地窖顶照了雪白的一块。

二大说："我说不见大夫就不见。我要眼睛干啥?"

葡萄说："你不要眼睛干啥?"

二大说："你叫大夫走吧。跟他说对不起，让他大老远跑来。"

葡萄说："大夫怕你害的是……"

少勇接上去说："糖尿病。"

二大说："你和大夫说，我就是瞎，又不聋，用不着他扯着嗓子说话。"

葡萄笑起来。少勇斜她一眼，她还笑得出来。

葡萄笑呵呵地说："糖尿病把眼睛病瞎了，还能让人瘫呢。"

二大说：“我要腿干啥？现在我和瘫有啥不一样？”

葡萄撅起嘴：“爹，葡萄惹你了呀？”

二大不说话了。他知道葡萄这句话重。他知道它重在哪里——爹，我容易吗？你再瘫了，我咋办？

缓了一下，他和和气气地说：“葡萄，你送送大夫。跟他说你爹七十四了，眼坏了就坏了吧，甭折腾了。”

两个人僵在那里。

二大说：“哟，大夫还没走？葡萄，叫你送客的呀！”

两人没法子，上到窖上来。晚上少勇叫葡萄用个小瓶去便桶里取一点儿二大的尿。他用实验药水一验，说：“还好，不是糖尿病，先按青光眼治。”

他接过葡萄递的茶杯，把两只冻得冰冷的手焐上去。他忽然说：“葡萄，这不是事。”

葡萄说：“啥都不是事。”

“我是说把他藏着……”

“我知道你是说这，我不和你说这。”

“葡萄，我是说，得想个法子……”

“你怕你别来。”

“别不论理……”

“我就不论理。你杀过你爹一回，再杀他一回吧。”

“你让他这样活着，还不如死了呢！”

“啥也不胜活着。”

少勇放下茶杯，拿起床上的大衣。葡萄看着他。他的手去拿包时，她捺住他的手，她说：“没车了。”

他看着她。假如他二十年前和她失散了，这时在人群里找她，肯定是找不着她的。因为找人时总想着一个人二十年了还不知变成什么样了。她一点儿没变，所以他眼睛一定会把她错过去。少勇不知道，两年前来的香港大佬孙少隽犯的就是这错误：他在抗旱的人群里找一个变了的葡萄，可他错过了一点儿没变的葡萄。

少勇把她抱在怀里，闭上眼。

她柔柔地推他，一边柔柔地说：“等等。”

他说：“我都快五十了。”

她身子还是等的意思。他不知道，她是想等她把一个叫老朴的人淡忘一些。她这时吃惊了，她心上怎么能一下子放下这么多男人？个个的都叫她疼？只是两处疼不能摞一块儿。

她说：“我给你搭铺。”

他说：“我住招待所去？”

她说：“不去。”

等少勇睡下，她把他的毛衣拿过来，用针把袖口拖拉的毛线给织回去。她总在地窖里做针线活。她知道二大夜里苦，觉难睡，他常常是白天打打瞌睡，所以她在夜里多陪他一阵。他们都说过去的事，说铁脑妈在世时的事，说葡萄小时的事。葡萄突然说：“爹，知道蔡琥珀不？她又回县里了，解放了。这阵子这人解放、那人解放。”

二大说：“哦。”

“解放了这个，就会打倒那个。想解放谁，得先打倒谁。”

二大不吭声。她的话他是这样听的：“爹，你可得挺住，别想不开，说不定也能把你解放呢。”

葡萄说：“啥也不如硬硬朗朗的，全全乎乎的。”

他听明白的意思是：多难都过来了。要是蔡琥珀游街时想不开，做了第二个瘸老虎，人解放谁去？

二大开口了，他声音平和得像念经文：“葡萄，你睡你的去，啥事不愁。要愁早该愁了。最愁人的都过去了。”

她想，二大是听懂了她的意思，回答了她：葡萄，你放心，我不看病是我真活明白，活透了。没了眼，那是老天收走了它们。就让老天慢慢收吧，收一样是一样。所以你叫啥大夫来都没用。老天收人有时一下子收走，有时慢慢收，我这个人，已经给收去一点儿，你非要再从老天那儿夺回来，是办不到的。

二大真是悟透的人。过了两个月，他耳也聋了。到了夏天，他半身瘫了。少勇的判断是他渡过了几次中风。二大不肯吃药，葡萄把药碾碎，放在汤和馍里。知了又唱起来，二大可以拄着棍，拖着腿在院里遛弯子了。少勇说越是多遛弯越好。所以葡萄把水、饭都留在院子的树阴下，二大的床也搬上来了，搬到堂屋里。

这天葡萄从地里偷了几个嫩茄子回来，见李秀梅魂不守舍地站在她家门口。她儿子把鸡给撵飞了，飞进了葡萄的院墙，在桐树上栖着不下来。小三子找了梯子爬上葡萄的墙，吓得从墙上摔下来了。他见到一个白脸白毛的老头儿，一身白褂裤，在葡萄院子飘忽。小三子到现在还浑身出冷汗，得出去给他叫叫魂。

葡萄笑起来，说："那是我舅老爷，又不是白毛怪，怕啥呀！"

李秀梅说："哦，你舅老爷呀！"她奇怪得很，葡萄娘家人都死在黄水里了，从没见谁来看过她，猛不丁出来了白毛老怪的舅老爷。

葡萄说："舅老爷住了好一阵了。大病一场。现在话也说不成，眼也看不见。家里没人伺候，就送过来给我窑洞里添个人气楦子。"

"那啥时包几个扁食送给舅老爷尝尝。"李秀梅说。她还是疑惑。她和葡萄住得近，天天见，从没听葡萄说家里来了个舅老爷。

葡萄眼睛直直地往李秀梅眼里找，要找到她心里真正念头似的。葡萄说："舅老爷看不见也听不见，腿脚不灵便，怕人看他呢。"

李秀梅突然在葡萄眼里看到了另一个意思。是求她也是威吓她的意思。那意思好像说：别和人说去，看在我们姐妹一场的份儿上。和别人说，没你啥好果子。

“怕见别人，还能怕见我？我又不是外人。”李秀梅说，她的意思也传过去给葡萄了：不管这个舅老爷是人是鬼，我绝不给你张扬出去。

“舅老爷走背运，成分高了点。”葡萄眼睛还那么直直的。

李秀梅把眼躲开了，东看西看地说：“这些年成分高的人可吃苦大了。”她让葡萄听懂她对成分高的人不在乎。就是看在葡萄这些年待她待她瘸老虎不二气，她也不干那不仁义的事，把她成分高的舅老爷给检举出去。她又说：“舅老爷有七十五六了吧？”

葡萄说：“七十四。”

李秀梅心里一算，这就对了，和死去的孙二大一个岁数。她觉得脊梁上的汗全结了冰。她儿子把他看见的白毛老头儿的样子、个头讲给她听了，这时她想，葡萄难道藏着孙二大的鬼魂？

葡萄说：“哟，你脸色咋恁黄？”

李秀梅笑笑说：“下地累得呗。回来又见小三子给吓丢了魂，着了急。”她说着就朝坟院那边走，回头对葡萄说：“我去给他喊喊。”

葡萄知道李秀梅已猜得很近了。李秀梅她不愁，她和李秀梅走得最近，偷庄稼是好搭档，一个偷一个站哨。两人见啥偷啥，只要队上的果树一挂果，两人眼神马上对一块儿，转眼便溜进果林。她教会李秀梅吃蜀黍皮、蜀黍芯儿，教会她磨豆腐。李秀梅常对她孩子说没有葡萄，他们早在坟院里做饿死的小鬼儿了。

葡萄把灶烧起来的时候，二大在一边给她劈柴。他坐个板凳，把柴竖起来，一手握斧子往下劈，斧斧不劈空。二大做一辈子好活路，瘫半个身子还是把活儿做恁漂亮。葡萄把围裙解下来，递给他，让他擦擦脸上的汗。他笑笑，一边嘴角跑耳朵上去了。

这时她听见李秀梅在坟院上喊得和唱一样："我小三子哎，回家来吧……"

她眼里的二大哪里像个白毛老怪呢？他是白发白须，脸也白得月亮似的。但葡萄觉得二大的脸容、皮肉一天一天干净起来。她从没见过一个这么干净雪白的老人，眼睛也和月亮似的，又凉又淡。一时间她想，二大是不是已全部叫老天收走了，现在劈柴的这个是从天上又回来的二大，不然怎么一身仙气？她觉着坟院里给儿子喊魂的李秀梅这时闯进来，一定会以为自己见了个老仙人。她不懂李秀梅那十七岁的儿子魂是让什么给吓跑的。

她把小饭桌摆在树下，给二大盛上汤，又放上一把瓷勺。二大不愿她喂饭，自己握着瓷勺往偏斜的嘴里舀汤。有时勺和嘴半天碰不上，碰上又碰错了，汤洒下来。但葡萄不去帮他。二大要强，这时她只当他没事，他最舒服。

这天黄昏李秀梅来打门，葡萄开了门，把她往院里让。她下到台阶下就认出了孙二大的侧影，嘴里却说："舅老爷看着好多了。"她心想难怪儿子吓跑了魂，这个二大就像坟里刚跳出来的，一点人样儿也没有。

葡萄说："他耳聋眼瞎，你不用和他打招呼了。"

"舅老爷看着只有六十五！"李秀梅说。这时她走近了几步，看见二大白发白须中镶的脸盘上没有什么褶子，白净里透出珠子的光亮。

葡萄问她是不是要借锥子。李秀梅眼睛只在二大身上头上飘，嘴里说着闲话，告诉葡萄她儿子好多了，听说那白毛老头是葡萄的舅老爷，他魂回来了一半。去上学人家问他他妈给他在坟院喊啥，他说看见了个白毛老头儿在葡萄院里，魂就飞出去了。

葡萄明白了。她能信得过李秀梅，但她那个小三子的嘴是封不住的。小三子年年不及格，好几尺的小伙子还是小学生。他的话在十一二岁的同学里传开了。李秀梅想给葡萄提醒一下。既然葡萄不和她挑明说，她也不点穿她担心的事。小孩子一传开，保不准要传到大人耳朵里。

收麦时史老舅和葡萄说：“你分的是一人的口粮，你舅老爷咋办？”

葡萄一看他眼底下藏的那个作弄人的笑就知道他是明戏人。史老舅过去也常常借孙二大的钱，有回为还债把家里种的四棵橡树都砍去卖了。那四棵树是他准备嫁闺女打柜子，再给他和媳妇一人留一副棺材。他赌孙二大的气，拿了砍刀就在碗口粗的树干上来了一下。他本指望二大会拉住他。二大没拉。史老舅这时对葡萄说：“那天我叫我大孙子搬了个梯，我自个儿上去，扒你墙上看了看你舅老爷。你舅老爷比我大五岁，咋就成了个那了？”

葡萄说：“他脑子可好使，不像你，年轻的时候也不如他现在。”

给葡萄一呛，史老舅反而笑了，说：“他那脑子，敢不好使？不好使敢弄那么高成分？”他笑着笑着，叹口气：“孩子，早没看出来，你是恁好一个孩子。”

他叹着气，摇着不太结实的脖子，走开了。葡萄见他慢慢蹲下，抠起一穗给人踩进泥里的麦子，在手心捻捻，又吹吹，倒进没牙的嘴里，拿唾沫去泡新麦粒去了。他动作比二大老，虽然他不偏瘫。面相就更不用提了，比二大老了一辈人。葡萄知道，村里知情的人越来越多，只是都不说破。

麦子收下后，在史屯街上搭了个“喜交丰收粮”的台子，电喇叭大吼大唱，史屯下一年又该不知饥了。葡萄和几个女人在街上看踩高跷的“样板戏”人物，一辆吉普车来了，几个高跷闪不及都摔下来。

吉普车靠边停下，里头下来的是史春喜。他上去把踩高跷的扶起来，一边大声训司机。葡萄叫他一声。他一扭头，满脸懵懂。从孙少勇和他在她院里打了一架，她没再给他过漂亮脸。这时四十二岁的葡萄开花一样朝他笑，他心里骂：我还会理你呢！不拿面镜子照照，不是奶奶也是姥姥的人了！

葡萄穿着白府绸衫子，蓝卡其裤。还是许多年前去洛城少勇给她买的。她舍不得穿，平平整整压在柜子底。她头发剪短了，天生打卷的头发从耳朵下面弯向脸蛋。史春喜心里瞧不起她：你以为你这一穿扮就又回到那风流岁数啦？可他发现自己朝她走过去了。

她说：“回来了？”

“回来看看咱村的大丰收！”春喜的官阶是县首长，架势扎的是省首长。衣服披在肩头，随时要给他甩下去抗旱抗洪救火似的。

“回来也不来见见葡萄嫂子了。”

春喜嘴上是风度十足，说忙呀，每次回来公社的层层干部都缠着抽不了身。他心里想，哼，少勇末了还是不要你呀，又想起我来了？别做梦了，那时和你干的蠢事我到现在还恶心呢。

葡萄说：“一会儿上我这儿来拿你衣裳。”

他想，还给我编上借口了哩！他对她说：“我还有两个会要开。”

葡萄嘴唇湿漉漉的，眼睛风流得让他脸也烧起来。她说：“你不要你的衣服了？”

他问：“啥衣服？”

“哟，忘了？里面还揣着封信呢。”

他想起来了。他说：“开完会再看吧。”他好笑，拿我件旧衣服就想勾起旧情呀？

晚上他没有开会，和谢小荷撒谎说去和几个公社干部谈谈事情。他进了村像个侦察兵似的溜着墙根儿，朝葡萄家走。他骂自己：日你奶奶你心虚啥呀？你不就是取件衣裳吗？他走到葡萄家门口，黄狗咬得全村都听见了。他心里仇恨葡萄，还叫他打半天门，万一碰上巡逻民兵怎么办？他突然发现他不是怕，是急，想赶紧见到葡萄。他又奇怪了：你又不是来和她干好事的，急什么？跟当年和她热火朝天似的，在路上就急了。

葡萄来开门，一面跟黄狗念念叨叨说话：“行行行，知道你护家……再叫我可烦了啊！还叫呀？你不认识他，花狗可认识他哩！”

她说着手在他手上一握，就和她天天晚上都等他来似的，一点儿没生分过。他手马上回应她，和她的手缠在一块儿下了台阶。他奇怪自己到底是个什么货色，在心里把她看得那么贱，可他和她的肉一碰上，他也贱成这样。他们进了她的屋，他把她的背抵在门上就脱起她衣裳来。他可是火上房了。他对自己说：我才不喜欢她，我这是糟蹋她，我是毁她。

他发现自己绝不是在糟蹋她。她是惟一一个女人，让他觉着这桩事美着呢，享福着呢。她是惟一一个女人，不把自己当成一个被男人糟蹋的东西。她不管他，只管她自己动她的，快活她的。可她快活自己他就狂起来。最后他只想让她给毁掉。他觉着他碎在她肉里了。

他喘上一口气时，想着这床上躺过多少男人。这个女人把他也排在这些男人里。而他史春喜是谁？是全省最年轻的县级领导，有希望升成市级领导，省级领导。他坐起来，点上烟。她的手在他脊梁上慢慢地摸，手指头停在他腰上那个痱子上，和那瘊子玩了一会儿。不去想葡萄的岁数，葡萄的举动只有十几岁。

“以后我不来了。”春喜说。

“不来呗。”

“人多的地方别理我。”

“你舍得我不理你呀？”

“正经点。”

“十六岁你就只想和你葡萄嫂子不正经。”

“那时和现在不一样。”

“你那时是个好人，还懂得干下糊涂事躲外头当兵去。”

春喜让她说得羞恼透了，跳起来站在她面前，成了个赤条条的首长：“以后我不准你再说那事。”

“哪个事？”她笑嘻嘻的，“那事只能干不能说呀？”她眼睛跟着他在窑洞里昂头大步地走，手里拿着烟，心头装着沉甸甸的事。她看着这个赤身的领导在窗口站下，视察她的院子。

“我再也不来你这儿了。”他又说。

“谁绑你来的？”她说。

他恼得要疯。因为他知道赌气的话他说了也不管用。样样事他都能对自己狠下心去做，单单和葡萄，他就是收不住心和身子，老想和她美美地造孽。他说：把我那件衣裳还我吧。

啥衣裳？她黑暗里笑眯眯的。

“你叫我来，不就为还我那件旧军衣的吗？”

“哟，那你一来咋就干上别的事了？”

“快给我。我要走了。小荷还等我呢。”

“一时半时找不着。等明后天找着了，我叫个人把它捎给谢小荷吧。我洗过了，该补的也补了，你写的那几个字我没舍得扔，还好好地揣在那兜里。”

“你想干啥？”

“这你也不懂？这叫诡人。”

“你为啥要诡我？”

“不是还没诡你吗？葡萄嫂子舍不得诡你，要诡早就诡了。”

“你不还我衣裳，叫我来干啥？”

“干了啥你自己知道呀。”

春喜走到柜前，摸到油灯。他把灯点上，开始翻抄柜里的东西。柜里翻出的东西都让他扔在床上、葡萄身上。

葡萄说：“别找了。要是能让你找着，我敢叫你上这儿来吗？”

春喜离开葡萄家的时候，心里闪过一个念头：葡萄一个人住，一刀杀了她也没人知道。离她院子不远就是坟院，悄悄一埋，世上不过少了一个半老徐娘的寡妇。谁可惜她呢？春喜简直不敢相信，最可惜她的会是他自己。还只是一个罪过的念头，他已经可惜她了。

春喜第二天回县里之前，听一个生产队长说到葡萄家的白毛老头儿。村里传的人多，见的人没几个。说那白毛老头儿像二十三年前给毙了的孙怀清。春喜决定推迟回县城。他在地里找到葡萄。葡萄拿着一顶新草帽给自己扇扇风，又给春喜扇扇。她笑眯眯地等着他开口。

“那个白毛老头儿是谁？!”他阴狠地盯着她。

“哪个白毛老头儿？”

“人家在你院里看见的。”

“噢，他呀。我舅老爷。”

他不说话，用沉默吓唬她。她不像一般受审问的人，让沉默一吓就东拉西扯，胡说八道。她就是闲闲地扇着草帽，把带新鲜麦秸香味的风扇到他脸上、胸口上。

“你那瞎话也不好好编编。这村里谁都知道你没娘家，哪儿来什么舅老爷。你给我说实话！”

“啥叫实话？”

“我问你，白毛老头儿是不是二十多年前的孙怀清？”

“村里人说他像，他就像呗。”

“你把他藏了二十多年？!”

葡萄直直地看着他，不说话。她真是缺一样东西。她缺了这个“怕”，就不是正常人。她和别人不同，原来就因为她脑筋是错乱的。

“那坟里埋的是谁？”他问。

“挖开看看。”她说。

“葡萄，要是你真藏了个死刑犯，你也毁了。”

“谁说我藏个死刑犯？他们传他们的。你不信，对不？”

“我得让民兵把他先带出来审审，才知道。”

“你不会带的。审啥呀？他聋了，瞎了，也瘫了。”

他扭头就走。他这才明白葡萄为什么把他的旧军衣藏起来，明告诉他要诡他。

他走得很快，知道葡萄还扇着大草帽在看他。知道她不知怕的眼睛看他步子全乱了，像个落在蜘蛛网里的苍蝇那样胡乱蹬脚划手。要是葡萄院子里的白毛老头儿真是二十多年前死刑里逃生的孙怀清，事情大得他不知怎样收场。那会是一个全省大案，弄不好是全国大案。可村里人并不认真想弄清白毛老头儿到底是谁。心里清楚的人嘴上也都把它当鬼神传说。就像传说黄大仙变了个女子，拖一根大辫子，在史老舅的二孩家窗口等他。二孩病了一年多，眼看快不中了，史老舅终于下夹子捉住了那黄大仙，把它打死，二孩第二天就起床了。

春喜没想到葡萄成了他的黄大仙，用符咒罩住了他，叫他身不由已地做了她的帮凶。他走到史屯街上，坐在吉普车上已经决定，只要没有人向他正式举报“白毛老头儿”，他就当它是史屯人编的另一个黄大仙传说，让他们自己逗闷子的。

村里人见了葡萄远远就躲开了，说她和白毛老头儿耽一块儿，也是三分鬼。她在集上卖豆腐，两个知青闺女来问她："你这豆腐是人推磨做的，还是鬼推磨做的？"葡萄说："是人是鬼，磨出豆腐就行。"知青闺女们吱哇一声尖叫，自个儿吓自个儿地跑了。孩子们也都不从葡萄家门口过，说有天一个孩子从那里过，后脑勺被一只凉手摸了一下，一回头，见那白毛老头儿从墙头上探出身来，伸出一只大白手。

话传到了县里的蔡琥珀耳朵里。蔡琥珀是史春喜的副手，听了传说马上驼着背跑到史春喜的办公室。史春喜又下乡去检查工作了，她等不及和他商量，自己驼上了长途汽车，驼进了史屯大街的民兵连部。民兵们向县革委会蔡副主任汇报"白毛老头"的各种传说时，史春喜赶到了。他指着几个民兵干部说："马上要种麦了，你们还有闲心传这种迷信故事！史屯的干部水平太低！"

蔡琥珀说："是人是鬼，让民兵出动一次，好好在那院子里搜一下，不就真相大白了？"

"还派民兵？"史春喜撑圆鼻孔，哼哼地冷笑，"那就更证明史屯干部的水平了！相信一个鬼故事不说，还兴师动众去打鬼！这要传出去，蔡副主任，你我花恁多心血建立的史屯，不但不先进，还封建、迷信！"

"史主任不同意搜查？"蔡琥珀问。

"我不同意把史屯弄成个笑话。"史春喜说。

"那好，我带民兵去搜。"蔡琥珀说，她又成了当年的女老八，抓了根牛皮带捆在自己腰上，她对民兵干部们一招手，"集合人。"

史春喜站起身说："都下地帮各生产队犁地去！"

民兵干部见风使舵了一阵，还是听了史春喜的，他们解下武装带，拿眼神和蔡琥珀赔罪，慢慢走出去。

蔡琥珀刚想说什么，史春喜把她堵了回去："这不是前几年了，空着肚皮闹斗争。现在的重点是促生产。”

蔡琥珀调不动民兵，一个人来到葡萄家。葡萄身上系个围裙，把她让进院子，就回到灶前做晚饭去了。蔡琥珀看看小菜园子，又看看堆在院子里劈好的柴。连炭渣也堆得整整齐齐，上头搭了“尿素”的塑料布。

葡萄在厨房里招呼她：“屋里坐吧，火空了我烧水给你沏茶。”葡萄的窑洞也是少见的光整，蔡琥珀到处看着，没看出有第二个人的痕迹。

葡萄一直在厨房里忙，时不时大声和她说一句话：“看着是吃胖了，还是县里伙食好！……看看我的黄狗下的小狗去吧，可心疼人！……”

蔡琥珀把三个窑洞都细看一遍。回到院子里，突然觉得红薯窖边沿干净得刺眼。她听见葡萄在厨房里和她说话：“……你好吃蒜面不好？我多擀点儿你在这儿吃吧！……”

蔡琥珀赶紧说：“不了，我回公社招待所吃去。”

葡萄拍着两手面粉出来，对她说：“那你慢走。”

蔡琥珀回到公社便叫了两个民兵，让他们马上去葡萄家查看红薯窖。天黑下民兵从葡萄家院墙翻进院里，刚一着地腿便挨了黄狗一口。

葡萄站在院子里看黄狗撵着腿上少一截裤子的民兵围着树打转。另一个民兵不敢下来，坐在墙头上说：“我说带枪，蔡主任不叫带！王葡萄，还不吼住你那狗！”

葡萄不理他，看黄狗一个急回身，把树下绕晕了头的那个民兵扑住了。黄狗刚下了四个狗娃，六个奶子涨得锃亮，一张脸成了狼了，冒着腥臭的嘴张得尺把长，朝民兵的脖子就咬上来。民兵一拳打过去，狗牙齿撕住他胳膊，头一甩，民兵“哎呀”一声。葡萄一看，民兵胳膊上一块上好的精肉在狗嘴里了。生了狗娃的母狗为了护它的娃子睁着两只狼眼，竖着一脖子狼毛，尾巴蓬得像根狼牙棒，动也不动地拖在身后。它从两个民兵迈着贼步子朝院子走近时就准备好了牙口。它不像平时那样大声吼叫，它安安静静等在墙下，这个时刻它觉着自己高大得像头牛，爪子尖上的力气都够把一个人的五脏刨出来。

民兵们走了。葡萄一动不动地站在院子里，看狗舔着地上的血。她一清早踹开公社革委会办公室的门，当着眼睛糊满眼屎的通信员给县革委会的史主任挂了个电话。她说昨天夜里要没有黄狗，两个跳墙进来的民兵就把她糟蹋了。史春喜在那头连声咳嗽也没有。不过葡萄知道他明白她在诡他。

葡萄回到家不久，民兵连全部出动了，在她院墙外全副武装地站成两圈。葡萄说："史主任马上来了，你们先让他和我说话。说了话你们要杀人要放火都中。"

全村的人都来了，有的要去赶集卖鸡蛋卖菜，这时连担子也挑到葡萄家院墙外面。孩子们手上抓着大红薯，一边看大人们热闹一边吃早饭。蔡琥珀在民兵里面小声布置战略，叫他们先不要动，等乡亲们都赶集、下地了，再往院里冲锋。万一扑空，葡萄太闹人，群众影响闹坏了。

史春喜一来就喊："都下地去！民兵都给我解散！麦都还来不及种，跑这儿躲懒来了?!"

蔡琥珀说："王葡萄夜里放狗咬伤了一个民兵。"

史春喜说："是她先放狗，还是你先放人去爬她墙的?"

蔡琥珀心想，谁把状已经先告下了?

史春喜接着说："我看有的领导这些年只会革命，不会生产了。动不动就制造个假敌情!"

蔡琥珀见全村人都看她和史春喜的对台戏，看得两眼放光。她明白史春喜一来，民兵们就不会再由她调遣。她说："村里有人养疯狗，随便就咬伤人，总得处置处置。"

史春喜笑笑说："一个连的民兵，两个县级干部，来这儿处置一条狗。”他扬起头叫道：“王葡萄！”

葡萄不搭腔。

史春喜又叫：“王葡萄，你听着！你那狗犯了咬人的法，今天天黑之前，你得叫人把它逮去，听从处置，你听见没有?!”

还是没人搭腔。

“你要不把狗交出来，民兵连就得进去自己动手了！听见没有?!”史春喜用那广播喇叭似的好嗓子叫着。

村里人全嘻嘻哈哈跟着叫：“告诉你那黄狗，坦白从宽，抗拒从严！……老实认罪，争取叫县领导饶它一条狗命！……王葡萄听见没有?!”

葡萄其实就蹲在大门里，从门下的豁子往外看。豁子外头是秋天早上的太阳，把人腿和人影照得像个树林子。腿们抖着动着，走过来跑过去，就像又有地有牲口叫他们分似的；就像又把土匪、共产党、兵痞拉去砍头示众，又有瘸老虎、蔡琥珀给他们逮住去游街了似的。

黄狗咬人的那天夜里，葡萄和李秀梅把二大送走了。她们用门板抬着他，在干成了石滩地的河里走，往上游走，往那座矮庙走。李秀梅还不把话道破，只管叫二大“舅老爷”。她们在矮庙里给二大支了个铺，把他单的、棉的衣服放在他摸得着的地方。庙里一尊矮佛，比侏儒们不高多少。庙的大梁只到她们肩膀，钻进庙里头只能坐着躺着。二大弓着身，一边挪着步子一边摸摸侏儒的佛，又摸摸窗子、房椽、大梁。点头说：修缮得不赖。葡萄把两袋奶粉、一包白糖放在他床边，领着他的手去摸它们，又领着他去摸那个盛水的瓦罐。二大说：这可美了，和佛做伴呢。

葡萄想和他嘱咐，千万别走远，远了摸不回来。可他聋了，她的话他是听不见的。二大忽然偏过脸说：“摸摸，路摸熟了，我就能往远处逛逛。”

葡萄还想和他说，她每隔一两天来看他一回，送点儿吃的喝的。二大又说：老往这儿来会中？十好几里的山路呢。葡萄呜呜地哭起来。二大在这儿，真的就由老天慢慢地收走了。

见葡萄哭得那么痛，李秀梅也哭了。

山野的黑夜和白天分明得很，二大还没瞎完的眼睛能辨出来。尤其是好太阳天，他一早就觉出来了。一片灰黑的混沌上有几块白亮，那是上到坡顶的太阳照在庙的窗上了。有时他还辨出白亮上有些个黑点子。他明白那是落在窗台上的老鸹、鹊雀。他总是在好太阳天摸出门去，坐在太阳里吃馍喝水。葡萄给他蒸的馍炝了干面，手掂掂有半斤，吃一个耐一天饥。好太阳里他辨得出东南西北。再过一阵，他不用太阳光了；他能闻出东边的杂树林里橡子落了，给霜打了，又叫太阳晒了，橡子壳透出湿木头的香气。南边干了的河里还有螺蛳，还有蚌，有的死了，有的还有一点儿活气，活的死的把腥气留在河里，变天前那腥气就油荤得很。“咱去郑州你也不好吃那黄河鲤鱼。”二大发现他在和铁脑妈说话，“你也怕腥气。”他此刻看见的是二十多岁的铁脑妈，生下三个孩子一个闺女，出落成一个真正的女人。他好像听见她答话了，说：“不叫买你非要买，买了敢吃吗？恁些刺，还不把嗓子扎漏了？”二大看着大大脸盘的铁脑妈，又看看这挂着山水画的馆子，对铁脑妈说：“你小声点儿，叫城里人笑咱呢。”铁脑妈一晃两个翠耳坠：“笑呗！花钱买刺来扎，有点儿钱把你烧不死！”二大笑起来，在她滚圆的手臂上捏一把，把头靠在了矮庙的红墙上。他和铁脑妈又说起了银脑的事。她十八岁，抱着不到一周的大儿子银脑，说：“这村的水太赖，孩子都出花子，不死的都成麻脸。”二大说：“麻脸就麻呗，是孩子又不是闺女。”她一抽肩膀，从二大怀里抽出身去，说：“孩子一脸是洞也不中啊！”二大又把她扯进怀里，说：“一脸洞就一脸洞，咱又不用他那脸盛汤。”她笑得咯咯咯的。二大也笑，他瘫了的半边身体都笑热乎了。他睁大瞎了的眼睛，看着媳妇怀里发花子的大孩子，说：“成个麻子就让他上山当土匪，不成麻子就送他去城里读军官学校。”媳妇腾出手来打他一巴掌，二大躲开她，偏瘫的脸上笑容全跑一边去了。

二大从此有人陪他说说话了。他摸着去拾柴，摸到一窝雀蛋，他说是鹊雀蛋，铁脑妈说：“你眼神不好是怎的？这是野鸽子蛋！”他问她：“敢吃不敢？”她说：“老鸽子要回来可伤心了。”二大摸摸索索地又把蛋搁回去，一边搁，铁脑妈在他边上帮着数数：“十二个哩。”他对她白一眼：“就像我不识数。”她头上有两根白头发，额头刚用线绞过，光净得很。她说：“你别老背着我惯葡萄。”他说：“咦，我啥时候惯她了？”她说：“你当我看不见？她挑一担子土你还拿锹给她往下刨刨！”他说：“我怕咱铁脑娶个矮媳妇。”她说：“葡萄把人家十八岁的个儿都长了，我就是把她往死里累，往死里喂，再长两年，就能给铁脑圆房了。”二大理理风吹到脸上雪白的头发，对铁脑妈说：“看我，头发胡子白成这了。”铁脑妈说：“娶媳妇的人，就得留胡子了。”二大笑她还那么老法。她说：“谁说我老法？我就不让葡萄戴红盖头。看城里照相馆的新媳妇相片，戴副黑眼镜，戴个绒花冠，就妥了。”二大说：“那会中？村里人还不笑死？”她说：“叫他们笑去。”

二大拄着木拐摸出朝山坡上走的路。“山闻着老香哩！”他对铁脑妈说：“松树油的香气。哟，衣服咋挂烂了？絮都露出来了。”他对铁脑妈笑笑：“葡萄给我絮的这件袄有三斤絮哩！”铁脑妈说：“她那手可笨，骂多少回才把针脚藏没了。”二大一只废了的脚在地上拖，他一点儿一点儿上到坡上，手四处摸，鼻子用力吸气，摸到一个松果。他用那只好手在松果里抠，把抠出的松子倒在棉袄前襟里，用前面的几颗牙嗑着，吃着。他对铁脑妈说：“别看我只剩这八颗牙，啥都吃得动。昨晚葡萄送了根酱猪尾巴，我也吃了两截子。吃不了多少喽，一天也就一个馍。

不知饥呀。”铁脑妈说：“刚嫁到你家，你一顿敢吃五个馍。”他说：“闻着像要下雪呢。风一股潮热气。葡萄回回来都带些草，把我褥子添厚些，下雪也不怕它。”他对铁脑妈笑一下，是怕她不放心的那种笑。

有时就是二大一人说，铁脑妈光听。他说：“外头雪深着哩，这庙门矮，都叫雪堵了门了。葡萄不叫我出去了。她说等雪化了，地干干再出去。不出去可闷呀。二十年都把我闷坏了。那时我把葡萄买回家你说啥来？你说：买回了‘百石粮’来了。你说把她喂大，不得一百石粮呀？”二大笑得咳嗽起来，伸出一个手指头：“你那嘴，老不饶人呀。葡萄像你闺女。”

也有一阵子，二大光偏着头，听铁脑妈说话。她说：“你把咱两个孩子都送出去念书，咱老了指谁种地、盘店呀？送一个出去就得二十亩地的粮去供，送两个出去，咱地也白种了。读书恁好，你爹咋不叫你去读，叫你哥去读？读得害痨病死外头了！”

还有些时候，二大和铁脑妈拌起嘴来。二大咧着歪到一边的嘴，和铁脑妈说：“咋就不能教葡萄两个字儿？这闺女我领来，就是半个媳妇半个儿子，你看她多能？字儿念一遍就中。”铁脑妈说：“羊屎蛋儿插鸡毛，能豆儿飞上天了！看她能的，把你二儿子也给能她那儿去。”二大坐在矮庙里，一只好手一只废手都伸在一个小炭炉上。他不和铁脑妈争了。他也看出二儿子喜欢和葡萄疯。他摸索到火钳子，夹一块炭，添到炭炉里，闻到新炭燃着的香味，给这香味一打岔，他也就和铁脑妈说到旁的事情上去了。他说：“那时咱俩来过这儿，对吧？你说，这庙咋恁矮？谁进得去？你看我不就进来了？这不是黄大仙的庙，是侏儒庙。过去这儿有个侏儒圣人，死前在这山坡上修行修了十年。侏儒们每年来这儿，祭拜祭拜他。葡萄和少勇的孩子，就让侏儒们养活着哩。葡萄和我说，明年收罢麦，挺就来了，来了就能叫我看看。挺有二十三岁了。”

雪化了，二大蹲在庙门口，闻着雪水给太阳带上天的气味。他眼前不是昏黑了，是太阳照着雪，雪又照着太阳上的一大片白光。冰冷的空气进到鼻子里，辣辣的，沾在嘴唇上，也是辣的，二大眼泪都给辣出来了。他便对铁脑妈说：“没风也恁冷，眼珠子都冻疼了。这瘫了的半边都跟有小针扎似的，可带劲。咱那闺女最好吃树上挂的冰柱子。玛瑙有二十多年没见了，你也别怪她。她回来干啥？没娘家人了。”

他摸到矮庙房檐上吊下的一根根冰挂，折下一根，放在嘴里慢慢地嚗。他见四十岁的铁脑妈伸手过来，要夺下那根冰挂，他一躲，说：“那脏啥脏？庙上的雪水，甜滋滋的。”二大看着四周的白色光亮，拄着木楞往前走。他的步子在冻成脆壳的雪地上是两点，一杠，两点，一杠……点是他的木拐和右脚留下的，杠是他那只瘫了的脚划下的。他给雪憋在矮庙里足足两天两夜，这时他拉长了身板站立，行走，喘气。上坡时，他上两步，下一步，他干脆扔下木拐，连手带脚往上爬。不一会儿摸到树枝了，他拽着树枝把自己一点点拖上去。到了他身上从里往外冒热蒸汽时，他手、脚、脸全木了。他张开木了的嘴唇，和铁脑妈呵呵地笑，说：“还中吧？还爬得动。”他坐下来，从腰里掏出一个油纸包。四十六岁的铁脑妈看着那油纸在他木头似的手指头间胡乱抖动，说：“叫我来吧，你那手不中……”没说完，他把纸包打开了。这时挨着他坐的是从西安回来时的铁脑妈，穿件黑衫子，腋下掖块白手帕。脚上穿的是双黑皮鞋，专给缠小脚女人做的。他说：“葡萄带的腌猪尾巴、猪奶子，还剩这些，她说是史老六给的，就是孩子们叫老舅的史老六。他叫葡萄送给我尝尝。他儿子摆了熟肉摊子，偷偷到火车站卖给火车上的人，说是不叫大伙做小生意哩。这猪奶子下酒是好东西。”

二大和铁脑妈说着话，木头似的手抓起猪尾巴往木头似的嘴上送。猪尾巴太滑，又冻硬了，从手上跑出去。他赶紧伸手去摸，把腿上的油纸包翻在雪里。脆脆的雪面上，几十个猪奶头滴溜溜地滚了出去。

他一条腿跪着，在雪地上摸过去，摸过来，对铁脑妈说：“那它还敢跑哪儿去？这坡坡上哪一块石头哪一棵树不认识我？”穿黑衫子的铁脑妈恼他笑他，由他去满地找猪尾巴、猪奶头。他把猪尾巴找回来，对铁脑妈笑笑。他想起来，这是她在他身边的最后一刻。日本飞机擦着火车的顶飞过去。这时的二大明白只要它们再飞回来，就要把铁脑妈带走。火车停下来，人都往门口堵，一个人吼叫：“大家不要挤，挤一块儿疏散个屎啊?!让日本飞机的炸弹一炸炸一窝！”二大紧拽着铁脑妈的手，叫她别怕，别慌。二大从猪尾巴上撕下一块冻硬的肥肉，紧紧咬在他四颗门牙上。

他闻到什么陌生气味了。他仰起脸对铁脑妈说：“看着是头狸子。”他觉着四只爪子慢慢往他跟前来，他说：“比狸子可大多了。”他说话时，那四只爪往后一撤。二大对铁脑妈笑笑说：“咦，这货！我不怕它，它还怕我哩。”他把手上的大半根猪尾巴向它伸过去。他觉着它想上来叼走猪尾巴，又疑神疑鬼。二大又向前伸伸手。他说：“我看它是只小豹子。听人说这山沟里有小豹子，从来都没叫咱碰上过，这回叫我碰上了。小豹子长得可漂亮，金毛黑斑，两眼跟油灯似的。”

二大不知道他面前这只野兽就是一只豹子，不过是黄土色的皮毛，披一个深黄脊背。这儿的豹子都不带花斑。它两只眼在阳光和雪光里没什么颜色，只有两根细细的黑眼仁。这时它鼻子快挨上猪尾巴的一头了。它看猪尾巴在白毛老兽的爪子里颤悠悠的，它用力吸吸鼻子，闻闻它有毒没有。它猛一张口，叼住猪尾巴，脖子甩鞭那样一甩。

二大的手感觉到它的饥饿和凶猛。“这生货！”二大笑着，脸朝向小豹子的方向，“和我抢啥抢？我不是给它了吗？这货要是大肚汉可完了，我这老皮老骨头，可没啥吃头。”他脸还对着小豹子，知道它两口就把猪尾巴嚼了，吞肚里了。在吃猪尾巴前，小豹子一颗一颗地找到滚了一地的猪奶头。它找一颗吃一颗，猪奶头还没挨着它的牙就下了肚。它一面找一面就朝这个蹲卧在树下的白毛老兽近来。

“它还看着我，就跟我有啥不叫它吃似的。”二大和铁脑妈说，“它还真是个大肚汉。大肚汉就没啥挑拣喽，也顾不着嫌我的老皮老肉喽。”二大伸出手，对小豹子招了招。他知道它走了过来，身子绷紧，屁股比上身高，下巴快贴着地面了，和一只野猫逮鸟似的。他闻着小豹子身上的野气，那股热烘烘的兽味堵了二大的鼻子和嗓子。它冰冷的鼻子上来了，在二大的指头上吸气、呼气。过一会儿，那带刺儿的舌头也上来了，舔着二大的手指。二大摊开手心，让它想舔就多舔舔。

“这货，先从手指头啃起哩！”二大摸到小豹子厚厚的嘴唇，又长又硬的胡须。他还是和铁脑妈在说话：“它要是从我手指头慢慢啃，那我还得有一阵子才能跟你去。”小豹子不在乎他说话，把他手心舔得又热又痒。二大抽回手，解开棉袄纽扣，一面说：“叫我把袄脱下，别叫它把恁好的袄毁了。葡萄给絮了三斤絮呢，让它撕撕全糟蹋了。脱下来，光叫它把我这老皮肉老骨头撕撕吃。葡萄找我，找着这件袄，还能再拆拆缝件别的东西。”二大这时已解开棉袄的最下面一颗纽扣，他笑着，指着小豹子说：“看它，急着哩！有啥急呀，我还能飞不成？”

脱了棉袄的二大拍拍胸脯，朝小豹子招手。他觉得它懂了他的意思，往他喉咙前凑近。忽然，小豹子头一低，用毛茸茸的脑门在二大长满白胡须的下巴上蹭了蹭。二大明白了。这是个孤儿，没了父母。他猜它最多一岁半。人到处造田，伐树，豹子们快死绝了。

后来二大常到这里来坐坐。不过小豹子再没来过。一天又下了雪，是春雪，下得暖洋洋湿乎乎的。葡萄这天来带的是一只烧鸡，告诉二大是谢小荷送的。二大把鸡头、鸡屁股、鸡骨头都放在庙门口。早上门口干干净净，骨头渣也没剩下。

二大对铁脑妈说："这货老饥呀。鸡才多大？都给了它也不够它塞牙缝。可它就是不来啃我这老骨头。它看着我个子比它大，不知道我是个啥东西，好啃不好啃。"

草出芽了，二大钻出庙门就闻到风也是青的。他在矮庙门口走了几步，闻到小豹子在不远的树后面朝他鼓起金眼珠子。天还不全亮，小豹子的眼在这时最大、最有神。

二大不知道前一天晚上，葡萄下的套子上绑了一截猪肠子，是她从史老舅那里要来的。小豹子被套住了。

二大觉出小豹子有了什么事。他顺它的味道摸着走。葡萄从那天在雪地上看到小豹子的足迹就开始下套子。她在套子上放的馍、红薯从来没让小豹子上套。她这才从史老舅那里求来了猪肠子。二大闻着闻着，就明白小豹子伤了，血还在冒，血腥气是红的，混进青的风里。他摸到小豹子跟前，伸出那只废了的手。他说："啃就叫它啃了吧，长我身上也没啥用。"他的废手碰到了小豹子的嘴。过了好久，他发现他的废手还长在他胳膊上。他笑笑说："看这货，还嫌俺这手不是活肉哩！"他的好手摸着摸着，找到了那个套。他摸了好久，又想了好久，明白这是葡萄下的套。是他教她下的。一个手解这套不容易。那废手万一帮忙帮错，会把他自己套里头。他对铁脑妈说："上回人家没把我啃了，我这回也把人家放生。放了生它要啃我，那就是天意。"

拾

他出了一身汗，把大袄脱下来，接着去拆那套子。太阳上到头顶了，他才把套子解开。他朝小豹子归山的方向偏着脸。再摸摸，套上夹着小豹子两根断了的爪指。血腥气慢慢散了。他说：“这货，也废了只手。”

春天下了第一场雨。矮庙周围的黄土上印着一个野兽的足迹，那足迹缺两根左前爪指。野兽的足迹绕着矮庙一圈又一圈。二大从来不知道小豹子常常围着矮庙打转，有时还会长啸两声。

一直到好多年后，人们在河滩地上种了牡丹花，年年有日本和南洋的客人回来观赏，那个缺两根爪指的豹子还会来这一带。那时它是老豹子了，来找那个救过它、喂过它、已不在世的白毛老兽。

这还是刚送二大上山的夜里。葡萄和李秀梅忙了一夜，在窨子一头封了堵墙，把二大住的屋封在里头。只要把那墙捅开，里面的屋还好好的。第二天下午葡萄种了一天麦，快黄昏回家煮了一锅稠汤，汤里搅进去四两大麦面，还剁了两个大红薯进去。她把汤盛到黄狗的瓦盆里，想想，又去厨房端出一个小茶缸，里面有点儿她一直舍不得吃的大油，哈得发黄了。她用筷子挑出一团大油，放进狗食盆。她看着那团油在滚烫的汤里一眨眼化成一大一小两个油珠子。可能吃出什么香味呢？她又挖出一团。汤的热气把大油的哈味蒸起来了，黄狗在喂奶，这时哼哼一声。她把缸子里发黑的大油底子都刮下来，搁进狗食盆，汤面上浮了一层黄黄黑黑的油珠儿，她这才用棒子搅了搅，一边叫：“黄狗！喝汤来。”黄狗站了一次，没站起来，让吊在奶头上的四个狗娃坠了下去。它眼睛半眯，回头舔舔一个狗娃，再舔舔另一个。黄狗有张坐月子媳妇的脸，眼睛甜着呢，舌头软着呢。葡萄看呆了。

民兵们天黑前要来把黄狗拉走。他们说是这样说，真想干的事是搜出个人来。搜出个人来他们就把黄狗的命饶下了。黄狗什么也不明白，以为这天黄昏和昨天黄昏没什么两样，就多了一盆漂着大油的面汤。它喝得“咕嗒咕嗒”地响，尾巴在领情又在得意。

喝了汤，黄狗就要回它娃子那儿去。葡萄说：“黄狗。”

黄狗站下来，回头看着她。葡萄说：“黄狗，过来。”它摇摇尾，不动。葡萄把声音放得凶狠，嗓门憋粗，吼道：“黄狗！”

黄狗慢慢地走过来。她脚边搁着绳，大拇指那么粗的绳。黄狗眼睛信得过她，身子信不过了，劲留在后头，眨眼就窜开的架势。它尾巴又开始变粗，动也不动地拖在身后。她对自己说：别去看它。它会装孬着呢。她手抓起绳子，可是动不了。她又对自己说：甭可怜它，可怜它干啥？也用不着它看院子了，多张嘴要喂。她的手还是抬不动，黄狗细声细气地哼起来。她要自己想开，黄狗正喂奶，一天要吃三两粮，没了它，省下粮给二大吃。她想着，就把黄狗的脖子拴上绳了。黄狗一挣，绳套锁死在脖子上。

天黑下来，民兵们进了葡萄的院子。葡萄站在桐树下，一句话不说。狗给绑在磨棚门口。他们搜了屋里屋外，又搜了红薯窖。然后拖着发疯一样号叫的黄狗走了。

四个狗娃跌跌撞撞地往窝外爬，嘴里都是奶声奶气的呻吟，想知道它们的娘为什么叫那么惨。

民兵们把黄狗煮成一锅好肉，打了几斤红薯酒，吃喝了大半夜，都说这时吃狗肉吃对了时节。马上要入冬，吃狗肉等于给他们添了件小棉袄。他们把黄狗的皮送给县革委会的史主任，皮是好皮，生了狗娃，刚换毛，暖和过老羊皮。等狗肉在他们身上生起火时，那四个小狗娃被葡萄抱到大路口上。看看谁家有奶狗娃子的老狗能拾走它们。她陪着狗娃子们坐了半上午，狗娃子冻得蜷成一堆，葡萄脚趾也冻麻了。见了推车挑担的人远远走过来，她就躲到路沟下面的树后面去。没有一个人停下来。他们听见狗娃子奶声奶气的叫唤只是扭头往葡萄的烂柳条筐里看一眼。葡萄看看太阳都高了，便对自己说：留下它们也养不活，一天还得熬小米汤伺候，哪儿来的闲工夫？哪儿来那么多小米！狗娃的叫唤还是跟了她一路，跟到地里，跟她回到家，跟她睡着。第二天清早，她觉得狗娃的叫声和当年挺的哭声一样，都远了。

快下雪了，葡萄熬掉许多灯油给二大绗出一件大棉袄，又赶出一双棉窝子。她想天一黑就给二大送上山去。有人在院子外头叫：“葡萄在家不在？”她听出是史老舅的声音。史老舅又喊：“葡萄要不在，老舅他还得再跑趟腿呀！”葡萄只好应了他。

史老舅拿个油纸包，站在台阶上不下来：“葡萄，你舅老爷好吃猪尾巴，有人腌了一根给他。还有一斤猪奶子，叫他闲磨磨牙。趁着还有七八颗牙，磨磨吧。叫他多住住，咱这儿掏个洞就能住人。就说是史老六跟他说的。”

葡萄不接他的话，只是叫他进来坐，喝口水。

史老舅又说：“我可没给过你舅老爷猪尾巴、猪奶子。我家又不做熟肉生意。我们都割过资本主义了，你说是不是，葡萄？”

史老舅往门外走，说着：“不送，不送。干部们上各家打听，娃子们见的白毛老头到底啥样，大人们都说：他们见啥了？啥也没见。娃子们老腻味，没屎事干，弄个故事编编呗。”

过了两个月，葡萄到集上卖窗花。眼看要过年，葡萄剪的窗花很好卖。谢小荷远远就和她招呼，“叫我也学学剪，葡萄姐，我这手老笨呢！”葡萄和小荷有二十年没话说了，让她一招呼，葡萄手里的剪子也乱了。

小荷说：“这几幅卖我了！”她掏出个裂口的塑料娃娃脸钱包，在里面抠着。一会儿抠出一张一块钱，叠成个小方块。葡萄手伸进口袋去掏零钱。小荷尖起嗓子叫：“咋这么外气？还找啥钱哩！”葡萄叫她等着，她给她再剪一副“双龙戏珠”。小荷跺着脚取暖，一面说：“我这儿买了只烧鸡，你拿上。”她把一个塑料包从她包里拿出来，往葡萄脚边一放，又跺着小碎步子跺到一边去。她戴顶红毛线帽子，把脸衬得更黄。

葡萄说：“不拿。”

小荷看看左边看看右边：“不是给你的，给你舅老爷的。你不拿，还叫我给你送家去？”

葡萄说：“不拿。”她嗓子软下来。

小荷一脸都是为难，说：“看你把人都难坏了！知道你今天赶集，专门从县里买的烧鸡，没功劳有苦劳吧？”

葡萄看着她。小荷的黄脸细看也是有眉有眼，生孩子落的斑也不那样花了。她说：“那也不拿。”

“是给你舅老爷的。”小荷声音没了，光有气，“我爹过世前说过，他对不住你舅老爷。昨天我和春喜说了，葡萄来了个舅老爷，病害得不轻，我去送点东西给他你可不许管我。你看，他没管我。”

葡萄说：“舅老爷走了。”

小荷说：“不走会中？知道他走了。”

葡萄说：“这回可不回来了。”

小荷说："叫我说也别回来了。这只烧鸡，算我爹给他过年吃的。"

小荷走的时候，脸在毛线帽子里又左右扭了扭，看看冷清的集市上有没有熟人。就在谢小荷顺着史屯街的黄土路往东走时，街上的大喇叭响起来，"跨"的一声大镲，像是塌了什么，赶集卖货的人都一哆嗦。再听，那是一支乐曲，又重又慢。再一声大镲，刚才塌的这下子要一塌到底似的。街上人五脏都挪动了，也跟着崩塌。然后喇叭里有人说话了，念着一大串人名字，头衔。明白事的人大声问："谁死了?"

五分钟以后，集上的买卖恢复了，不过买的人和卖的人都相互说一句："刚才听见没有？周总理走了。"

过了两小时，学生们出来了，头低得低低的，眼睛都垂下，见集上还有人卖小磨芝麻油、腌猪脸、炮仗、剪窗花，都红了眼圈说："周总理都逝世了，你们还在这儿赶集哩!"

街两边站着蹲着的人吸吸冻出的鼻涕，手往袄袖里拢拢，看着学生们又悲又愤地呵斥他们。他们扭头看看左边右边的人，见他们不动，还守着自己半筐鸡蛋一担挂面，蹲着或站着，他们踏实了，也不打算动了。

又过几天，学生们把秃树枝上都挂满白纸条、白祭帐、白纸花。走过去走过来的人都低着头，耷拉下眼皮，几个二流子吹口哨，被中学生们吼了一通，灰溜溜地笑笑，没声了。史屯的不少知识青年不叫知识青年了，叫"二流子"。要在平时二流子们可不受人呵斥。不呵斥他们，他们还一天到晚到处找个谁打打，或者调戏调戏。他们中间好的都走了，让公社推荐上大学或招工了。剩的这些常常不出工、歪歪斜斜站在街边上，见了谁就低声嘀咕一阵，然后就扯开嗓子大笑。史屯人知道他们整天在讲每个史屯人的坏话，每个史屯人在他们的故事里都做着丑角。所以史屯人就说城里人太孬，把这些二流子送来祸害他们。过了半年，街上大喇叭里又出来一声塌天似的大镲。这回是朱老总。学生们把上回收回去的白纸花整理整理，再挂到叶子肥大知了闹人的树上。二流子们嘴里吹着哀乐，在街上边逛边啃着刚偷的黄瓜、西红柿，见学生们啐他们，他们就比画一些二流子动作，笑得张牙舞爪、翻跟斗打把式。

女学生们嗓子哽咽着说："朱老总都去世了，你们狗日的有良心没有?"

二流子们用她们的史屯口音，嗲声细气地学舌："朱老总都去世了，你们的良心屙屎屙出去了吗?!"

学生们想，总有一天，要把这群货色揍烂撵出史屯去。他们在秋天终于和二流子们打了起来。那是哀乐响得最壮阔的那天。各村都接上了喇叭，都在同一个时辰响起大镲，"咣！……"这回人们觉着塌了的崩了的不是天不是地，是长在脊梁上的主心骨。他们偏着脸听广播一遍一遍讲毛主席逝世的事。他们站在窑洞外，下巴颏向一边翘，一只耳朵高一只耳朵低，听着这件大丧事。他们从早上站到中午，背驼胸含，脖子向里缩，腰在后胯在前，膝头微微打弯，他们就这样防守、躲让、一步三思，未冲锋先撤退地站着，一代一代都学会这个站相。他们这样站着，想让他们听明白什么，想让他们相信什么都难着呢。从中午又站到晚上，他们互相说："吃了没?""正做着汤呢。""毛主席逝世了，听见没?""听见了——逝世了。"

跟着就是十月放鞭打鼓敲锣。赶集的人看中学生从这头往那头游行，小学生从那头往这头游行，他们对赶集卖东西的人吼叫："还赶集呢！'四人帮'都打倒了！"他们心里说：那不还得赶集。过了好一会儿，他们相互咬耳朵："毛主席的媳妇江青叫打倒了。""那不是皇娘娘吗?""皇娘娘就不能打倒了？谁都能打倒。""说打倒就打倒。"

到又一个年关时，村子里的喇叭响起一声大钗，史老舅带着孙子正要出去卖卤猪头肉猪大肠猪肝。他站下来听。这回是公社知青闺女广播的丧事：刚刚平反昭雪的地委丁书记因病逝世；受全地区、全史屯公社深深敬爱的书记在受迫害的六年中患了严重疾病，终于不治长辞……

葡萄挑着还冒热气的豆腐走来。她想，不知是不是来过猪场的那个地委书记。她不记得他名字了，所以到末了也不敢肯定去世的是谁。她看见史老舅偏着脸，驼着背站在喇叭下面，把步子慢下来，想和他打个招呼。喇叭里哀乐和广播放完了，史老舅一抬下巴，他孙子抓起独轮车的两个车把。史老舅自己和自己大声说道："谁死只要咱儿子不死，就得赶集。"

葡萄在想她刚刚送二大上山的时候，是史老舅给她出了个不赖的主意。他说："咱这儿哪儿不能住？掏个洞就能住人。"她把他的话听懂了。他是叫她去掏个窑。这儿土是好土，掏窑一掏就成。那比住野庙强多了，想暖和它暖，想凉快它凉。她把少勇叫回来一块儿在庙附近的山坡上找了个朝南的地方，掏了个土窑。少勇花了四个星期日，和葡萄把窑洞挖出来，抹上泥，又用树干钉了个门。她把二大安排在窑里，三人在一块儿吃了一顿年三十扁食。这一年里，葡萄和史老舅遇上几回，每回两人都说他们自己明白的话："住着不赖吧？——不赖。就是潮点儿。""可不是。弄点儿石灰垫垫。""垫上了。""还硬朗？""硬朗着呢。""吃饭香不香？""吃不多少。"

到丁书记去世的这个年关，史屯的知识青年们全到公社办公室院子示威，绝食，砸窗子，拆门。五十个村的知青集结起来也黑了一个院子。赶集的人围上来，掺和到知青里头，打听谁把女知青给日了。知青们里站着一个女娃，穿一件军装翻出两片大红色拉链运动衫，手上夹着烟卷，指着办公室里面尖叫："孬孙你敢出来不敢?!"

一院子的知青喊着："出来！出来！不然我们要点房子了！"

这时有人脱了件破棉袄，浇上煤油，往院子中间的广播喇叭上一撂，又用打火机把一根树枝点着，伸到破棉袄上。火"轰"的一声烧起来。办公室的门开了，十多个大队书记、生产队长、民兵干部跑出来。知青们问那个穿红色拉链大翻领的女知青，谁糟蹋过她。她叼着烟卷，笑眯眯地挨个看着干部们，指着民兵连长说："穿上衣裳你看着也不赖嘛。"

民兵连长往后一窜，脸血红。女知青眼睛又移到别人身上，看着魏坡的大队书记。男知青们问："是他不是？"

女知青说："差不多。"

魏坡的大队书记急了，说："你这浪货，你指谁就好好指，这事敢差不多？"

民兵连长说："再血口喷人就抓起来！"

女知青眼睛定到民兵连长身上，说："那就是你！"

民兵连长说："你脱光撇开腿，我都拾块瓦片把它盖上！我要你?!"

女知青大声喊："就是你！"

一院子的知青喊着要把民兵连长抓起来，交县上去。公社革委会副书记上来劝那女知青。女知青手上的烟卷火星四溅，冲着副书记说："你也不是好货！"

知青们一听，又冲着公社革委会副书记去了。这时史春喜正巧赶到。他披着旧军衣站到自来水台上，要知青们冷静，有话慢慢说，不要上坏人的当，受挑拨。

女知青的嗓音辣子一样，叫喊："谁是坏人？谁挑拨了？"

史春喜拿出他最排场的洪润声音说："我是说，不要受坏人利用……"

知青们喊："谁是坏人?!"

史春喜的好嗓子也破烂了，叫喊道："谁在这里闹事，谁就是坏人!”

女知青的辣子嗓音又浇了滚油，这会儿就冒烟了，她说：“你就是利用我们的人!”

史春喜成了个样板戏一号人物，一脸正色地指着女知青说：“说话要有根据！谁欺负了你，你可以找组织，找公检法……”

女知青说：“就你欺负了我！就是他!”

知青们喊：“同志们报仇啊！……”

民兵们来了，用上了刺刀的枪把院子围起来。史春喜喊着：“不准碰知青一根汗毛！上级有新精神。”

民兵们掩护干部们撤出了院子。知青们走在史屯街上，挺着胸、板着脸，眉头锁得老成庄重。史屯人站在街沿上，看知青们示威游行，听他们喊口号。他们喊着要严惩贪污他们落户费的干部，严惩克扣他们口粮的干部和糟蹋女知青的干部。

黄昏时知青们见史春喜在史屯的村口露头了，正准备钻进他的吉普车。几个知青围过来，史春喜转头又回村里去。冬天地里没庄稼，他连藏身的地方也没有。这时一个手把他扯到谷草垛后面。他看清了，这是葡萄。葡萄拉着他走走、躲躲，从七拐八弯的路走进她家院子。刚闩了门，看见知青们的电筒光在黄昏天色里乱晃。葡萄蹲下，想从门缝里看看有多少人。

一个知青问：“是这里头不是?”

另一个答：“就是这里头!”

一会儿听见他们喊：“史春喜，你出来！你不出来，我们也能进去！就是稍微费点工夫!”

葡萄盯着春喜，盯了一会儿，叫他下到红薯窖去。窖子里头靠着一堆干高粱秆。葡萄挪开它们，抓起个刨子，一会儿刨出一个洞口。史春喜看她手脚一下是一下，动作一点不乱，脱口说：“你咋知道我和那女知青清白?”

葡萄说：“我就知道。”

春喜说：“你不恨我？”

葡萄说：“这不耽误恨你。进去吧。”

春喜说：“我啥也没干，我怕他们?!”

葡萄说：“怕不怕你都躲躲。”

春喜说：“你叫我出去和他们说理！”

葡萄说：“死了的都没理，活着都有理。”

她使劲一推，把他剩在洞外的半个身子塞进去了。她好奇怪，那么小的洞那么大的人，折折叠叠也就进去了。

她对着洞口说：“不叫你出来你别出来。刚从门缝里头看，外头腿都满了。”

葡萄上到红薯窖上头，见两扇大门中间的豁子给撞得能进来个鼻子。又撞一会儿，能进来个额头了。她拿起斧子劈柴，让他们在外头慢慢撞。门栓给撞掉了，人脸人身子人腿堵在大开的门口，一时都有些腼腆似的。葡萄把斧子往地下一扔。那个女知青说：“为啥不开门？”

葡萄说：“我请你们啦？”

知青恼她的态度，一下子冲进院子，叫着史春喜的名字，吼他出来投降，知青优待俘虏。

女知青指着葡萄：“你不把他交出来，我们可搜啦？”

葡萄打量她一眼。黄昏的最后光亮照在女知青身上，让葡萄看出她的二流子做派是虚的，她心里其实可苦。葡萄想，这身孕少说有四个月了。

葡萄说：“你爹妈啥时见的你？”

女知青一愣，瞪着葡萄，她怎么说这么没头没脑的话？一想，并不是没头没脑，她是说她很久没见爹妈了，很久没爹妈疼了。有爹妈疼的闺女能像她这样吗？能怀上个野娃子还到处撒野吗？女知青一边领头在葡萄的屋里翻箱倒柜，一边细嚼慢品葡萄的话。女知青不是老粗，只因为这些年老粗吃香她才口粗人粗。她的所有委屈、不顺心、背时运都发在搜查这个县委副书记身上。她一会儿吼一声：“史春喜，你干的好事！你躲哪个驴屁眼里也给你抠出来！”她和所有知青一样，觉着让谁骗了，让谁占了便宜，让谁误了大好时光，让谁剥夺了他们命里该有的东西——上学、逛公园、夹个饭盒上工、骑个自行车下班、早上排队买油条、周末睡懒觉、晚上进电影院……他们原本该着有那样的命，可被谁篡改了，剥夺了。可他们又找不出那个“谁”来，只觉得史春喜也是那个“谁”的一部分。

女知青从葡萄的柜子里翻出一张男孩的照片，她吼着问葡萄：“这是谁?!”

葡萄说：“你说是谁?”

女知青明白了。她身上的一条小命以后也会成一张照片。恐怕还不如这个乡下女人，照片也没有，有也到不了她手上。她找谁算这些狗肉账去？女知青拿起柜子上的煤油灯就砸。

火蹿起来。葡萄拖了女知青就走。女知青抓她的手，踢她的腿。葡萄想，劲不小，一个半人的劲哩。满屋人慌了，你堵我路我堵你路。葡萄身上的衣服着了，她扯下衣服，往地上打。女知青还是不肯从火里逃生。葡萄一巴掌扇过去，她老实了。葡萄把她抱起来，心想，这货不轻，到底一个半人哩。

葡萄把窑洞的门关严。知青们喊：“救火喽！……”

史屯人都拿了桶、盆、锅往这边跑。

葡萄看着自己手里烧焦的衣服。那件二十多年前的洋缎小袄最后成一块补丁补在这件衣服上。洋缎不耐烧，一烧就化没了。

史屯人把葡萄的院子都快挤歪了。葡萄说：“窑洞着火关上门就完了，都跑来干啥？看我晒的柿饼比你们的甜是吧?”她一边叫唤，一边看着人头里夹着史春喜那个戴顶烂草帽的脑袋，老鳖似的缩着闪出门去。

知青们开始考大学时，史春喜被隔离审查了。不久他给调回史屯，打成了“四人帮”在这个县的爪牙。史屯街上的旧标语败了色，让人撕了上茅房了。新标语又贴了一天一地，说是支持邓小平同志回到党中央。赶集时，一个人上来买葡萄的柿饼，对她说：“你们这儿真是消息不灵，咋还贴华国锋的相片？他已经下去了。”

葡萄捋一把花白的卷头发，说：“噢，又打上啦。”

葡萄在史屯街上常常看见那个女知青。和她一伙的人越来越少，慢慢就剩她一个人走在黄土起烟的街面上了。骡车、马车过时，把土或者泥水泼溅到她那件男式中山装上，她就扯开嘴骂：“不长眼呀！”她还是叼个烟翻个拉链红领子，可葡萄看出她心里清苦着呢，身子在男式衣裳下头粗大起来，跟偷了人家一口小锅掖在裤腰里头似的。女知青见了葡萄就有一种闺女的温和气露出来，不过她俩谁也不和谁说话。葡萄成了救知识青年的英雄社员，这女知青表面也不买她账，好像救的不是她。葡萄只不过让她对这地方的恨、恼、瞧不起减轻一些。

她在葡萄的摊子前晃悠过去，看一下一般大、带一层白粉的金红色柿饼。葡萄在用碎线织一件毛背心，这时把手在衣裳上抹两把，分出十多个柿饼，朝外一推。女知青这个时候是饥不得的，一饥脸面就不要了。她龇出黄烟牙笑笑，和黄狗生狗娃之前的巴结脸儿一模一样。葡萄心里揪着，想肚里的小人要她贪嘴馋痨她也没法子呀。她看着女知青拿上柿饼，往男式中山装口袋里胡乱揣，摇头摆尾地走了。她还有几天就要生了，葡萄从她扭不动的屁股上看出来。

葡萄给女知青的柿饼成了她坐月子的头一顿饭。女知青是在她那个知青窑洞里把孩子生下的。知青户的窑洞里还有个男知青，守着她，陪她疼，听她哼哼，听她对着窑洞的拱顶、泥墙骂大街，又看她咬被头、咬毛巾、咬他的手。他不知女人在这时一点儿不怕丑，把那一处血淋淋湿漉漉地张大，那一处也不是他见过的样子，肿得亮亮的，有好几个大。她叫他把手伸进去，把那团活肉肉抠出来，她死了也就不疼了。他见那地方活生生撕开了，跟撕牛皮纸一样撕得烂糟糟，一个红脸黑头的东西冲了出来。男知青两眼一黑，和婴儿一块“哇”的一声叫出来。

男知青把婴儿擦干净，看着青蛙似的肉体想，这会是我的孩子不会？

女知青在床上挺着，不骂也不哼了，过一会儿，她摸起衣裳，从里面掏出个大柿饼咬上去。

两人守着十个柿饼过了一天。黄昏来了个讨饭的老婆儿，挎个篮，篮上罩块脏烂的手巾。女知青把老婆儿叫进来，问她会包孩子的脐带不。老婆儿把孩子脐带包好，看看这窑洞比哪个窑洞都清苦，连耗子都不来。老婆儿张不开口问他们要什么，走出了窑院。老婆儿走没了之后，男知青拿出一个白馍，对女知青说：“日他奶奶，要饭的都比咱强，篮里还有个白馍哩。”女知青笑了，把白馍儿口吞下去，也不和男知青客气客气。第二天男知青只能出去撞运气，能偷就偷点儿，能借就借点儿。回来时带回半衣兜碎蜀黍，是和邻居借的。他把衣兜里的粮倒进锅里，才见衣兜有洞，碎蜀黍漏了一多半。正熬着蜀黍粥，两只鸡一路啄着他漏的蜀黍进了窑院的门。

女知青也不顾两腿之间撕成了烂牛皮纸，跳下床就去关窑院的门。男知青跟着鸡飞，最后抓了一只，跑了一只。他把鸡脖子一拧两段，血洒了一院子。两人一会儿工夫就把鸡做熟了，连着没择干净的小毛一块撕撕吃了。

第二天清早，他们看见院里来了只狐狸，正嚼着他们扔下的鸡骨头。

女知青说：“敢吃这货不敢？”

男知青说："恐怕骚得很。"

女知青说："骚也是肉哩。"

男知青说："能熬一大锅骚汤。"

女知青说："去队上地里偷俩萝卜，熬一大锅骚萝卜。"

男知青拿了把秃锹轻轻出了窑洞。狐狸媚笑一下，叼着一块鸡骨头从窑院门下的豁子窜了。男知青掂着秃锹在还没醒的村子里走。走走进了街，见拖拉机停在供销社后头。供销社昨天刚进了货。他四处看，人也没有，狗也没有，就用秃锹把供销社后门的锁给起开了。里面一股陈糕点、霉香烟、哈菜油的气味。他手脚好使，偷惯东西了。不一会儿他找着了昨天进的货：腊肠、蛋糕、酥皮饼。他吃着拿着，在黑暗里噎得直翻白眼，直嫌自己的喉咙眼太细。

他后面一个人朝他举起了木棒。那是一根枣木棒，疙里疙瘩，沉甸甸的。枣木棒打了下来。这个男知青捂着热乎乎的血，觉着刚吃点东西别再亏空出去，他说："别打，不是贼！……"

进来的四个民兵不搭理他，只管打。

他又说："我是知青！"

民兵棒起棒落。

男知青的手堵不了那么多血。腊肠出去了，昨天吃的瘦鸡和半碗蜀黍粥也出去了。再过一会儿，他觉着前天的几个又甜又面的大柿饼也出去了。

他哭起来："上级不叫你们虐待知青！……"

民兵们觉着他快给捣成蒜泥了，就停下来。一个民兵上来摸摸他鼻尖，说："这货怪耐揍，还有气。"他们把他扔在拖拉机上。供销社今天去送收购的鸡蛋，顺便把他捎回城里，扔哪个医院门口去。

男知青就这样给捎回城里了。女知青在窑洞里等了一天，两天，三天，她决定不等了，把孩子扔在赤脚医生的卫生室门口，自己拖着肿得老大的脚上了长途车。

她是离开史屯的最后一个知青。

她走了之后，葡萄想：我早说谁都呆不长。

这时她在人群里看那个包在男式衣服里的女婴儿。赤脚医生问：“有人要这闺女没有？”

人都说谁要她呀，喂自己一张嘴都难着哩。

葡萄说：“给我吧。”

人们给抱着孩子的葡萄让开路。有人起哄，问她这闺女算她什么人。

葡萄两眼离不开小闺女脚后跟大的青黄脸，回他说：“你是我孙子，那她该算我重孙女。”

人们大笑起来。又有一个人说：“看看这样子，咋喂得活？”

葡萄这时已走出人群了。她回头说：“喂啥我喂不活？让我拌料喂喂你，保你出栏的时候有一拃膘。”

史屯人乐坏了，从此没那帮成天偷庄稼说他们坏话的知青二流子了。他们个个都成了人来疯，骨头没四两沉，说：“葡萄喂喂我吧！”

葡萄已走出去二十多步远，仰头大声说：“喂你们干啥？我要不了那么多倒尿盆、焐被窝的！”

二大闻到焚香的气味时，从窑洞里摸出来。他手往外一探，就知道太阳好得很，把露水蒸起来，蒸出一层清淡的白汽。焚香的气味从西边来，矮庙这时热闹着呢。二大朝矮庙的方向走了一阵，走进那个杂树林。矮庙的红墙黑瓦下，一群喜洋洋的侏儒。二大听他们用侏儒扁扁的嗓音说话、笑、吆喝。他想，没有眼睛、耳朵，他也知道他们过得美着哩。过一会儿，他在焚香气味里闻到他们劈柴，烧火，做饭。柴太湿，树浆子给烧成青绿的烟。饭是锅盔、泡馍、小米粥和河滩上挖的野芹菜、野蒜。日子好过了不少，干的比稀的多了。葡萄隔一天来一回，送的细粮比粗粮多了。

太阳有两竿子高了，二大扶着一棵橡子树，朝矮庙站着。他不知道杂树长得乱，从他站的地方是看不见矮庙的。不过他像什么都看见了似的，连雪白的眉毛尖、胡子梢都一动不动。他也不知自己穿的是件白衫子。他只知那是件细布衫，新的，浆都没完全泡掉。他觉着连侏儒里那个高个小伙子都看见了。小伙子有二十五岁了，娶了媳妇，媳妇抱着他的重孙。也许是重孙女，二大已不再把男孩看那么重。他看着高个小伙儿一举一动都透着能、精、勤谨，是个不赖的小伙子。比他爹少勇强，懂得孝敬把他养大的人。他看着挺把他侏儒娘扶着坐在一块石头上，给她打着扇子，又抬手把飞到她碗边的苍蝇轰开。二大心里作酸，他笑骂自己：老东西，吃醋呢。挺该孝敬他娘呀，把他养活了多不易。可他还是吃醋。他想，人老了，就没啥出息，吃孙子的醋。他叫自己大方些，大气些，挺孝敬谁都是他身上流出去的血脉，挺活成了，把人做成了，也就是他孙怀清把人活成了。挺就是他孙怀清自身哩，哪有自己吃自己醋的？

他看着高个小伙儿挺乐起来有个方方正正的嘴，不乐时有一对黑森森的眼。葡萄的眼和少勇的嘴。他的重孙该是够俊。这时他一抖，他觉着一个人到了他跟前，离他最多七八步远。那人的气味年轻，壮实，阳气方刚。那人闻上去刚出了一身透汗，脱光了膀子，短头发茬晶亮的满是汗珠。那人慢慢走近他，问他话。是个和气人，话一句一句吹在二大脸上，软和得很。二大向前伸出手。那人这时才知道他看不见，也听不见。二大笑了笑，对那人说：“是挺不是？”

二大知道他惊坏了。

二大又说：“你个儿大。我能知道你有这么高。”他伸手去摸他汗湿的头。他是顺着他热烘烘的汗和脑油气去比量他个头的。

二大说："挺给惊坏了。可不敢这样惊吓他。我咋知道你是挺？"二大哈哈地笑起来："我啥都知道。我还知道你上小学年年得奖状。我还知道两年前你娘给你说了个媳妇。我还知道啥？我还知道你在镇上的工厂做工。是啥工？是翻砂工。我都知道吧？不说了，看把咱娃子惊的。"

他扶着树慢慢转身。那瘫了的半边身子就算全废了，他往前，它留在后。二大废了的那条胳膊被一只手架住了。二大朝这手的方向扭过脸。

"孩子，你不怕我？"二大问。

那手在他胳膊上紧了紧。

"你别搀我。我摸着哪儿都能去。这山坡叫我逛熟了，逛腻了。你娘等着你砍的柴呢。看这一地橡子，没人拾了。前年你还拾橡子压面吧？好喽，没人拾橡子就是好年头。别搀我了，孩子，你们人多，指你干活呢。"

扶二大胳膊的手慢慢松开一点儿，最后放开他。二大知道他还站在那里看他。他颤颤地转身，笑全歪到一边脸上。"回去吧，孩子，知道你好好的，比啥都强。"

二大明白他还没走，看他歪斜的脸上跑着眼泪。这正是知青在史屯搜寻史春喜的第二天，二大和挺头一次相遇了。二大想他臂弯里抱的那个小东西现在长出这样壮实的手来搀扶他，那带一股甜滋滋奶味的小东西现在一身爷们儿气味，他是为这流下泪来。二大和挺脸对脸站了很久，挺把二十多年听到的猜到的看到的，在这一刻全核实了。

黄昏时分，二大在窑洞外点上艾，把蚊子熏熏。他抬起头，闻到一股甜滋滋的奶味。他一动不动，闻着那奶味越来越近。不久，这奶味就像在怀里一样，暖烘烘的直扑他脸。他伸出手，手被一只年轻女人的手接住了。年轻女人的手领着二大的手，到了一个洋面团似的脸蛋上。

二大说："挺，孩子有六个月了吧？"

挺的手伸过来，在他的废手上掰着。他数了数，四个月。二大笑起来："个子老大呀！像你！媳妇是教书的？……杂货店女账房？……是个使笔多使庄稼家什少的闺女。"

挺和媳妇把孩子抱走，二大看见的天光暗下去。葡萄的气味他老远就闻出来了。少勇跟在她后面。眼瞎可真省事，看不见的都不用去搭理，不去搭理少勇也不会太难堪。他多么难堪他也看不见。二大只当少勇不在，有话只和葡萄一人说。他不说和挺一家相会的事。他还是说二十多年前，三十多年前的事。说到小时的少勇，就像说另一个人。他说少勇小时候心最软，见谁家扔的小狗小猫都往回抱，有一回舅母来家里哭穷，少勇把去城里念书省的饭钱给了她，结果舅母拿了那钱上街上买了条日本货的洋裙子。二大这天话多，笑也多，东扯西拉，嘴忙得口水从瘫了的一边口角流下来。葡萄把一条手巾塞在二大手里。她不去为他擦，她明白二大要强，不愿人戳穿他的残疾。

二大这样讲到少勇小时候，看着的都是挺。眼瞎还有个好处，想看见啥就能看见啥，想把它看成啥样就啥样。二大这样讲，也就把这二十多年对少勇的恼恨全消了。他讲着，叫少勇明白，他二十多年来再恼也是思他念他的。二大不讲挺的事是因为一讲就白了。挺的事怎么能讲白？讲白了该心痛、懊悔、怨恨了。人都活成这样，做成这样，只有什么也不讲白，不用去认真地父父子子祖祖孙孙夫夫妻妻。

二大从葡萄和少勇给他送的饭食明白世道又变了一回、两回。看不见、听不见就能应万变。他只想知道季节变化，花落花开、树枯树荣，雨水足不足，雪下对时令没有，山里的那只小豹子有没有栖身处，找得着食不。他只想知道葡萄过得还难不难，挺一家是不是美满和睦。

葡萄给了女知青十个柿饼的这天，二大全瘫了。少勇的诊断是，他这次恐怕活不过去。他们在夜里把二大搬回家。地窖里箍了砖，抹了石灰，地也铺了砖。二大躺得平静舒坦，在第七天早晨睁开了眼。少勇说："这一关过来，又能熬一阵。"

二大不再能动弹，也不再说话，脸白净得像玉。

女知青离开史屯之后，葡萄把那个女婴抱给二大。他闻到那甜滋滋的奶味，咧嘴笑了一下。从此葡萄下地，她就把孩子留在二大旁边。他闻得出孩子哭了，尿了，他嘴里发出老狗一样的声音，又温厚又威严，孩子便安静下来。

葡萄看着老天一点儿一点儿在收走二大，又把它收走的一点儿一点儿给回到孩子身上。二大闻得到孩子吃粮了，吃鸡蛋了，长出两颗、四颗、八颗乳牙。

葡萄领着他的手指，在他另一个手心上画，画出个"平"字来。是孩子的名字？是少勇起的？二大点点头，笑笑。

他不知道，他的头其实没有动。

葡萄告诉少勇说："咱爹没点头。他心里可能想了个别的啥名字，嘴说不出来。"

少勇说："那叫他画呗。"他走到床边，把孩子抱到二大身上，孩子两个脚欢蹦乱跳，在二大的肚子上手舞足蹈。孩子趴在白须白发白脸的老人胸上，抱住他的头，嘴贴在他腮上，口水流了老人一脸。老人高兴地怪声大笑。葡萄说："快抱开她！她有啥轻重，再伤着爹！"

少勇把孩子让葡萄抱回去，拉起他父亲的左手，又摊开他左手手心，抓着他右手的食指，叫他写下他给孩子想的名字。

二大的手突然有了劲，反过来拉住少勇的手，摸着那长长的手指，方方的指甲，手背、手心、手纹。他摸出了它的老来，那一根根筋在手背上凸出来。这个二儿子有五十三岁了。

二大像是累了，慢慢搁下少勇的手。

两人把睡着的孩子放在二大枕边，一前一后上到院子里。

院子里一层银，刚刚下了一场薄雪。少勇上最后一个脚蹬时胳膊软了，一下子没撑上来。葡萄站在窖子口笑他，他白她一眼："你做奶奶我做爷爷了，还不老？"

进了葡萄的屋，少勇说："你还不要我？"

葡萄看着他，抿着嘴。过一会儿她说："不嫌丢人。"

他说："咋着？"

她说："这么一把岁数还有啥要不要的。"

他说："那也不能叫人看着，老说我上你这儿来搞腐化吧？"

她说："搞腐化咋着？"

他搂住她说："你咋不变呀？老也没见你长大。那我可搬来了？每星期六晚上我回家来搞腐化。"

史屯人在村口刚开的小饭铺里打牌聊天时，常见少勇拎着吃的、用的进村。问他哪儿去，少勇说："我能哪儿去？回家呀。"

人问他咋老有东西提，他说："我给人开刀救了命，人送的！"

大家都觉着他像当年的孙二大，爱露能，爱张扬了。

这天少勇路过村口小饭铺时，见旁边开了一家木器店。店主正在刨一块板，嘴里叼的烟把他眼也熏细了。少勇打招呼："春喜掌柜！"

史春喜直起腰，肩上披的破军衣掉在刨花上。

少勇说："生意好哇！"

史春喜说："回来啦？"

少勇说："现在史屯的年轻人结婚也要打柜子了。"

史春喜说："有空来坐坐！"

小女孩平一岁时，街上来了个小伙儿，一口京话。他向人打听史屯落实地主摘帽平反的事。史屯人都推，指着旁边的人说："你问他吧，我不知啥情况。"小伙儿打听着打听着就问到史老舅了。他说："听说你们这儿早就对地主、富农宽大，有个土改时被镇压的地主就在你们村藏了二十多年。"

史老舅说：“你是哪儿来的？”

小伙儿说他是北京来的。他从一个老作家嘴里听了一句半句，有关一个叫孙怀清的老地主。

史老舅看看旁边的老人。他们正在玩牌，赌烟卷。老人们都不吱声。史老舅说：“俺们能跟你说啥？咱又不认识你。”

小伙儿说他是写书的，想把老地主孙怀清受的冤、熬的苦都写下来。

史老舅又看看旁边的老人们。老人们全缩短脖子笑笑。史老舅说：“你写不写，跟咱有啥关系。你看你还戴着黑眼镜呢，你长啥样咱都看不见。”

小伙儿把墨镜摘了，叫他们看看他有张什么样的脸。他摘下墨镜时，扭头看见一个五十来岁的女人挑着担子从旁边走过去。他问道：“听说那个老地主儿媳把他救下，一直藏在家。对了，她名字特别，叫王葡萄。”

史老舅扬起下巴对那个挑担子的女人背后吆喝：“哎，咱村有叫王葡萄的没有？”

女人回过头。她有一双直愣愣的眼睛，把小伙儿的目光堵了回去。

她说：“谁？”

史老舅说：“人家找个王葡萄。”

女人说：“找呗。”

小伙儿说：“你们大概还不知道，地主、富农都已经落实政策了。上级要纠正土改时左倾的问题。你们尽管大胆告诉我情况。这回上头的政策不会再变了。”

女人说：“谁知道？咱敢信你的话？你来咱这儿又耽不长，咱信了你的，明天来了再来个谁，咱又信他，还活人不活人了？”

小伙儿干笑笑，没办法了。老人们又去赌他们的烟卷。他们相互看看，知道没把葡萄供给这陌生人是对的。葡萄和全村人都对孙二大的事守口如瓶。他们自己之间，对孙二大也装糊涂，不挑明了说，何况对一个半路杀出的陌生人。

葡萄挑着一担鸡蛋去供销社，走到史屯街上看见中学生们到处贴红纸："欢迎市计划生育视察团……"她刚进供销社门，听到女人们唧唧咕咕的说话声。几个穿白大褂、戴白帽的人把几十个女人往赤脚医生医疗站撵。葡萄隔着街看不出那些穿白衣戴白帽的是男还是女。她认出这群女人里有李秀梅的儿媳枝子，有史老舅的孙媳。

一个白衣白帽大声说："手术很小，歇两天就能下地。一次进去四个，剩下的在门口排队。请大家不要插队，听见喊名字再进去。喊到名字的，先到那边，领两个午餐肉罐头两斤红糖!"

女人们听到这全高兴了，叽叽哇哇地相互问这说那，咯咯嘎嘎地笑，又打又踹地闹。

等葡萄把鸡蛋卖了，见几个女人怀里抱着肉罐头、红糖，逛庙会似的嘻嘻哈哈地进了医疗站。女人们伸脖子、踮脚尖看纸箱子里的罐头多不多，怕排到自己给领完了。

一个烫了刘海的年轻女子从街那头跑过来，踩在骡子粪上也不在意。她跑到医疗站门口就挤进人群。一个白衣白帽从门里探出半个身子，大声吵她："挤啥挤？这儿全挨家挨户统计了名字，你挤到前头也不给你先做。"

年轻女人不理她，只管往门里挤，嘴里大喊："嫂子！嫂子！咱妈叫你回去！……"

两个白衣白帽把她往门外推："马上要上手术床了！你捣什么乱?!"

年轻女人说："俺妈不叫我嫂子做手术!"

白衣白帽说："你妈不叫就中了？你妈是上级?!"

年轻女人说："俺嫂子一做手术，就是给骗了，就做不成女人了!"

等在门外的女人们说："不是女人了那是个啥呀?!女人也做不成，孩子也生不成……"

白衣白帽们说："你们还生？不都有孩子了吗?"

一个女人说："我有闺女，没孩子!"

白衣白帽们说："闺女就不算孩子?!"

枝子说："我可不能叫他们给骗了。我男人该不要我了。"枝子说着从人群里出来。

白衣白帽指着那个烫了前刘海的年轻女人说："告诉你，这个公社的结扎人数不够，你得负责！你是破坏计划生育的坏分子！……"

女人们一见枝子往村口走，全都没了主意。另外两个人叫枝子等等她们。这时医疗站里炸出一声尖叫："老疼啊!"

所有女人撒腿就跑。

白衣白帽们叫喊着："回来！你们跑不了！……"女人们见四五个白衣白帽在后面追，一下子跑散开，散进蜀黍地里没了。

领头的白衣白帽招集了民兵、中学生把蜀黍地包围起来。民兵搜索，中学生们打鼓敲锣，对着一大片一大片油绿的蜀黍地喊话，唱歌，歌词一共两句："计划生育好，计划生育好，社会主义建设少不了。"

一个年轻媳妇在蜀黍棵子下面大声说："这么好你妈咋把你给屙出来的?"

民兵们在晌午把蜀黍地里所有的女人都搜了出来，带回到医疗站去了。有的媳妇又哭又闹，满地打滚，叫唤："骗人啦！救命啊!"

白衣白帽们大声劝说："不是骗！是结扎！……"

民兵们也乱了，逮这个捺那个，挨了女人们踹，也顾不上还她们两巴掌。黄昏时，眼看史屯公社的计划生育指标就要完成了。清点了下人数，发现还少两名。白衣白帽们在村子里到处转悠，一个年轻女子见了他们就跑。他们一看，脸熟，额头上一大蓬烫过的前刘海。他们连抱带挟，把她弄进医疗站的临时手术室。年轻女子又咬又啐，啐得周围的大白口罩上全是口水。她哭得上气不接下气，嘴里的话脏得不可入耳。

一个白衣白帽和大家商量，干脆给她用全麻。

年轻女人骂着骂着就乖下来。一边给她做手术，他们一边说："烫发呢！农村也有这种货。一看就不是好东西。"手术做完，他们发现闯祸了，这个女子是个没结婚的闺女。

在白衣白帽在史屯搜找媳妇们去做手术时，孙二大突然会说话了。他用硬硬的舌根和一岁的小闺女说："平、平，会叫老姥爷不会？"

平的手指头在嘴里咂着，看着白胡须白头发的老人直笑。

葡萄下到地窖里，听二大说："老姥爷给你讲个故事，你听不听？"

葡萄走到床边，二大脸稍微移一下，说："葡萄，你坐。"

葡萄眼泪流下来。她明白老人就要走了。

二大说："你看，平叫我给讲故事哩，我老想给她讲个故事。一急，就急好了，会说话了。"

这时一个女子声音叫着："葡萄大娘！葡萄大娘！"

是李秀梅的儿媳枝子。葡萄从地窖口伸出头，叫她："这儿呢，枝子！"

"他们上我家来了！非要把我拉去骟！那个啥视察团明天要到咱史屯，骟了我咱史屯就得先进了！"

葡萄叫她赶紧下到地窖里。她刚去栓门，听见一大群人从李秀梅家往这里跑，晃着电筒，在黑夜里破开好多口子。李秀梅的大儿媳领着这群人。葡萄听她说："枝子肯定躲在王葡萄家！只管进去，一搜准搜出来。"

这个大儿媳做了手术，不愿小儿媳比她全乎、圆满，葡萄这样想着，就抱来一根树干，横杠在门上。那是她伐下的橡树，准备让史春喜的木匠铺给打个柜子。

李秀梅的大儿媳在门外喊：“葡萄大娘，别锁门，是我呀！”

葡萄说：“锁的就是你！”

大儿媳说：“你把门开开！”

葡萄说：“凭啥开？”

大儿媳说：“你叫枝子出来，就一个医生，想和她说说话！”

葡萄蹲在台阶上，脸挤住门下头的豁子。人腿又满了。“不然就把咱妈带走了！”大儿媳在门外哄劝道。

葡萄说：“那就把你妈带走吧。你妈该干啥干完了，骟就骟吧。”

她拿起一把斧子，站在院子中间。

“葡萄大娘，你可别逼人翻你墙啊？”

葡萄大声说：“这是我王葡萄的家，谁翻墙我剁谁，进来个手我剁手，进来个脚我剁脚！”

墙头上的手和脚一下子都没了。

大儿媳又喊：“枝子躲得了今天，躲不了明天，你叫她放明白点儿！”

葡萄不吭气，掂着雪亮的板斧来回走，眼睛瞪着墙头。一个脑袋上来了，葡萄的板斧飞上去。“咣当”一声，斧子砸破了一个瓦罐。他们也懂，先拿个瓦罐试试。外头一片吼叫：“王葡萄你真敢剁?！那要是真脑袋咋办?”

葡萄也吼：“上啊！真脑袋上来就知我咋办了！”

外头安静了。葡萄抽空下到地窖里，对抱着平的枝子说：“可不敢上来！”

二大用硬硬的舌头说：“葡萄，来人了?”

葡萄上去握握他的手。他马上笑了笑，明白葡萄叫他放心。

枝子说：“可躲也不是事呀！”

葡萄说："躲吧。说是躲得了和尚躲不了庙，可咱没有庙。"她看一眼二大。枝子眼睛跟着她。葡萄的意思是：这不是躲得挺好？

第二天，蔡琥珀来了。她是县计划生育委员会的主任，穿一件男式西装，驼着的背让她看着像个老汉。

她伸出手指点着葡萄："你呀你呀，葡萄，你这个觉悟算没指望了，这么多年都提不高！你知不知道，枝子一人影响了全县的荣誉？"

葡萄不理她，笑眯眯地扎自己的鞋底。

"你把她藏哪儿了？"

"谁？"

"韩枝子。李秀梅小儿媳。"

"她呀，天不明我就叫她去陕西了。我那儿熟人多，十个枝子也能给藏起来。"

"这事是要追查的！"

"查呗。"

"查出来要封你家的窑洞，你知不知道？"

"咱这儿要啥没有，就土好。哪儿挖挖，挖不成个好窑洞啊？"

蔡琥珀走了后，葡萄知道这事还没完。她对枝子说："沉住气，他们再咋呼你也别出来。"

天擦黑，二大从昏睡中醒过来。口齿比前一天更清楚。他定住神闻了一会儿，明白少勇不在身边。葡萄把平抱起来，让她坐在老姥爷床上。老姥爷手摸住平的小脚，嘴里用力咬着字，说道："看看，咱昨天那故事也没说成。今天老姥爷精神好，给你把这故事说说。"

孙二大知道葡萄坐到床沿上了。她两三个钟头就给他翻一回身。他说："葡萄，叫我把这故事说给平。"葡萄还是要给他翻身。他笑了，说："不用了，闺女。"

他想坐在他头右边板凳上的女子是谁呢？她来这地窖里做什么？是葡萄把她藏在这儿，叫她躲什么事的？他这样想着，故事从他嘴里慢慢地拉开来——

孙家是史屯的外来户，是从黄河上游、西北边来的。来这里有两百六十年了。来这儿的时候，孙姓儿子里头有一个娶了个姓夏的媳妇。媳妇能干、灵巧，嘴会叫人，见人先笑。那是个谁见谁爱的媳妇。最刁的婆子也挑不出她刺儿来。十六岁这年，新媳妇剪了一朵大窗花上集市去卖。那窗花有小圆桌大，可细，连环套连环，几千剪子都剪不下来，可那是一剪子剪的，中间不带断线，不带另起头的。那就是一个迷魂阵。窗花在集市上摆了好久，没人买，太大了，咋贴呢？快过年了，来了一个人，说的是蛮话。他把窗花打开一看，马上给这新媳妇跪下，嘴里拜念：祖奶奶，您可投胎了。新媳妇吓坏了，她才十六岁，怎么就成了这四五十岁男人的祖奶奶？那人说：有窗花为证。这迷魂阵窗花和他们三百年前的一个祖奶奶剪得一模一样。世上不会有第二个人剪下这窗花了，给谁去一下一下照着剪，也剪不出来。孙家那儿子来了，推开这蛮人说：装神弄鬼，想调戏民女吧？

蛮人说他们一族人找了好几辈子，要找到这个祖奶奶。因为她在世时，他们那一族没人害天花。她死后，一个老先生说：她心里实在太明白了，迷魂汤也迷糊不了她，她会记得自己投胎前的话，会做她投胎前的事。

孙姓的人还是不信蛮人的话，把他撵走了。

过了几年，孙姓人来到史屯，孩子们发花子的越来越多。这天是小年夜，姓夏的媳妇闻到街上卖麻油炸馓子的气味。她闻着闻着就昏死过去。家里人把她摇醒，她声音成了个老妇人，说一口蛮话。她说：我不吃麻油炸馓子。她的口音和几年前买窗花的蛮人一模一样。

姓夏的媳妇醒过来，村里害天花的孩子们慢慢好了。

孙姓人这才信了那个蛮人的话。姓夏的媳妇生了十一个孩子，三个闺女。这些孩子打了四口深井。史屯人开始喝那深井里的水，下几辈很少有人发花了。姓夏的媳妇活到八十六岁。她死后，孙姓的下几辈人也出去找过。可一直没找着过剪那朵大窗花的媳妇。也没听哪个年轻媳妇用蛮话说她不吃麻油炸馓子。

一直到孙怀清这一辈，才没人去找这个祖奶奶投胎的年轻女子。就他一人没死心，老觉着能找着她。过去他走南闯北，一直在悄悄地找。

二大的口齿越来越清。他觉着一碗温热的水凑到他嘴边。他说："不用了，闺女，叫我把故事给平说完。"

平已经睡熟了。小嘴半张，露出两颗小门牙。

二大还在给平说着故事，声音弱了，字字吐得光润如珠。

葡萄用袖子抹一把泪。谁说会躲不过去？再有一会儿，二大就太平了，就全躲过去了，外头的事再变，人再变，他也全躲过去了。

图书在版编目（CIP）数据

第九个寡妇 / 严歌苓著. -- 北京：作家出版社，2016.7
(2020.5 重印)
ISBN 978-7-5063-9049-1

Ⅰ. ①第… Ⅱ. ①严… Ⅲ. ①长篇小说 - 中国 - 当代
Ⅳ. ①I247.5

中国版本图书馆CIP数据核字（2016）第169474号

第九个寡妇

作　　者：严歌苓
出　　品：语可书坊
策　　划：张亚丽
责任编辑：翟婧婧
特约编辑：姬小琴　季　冉
装帧设计：棱角视觉
出版发行：作家出版社有限公司
社　　址：北京农展馆南里10号　　**邮　　编：**100125
电话传真：86-10-65067186（发行中心及邮购部）
86-10-65004079（总编室）
E-mail:zuojia@zuojia.net.cn
http://www.zuojiachubanshe.com
印　　刷：三河市紫恒印装有限公司
成品尺寸：133×214
字　　数：262千
印　　张：10.75
版　　次：2016年8月第1版
印　　次：2020年5月第11次印刷
ISBN　978-7-5063-9049-1
定　　价：29.00元

第九个寡妇

The Ninth Widow

严歌苓长篇精品